Sonia Velton

Die Frau im Seidenkleid

GOLDMANN

Sonia Velton

Die Frau im Seidenkleid

Roman

Deutsch von Sibylle Schmidt

GOLDMANN
Lesen erleben

Die Originalausgabe erschien 2019 unter dem Titel
»Blackberry & Wild Rose« bei Quercus, London.

Dieses Buch ist auch als E-Book erhältlich.

MIX
Papier aus verantwortungsvollen Quellen
FSC
www.fsc.org
FSC® C014496

Verlagsgruppe Random House FSC® N001967

1. Auflage
Deutsche Erstveröffentlichung Juni 2019

Umschlaggestaltung: UNO Werbeagentur München
Umschlagfoto: FinePic®, München
Frau: Rekha Garton / Trevillion Images
Redaktion: Regina Carstensen
TH · Herstellung: Han
Satz: Uhl + Massopust, Aalen
Druck und Bindung: GGP Media GmbH, Pößneck
Printed in Germany
ISBN: 978-3-442-31493-5
www.goldmann-verlag.de

Besuchen Sie den Goldmann Verlag im Netz

Für S, T und C,
in Liebe

Umbra Sumus (Wir sind Schatten)
Inschrift auf der Sonnenuhr der
hugenottischen Kirche in Spitalfields

baumeln lassen:
erhängen oder eine Aussage machen,
die zur Hinrichtung eines Angeklagten
am Galgen führt

EINS

SARA

Man schrieb das Jahr 1768, als ich Esther Thorel zum ersten Mal begegnete, in einer Gasse neben der Schenke Wig and Feathers. Mit zwanzig druckfrischen Exemplaren der King-James-Bibel war Mrs Thorel auf dem Weg zum französischen Armenhaus. Ich meinerseits war auf dem Weg ins Verderben, mit einem Seemann, der geradewegs von einem Ostindien-Klipper kam. Esther Thorel zu begegnen war meine Rettung. Doch zuvor erlebte ich meinen Niedergang.

Trifft ein junges Mädchen vom Land in London ein, gleicht es einer Raupe auf einem Blatt, die Beute für einen hungrigen Vogel ist. Kaum war ich von dem Karren gestiegen, der mich im Trubel des Marktes von Spitalfields abgesetzt hatte, als sich auch schon eine Frau durch die Menschenmenge drängte und auf mich zustrebte. Dieses London war nicht, wie ich es erwartet hatte: breite, saubere Straßen, gesäumt von hohen Häusern, durch deren Fenster man in vornehme Salons blickte. Nein, ich war geradewegs in ein London geraten, das so derb und stinkend war wie das Land. Vor Schreck stand ich stocksteif da, bis der Karren weiterzockelte und ich ihm ausweichen musste.

Es war Sommer, der Markt schmorte in der Hitze, und

allerlei üble Gerüche verpesteten die Luft. Angewidert vom Gestank verrottender Abfälle unter Schafdung umklammerte ich meinen Beutel, während um mich her das rege Treiben der Stadt herrschte. Ich hätte in Windeseile dem Karren nachlaufen sollen, fand aber damals nichts Bedrohliches an der Frau, die zwischen fauligen Blumenkohlköpfen auf mich zueilte. Als sie vor mir stand, lächelte sie so breit, dass die Haut um ihre Augen Fältchen warf. Ich vermutete Freundlichkeit, irrte mich jedoch. Die Augen der Frau leuchteten auf, als habe sie zwischen Kohlebrocken einen glänzenden Penny entdeckt.

»Au weh«, sagte sie. »Ich hatte schon gefürchtet, Ihr kämt unter die Räder!« Dann blickte sie plötzlich betroffen und sah sich übertrieben besorgt um. »Ihr seid doch wohl nicht alleine hier, meine Liebe?«

Ohne eine Antwort abzuwarten, packte die Frau mit knochiger Hand meinen Ellbogen und führte mich vom Marktplatz weg. »Die Stadt ist kein Ort für ein junges Ding, wie Ihr es seid. Hier ist allerhand übles Gesindel unterwegs.« Dann blieb die Frau so unvermittelt stehen, als sei ihr etwas eingefallen. »Vielleicht solltet Ihr mit mir kommen, Miss?«, sagte sie, wandte sich mir zu und setzte wieder das Lächeln auf.

»Das ist gewiss sehr gütig von Euch, Mrs …«

»Swann, meine Liebe, Mrs Swann.«

»Mrs Swann. Ich danke Euch sehr, habe jedoch schon eine Unterkunft.« Ich förderte aus meinem Beutel einen Zettel mit einem Namen und einer Anschrift zutage. »Meine Mutter hat gesagt, dort soll ich gleich nach der Ankunft hingehen.«

Das Lächeln in Mrs Swanns Gesicht erstarb. Sie riss mir den Zettel aus der Hand, las ihn und schüttelte den Kopf. »Das ist meilenweit entfernt. Dort kommt Ihr niemals vor Einbruch der Dunkelheit hin.«

»Aber meine Mutter hat gesagt, es sei gar nicht weit vom Marktplatz in Spitalfields.«

»Und wann war Eure Mutter wohl zuletzt in London?« Mrs Swann griff wieder nach meinem Arm und geleitete mich in eine schmale Gasse. »London ändert sich unentwegt. Was vor zehn Jahren in der Nähe war, ist heute weit entfernt. Ihr könnt morgen früh weiterreisen.« Dann faltete sie den Zettel zusammen und verstaute ihn tief im Ausschnitt ihres Mieders.

Am Ende der Gasse kamen wir zu einer Schenke mit einem breiten Erkerfenster und einem Schild über der Tür. Trotz der abblätternden Farbe war der Schriftzug »Wig and Feathers« noch zu erkennen. Die Tür wurde, wohl wegen der Hitze, von einem Bierfass aufgehalten, und als Mrs Swann mich hinter sich herzog, schlug mir warme, nach schalem Bier stinkende Luft ins Gesicht, und ich hörte Gesprächsfetzen.

Mrs Swann führte mich durch den Schankraum, wo Männer an Tischen hockten und mich anstarrten, zu einer Treppe nach oben. In einem Zimmer, das mit Bett und Waschtisch auf einer Seite, einer Kommode auf der anderen recht komfortabel ausgestattet war, ließ Mrs Swann mich zurück, mit dem Versprechen, mir in Kürze eine Tasse Schokolade zu bringen.

Schokolade! Ich hatte meiner Mutter zugesehen, wie

sie feine Raspel von einem Block schabte und das erlesene Getränk für ihren Herrn mit Muskat und Nelken würzte, die sie an einer Muschelschale gerieben hatte. Doch ich selbst hatte es noch nie gekostet. So lebt wohl das einfache Volk in London, dachte ich bei mir, als ich ans Fenster trat. In der Ferne sah ich den Marktplatz, der sich rasch leerte, als die Stände weggeräumt und die Schafe in ihre Pferche zurückgetrieben wurden. Plötzlich merkte ich, wie müde ich war. Vielleicht schlief ich eine Weile, das weiß ich nicht mehr, aber als es an der Tür klopfte, war es schon dunkel im Zimmer. Von unten waren Stimmengemurmel und Geschirrklappern zu hören, als Mrs Swann hereinkam, eine Tasse in Händen, die sie auf den Rand des Waschtischs stellte.

Dann schloss Mrs Swann die Fensterläden und zündete die Kerze im Leuchter an. »So ist es besser.« Mit etwas zittriger Hand griff Mrs Swann nach der Untertasse, und die heiße Schokolade schwappte hin und her. »Hier, trinkt das.« Sie reichte mir die Tasse, führte sie mir beinahe an die Lippen. Lange Fingernägel kratzten über meine Haut, als ich die Schokolade entgegennahm. Was für ein betörender Geschmack! Bittersüß, aber sahnig, und ein neues Gefühl pulsierte in meinen Adern. Der Zucker und die Aufregung berauschten mich so, dass mir schwindelte.

»Das ist köstlich«, sagte ich und starrte Mrs Swann an, während ich trank. Sie hockte wie ein Vogel auf dem Bettrand, die Hände im Schoß gefaltet. In dem schummrigen Licht wirkten die Augen, die jede meiner Bewegungen verfolgten, beinahe schwarz.

»Wer waren all diese Mädchen?«, fragte ich. Auf der

Stiege und im Gang waren wir mehreren jungen Frauen begegnet.

»Meine Töchter«, antwortete Mrs Swann, ohne die tintenschwarzen Augen von mir zu wenden.

»Eure Töchter?« Meine Gedanken kamen mir verworren vor. Ich wollte sie festhalten, aber das war, als habe man sich vorgenommen, Aale aus einem Eimer zu ziehen. »Alle? Aber sie sahen so unterschiedlich aus.«

Mrs Swann klopfte mit dem Fingernagel an den Boden der Tasse und schob sie mir an den Mund. »O ja«, sagte sie, kaum hörbar. »Jede Einzelne. So wie du nun auch.«

Ich wollte sie fragen, wie sie das meinte, aber die Wörter schwirrten durch meinen Kopf wie Bienen. Als ich wieder sprechen konnte, konnte ich nur über die Lippen bringen: »Ihr seid so gütig, Mrs Swann.«

Ein kleines Lächeln, dann nahm sie mir die Tasse ab und überprüfte, ob sie leer war. »Gutes Kind«, sagte sie, tätschelte mein Knie und stand auf. Ich versuchte es ihr gleichzutun, aber meine Beine gaben nach, und ich sank aufs Bett und musste so sehr lachen, dass ich mich krümmte. Als ich wieder zu Atem kam, blickte ich auf, in der Erwartung, dass Mrs Swann auch lachte, was sie jedoch nicht tat. Ihr Gesicht war so reglos und hart wie die Tasse in ihren Händen. Dann begann sie mit der freien Hand meine Röcke zu durchsuchen. Vor Schreck gab ich einen Laut von mir, der nach Kichern und Schluckauf zugleich klang, doch Mrs Swann scherte sich nicht darum. Ihre Hand zitterte jetzt noch stärker, und die Tasse klapperte, als Mrs Swann meine Börse an der Kordel herauszog und sie mir von der Hüfte riss.

Schließlich richtete sich Mrs Swann auf und blickte auf mich herunter. »Hier sollte man kein Geld herumtragen«, sagte sie. »Ich werde dafür sorgen. Genauso wie ich für dich sorgen werde, Liebchen.«

Ich traue meinem Gedächtnis nicht, denn es bietet mir einige Teile meines Lebens in vollständiger Klarheit, lässt andere jedoch verschwinden. Mrs Swann ging wohl danach hinaus, aber ich merkte es nicht, weil etwas in meinem Kopf so laut dröhnte, dass ich an meinen Haaren zerrte. Dann trat ein Mann ins Zimmer. Wenn ich ihm jetzt auf der Straße begegnete, würde ich ihn nicht mehr erkennen, aber ich erinnere mich an seine Schuhe. Sie erschienen vor meinen Augen, als ich auf dem Bettrand saß und auf den Boden starrte, bemüht, nicht zu erbrechen. Die Schuhe waren aus braunem Leder und hatten eine glänzende goldene Schnalle. Die Knöchel und Beine mochten zu jedem gut betuchten Kaufmann oder Konstabler gehören.

Habe ich etwas verbrochen? Das wollte ich fragen, aber meine Lippen ließen sich nicht bewegen. Ich konnte den Mann nur anschauen, sah ihn aber dabei so verschwommen und verzerrt wie in einem schlechten Spiegel.

Dann drückte mich der Mann aufs Bett. Die Matratze unter mir war klumpig, und das Gesicht des Mannes fühlte sich rau an auf meiner Haut. Er zog meine Röcke hoch und bestieg mich, und es fühlte sich an, als zerfalle mein Körper in Stücke, als müsse ich meine Arme und Beine suchen, um den Kerl wegzustoßen. Aber ich war wie eine Puppe, zerbrochen auf dem Boden einer Kinderstube. Dann spürte ich einen heftigen Schmerz, konnte aber nicht bestimmen, wo. Ich hörte mich selbst schreien, doch im Zimmer waren nur das Knarren und Rumsen des Betts und das Keuchen des Mannes zu vernehmen.

Als er gegangen war, erschien eine Frau – nicht Mrs Swann – und stellte eine Schale Wasser mit einem Lumpen ans Bett. Nachdem ich mich gesäubert hatte, ließ ich den Lumpen ins Wasser fallen und sah zu, wie Blutschwaden es rotbraun färbten.

Das Opium war – wie der schlimme Schmerz – nur eine einmalige Angelegenheit. Danach verließ sich Mrs Swann auf die verriegelte Tür und die Entschlossenheit ihrer Kunden. Mein Gedanke, dass in London auch die armen Leute heiße Schokolade tranken, erwies sich als falsch. So etwas bekam ich erst wieder angeboten, nachdem Esther Thorel mit ihrem Korb voller Bibeln in der Gasse vom Wig and Feathers Schutz vor dem Regen gesucht hatte.

ESTHER

Als ich aus den kühlen Gewölben der L'Église Neuve – der hugenottischen Kirche im Schatten der von Hawksmoor erbauten gewaltigen Christ Church – ins Sonnenlicht trat, fühlte ich mich wie neugeboren. Andacht und Einkehr, bevor wir dunkel gekleidete gottesfürchtige Gläubige wieder in die Welt hinausgespien wurden.

Elias, seit vier Jahren mein Gemahl, hielt am Fuße der Treppe inne und bot mir den Arm, als ich die Steinstufen hinunterschritt, abgetreten von so vielen frommen Füßen, dass das Sonnenlicht auf ihnen glänzte wie auf Wasser. Ich lächelte und legte die Hand auf Elias' Arm. Der Gehrock aus schimmerndem kohleschwarzem Seidendamast, den er zur Kirche trug, fühlte sich weich wie Spinnweben an. Seine hugenottischen Verwandten zogen an uns vorbei, in schlichten schwarzen Wollmänteln über weißen Kragen.

»Ah, Mr Thorel.« Pastor Gabeau trat auf uns zu und streckte Elias die Hand hin, die mein Mann nachdrücklich schüttelte. »Und Mrs Thorel«, sagte der Pastor mit freundlichem Lächeln zu mir. »Ich hoffe, die Predigt fand Ihr Wohlgefallen.«

Es blieb nur Zeit für einen knappen Austausch, denn hinter uns standen Gläubige Schlange bis ins Kirchenschiff.

»Haben Sie vernommen«, fuhr Gabeau fort, noch immer Elias' Hand haltend, »dass in der Vine Street ein neues französisches Armenhaus gegründet wurde?«

Das war Elias noch nicht zu Ohren gekommen, er hatte immerzu nur seine eigene Arbeit im Kopf. Er wusste genau, an welchen Tagen er den Auftrag für die feinste Rohseide aus Italien vergeben musste. Welcher Zwirner die geschicktesten Finger hatte, um die Seide zu säubern und aus den hauchdünnen Fäden Garn zu machen. Und er kannte die Gesellen in Spitalfields, welche aus dem Garn die feinste Seide weben konnten, die für Geld zu erwerben war. Doch im Lauf der Jahre hatte ich gelernt, Elias bei seinem Gewerbe nicht zu stören und unseren Haushalt in Fragen des Gemeinwesens selbst zu vertreten.

»Davon haben wir gehört, Pastor«, sagte ich und hakte mich bei Elias unter. »Und wir möchten alles tun, um behilflich zu sein.« Auf diese Antwort hatte Gabeau gehofft, denn man würde Unmengen Suppe kochen und sie zum neuen Armenhaus bringen müssen. Das würde ich ebenso tun wie die anderen hugenottischen Frauen, die munter schwatzend hinter uns anstanden. »Vielleicht könnte ich auch ein paar Hemden nähen.«

Gabeau nickte bedächtig. »Das wäre äußerst gütig, Mrs Thorel«, sagte er. »Doch was diese Menschen noch mehr brauchen als Kittel, ist das Wort Gottes, meint Ihr nicht?« Der Pastor wartete die Antwort nicht ab. »Wir bräuchten …«, er blickte zum Himmel hinauf, als erwarte er eine göttliche Anweisung, »eine Spende. Einige Ausgaben der neuen King-James-Bibel wären höchst willkommen.«

Zwei Wochen später strebte ich mit einem Korb voller

Bibeln, der so schwer war, dass mein Arm schmerzte, zur Vine Street. Es begann zu regnen, und ich fürchtete, umkehren zu müssen. Während ich darüber nachsann, weshalb der Herrgott mein Vorhaben wohl so behinderte, entdeckte ich eine kleine Seitengasse, die mir nie zuvor aufgefallen war. Die Häuser stammten noch aus der Zeit vor dem Großen Brand und ragten so weit in die Gasse hinein, dass ich dort Schutz vor dem Regen fand.

Es war ein Zeichen, das ahnte ich: die Bibeln, der Regen, die schmale Passage, die ich zum ersten Mal bemerkte. An diesem Tag sollte ich ihr begegnen.

ZWEI

SARA

Meine Börse sah ich nie wieder. Natürlich fragte ich Mrs Swann danach, doch sie schob immer irgendeine Ausrede vor. Die Börse war im Geldschrank eingeschlossen und der Schlüssel verloren gegangen. Das Geld war einem Freund geliehen worden, sie musste erst abwarten, bis er es zurückzahlte. Einmal versuchte sie mir sogar weiszumachen, wegen einer neuen Steuer auf Haarpuder habe sie mit meinem Geld eine Urkunde vom Friedensrichter erwerben müssen. Mrs Swann betonte jedoch stets, sie würde es mir auf jeden Fall zurückgeben, aber erst später.

In dieser Geldbörse befand sich ein Pfund. Meine Mutter hatte lange als Magd geschuftet, um so viel zurückzulegen. Als ich von zu Hause wegging, hatte sie mir die Börse in die Hand gedrückt und gesagt, das Pfund solle mir zu einem neuen Leben in London verhelfen. Nun konnte ich ohne das Geld weder nach Hause zurückkehren noch von hier weglaufen. Ich saß fest. Den Zettel mit der Adresse wollte ich ebenfalls wieder an mich bringen, aber es wäre einfacher gewesen, Mrs Swann ins Mieder zu greifen, als in ihr Schlafzimmer oder in den Keller zu gelangen, wo sie ihre Bücher und Rechnungen aufbewahrte. Vermutlich hatte sie den Zettel ohnehin längst ins Feuer geworfen. Manchmal sah ich ihn vor mir, wie er sich in den

Flammen aufrollte und schwarz wurde, während ich versuchte, die dahinschwindenden Worte zu entziffern. Aus Phoenix Street wurde Peacock Lane, und die Hausnummer sechs mochte auch eine acht sein. Irgendwann vertraute ich meiner Erinnerung ohnehin nicht mehr.

Dann geschah etwas Seltsames. Ich hörte auf zu überlegen, wie ich an den Schlüssel zu Mrs Swanns Geldschrank kommen konnte. Fluchtpläne schmiedete ich auch nicht mehr. Ich tat nur noch, was Mrs Swann von mir verlangte, und aus den Monaten wurde ein Jahr und mehr, und irgendwann wusste ich nicht mehr, wie lange ich schon im Wig and Feathers war. Nur an den heißen Tag meiner Ankunft in Spitalfields erinnerte ich mich noch, als mein neues Leben mich mit dem fauligen Gestank des Marktes empfing.

Mein Name ist Sara Kemp. Das ist ein guter, ein kurzer Name, nicht aufwendiger als nötig, und das kommt mir gelegen. Ich arbeitete hart bei Mrs Swann, ohne aufzumucken. Warum hätte ich das auch tun sollen? Als Tochter einer Magd war mir Plackerei nicht fremd. Und von meiner Mutter, die ihr Schicksal, Witwe zu sein, klaglos hinnahm, hatte ich gelernt, es ihr gleichzutun. Ich war zu jung, um mich noch an meinen Vater zu erinnern, der Koch auf der *Baltimore* gewesen war und seinen Lohn für Wetten und Gin verpulvert hatte, bevor er zumindest über so viel Anstand verfügte, in die Neue Welt aufzubrechen und sich nie mehr blicken zu lassen. Meine Mutter erzählte jedem, er sei auf See umgekommen, ein ehrenwertes Ende für einen Mann, der für eine Wette ihre Schuhe verhökert hatte.

Die Quäker hatten uns geholfen. Sie besorgten meiner

Mutter Arbeit auf einem Gutshof und schickten mich auf die Quäkerschule im Dorf, wo man mir beibrachte, mich vor Lastern und den Gefahren der Trunksucht zu hüten, als hätte ich das durch das unrühmliche Leben meines Vaters nicht längst verstanden. Ich lernte lesen und nähen, doch als man mir sagte, ich müsse auch ein Gewerbe lernen, um mich verdingen zu können wie meine Mutter, kehrte ich nie wieder in die Schule zurück. Stattdessen folgte ich meiner Mutter in der Küche auf Schritt und Tritt, denn ich wollte nur eines: kochen lernen. Vielleicht kam ich doch nach meinem Vater.

Mrs Swann hielt mich offenbar für das fügsamste ihrer Mädchen. Nach einer Weile bewachte Nathaniel meine Tür nicht mehr, und mir waren kleine Freiheiten gestattet. Glücklich war ich gewiss nicht, aber auch nicht unglücklich. Bis auf eine Sache: Mrs Swann knöpfte mir von jedem Shilling, den ich verdiente, Sixpence ab. Ich merkte, dass ich – wollte ich jemals ein Leben außerhalb des Wig and Feathers führen – anderswo Geld verdienen musste. Deshalb hielt ich mich ab und zu in der Nähe der Docks in Billingsgate auf, wenn die Schiffe einliefen, deren weiße Segel im Wind flatterten wie zum Trocknen aufgehängte Laken. Hatten die Schiffe angelegt, öffneten sich ihre glitschigen, verkrusteten Bäuche, und Seeleute rollten Fässer mit Tee aus Bengalen und osmanischen Gewürzen heraus. War die Ladung gelöscht, gingen die Seemänner an Land. Sie standen am Hafen, Ärmel hochgerollt, Hände in die Hüften gestemmt, die salzige Luft schnuppernd und so gierig wie die Möwen, die kreischend durch den Nebel der Stadt segelten.

Aber ich war keine Twopenny-Hure, die zwischen aufgerollten alten Tauen und nach Fischabfällen schnüffelnden Streunerhunden die Röcke hob. Gegenüber vom Hintereingang des Wig and Feathers wohnte eine alte Frau, Mrs Hughes. Sie war stocktaub – oder tat zumindest so –, und man hätte vermuten können, sie sei auch blind, wenn man bedachte, was sich im Haus gegenüber alles abspielte. Mrs Hughes erlaubte mir, das kleine Zimmer über ihrem zu benutzen, gegen gelegentliche Gaben von Gin, den ich von den hinter leeren Bierfässern versteckten Flaschen im Keller des Wig and Feathers abzweigte.

Aber in London gibt es keine Geheimnisse. Die Häuser über den Gassen neigen sich so dicht zueinander, dass man alles Unerhörte zu sehen bekommt, sobald ein Vorhang einen Augenblick lang aufklafft. Eines der Mädchen musste Mrs Swann von meinen Unternehmungen erzählt haben, denn eines Tages sah ich sie aus der Schenke treten, als ich oben am Fenster stand und mich ankleidete. Es regnete, doch davon ließ sich Mrs Swann nicht abhalten. Sie stand auf der Schwelle und reckte die Nase in die Luft wie eine schnüffelnde Ratte. Dann raffte sie ihre Röcke, stapfte durch die Pfützen und verschwand unter Mrs Hughes' Erker.

Glaubt niemandem, der behauptet, Seemänner seien mutig. Der Bursche gab Fersengeld, sobald er Mrs Swann sah, eine Frau, die kaum größer war als ein Schiffsjunge. Allerdings wirkte sie mit ihrer wutverzerrten Fratze wahrhaft furchterregend. Ich war dankbar für Mrs Hughes' Taubheit, denn die Worte, die Mrs Swann von sich gab, waren nicht für empfindsame Ohren geeignet. Dann packte sie mich am Arm und zerrte mich so schnell hinaus, dass es mir gerade noch gelang, meinen Überrock vom Bett zu schnappen, bevor ich hinter ihr herstolperte. Auf der Straße tobte sie weiter, und ich stand da im Unterrock im strömenden Regen, während Mrs Swann mir kundtat, was sie mir alles antun würde. Dann schlug sie mich so hart ins Gesicht, dass mir schwindlig wurde.

Unter den Erkern an der Ecke zur Hauptstraße hatte eine Frau Schutz gesucht. Ich bemerkte sie aus dem Augenwinkel. Als Mrs Swann auf mich eindrosch, näherte sich die Frau empört, einer aufgeregten Biene gleich. Und als Mrs Swann mich am Ohr in die Schenke zerren wollte, stellte sich die Frau uns in den Weg.

»Madam«, sagte sie mit leicht zittriger Stimme, »lasst bitte dieses arme Mädchen los.«

»Armes Mädchen?«, wiederholte Mrs Swann und kniff mich noch fester ins Ohr. »An der ist gar nix arm. Eine Lügnerin und eine Diebin, das ist sie.«

Die Frau erbleichte. Sie tat mir aufrichtig leid, wie sie so vor uns stand und der Regen ihr tadellos gelocktes Haar plättete und ihr hellblaues Seidenkleid befleckte, während sie sich mit der derben Mrs Swann herumplagte.

Die ließ immerhin mein Ohr los, als sei es glühende Kohle, und ging zum Angriff über. »Wahrhaftig, Ihr wisst gar nichts, und ich wäre Euch zu größtem Dank verpflichtet, wenn Ihr Euch aus Angelegenheiten heraushieltet, die Euch nichts angehen.« Mrs Swann hielt inne und musterte ihr Gegenüber von Kopf bis Fuß. »Was hat Euch überhaupt hierherverschlagen?«, fragte sie dann, als sei die Frau in dieser Gasse ein so absonderlicher Anblick wie etwa ein Chinese.

»Sie werden mir wohl vergeben, dass ich hier Schutz vor dem Regen gesucht habe«, entgegnete die Frau, säuerlich wie Zitronenküchlein.

»Nun, der Bänderladen ist in dieser Richtung. Einen guten Tag auch.« Mrs Swann wies mit dem Kopf Richtung Hauptstraße, und ich musste unwillkürlich ein wenig grinsen. Dann packte Mrs Swann mich am Oberarm und machte Anstalten, mich in die Schenke zu zerren.

Als wir uns abwandten, sagte die Frau: »Ich weiß, wer Ihr seid.«

Mrs Swann erstarrte und drehte sich um. »Ach, wahrhaftig?«, erwiderte sie. Doch die Frau hatte mich gemeint.

Sie betrachtete mich ernsthaft. Ihre weiße Haut war an den Wangen vor Empörung gerötet. Mit ihren schlanken, glatten Händen fingerte sie an ihrer spitzengesäumten und nun durchnässten Haube herum, zog sie auf den kupferroten Locken zurecht. »Es gibt andere Gewerbe, in denen Ihr tätig sein könntet«, sagte sie eindringlich.

Als ich zu Boden schaute, deutete sie mein Zögern wohl als Scham oder Schüchternheit, denn sie sagte ermutigend: »Junge Mädchen wie Ihr werden als Dienstboten sehr geschätzt.«

Ich fand die Frau rührend in ihrer Ahnungslosigkeit, denn ich wusste sehr wohl, dass ich meine Tage mit Wäschewaschen für Fremde zubringen konnte, die Arme in Lauge, mit Ziegelstaub Flecken schrubbend, bis mir die Haut aufplatzte.

Im Wig and Feathers ging ein Fenster auf, und eines der

Mädchen rief etwas zu uns herunter. Mrs Swann schnaufte ungeduldig und verpasste mir einen Stoß. »Geh jetzt hinein, Sara.«

Die Frau blieb allein in der Gasse zurück, nahm den Korb in die andere Hand und sah uns mit grimmigem Blick nach.

ESTHER

Neunzehn Bibeln brachte ich an jenem Tag ins Armenhaus, als ich das Mädchen namens Sara kennenlernte. Wieder zu Hause, setzte ich mich mit unserem eigenen Exemplar im Salon an den Tisch und schlug es auf, klappte den Deckel so weit zurück, dass der Rücken geschmeidig wurde. Unentwegt hatte ich an das Leben dieser armen jungen Frau denken müssen. Sie benötigte das Wort Gottes gewiss so dringend wie all diese Menschen im Armenhaus. Ich wusste natürlich nicht, ob diese Sara lesen konnte, griff aber dennoch nach der Feder und schrieb: *Von Mrs Esther Thorel, Spital Square zehn.*

Im zweiten Brief Paulus' an die Korinther legte ich das Lesebändchen zwischen bestimmte Seiten. Zwar war es mir zuwider, in einem Buch etwas anzustreichen, doch ich konnte nicht umhin, einen Absatz mit Tinte zu markieren. Dann klappte ich die Heilige Schrift zu.

Da ich keinerlei Wunsch verspürte, dieses Wirtshaus zu betreten, trug ich unserem Koch auf, die Bibel im Wig and Feathers abzugeben, mit der Bitte, dass man sie einem Mädchen namens Sara aushändigen solle. »Im Wig and Feathers?«, wiederholte er mit hochgezogenen Augenbrauen. Ich bejahte, drückte ihm einen Sixpence in die Hand und hieß ihn, nicht zu trödeln.

Ich begab mich zu Elias. Wo ich meinen Ehemann finden würde, wusste ich. Auch um sechs Uhr abends hielt er sich noch in der Ladenwerkstatt an der Vorderseite des Hauses auf, wo er seinen Geschäften nachging. Als ich die Tür öffnete, sah ich ihn über die Holztheke gebeugt, auf der zahlreiche Papiere mit Zeichnungen verstreut waren. Elias sah so verwirrt zu mir auf, als könne er sich nicht erklären, wie ich hierhergeraten war. Dann schaute er aus dem Fenster, offenbar, um anhand der leeren Straße und des Zwielichts festzustellen, dass der Arbeitstag zu Ende ging.

Mein Mann ist einer der besten Seidenweber von Spitalfields, wie es bereits sein Vater vor ihm war. Elias' Großvater hatte das Handwerk auf den berühmten Webstühlen von Lyon erlernt, doch als die Hugenotten in ihrer Heimat nicht mehr in Frieden leben konnten, war er ohne jede Habe, nur mit dem Schatz seines handwerklichen Wissens im Gepäck, aus dem Land geflohen. Viele hugenottische Seidenweber hatten es ihm gleichgetan. Sie ließen sich wie er in Spitalfields nieder und übertrafen mit ihren Seiden bald jene aus Lyon an Pracht und Kunstfertigkeit.

»Sie sind wunderschön«, sagte ich, trat zum Tresen und griff nach einem der Musterentwürfe.

Elias nickte langsam, ohne den Blick von den Zeichnungen abzuwenden. »Doch welcher Entwurf ist am besten gelungen, Mrs Thorel? Die Muster sind für eine äußerst erlesene Seide gedacht.«

Ich betrachtete die kunstvollen Ornamente. Geometrische Formen, kleine chinesische Pagoden, eine filigrane

Skizze mit Meeresmuscheln. »Dies hier gefällt mir am meisten«, sagte ich und wies auf ein Blumendekor im orientalischen Stil.

»Ah, die indisch anmutenden Pflanzen«, bemerkte Elias. »Ja, das Dessin sagt mir auch sehr zu.«

Ich legte die Zeichnung zurück und machte Anstalten, ihn an das Nachtmahl zu erinnern, doch er unterbrach mich. »Ich kenne einen Seidenwebergesellen, der außerordentlich begabt ist und, wie mir scheint, das Zeug zum Meister hätte. Diesem Mann habe ich die Benutzung einer unserer Webstühle in der Mansarde gestattet, damit er an ihm sein Meisterstück anfertigen kann. Die beiden Webstühle stehen dort schließlich nutzlos herum.«

»Unsere Webstühle? Aber wieso kann er sein Meisterstück nicht auf seinem eigenen Stuhl weben?«

Elias schnalzte mit der Zunge. »Er muss nebenbei seinen Lebensunterhalt verdienen! Sein eigener Webstuhl dient zur Fertigung meiner Seide. Dem Meisterstück muss er sich in seiner freien Zeit widmen. Ich stelle ihm das Garn und bezahle seinen Beitrag bei der Weberzunft.«

Manchmal erstaunte mich mein Gatte. Das war eine äußerst großzügige Handlung für einen Mann, dem ansonsten der Verdienst über alles ging. »Das ist sehr gütig von Euch, mein Gemahl.«

Er warf mir ein kleines Lächeln zu. »Keineswegs, Gemahlin. Ich erhalte dabei eine gemusterte Seide von einzigartiger Beschaffenheit, eigens für mich gewebt und ganz ohne jedes Entgelt. Eines von diesen Mustern übrigens.« Er wies auf die Zeichnungen. »Gelingt es diesem Gesellen, Meister zu werden, ist er fortan ein freier Mann, und ich werde ihn weiter unterstützen. Ein trefflicher Austausch, meint Ihr nicht auch?«

»Aber ein Geselle … unter unserem Dach … das erscheint mir …« Mir fehlten die Worte, und ich wusste nicht, ob ich Abscheu oder eine Art angenehme Aufregung empfand.

»Ich wollte es Euch nur mitteilen. Er wird durch diese Tür ein und aus gehen«, Elias wies mit dem Kopf auf den Zugang zur Straße, durch den Garnhändler, Färber und Weber eintraten, um an der Theke mit ihm Geschäfte abzuschließen, »und die Hintertreppe benutzen, so dass Ihr ihn nicht zu Gesicht bekommen werdet. Ich habe Euch das nur mitgeteilt, weil Ihr das Klappern des Webstuhls hören werdet.«

»Dieses laute Klappern!« Ganz Spitalfields war erfüllt vom Lärm Tausender Webstühle. »Elias, aber doch bitte nicht in unserem eigenen Haus!«

Augenblicklich bereute ich meine Unbeherrschtheit. Elias schaute von den Mustern auf und betrachtete mich mit entschiedenem Blick. »Ihr lebt in einem Weberhaus, Mrs Thorel. Dieses Haus wurde von meinem Großvater erbaut, mit Geld, das er einzig durch Fleiß und Begabung erwirtschaftete. Mein Vater hat das Handwerk sieben Jahre lang an diesen Webstühlen erlernt, und ich ging meinerseits sieben Jahre lang bei meinem Vater in die Lehre, um sein Vermächtnis fortsetzen zu können. Die Webstühle meiner Familie werden nur deshalb nicht genutzt, weil ich keinen Sohn habe. Wenn ich mich nicht über den Mangel an Kindern beklage, so solltet Ihr Euch nicht über das Klappern eines Webstuhls beklagen.«

Damit wandte er sich wieder den Entwürfen zu und ordnete sie neu, legte die auserwählten über die verworfenen. Ausnahmsweise war ich froh, dass er sich um die Zeichnungen und nicht weiter um mich kümmerte, denn so entging ihm meine Verletztheit.

Ich war eine gute Ehefrau, das konnte ich von mir behaupten. Meinen Haushalt führte ich kundig, meine Näharbeiten waren tadellos. Wir kochten für die Armen und gaben Einladungen für die Reichen. In der Kirche saß ich neben meinem Gemahl, liebreizend genug, um ihm zur Zierde zu gereichen, doch zugleich ausreichend schlicht, um in der puritanischen Low Church keinen Anstoß zu erregen. Im Schlafgemach betrug ich mich klaglos und legte auch keine unziemliche Leidenschaft an den Tag. Einzig der Herrgott wusste, warum uns bislang das Kind versagt geblieben war, das die Kirchengemeinde meines Mannes als Pflicht und Notwendigkeit erachtete.

Als ich in dieser Nacht im Bett lag, sah ich im Geiste die reglosen Webstühle in der Mansarde über mir, so unergiebig und nutzlos wie mein Schoß. Elias hatte keinen Sohn, dem er das Familienhandwerk beibringen konnte. Deshalb erhielt nun dieser Mann Zugang zu unserem Haus.

Ein Fremder – ein außerordentlich begabter Fremder.

DREI

SARA

Mein Leben glich einem meiner Unterröcke: Es wurde von Tag zu Tag schmutziger. Doch da ich kein anderes hatte, fiel es mir auch nicht weiter auf. Bis etwas derart Schreckliches geschah, dass ich nicht mehr über den Zustand hinwegsehen konnte, ganz so, als habe man einen besonders wüsten Fleck auf dem Kleid.

An dem Tag, als dieser Mann im Wig and Feathers erschien, hatte Mrs Thorels Bibel bereits wochenlang unberührt auf meiner Kommode gelegen, nach und nach bestäubt mit Gesichtspuder und halb verdeckt von Fächern, Perücken und Tand. Als mir die Heilige Schrift gebracht wurde, wusste ich sofort, von wem sie stammte. Esther Thorel war nicht die einzige wohlmeinende Frau, die glaubte, Worte aus einem Buch könnten mein Leben verbessern. Doch auch sie ahnte nicht, dass ich kein anderes Leben wollte. Warum auch, wo meine Mutter nach zehn Jahren Schufterei als Magd und Köchin nur ein einziges Pfund hatte beiseitelegen können? Es war mir rätselhaft, weshalb Mrs Thorel annahm, ich würde lieber im Morgengrauen aufstehen, um Treppen zu schrubben, als meine Tätigkeit im Wig and Feathers auszuüben. Es war halb so viel Arbeit für doppelte Einkünfte. Oder glaubte Mrs Thorel etwa, dass man Dienstmädchen niemals schlug?

Ich hatte mich an die Männer gewöhnt, die zu mir kamen. Es waren Männer unterschiedlichster Art: Bäcker und Fleischer, Gerber und Talgkerzenmacher, Kaufleute und Richter. Männer, die an ihren Hut tippten, wenn sie an Damen vorübergingen, und ihnen an Türen den Vortritt ließen. Männer, die man aufsuchte, wenn man krank wurde oder durch einen Straßenjungen seiner Börse beraubt worden war. Doch mich behandelten diese Männer anders. Sie waren drängend und selbstsüchtig, scherten sich nicht um Höflichkeiten oder vornehmes Betragen. Es heißt, dass Hurerei einen Mann erfasst wie rasende Wut, und das traf auf keinen mehr zu als auf diesen Besucher.

Weder ich noch Mrs Swann hatten ihn jemals zuvor gesehen. Für gewöhnlich blieb Nathaniel bei einem Neuen vor meiner Zimmertür stehen. Unser Hausdiener war Sklave gewesen und hatte Dinge erlebt, die selbst im Wig and Feathers unvorstellbar waren. Allein das Wissen um seine Anwesenheit in unmittelbarer Nähe reichte aus, um die meisten Männer zu zügeln. Aber an diesem Abend erledigte Nathaniel einen Botengang, und der neue Freier wurde nicht beaufsichtigt.

Zu Anfang verlief alles wie gewöhnlich. Kaum zur Tür herein, entledigte sich der Mann seines Rocks. Die Weste spannte über dem beträchtlichen Bauch, da der Mann sehr beleibt war, doch sie war aus feinstem Stoff gefertigt. Das weiß ich noch genau, da ich sie direkt vor Augen hatte, als ich mich aufs Bett setzte. Ich betrachtete lieber den weißen schillernden Stoff mit dem Muster aus kleinen Maulbeerbäumen, anstatt den wuchtigen Mann zu beäugen.

Er verlangte, ich solle mein Kleid ausziehen. Ich wandte

ein, das sei doch wohl nicht notwendig, aber er starrte mich so aufgebracht an, dass ich mein Mieder aufschnürte. In Unterrock und Hemd wollte ich mich aufs Bett legen, aber der Mann packte mich am Arm, zog mich hoch und sagte: »Alles ausziehen.«

Ich öffnete den Mund, um zu widersprechen, doch der Mann brachte einen zusätzlichen Shilling zum Vorschein und warf ihn neben dem Bett auf den Boden. Ein Shilling, der nicht durch Mrs Swanns Hände gehen würde, reichte aus, um mich zum Schweigen zu bringen. Ich entkleidete mich vollständig und legte mich aufs Bett.

Es war kalt im Zimmer, und ich schlang die Arme um meinen Leib, um mich zu wärmen und zugleich vor Blicken zu schützen. Der Mann setzte sich auf den Bettrand, umfasste mit festem Griff meine Handgelenke und legte meine Arme an meine Seiten.

»Kälte ist gut für dich«, sagte er leise.

Kurz darauf verstand ich, wie das gemeint war, denn er war kaum eine Minute zugange, als er mir mit beiden Händen den Hals zudrückte. In meiner Brust brannte es so heftig, als hätte ich glühende Kohlen in der Lunge. Dann herrschte Stille. Ich spürte den Mann auf mir zwar noch, aber er sah so verschwommen aus wie der allererste Kunde, den mir Mrs Swann zugeführt hatte.

Ich glaubte wirklich, ich sei gestorben, aber dann verspürte ich einen so entsetzlichen Schmerz im Hals, dass ich unmöglich im Himmel sein konnte. Und wenn Huren nicht in den Himmel kommen, wartet in der Hölle gewiss etwas Grausameres auf sie als ein Zimmer im Wig and Feathers, wo ich mich tatsächlich noch immer befand.

Die Tür stand offen, und ich hörte eines der Mädchen die Treppe hinunterrennen und nach Mrs Swann schreien.

Nach geraumer Zeit erschien sie an meinem Bett und starrte auf mich herunter. »Hast einen Üblen erwischt, wie?«

Ich versuchte zu sprechen, aber es fühlte sich an, als versuche ich einen mit Nadeln gespickten Apfel herauszuwürgen. Mrs Swann reichte mir ein Tuch, um mich zu bedecken, und ein Glas Wasser für die Stimme. Nachdem ich ihr Bericht erstattet hatte, sagte sie achselzuckend: »Nur ein Mann, der sein Brot im kalten Ofen backen will.« Dann zog sie von dannen, nicht jedoch, ohne vorher den Shilling vom Boden eingesteckt zu haben.

Ich wickelte das Tuch fester um mich, legte mich wieder hin und schloss die Augen, weil ich ohnehin nichts anderes tun konnte. Als ich am nächsten Tag erwachte, betrachtete ich die Welt mit neuen Augen – Augen, die ich durch diesen Mann bekommen hatte. Ich bemerkte das fadenscheinige Bettzeug und den fleckigen Waschtisch. Die Striemen an meinen Schenkeln und die hervorstehenden Knochen an meinen Hüften. Ich zog meine Unterwäsche an, aber weil ich das Kleid vom Vorabend nicht tragen wollte, ging ich zur Kommode, um mir ein anderes zu holen. Dabei fiel mir die Ecke von Mrs Thorels Bibel auf, die unter dem Haufen Tand hervorragte. Ich zog sie hervor. Sie klappte von selbst an der Stelle auf, wo das Lesebändchen lag. Auf einer Seite waren mehrere Zeilen mit Tinte unterstrichen worden: 2. Korinther, Kapitel 5, Vers 17.

Ist jemand in Christus, so ist er eine neue Kreatur; das Alte ist vergangen, siehe, Neues ist geworden.

ESTHER

Es war nicht einfach, zur Mansarde hinaufzusteigen. Die Treppe war eng, mit schmalen Stufen, und endete an einer im Boden eingelassenen Klapptür. Ich war nur einmal dort oben gewesen, kurz nach meiner Heirat, als ich mein neues Heim erkundete. Damals hatte ich mir vorgestellt, wie Elias als Junge an den alten Webstühlen kraftvoll und entschlossen das Handwerk seiner Vorväter erlernte.

Doch nun würde hier ein Fremder das schlummernde Schiffchen ergreifen und es durchs Webfach werfen. Ich wollte wissen, wo dieser Mann seine Zeit verbringen, was er sehen würde, wenn er aus dem Fenster über die Dächer von Spitalfields blickte.

Es war schon spät am Nachmittag, und die Dämmerung setzte ein, doch als ich die Klapptür hochdrückte, sah ich, dass es in der Mansarde noch hell war. Wie in Weberhäusern üblich, hatte man auch hier Richtung Süden ein Fenster von Wand zu Wand eingebaut, um das Tageslicht so lange wie möglich nutzen zu können. Wegen der Helligkeit musste ich blinzeln, und es vergingen ein paar Augenblicke, bevor ich die rechteckigen Silhouetten der zwei Webstühle erkennen konnte.

Auf dem einen waren bereits die cremeweißen Kettfäden gespannt, die den Grund des Seidenstoffs bilden würden. Sie liefen durch Litzen, an denen Gewichte befestigt waren. Der Schussfaden war kobaltblau. Ich trat zu dem Webstuhl, an dem drei Generationen Seidenweber gearbeitet hatten, und strich über das raue alte Holz. Unten und an den Seiten ragten Hebel und Tritte hervor. Für mich war gänzlich unverständlich, was an dieser Vorrichtung wann gezogen, getreten, angehoben oder geworfen werden musste. Einmal hatte ich das zu erfragen versucht, aber Elias war so verschlossen gewesen wie ein Buch mit sieben Siegeln. Weben war Männerarbeit; zurück zu deiner Stickerei, kleines Mädchen.

Es war nicht verwunderlich, dass ich einen Seidenweber geheiratet hatte, einen Mann, der Kunstvolles erschuf. Schon als kleines Mädchen hatte ich zu zeichnen begonnen. Ich nahm mir Kohle aus dem Feuer und bekritzelte damit jedes Stück Papier, dessen ich habhaft werden konnte. Wenn meine Mutter mich zu fassen bekam, drehte sie immer meine Hände um. Waren sie schwarz und rußig, gab sie mir eine Ohrfeige und sagte, ich sei nicht besser als ein Schornsteinfeger. Als ich dreizehn wurde, kaufte meine Mutter mir Wasserfarben, und ich begann zu tuschen. In späteren Jahren spazierte ich allein zum Markt von Spitalfields und bewunderte die Blumenstände, an denen je nach Jahreszeit Nelken, Geranien, Tulpen oder Rosen feilgeboten wurden. An anderen Ständen lagen einheimische Früchte wie Äpfel und Birnen neben Granatäpfeln aus einem entlegenen Land, und ich malte all diese prachtvollen Dinge.

Auch die alten Seiden zogen mich in Bann. Stoffstücke aus mehrmals umgenähten Kleidern, betagt und doch noch immer glanzvoll, hingen über Stühlen oder lagen auf

Tischen. Die Zeit dieser Seiden war längst vorüber, keine Dame von Rang würde sie noch anrühren, doch die Frauen aus dem Volk feilschten um den günstigsten Preis für ein Stück Stoff aus einem Leben, das sie niemals bekommen würden. Die Früchte und Blumen vom Markt waren in diese Seide gewoben, mit einer betörenden Klarheit und Schönheit, die mein Herz höherschlagen ließ.

Und jene Männer, die Seidenmuster entwarfen und Schöpfer des endlosen Tanzes von Kett- und Schussfäden waren? Ich musste nicht weit gehen, um einem von ihnen zu begegnen. Direkt gegenüber vom Haus meines Vaters am Spital Square war einer dieser Männer bei der Arbeit zu beobachten. Elias Thorel war stets in seiner Werkstatt, wenn ich vorüberging, breitete auf der Theke Stoffballen zur Begutachtung für Händler aus oder saß über seinen Büchern. Manchmal gestattete ich mir verstohlene Blicke auf ihn wie auf heimliches Naschwerk. Eines Tages dann schaute er auf und nahm auch mich wahr.

In den Holzgestellen an den Wänden der Mansarde sah ich vielerlei Seidengarn auf Spulen und Kisten voller Schiffchen. Das helle, bereits aufgespannte Cremeweiß und Kobaltblau entdeckte ich dort, aber auch Grüntöne, Grau und Silber. Der langwierige und mühsame Vorgang, den Webstuhl einzurichten, musste sich schon seit Tagen ohne mein Wissen zugetragen haben. Nun den vorbereiteten Webstuhl zu sehen, bewegte mich. Zu Beginn meiner Ehe hatte ich geglaubt, Elias und ich seien in jeder Hinsicht ein treffliches Paar. Ich hatte mir vorgestellt, dass die Verbindung aus seiner Begabung für das Weben und meiner für die Kunst reichlich Früchte tragen würde.

Als junge Gattin eines Seidenwebers malte ich mit neuer Begeisterung. Ich entwarf nicht nur Blumenmuster, sondern spürte dabei schon förmlich die Seide, als lebe und atme sie unter meinem Pinselstrich. Einmal, als ich mit einem Muster zufrieden war, ging ich damit zu Elias. Ich fand ihn in seinem Kontor im Obergeschoss, mit der Feder über seine Papiere gebeugt. Er hatte den Kopf in die Hand gestützt, und seine Perücke ruhte auf dem Ständer neben ihm.

»Mr Thorel?«

»Gibt es Ungemach?«, fragte er, leicht stirnrunzelnd, und legte die Schreibfeder beiseite.

»Nein, keineswegs«, antwortete ich, mit vorfreudigem Flattern im Bauch. Töricht, ich weiß wohl, doch ich fühlte mich wie ein Kind, das begierig auf Lob von seinen Eltern wartet. »Ich wollte Euch nur dies hier zeigen.« Ich legte die Zeichnung auf den Schreibtisch und trat neben Elias, damit wir sie gemeinsam betrachten konnten. Jetzt spürte ich einen Anflug von Unruhe, war mir nicht sicher, was er von dem rankenden Blumenmuster halten mochte.

Er ergriff das Papier und sah mich an. »Was ist das?«

Unwillkürlich musste ich lächeln. »Ein Muster, mein Gemahl. Vielleicht für die nächste Seide, die Ihr weben werdet.«

Verblüfft blickte er wieder auf die Zeichnung. »Ihr beliebt gewiss zu scherzen.«

»Scherzen? Nein, ich scherze nicht.« Ich strich über die Blüten und Blätter. »Seht Ihr, wie sich das Muster wiederholt? In Seide wäre es …«

Ich sah ihn an. Sein Mund wirkte merkwürdig verzerrt,

an einer Seite hochgezogen. Die Worte, die ich aussprechen wollte, blieben mir in der Kehle stecken. Elias schüttelte leicht den Kopf, wie um seine Gedanken zu klären. »Weshalb befasst Ihr Euch mit derlei Dingen?«

»Weil ich teilhaben möchte an dem, was Ihr tut. Denkt doch nur: Ich könnte die Muster für Eure Seidenstoffe entwerfen. Nicht solche schwerfälligen geometrischen Formen, wie sie heutzutage üblich sind, sondern beschwingtere aus der Natur. Ich habe Euch zugesehen und gelernt …«

»Gelernt! Ihr bildet Euch ein, in wenigen Monaten gelernt zu haben, wofür meine Familie Generationen brauchte?«

»Nein, gewiss nicht. Ich dachte nur, das wäre etwas, was wir gemeinsam machen könnten.« Meine Stimme klang zittrig, angestrengt war ich bemüht, vor meinem Ehemann nicht zu weinen. Einen Augenblick starrte er mich an, dann wurde seine Miene weicher. Er zog mich auf seinen Schoß, wobei das Papier halb zerdrückt wurde. »Ihr müsst nicht Teil meiner Arbeit sein«, murmelte er an meinem Ohr. »Ihr habt doch alle Hände voll damit zu tun, die Bediensteten anzuweisen und die Mahlzeiten zu planen. Wenn Ihr Euch noch mehr nützlich machen wollt, sprecht mit Pastor Gabeau, fürs Armenhaus müssen immer neue Hemden genäht werden. Aber Seide? Nein, das ist nichts für Euch.«

Für mich also weiter nur Näharbeiten. »Ihr habt recht, mein Gemahl«, erwiderte ich, bemüht, mir meine Enttäuschung nicht anmerken zu lassen. Elias zog das Blatt unter mir hervor, strich es auf meinem Schoß glatt und betrachtete es eingehend. Dann lachte er. »Was ist ein Dessin, Mrs Thorel? Das müsst Ihr wissen, wenn Ihr Seidenmuster entwerfen wollt.« Ich schluckte und wünschte mir inständig, mich nicht seinem Spott ausgesetzt zu haben. Nachdem ich mich aus seinen Armen gelöst hatte, stand ich auf, aber er war noch nicht fertig. »Vielleicht wart es ja Ihr und nicht Mongeorge, der das Geheimnis des Glanztaffet von Lyon nach Spitalfields brachte.«

Etwas in seinen Augen leuchtete, als er mich abwartend ansah. Ich hielt dieses Leuchten für weiteren Hohn, aber ich irrte mich. Es war der erste Funke eines Feuers, das uns später verzehren würde.

Bevor ich die Mansarde verließ, ging ich zur Treppe zurück und nahm hoch, was ich dort abgestellt hatte: einen Vogelbauer mit zwei Hänflingen, die gegen die weißen Metallstäbe flatterten. Ich hängte ihn an einen Deckenhaken vor dem großen Fenster und pfiff leise, während ich den Käfig zur Ruhe brachte und die kleinen Vögel betrachtete, die auf ihren Stangen hockten und aufgeregt ihre neue Umgebung beäugten.

»Schsch, ihr beiden«, flüsterte ich. »Ihr werdet euch hier wohlfühlen. Es gibt keinen hugenottischen Seidenweber in Spitalfields, der nicht Freude an einem Singvogel hat.«

VIER

SARA

Mrs Swann war in der Schenke damit beschäftigt, die Gläser vom Vorabend abzutrocknen und mit dem Rand nach unten auf die Wandbretter hinter dem Tresen zu stellen.

»Geht's besser?«, fragte Mrs Swann, als ich mich auf einem der Hocker niederließ.

Mein Hals fühlte sich erneut wie zugeschnürt an, aber dieses Mal nicht, weil der Mann mich gewürgt hatte. Sobald ich mit Mrs Swann reden wollte, stockte mir der Atem und meine Kehle wurde eng. Ich schüttelte wortlos den Kopf.

»Ach, du wirst dich bald an den gewöhnen«, sagte Mrs Swann leichthin, kehrte mir den Rücken zu und stieg auf einen Schemel, um das oberste Brett zu erreichen. »Du hast einen guten Kunden gewonnen«, fügte sie hinzu, als spräche sie zu den Zinnkrügen vor ihr. »Die mit den besonderen Vorlieben kommen immer wieder. Er wirkte sehr zufrieden, als er ging. Hat mir einen Sixpence Trinkgeld gegeben!«

Sie stieg vom Schemel herunter und warf mir das feuchte Geschirrtuch zu. »Hier, mach dich nützlich, anstatt faul herumzusitzen.«

Unter dem Tresen holte sie ein weiteres Tuch hervor und machte sich an das nächste Glas, ohne mich aus den Augen zu lassen.

Ich nahm das Tuch und ließ es achtlos auf den polierten Holztresen fallen. Mrs Swann hielt inne. »So ist es also?«, sagte sie gefährlich leise. »Man ist sich zu gut zum Gläsertrocknen, wie?«

Jetzt schaute ich zu ihr auf. Ich hatte immer geglaubt, ihre Augen seien schwarz. Aber in der Morgensonne, die durchs Fenster schien, sah ich, dass lediglich die Pupillen riesengroß wirkten. Sie waren umgeben von einem dünnen Streifen Smaragdgrün, so leuchtend wie bei einer Katze. Mrs Swanns Hände begannen jetzt leicht zu zittern, und sie stellte das Glas so hart auf den Tresen, dass ich dachte, es würde zerbrechen.

»Dann spuck's aus«, sagte sie schroff, »was in deinem Hirn vorgeht.«

»Ich kann das nicht mehr machen.«

»Was, Gläser abtrocknen? Mir ein bisschen zur Hand gehen? Nun gut, dann ab auf dein Zimmer mit dir. Und das sage ich nur wegen gestern Nacht. Morgen bin ich nicht mehr so milde.«

»Nein, ich meine, ich kann *all das* nicht mehr machen.« Ich wedelte mit der Hand Richtung Obergeschoss. »Ich will nie wieder diesem Mann zu Diensten sein.«

Mrs Swann verengte die Augen und stützte sich mit beiden Händen auf den Tresen. Die eine Hand umklammerte den Rand wie eine Vogelkralle, die andere war vom Handtuch verhüllt. »Was soll das heißen?«, fragte sie gedehnt.

»Ich gehe weg aus dem Wig and Feathers, Mrs Swann. Gebt mir meine Börse mit meinem Geld zurück. Ich werde nicht abwarten, bis dieser Kerl mich beim nächsten Mal umbringt.«

»Hätte er das nur gestern schon getan!«, rief Mrs Swann erbost. Sie richtete sich auf, warf das Geschirrtuch beiseite und verschränkte die Arme vor der Brust. »Nein, nein, nein.« Sie schüttelte aufgebracht den Kopf. »Das geht nicht an.«

Ich glitt von dem Hocker herunter und stellte mich vor sie. »Ihr könnt mich hier nicht gefangen halten, Mrs Swann. Ich bin frei und kann hingehen, wo ich will. Gebt mir jetzt bitte mein Geld zurück.«

»Aber warum willst du fort, Sara? Ein Mädchen wie du ist da draußen verloren.«

»Ich habe vor, mir eine Stelle als Dienstmädchen zu suchen.«

»Als Dienstmädchen!«, kreischte Mrs Swann. »Bevor die Woche um ist, wirst du ein Straßenmädchen sein, du dummes Ding! Und bis Weihnachten hast du den Schanker und andere Seuchen!« Mrs Swann legte gepeinigt das Gesicht in Falten. »Du verstehst nicht, wie gut ich mich um meine Mädchen kümmere. Hat es dir hier jemals an etwas gefehlt? Wie?« Sie sah jetzt sowohl wütend als auch verwundert aus. »Musstest du jemals mit leerem Magen schlafen gehen? Hattest du jemals keine Kohle im Kamin oder kein Kleid am Leib? Nie, niemals ist so etwas vorgekommen, du undankbare Hure!«

»Ich habe meinen Unterhalt längst vielfach verdient, Mrs Swann, und das wisst Ihr auch.«

Mrs Swanns Miene änderte sich so unvermittelt, als habe der Wind umgeschlagen. Sie sah jetzt unschuldig drein und machte große Augen. »Ach ja, meine Liebe?« Sie wackelte mit dem Kopf wie ein Kinderspielzeug. »Dann sollte ich dir dein Geld wohl wahrhaftig zurückgeben, nicht wahr?«

Einen Augenblick lang war ich so verdattert, dass ich sie nur wortlos anstarrte, während die Wut, die ich für dieses Gespräch auf den Plan gerufen hatte, noch durch meine Adern tobte.

»Warte hier, mein Engelchen, während ich es hole.« Sie verschwand, und ich hörte, wie sie in den Keller hinuntertappte. Unruhig verharrte ich auf meinem Platz, überlegte, wer oder womöglich was da zum Vorschein kommen würde. Mrs Swann war so unberechenbar wie das Wetter.

Als sie wieder auftauchte, war ich erleichtert, dass sie nur ein großes in Leder gebundenes Buch unter dem Arm trug. Sie ließ es zwischen uns auf den Tresen fallen. Dann warf sie mir ein merkwürdiges Lächeln zu, in dem ich Mitgefühl und Triumph zugleich zu erkennen glaubte, und sagte: »Ich fürchte nur, dass du nicht so schnell weggehen kannst. Vorher musst du nämlich deine Schulden begleichen.« Sie klappte das Buch auf und blätterte es wichtig durch. »Ah, hier«, sagte sie dann, drehte das Buch zu mir herum und tippte mit ihrem langen Fingernagel auf eine Seite.

Oben stand mein Name, darunter erkannte ich lange Zahlenreihen. Ein Penny hier, ein Sixpence dort, manchmal ein ganzer Shilling. Neben jedem Betrag war ein Datum und ein Grund vermerkt: Essen und Bier, Unterkunft, Waschen von Hemden und Unterröcken, Stopfen von Strümpfen, Erwerb von Fächern, Perücken, Gesichtspuder, Kohle und Holz fürs Feuer, Arzneiumschläge für diese oder jene Beschwerde. Sogar ein Beitrag für Nathaniel war aufgeführt. Ich blätterte eine Seite um und dann mehrere. Seitenweise Schulden, in Mrs Swanns krakeliger Handschrift säuberlich aufgelistet, und zwar vom ersten Augenblick an, als ich meinen Fuß ins Wig and Feathers gesetzt hatte.

»Du merkst, Liebchen«, sagte Mrs Swann und sah mich mit bohrendem Blick an, »von deinem Geld ist nichts übrig. Ganz im Gegenteil.« Sie blätterte weiter bis zu einer Seite, wo die Einträge endeten, mit zwei Pence vom Vorabend für einen Heiltrank gegen meine Halsbeschwerden. »Du *schuldest* mir Geld.«

Ich starrte auf die Seite. Eine etwas zittrige Linie war unter dem letzten Eintrag gezogen worden, und darunter war der addierte Betrag festgehalten: vier Pfund, acht Shilling und Sixpence.

Mrs Swann klappte das Buch zu, ging um den Tresen herum und trat zu mir. Der Zorn war aus ihrem Gesicht verschwunden, es wirkte jetzt gütig, beinahe sehnsüchtig. Sie streichelte meine Wange und murmelte: »Meine Tochter.« Dann lehnte sie den Kopf an meine Schulter. »Nein, nein, nein, du darfst mich nicht verlassen«, flüsterte sie in die Falten meines grellfarbigen Hurenkleids.

ESTHER

»Da ist eine junge Frau, die Euch sprechen möchte, Madam.«

Ich blickte von meiner Näharbeit auf. Moll, unser Mädchen für alles, stand in der Tür, die Hände vor sich gefaltet und den Blick zu Boden gerichtet, als wage sie es nicht, mich anzuschauen. Ich legte meine Näharbeit beiseite und folgte Moll hinaus auf den Treppenabsatz. Von oben sah ich die junge Frau im Flur stehen, und als sie uns hörte, hob sie den Kopf. Ich erkannte das blasse Gesicht nicht gleich, aber sie umklammerte ein Buch, das sie jetzt hochhielt und schwenkte. Es war eine meiner King-James-Bibeln, und plötzlich kehrte die Erinnerung an dieses Mädchen aus der Gasse mit der Schenke zurück.

»Was soll ich mit ihr tun, Ma'am?«, flüsterte Moll. Sie sah aus, als wolle sie die ungebetene Besucherin zur Tür hinausscheuchen wie eine Katze.

»Einen Augenblick«, sagte ich.

Im Damenzimmer habe ich einen Holzkasten voller Knöpfe, Stoffstücke und auf Schnürnadeln gewickelte Bänder. Dort bewahre ich für solche Gelegenheiten auch immer ein paar Münzen auf. Ich stöberte darin herum, bis ich einen Sixpence entdeckte. Dann überlegte ich es mir anders und nahm einen Shilling heraus. Diese alte Frau auf der Straße hatte ausgesprochen anrüchig gewirkt, und das arme Mädchen brauchte so viel Hilfe wie möglich.

Ich drückte Moll die Münze in die Hand und wies mit dem Kopf auf die junge Frau. Moll blickte erstaunt zu mir auf, war aber klug genug, meine Großzügigkeit nicht infrage zu stellen. Ich beobachtete, wie Moll die Münze der jungen Frau reichen wollte. Doch die schüttelte den Kopf und schob Molls Hand beiseite. Dann schaute sie wieder zu mir herauf und sagte: »Verzeiht, Madam, aber ich würde gerne mit Euch sprechen. Bitte.«

Ich bat sie ins Damenzimmer, wo sie sich ein wenig scheu zwischen den weichen Kissen des Sofas niederließ. Als ich ihr auf der Chaiselongue gegenübersaß, sah mich die junge Frau mit ernstem Blick an.

»Mrs Thorel.« Sie nagte kurz an ihrer Unterlippe. »Ihr wart so gütig, mir zu sagen, dass es … *Hoffnung* für mich gäbe.« Die junge Frau warf einen Blick auf Moll, die sich an der Tür herumdrückte, bemüht, nützlich zu wirken, obwohl sie nur neugierig war. Ich schickte sie mit einer Handbewegung hinaus. Nachdem Moll die Tür hinter sich geschlossen hatte, sagte ich der jungen Frau, sie könne offen sprechen.

»Madam«, begann sie aufs Neue, jetzt etwas entschiedener, »ich möchte ein neues Leben beginnen, wie Ihr es mir vorgeschlagen habt. Ich suche eine Stellung in einem guten Haushalt.«

»Und die könnt Ihr gewiss finden«, erwiderte ich und nickte ermutigend. »Sogar Frauen wie Ihr können als Dienstmädchen arbeiten. Ich könnte in der Kirchengemeinde fragen, ob jemand Hilfe benötigt. Und bitte nehmt dies.« Ich hielt ihr die Münze hin, die zuvor verschmäht worden war, doch die junge Frau schüttelte erneut den Kopf.

»Das ist zu gütig, Madam, aber Ihr müsst verstehen, meine Lage ist äußerst schwierig.«

Ich wusste, was jetzt kommen würde, hatte das schon mindestens zehnmal gehört. Sie würde mich um mehr Geld bitten, mit dem Vorwand einer siechen Mutter oder eines hungrigen Kindes. Ich stand auf, um zu bedeuten, dass das Gespräch beendet war. »Das ist alles, was ich für Euch tun kann«, sagte ich fest und legte den Shilling auf den Tisch neben dem Sofa.

Hätte ich die Bösartigkeit der alten Frau in der Gasse damals nicht selbst erlebt, hätte ich nicht geglaubt, was ich als Nächstes hören musste. Doch ich hatte gesehen, wie sie das Mädchen schlug, und ich hatte die gehässige Stimme vernommen. Es war durchaus vorstellbar, dass die junge Frau nun wahrhaftig in der Notlage war, die sie schilderte.

»Aber das sind fast fünf Pfund!«, sagte ich bestürzt.

»Nein, Madam, nur drei Pfund, acht Shilling und Sixpence. Sie hat mir ja das Pfund weggenommen, das ich damals bei mir hatte.«

»So viel kann ich auch nicht entbehren. Habt Ihr schon einmal erwogen, Euch ans Armenhaus zu wenden?« Sobald ich das aussprach, wurde mir unbehaglich zumute. Ich schaute auf meine Hände, um den Blick von dem vornehmen Samtmöbel abzuwenden, auf dem ich saß, und vom Perlmuttzifferblatt der Standuhr, die mein Zögern mit jedem Schwung ihres glänzenden Messingpendels zu betonen schien. Doch selbst meine Hände erzählten ihre eigene

Geschichte, denn sie waren so glatt und zart, als hätten sie niemals etwas Schwereres heben müssen als die Nadel für meine Näharbeiten.

Die junge Frau nickte. »Verzeiht«, sagte sie und stand auf. »Ich hatte geglaubt, die christliche Güte, die aus Euch sprach, sei Eure eigene, nicht die anderer.«

Einen Augenblick lang standen wir uns gegenüber und sahen uns an. Ich gefangen im Netz meiner eigenen wohlmeinenden Worte, die junge Frau stumm, aber sonderbar trotzig, als fordere sie mich dazu heraus, der Mensch zu werden, als der ich ihr erschienen war.

Ist jemand in Christus, so ist er eine neue Kreatur.

Sollten diese Worte etwa in meinem eigenen Haus nicht wahr sein? Bedeutete das Wort Gottes, das ich ins Armenhaus brachte, mir selbst nichts? Jedes Mal, wenn ich die Kirche verlasse, bin ich neu geboren. Wie konnte ich der jungen Frau versagen, das Gleiche zu erleben? Selbst wenn es mich drei Pfund, acht Shilling und Sixpence kostete.

»Ich werde von Euch erwarten, dass Ihr den Betrag durch Arbeit abbezahlt«, sagte ich streng. Worauf ein so strahlendes Lächeln auf ihr Gesicht trat, dass es die vier Pfund schon beinahe wert war.

Aus dem Fenster des Salons schaute ich ihr nach, als sie mit meinem Geld in der Tasche leichtfüßig davoneilte. Und ich muss gestehen, dass ich Zweifel hegte, ob ich diese junge Frau jemals wiedersehen würde.

FÜNF

SARA

Als Mrs Swann mich sah, legte sich ihr Gesicht in erboste Falten. Ich war nun ein Ärgernis für sie, gleich einem Haarkamm, der nicht an Ort und Stelle bleiben will.

Sie saß im Keller hinter dem Tisch, an dem sie, wie ich nun wusste, all meine Schulden aufgelistet und mit jedem Eintrag ein Netz gesponnen hatte, mit dem sie mich für immer festzuhalten gedachte. Ich umklammerte die Münzen von Mrs Thorel und trat an den Tisch. »Ich habe Euer Geld.« Ich stapelte die Münzen ordentlich auf, den Sixpence zuletzt.

Mrs Swanns Augen weiteten sich und waren jetzt so tiefschwarz wie Kohle. »Woher hast du das?«, fauchte sie.

»Das tut nichts zur Sache«, antwortete ich. »Meine Schulden habe ich hiermit bezahlt. Ich bin frei.«

Sie lachte. Legte den Kopf in den Nacken und lachte aus vollem Hals, als hätte ich einen trefflichen Witz gemacht. Dann brach sie so unvermittelt ab, wie sie begonnen hatte. Es war kalt, feucht und dämmrig in dem Keller, und die kahlen Backsteinwände ließen mich an einen Kerker denken. Beinahe erwartete ich, dass Nathaniel auftauchen und mir die Tür versperren würde.

»Was ist in deinem Beutel?«, fragte Mrs Swann.

»Nichts außer dem, was ich mitgebracht habe.«

»Zeig es mir.«

Ich schüttelte den Kopf. »Nein.«

Mrs Swann holte tief Luft und atmete so langsam aus, dass es sich wie ein Seufzen anhörte. »Dann hatte er wohl doch recht.«

»Wer? Was meint Ihr damit?«

Sie stand auf, ging um den Tisch herum und stellte sich so dicht vor mich, dass sie mich beinahe berührte. Dann sagte sie: »Der Mann von gestern Abend. Weißt du, wer das war?«

Ich wusste es nicht, da es mir bei allen Männern völlig gleichgültig war.

»Das war der neue Konstabler für dieses Viertel. Danach kam er zu mir und sagte, er vermisse seine Taschenuhr. Ich wollte das nicht glauben von dir, aufrichtig. Eines meiner reizenden Mädchen eine Diebin? Aber die Uhr ist da drin, oder?« Sie stieß den Beutel mit dem Finger an, so dass er um meine Beine schwang.

»Selbstverständlich nicht.«

»Ah, dann hast du sie verkauft, nicht wahr? Daher das Geld.« Sie deutete auf die Münzen.

»Das ist Unsinn, Mrs Swann. Ich habe nichts Unrechtes getan.« In diesem Augenblick merkte ich, dass ich einfach verschwinden sollte. Ihre Worte waren ebenso wie die Einträge in diesem Buch nur Stricke, mit denen sie mich fesseln wollte.

Ich war schon auf halber Höhe der Treppe, als Mrs Swann hinter mir sagte: »Habe ich dir nie von Biddy Armstrong erzählt?« Ich blieb stehen, drehte mich aber nicht um.

»Eines meiner besten Mädchen war sie, der Herr hab sie selig.« Die Stimme aus der Dunkelheit des Kellers klang plötzlich seltsam körperlos. »Zart und liebreizend wie ein Blümchen war Biddy Armstrong. Eines Tages fing sie an davon zu reden, dass sie mich verlassen wolle, und als Nächstes vermisste ein Ratsherr, der bei ihr gelegen hatte, fünf Shilling. Was sollte ich tun? Ich hätte ihr gerne geholfen, aber sie wollte ja unbedingt weg von mir. Wurde dann aufgeknüpft. Werd nie vergessen, wie sie in Tyburn am Galgen zappelte und die Füßchen unter dem Unterrock rausschauten. Was meinst du wohl, wem Glauben geschenkt wird, wenn so etwas geschieht? Dem Ratsherrn oder der Hure?«

Meine gesamte Welt schien auf die Größe der Stufe zusammenzuschrumpfen, auf der ich stand. Ich stützte mich an der Wand ab, weil mir das Herz bis zum Halse schlug, und hörte, wie Mrs Swann unten an den Treppenabsatz trat.

»Geh nach oben auf dein Zimmer, Sara, und wir vergessen die ganze unerfreuliche Geschichte.«

Mrs Swann glaubte offenbar tatsächlich, dass ich das tun würde. Stattdessen packte ich jedoch meinen Beutel noch fester, setzte entschlossen einen Fuß vor den anderen und entfernte mich weiter von ihr.

»Du wirst mir nie entkommen, du böses Ding!«, brüllte sie und wollte mir nachlaufen, stolperte aber auf der untersten Stufe und stürzte. Sie schrie auf vor Schmerz und Wut, aber ich drehte mich nicht um.

»Du böses, böses Ding!«

Erst als ich die oberste Treppe erreicht hatte, besaß ich

die Kraft, mich umzudrehen und nach unten zu schauen. Mrs Swann hockte kläglich schluchzend auf der untersten Stufe. Dann wandte sie mir ihr bitteres, tränenüberströmtes Gesicht zu. »Trittst du mir jemals wieder unter die Augen, hole ich den Konstabler, und du wirst für deine Tat hängen. Hörst du mich? Hängen wirst du!«

Ich antwortete nicht, ließ sie einfach zurück, eine alte Frau, heulend wie ein Kind.

ESTHER

Als ich das Klappern des Webstuhls über mir zum ersten Mal hörte, dachte ich, so müsse sich eine erste Kindsbewegung im Mutterleib anfühlen. Meine Hand erstarrte beim Umblättern einer Seite, und etwas in meinem Schoß regte sich. Das gedämpfte Klack-Klack-Bumm kündete von etwas Neuem, das einen ganz eigenen Takt in unser Haus brachte.

Ich versuchte es nicht zu beachten, versuchte weiter in meinem Buch zu lesen. Als das nicht gelang, griff ich nach meiner Näharbeit, aber es kam mir nun vor, als klopfte jemand beständig an die Tür. Gewiss würde ich den Mann stören, wenn ich hinaufging, aber es erschien mir auch unhöflich, ihn nicht in unserem Haus willkommen zu heißen. Schließlich obsiegte die Neugier.

Anfänglich bemerkte er mich gar nicht. Der Lärm des Webstuhls überdeckte das Knarren der Klapptür, und der Mann war so beschäftigt damit, das Schiffchen durchs Fach zu werfen, dass er mich erst wahrnahm, als ich zu ihm trat.

»Ma'am«, sagte er verlegen und stand auf, wobei ihm das Schiffchen aus der Hand rutschte und zu Boden fiel.

»Hier«, sagte ich, hob es auf und reichte es dem Webergesellen. »Ich wollte Euch nicht erschrecken.«

»Ich dachte, der Meister selbst sei es«, sagte der Mann und nahm das hölzerne Schiffchen entgegen. »Ich hatte nicht erwartet…« Er verstummte.

»Ihr seid gar kein Franzose!«, bemerkte ich.

»Nein, ich bin Engländer.«

Ich lachte. »Ich habe Euch Leinsaat für die Hänflinge gebracht. Aber vielleicht wollt Ihr gar keine Singvögel hier?«

Der Mann lächelte und blickte zu dem Käfig am großen Fenster hinüber. »Ihr habt sie uns hingehängt? Doch, sie gefallen uns sehr, nicht wahr, Ives?«

Ein kleiner Kopf spähte hinter der Sitzbank hervor. Auf einer Strohmatte neben dem Webstuhl hockte im Schneidersitz ein etwa zwölfjähriger Junge.

»Das ist Ives, mein Mündel«, erklärte der Weber, »und ich bin Bisby Lambert, Ma'am.« Er neigte den Kopf, und ich tat es ihm gleich.

»Mrs Thorel«, sagte ich, aber er nickte schon, bevor ich zu Ende gesprochen hatte. Ich fand es eigenartig, dass dieser Mann, dem ich noch nie zuvor begegnet war, wusste, wer ich war. Hatte er mich gesehen, als ich aus dem Haus ging? Seine leuchtend blauen Augen wirkten im Licht fast durchscheinend.

»Ihr seid also hier, um Euer Meisterstück zu weben, Mr Lambert?«

»Ja, Ma'am. Ich bin Mr Thorel sehr dankbar dafür, an seinem Webstuhl arbeiten zu dürfen.«

»Was webt Ihr?« Ich trat näher heran und beäugte die Fäden, als seien sie mir so vertraut wie mein eigenes Stickwerk. Der Junge verkroch sich, als meine Röcke an ihm vorbeirauschten.

»Gemusterte Seide, Ma'am. Einen broschierten Glanztaffet.«

»Das wird sicher sehr schön.« Lambert schwieg, beobachtete nur, wie ich zu dem Vogelkäfig trat. Die Hänflinge hüpften aufgeregt auf ihren Sitzstangen herum und legten den Kopf schief, als ich mit der Zunge schnalzte und Saat durch die Stäbe streute.

Mr Lambert blieb etwas verlegen neben dem Webstuhl stehen, während der Junge daneben kniete und seine Schnüre wieder aufnahm. Als ich unten im Korridor ankam, begann das Klappern aufs Neue, das Echo des arbeitenden Mannes.

Es gibt eine Erinnerung aus meinem Leben, bevor alles anders wurde. Sie ist wie ein Kleinod für mich, das man manchmal betrachtet und dann wieder in seine Schatulle zurücklegt. Elias, wie er neben mir schläft, und ich spüre das Gewicht seines Arms auf meiner Hüfte und die Wärme seines Körpers durch mein Hemd. Er rührt sich nicht einmal, als ich mich umdrehe, und ich kann sein Gesicht betrachten, wie es mir am Tage nie vergönnt ist. Wenn er bekleidet ist, seine Perücke trägt und angestrengt über seine Arbeit nachsinnt, sieht Elias älter aus, als er ist. Das ist ihm recht, denn auf diese Weise kann er bei seinen Geschäften gewichtig wirken, als sei er doppelt so alt. Doch in diesem Augenblick sah er wie ein Junge aus, glatthäutig und verletzlich, und er schlief ruhig, obwohl man durch die Ritzen in den Fensterläden schon das Licht sah und die Vögel singen hörte. Es war ein Bild vollkommener Stille, wie ein Teich, bevor man einen Stein hineinwirft.

SECHS

SARA

Meine neue Herrin lachte beinahe, als ich ihr von Mrs Swann berichtete, und wedelte leichthin mit der Hand. Eine solche Unbeschwertheit können sich nur wohlhabende Menschen erlauben.

»Und hast du denn die Uhr tatsächlich gestohlen?«, fragte sie.

»Nein!«

»Dann brauchst du dir doch keine Sorgen zu machen.«

Ich unterdrückte ein Seufzen. Seit gerade zehn Minuten hatte ich meine neue Stellung als Dienstmädchen angetreten, da empfahl es sich wohl nicht, als Erstes herumzustreiten. Aber sie machte mich wütend. Oder besser gesagt, es machte mich wütend, meiner Herrin erklären zu müssen, wie es in der Welt dort draußen zuging.

»Madam, die Frage ist nicht, ob ich die Uhr tatsächlich gestohlen habe oder nicht. Wenn der Konstabler behauptet, ich hätte es getan, wie kann ich die zugewiesene Schuld dann leugnen?«

»Aber weshalb sollte er das tun, wenn es nicht wahr ist?«

Ich starrte sie an in der Hoffnung, dass sie die Antwort selbst finden würde. Was nicht geschah.

»Er ist ein Mann von Rang und Ansehen«, erklärte ich schließlich. »Wenn ein solcher Mann bei Mrs Swann verkehrt, hat sie Macht über ihn. Trägt sie ihm auf zu sagen, dass ich die Uhr gestohlen habe, wird er das tun, damit Mrs Swann ihn nicht in Schwierigkeiten bringt.«

Esther Thorel nickte langsam. »Aber du bist jetzt hier«, sagte sie. »Bei uns wird man dich nicht finden.«

Ich war nicht dieser Meinung, stimmte ihr aber zu, um mich fügsam zu zeigen.

Es wäre ungehörig gewesen, jetzt schon über meinen Lohn zu sprechen. Mrs Thorel zeigte mir das Haus und stellte mich Moll vor, dem Mädchen für alles, das liebenswürdig lächelte, mir aber einen giftigen Blick zuwarf, sobald Mrs Thorel in die Spülküche spähte, obwohl sie vermutlich keine Ahnung hatte, was sich dort abzuspielen pflegte. Doch Höflichkeit hin oder her, ich musste Madam fragen, wie viel Lohn ich erhalten und wie lange es dauern würde, meine Schulden bei ihr abzubezahlen. Aber ich kam nicht dazu, denn sie überhäufte mich mit Schilderungen des Tagesablaufs und Anweisungen, beispielsweise, wie lange ich ihr Frühstücksei zu kochen hatte.

Ich wollte irgendwann zu meiner Mutter zurückkehren. Meine neue Herrin sollte mit ihrem Rang und Ansehen mein Leben bereinigen, meine Vergangenheit löschen. Dass Mrs Swann mein Geld einbehalten hatte, war nicht der einzige Grund, der mich hier hielt. Wer möchte denn schon als Hure seiner Mutter unter die Augen treten? In Mrs Thorels Haus würde ich nicht nur einen anständigen Lohn erhalten, sondern auch meinen guten Ruf zurückgewinnen.

»Und wie hoch wird mein Lohn sein, Madam?«

Das fragte ich schließlich am Nachmittag, als sie einen silbernen Kerzenleuchter vom Kaminsims nahm, um mir zu erklären, wie ich ihn putzen sollte. Sie zögerte einen Moment, den Leuchter noch immer in der Hand, und wandte sich dann mir zu.

»Eine Crown«, sagte sie. Ich war etwas bestürzt. Ich würde in einer Woche verdienen, was ich bei Mrs Swann in einer Nacht beisammenhatte.

»Und selbstverständlich sind Kost und Logis frei.«

Zumindest würde man mir das nicht auch noch anrechnen. Und niemand würde mir die Kehle zudrücken.

»Meine Mutter hat mir beigebracht, wie man Silber richtig putzt«, sagte Madam und schwenkte den Leuchter. »Man muss von unten nach oben polieren, nicht quer.« Sie betrachtete mich forschend, um zu prüfen, ob ich aufmerksam zuhörte. »Und niemals, niemals Salz oder Sand benutzen, hast du verstanden?«

»Jawohl, Madam.« Unwillkürlich fragte ich mich, weshalb sich die Mutter von Mrs Thorel mit Silberputzen auskannte. Ich hatte vermutet, dass Frauen ihres Standes sich nur selbst herausputzten. Madam erriet wohl meine Gedanken, denn sie sagte: »Meine Mutter war nicht immer eine Dame, musst du wissen.«

Ich schwieg und wartete ab.

»Sie arbeitete in einer Schenke.« Madam zupfte am Spitzensaum ihres Ärmels, bis er auf ihrem Handballen lag, und begann dann damit, den Leuchter zu polieren. »Vielleicht sogar ein wenig wie du.« Sie hauchte das Silber an und begann, den Leuchter von unten nach oben zu reiben. »Danach wurde sie Sängerin und Schauspielerin und heiratete meinen Vater.« Madam strahlte den glänzenden Leuchter an, als hätte er den Aufstieg ihrer Mutter bewirkt, danach wandte sie sich wieder mir zu. »Du siehst, mit Gottes Hilfe kann man immer einen neuen Weg im Leben beschreiten.«

Was meinte Madam mit »ein wenig wie du«? Wollte sie damit sagen, dass ihre Mutter in der Schenke nicht nur das Silber geputzt hatte? Jedenfalls hatte sie das nicht für den Rest ihrer Tage getan. Ich blickte auf den Marmorbogen am Kamin, die reich bestickten Polster, die edlen Fensterrahmen. Hier stand meine Herrin mit zwei Pfund Silber in der Hand, nur weil ihre Mutter einstmals jene Schenke verlassen hatte.

Madam stellte den Leuchter zurück, nahm dann den zweiten dieser Art von der anderen Seite und reichte ihn mir. Ich nahm ihn lächelnd entgegen.

Von unten nach oben.

ESTHER

Hält man einen Honigtopf in der Hand, bleiben die Wespen nicht lange aus.

Und so war es auch, als Sara Kemp zu uns kam. Ich tat so, als erachtete ich ihre Sorgen wegen Mrs Swann und des Konstablers für nichtig, weil ich das arme Mädchen nicht beunruhigen wollte. In Wahrheit hatte ich von viel jüngeren Mädchen gehört, die man gehängt hatte, weil man sie des Diebstahls von nur einem einzigen Laib Brot bezichtigt hatte. Die Welt, die Sara hinter sich gelassen hatte, haftete ihr an wie Stroh, das am Rocksaum hängen bleibt. Ich wusste nicht, ob es mir gelingen würde, Sara zu schützen, sollte man sie hier entdecken. Und was den Konstabler betraf, hatte sie natürlich recht. Welcher Mann würde nicht für seinen Ruf das Leben einer Dirne opfern? »Du bist jetzt hier«, sagte ich zu ihr. »Hier wird man dich nicht finden.« Doch das Wig and Feathers war nur wenige Straßen vom Spital Square entfernt. Nicht mehr als ein paar Straßenzüge und doch Welten.

Ich war darum bemüht, dass Sara sich einlebte. Unseren Tagesablauf schilderte ich ihr in sämtlichen Einzelheiten – warme Brötchen morgens, Röstbrot am Abend –, damit sie sich zugehörig fühlte, auch wenn sie nicht lange bleiben würde. Vielleicht war alles zu viel für sie, denn bisweilen wirkte sie angestrengt, und als ich sagte, zum Frühstück wünsche ich nicht Tee, sondern heiße Schokolade, schien Sara den Tränen nahe. In ihrer vorherigen Stellung hatte sie sich gewiss nicht viel merken müssen. Ich begann sogar zu bezweifeln, ob man ihr überhaupt etwas beibringen könne, weil sie so benommen wirkte. Deshalb zeigte ich ihr, wie man einen Silberleuchter richtig putzt. Als ich sagte, sie würde bei uns eine Crown verdienen, wirkte sie recht bestürzt. Vermutlich, weil sie nicht wusste, was sie mit einer ganzen Crown im Monat überhaupt anfangen sollte.

Es gab einen Grund, weshalb ich mich dem Mädchen verbunden fühlte. Ich konnte nicht tatenlos zusehen, wie man Sara schlug, und konnte sie auch nicht abweisen, als sie mich um Hilfe bat. Denn meine Mutter hatte etwas Ähnliches erlebt. Sie hatte nicht im Wig and Feathers gearbeitet, aber es gab Hunderte von Freudenhäusern, die eine solche Mischung aus Gelegenheit und Verzweiflung boten. Hätte meiner Mutter niemand geholfen, wäre sie bestimmt entweder krank geworden oder bis zu ihrem Ende dortgeblieben. Ich fühlte mich verpflichtet, Sara etwas beizubringen. War sie dazu fähig, Silber zu putzen oder ein Hemd zu flicken, würde sie sich mit anderer Arbeit am Leben erhalten können. Ihr Lächeln, als sie den Leuchter entgegennahm, rührte mich, weil sie über die Gelegenheit zu ehrlicher Arbeit dankbar zu sein schien.

Dann war da noch Elias. Als er nach unserer Heirat vom früheren Leben meiner Mutter erfuhr, benahm er sich, als habe ich selbst meinen Körper den Seeleuten feilgeboten. Doch irgendwann war meine Mutter vor dem Theatre Royal in der Drury Lane stehen geblieben und dem brenzligen Geruch des Rampenlichts verfallen. Binnen Kurzem gelang es ihr, dort Einlass zu finden. Sie war gewiss ein schöner Anblick auf der Bühne gewesen, denn bald darauf durfte sie singen, bis der Vorhang aufging. Und es dauerte nicht lange, dann hatte sie die ganze Bühne erobert, sang und tanzte zwischen bunt bemalten Kulissen. Mein Vater verliebte sich in ihren anmutigen Tanz und ihre bezaubernde Stimme, mit der sie das Publikum betörte. Als die beiden heirateten, gehörten die Seeleute für immer der Vergangenheit an. Doch mein Ehemann glaubt nicht an Erlösung. Er ist der Überzeugung, dass Menschen sich durch ihre Entscheidungen und Handlungen formen und dann für ewig gleich bleiben.

Wenn Elias schon das Entsetzen gepackt hatte, weil eine Frau mit anrüchiger Vergangenheit zur Familie gehörte, was würde er tun, wenn er entdeckte, dass eine einstige Dirne unter seinem Dach lebte? Ich versuchte mir einzureden, dass er es niemals erfahren, dass Sara nur so lange bei uns arbeiten würde, bis sie ihre Schulden abbezahlt und ein paar Fertigkeiten erlernt hatte. Aber die Welt hat ihre eigenen Launen, und unser aller Leben veränderte sich von Grund auf in dem Augenblick, in dem sie durch die Tür des Hauses trat. Sara war wie eine Katze, die hereinschleicht und sich erwartungsvoll umblickt. Man möchte sie nicht gleich verscheuchen und gibt ihr ein wenig Futter. Doch im Nu hat sie sich auf deinem Lieblingssessel eingerollt und lässt dich nicht mehr aus den Augen.

SIEBEN

SARA

Das Ding war eigentlich wunderschön: schimmerndes weißes Porzellan mit einem farbigen Bild von einem Liebespaar, das in einem Garten herumtänzelt, am Rand ein verschnörkelter Griff.

»Wird's wohl bald?«, drängte Moll, Hände in die Hüften gestemmt und mit dreister Miene.

Es war klar, dass sie mir die übelsten Aufgaben übertrug. Den Boden der Spülküche hatte ich bereits geschrubbt, bis meine Hände sich wund anfühlten, und so viel Asche aus den Kaminen gefegt, dass meine Zunge trocken wie Leder war. Und nun verlangte Moll von mir, dass ich den Nachttopf der Herrin ausleeren sollte.

»Er beißt nicht, weißt du«, sagte Moll. »Du hast doch schon Nachttöpfe geleert, oder?«

Tatsächlich hatte ich das noch nie getan. Mrs Swann rühmte sich damit, ihren »Töchtern« derlei Arbeit zu ersparen. Erst wenn sie alt und verbraucht waren, wurden sie dafür eingesetzt, solche Aufgaben zu erledigen. Und als sich meine Hand um den Griff schloss, überlegte ich ernsthaft, weshalb ich mein altes Leben aufgegeben hatte, um nun mit einem Nachttopf in der Hand vor einem Abtritt zu stehen.

Es nahm kein Ende. Hatte ich einen Nachttopf geleert, war schon wieder einer voll. Während ich einen Kamin säuberte, zerfiel in einem anderen das Holz zu Asche. Kaum hatte ich die Außentreppe geputzt, musste die Holztreppe nach oben gefegt und dann mit Leinöl poliert werden. Und während ich schuftete, hockte dieses unverschämte Mädchen faul herum, beobachtete mich und lutschte Marzipan, das sie aus Madams Tafelaufsatz gestohlen hatte.

War Madam in der Nähe, lächelte Moll so zuckersüß, als habe sie das Marzipan noch im Mund, und kniete sich neben mich, als sei der Kamin ein Altar, dem wir gemeinsam huldigten. Doch sobald unsere Herrin hinausging, lungerte Moll wieder herum, sah zu, wie ich die Dielen mit Sand schrubbte, und stellte mir Fragen zu meiner Vergangenheit, die ich ebenso wenig zu beachten versuchte wie die Schmerzen in meinen Knien.

Als Moll einmal sah, dass ich Madams Waschgestell mit Essig säubern wollte, stürzte sie auf mich zu, als wolle ich es in Brand stecken. »Was tust du da?«, rief sie und riss mir den Lappen aus der Hand.

»Ich putze.«

»Die Herrin wird dir nicht danken, wenn ihre Waschschüssel stinkt wie ein Abtritt! Hast du das nicht bedacht?«

Das hatte ich wahrhaftig nicht getan. Man hatte mir gesagt, die Küche solle mit Essig und Olivenölseife geputzt werden, und so wollte ich auch Madams Schlafzimmer säubern. Moll legte den Kopf schief und beäugte mich stumm, während uns der beißend saure Geruch des Essigs in die Nase stieg.

»Mir ist unbegreiflich«, sagte sie leise, »wie ein Mädchen für alles so einen Fehler machen kann. Hat das letzte Haus, in dem du in Stellung warst, vom Dachboden bis zum Keller nach Essig gestunken?«

»Du bist das Mädchen für alles, nicht ich«, versetzte ich, nahm die Essigflasche vom Waschgestell und versuchte, an Moll vorbeizukommen.

Sie versperrte mir den Weg. »Du hattest doch gesagt, du seist Hausmädchen gewesen.«

»Ja, und ein Hausmädchen steht über dem Mädchen für alles. Geh mir aus dem Weg, ich habe zu arbeiten.«

»Und weshalb weißt du nicht, dass du im Schlafzimmer der Herrin keinen Essig verwenden darfst?«

»Weil das Mädchen für alles das Schlafzimmer geputzt hat!« Ich drückte Moll die Essigflasche in die Hand und stapfte zur Tür.

Einige wenige Wochen hielt ich durch, dann ging ich zu Madam. Ich klopfte an die Tür ihres Schlafzimmers, aber sie schien es nicht gehört zu haben, denn als ich eintrat, saß sie auf ihrem bestickten Hocker, die Röcke hochgezogen bis zum Oberschenkel, damit beschäftigt, ein Strumpfband zu befestigen. Als sie mich sah, zuckte sie zusammen und ließ das Band fallen. Gewiss hatte sie erwartet, dass ich mich entschuldigen und wieder hinausgehen würde. Doch stattdessen schloss ich die Tür hinter mir und trat zu meiner Herrin.

»Lasst mich das machen«, sagte ich, kniete mich neben sie und ergriff das Strumpfband.

»Danke«, sagte sie zögernd. Ich strich über ihre Wade,

glättete den Strumpf, der Falten geworfen hatte. Ihre Strümpfe waren so zartgrün wie ihr Seidenkleid. Ich befestigte das Band über dem Knie, nahm dann den anderen Strumpf von der Frisierkommode. Madam wirkte zuerst schreckhaft und zuckte zusammen, als ich den Strumpf über ihre Zehen streifte und dann an ihrem Bein hochrollte. Doch als ich das zweite Band anbrachte, schien sie sich bereits an die Berührung gewöhnt zu haben. Ich glättete ihre Röcke, obwohl ich es als Verschwendung empfand, die Schönheit dieser Beine zu verbergen. Als ich Madam zum ersten Mal erblickte, fand ich sie eher eigenartig mit ihrer außergewöhnlichen Hautfarbe und ihrem Gesicht, das zu ausgeprägt war, um liebreizend zu sein. Doch inzwischen war ich zu der Ansicht gelangt, dass meine Herrin eine schöne Frau war.

»Ihr hattet recht, Madam«, sagte ich.

»Womit?« Sie schien etwas verlegen, war wohl beunruhigt über das, was ich sagen wollte.

»Ihr braucht wirklich kein zweites Mädchen für alles. Moll hält das Haus so hervorragend sauber, dass keine zweite Kraft benötigt wird.«

Madam nickte langsam. »So willst du uns schon bald verlassen?« Ich hätte mir beinahe eingebildet, dass sie ein wenig enttäuscht klang. Aber vielleicht sann sie auch darüber nach, wie es mir dann gelingen könnte, meine Schulden zu bezahlen.

Ich wandte mich ab und hob ein Hemd auf, das auf dem Boden lag. Madam ließ mich nicht aus den Augen, während ich es faltete und aufs Bett legte. Dann sagte ich: »Das Haus ist gut betreut, Madam, Ihr jedoch nicht.«

Sie sah betroffen aus, als wüsste sie nicht, was ich damit zum Ausdruck bringen wollte. Ich lächelte, um sie zu beruhigen. »Ein Kammermädchen, Madam. Ihr braucht ein Kammermädchen.«

Sie lachte. »Möchtest du dich etwa selbst vorschlagen?«

»Warum nicht, Madam?« Ich trat wieder zu ihr und sank auf die Knie. »Wie könnte ich mich Euch besser erkenntlich zeigen?«

In diesem Augenblick war ich ihr so wahrhaft dankbar, als hätte ich nur ein Ziel im Leben: ihr zu dienen und jeden Wunsch zu erfüllen. Und so tat ich etwas, das sogar mich erstaunte: Ich ergriff ihre Hand und führte sie zu meinen Lippen. Als ich sie küsste, spürte ich die Kühle ihres Eherings. Madam duldete das kurz, dann zog sie ihre Hand zurück und steckte eine lose Haarsträhne unter ihre Haube.

ESTHER

Ich sprach, doch Elias blickte kaum auf, sondern löffelte seine Suppe, so sorgsam und bedächtig, wie er auch alles andere tat. Ein Tropfen rann in seinen Bart, und er lehnte sich zurück und tupfte ihn mit einem Mundtuch ab.

»Was sagtet Ihr?«

Ich richtete mich auf. »Ich sprach über das Mädchen, das erst seit Kurzem bei uns ist, Miss Kemp. Ich würde sie gerne behalten, damit sie mir zur Hand geht. Als Kammermädchen vielleicht.«

Elias griff nach seinem Weinglas und beäugte mich über den Rand. Er war mein Ehemann, und doch waren mir seine Gedanken so rätselhaft wie die Zahlen in seinen Büchern. In Anbetracht seines Vermögens lebten wir bescheiden. Wir *brauchten* tatsächlich kein weiteres Mädchen – Bedienstete, die man nicht benötigte, galten in einem hugenottischen Haushalt als unerhört verschwenderisch –, aber je länger ich darüber nachdachte, desto überzeugender fand ich Sara Kemps Worte. Ein Kammermädchen konnte ich sehr wohl gebrauchen. Und wenn ich damit auch noch jemandem einen neuen Einstieg ins Leben verschaffte – Sara würde ihre Schulden abbezahlen können –, fand ich die Vorstellung doppelt erfreulich.

»Seid Ihr einverstanden, mein Gemahl?«, fragte ich zurückhaltend. Da ich nicht ausführlich über Sara sprechen wollte, hatte ich sie beim Nachtmahl erwähnt. Elias war dann noch in Gedanken mit den Ereignissen des Tages beschäftigt und plante bereits den nächsten.

Er leerte sein Glas. »Wer ist diese Frau?«, fragte er.

»Nun«, begann ich leichthin, »Miss Kemp hat zuvor in einer Schenke gearbeitet ...«

»Einer Schenke?«, unterbrach mich Elias. »Haben wir nicht genug von Frauen, die in Schenken tätig waren?«

Ich schluckte und beschloss, diesen Seitenhieb auf meine Mutter nicht zu beachten. »Sie war Köchin«, fuhr ich fort, »eigentlich ein Küchenmädchen, sie ist aber sehr geschickt und war Monsieur Finet auch schon eine große Hilfe, soweit ich weiß.«

Mein Ehemann blickte auf seinen Teller. »Ich fand die Pastete tatsächlich besser als gewöhnlich. Das Mädchen sollte in der Küche bleiben.«

»Aber wir benötigen kein Küchenmädchen, und sie hat auch im Haushalt gearbeitet. Ich brauche Hilfe bei meiner Toilette und meiner Garderobe, beim Baden und Ankleiden.«

»Was soll sie denn tun? Euch mit Eigelb beschmieren und mit Teig umwickeln?«

»Macht Euch bitte nicht über mich lustig, mein Gemahl.«

»Was ich damit sagen will, Mrs Thorel«, fuhr er fort, griff nach dem Weinkrug und spähte hinein, »ist, dass sie in dieser Tätigkeit unerfahren ist.« Er stellte den leeren Krug beiseite und sah mich an.

Zweifellos hatte Elias recht. Sara war nicht geeignet für

unseren Haushalt, und sie anzustellen war in etwa so, als versuche man eine Kuh zwischen Schafen zu verstecken. Aber ich war nicht bereit, so leicht aufzugeben.

»Sie benötigt Hilfe und Zuflucht«, sagte ich. »Gerade Ihr solltet das doch verstehen.«

Die Anspielung auf die Geschichte seiner Familie ließ Elias verstummen.

Als wir das Mahl beendet hatten, trug Moll Stachelbeerküchlein auf. Deren Süße schien Elias milder zu stimmen, denn er sagte: »Dieses Mädchen – Kemp – kann bleiben. In Fragen des Haushalts mögt Ihr entscheiden.«

Sophia Courtauld. Manchmal sah ich sie auf dem Spital Square, ihren Korb mit guten Taten am Arm. Die Frau, die Elias geehelicht hätte, wenn nicht ich in sein Leben getreten wäre. Sophia Courtauld war von seiner Familie für ihn auserwählt worden. Eine gute hugenottische Gattin für den Thorel-Erben. Elias hatte Haus und Handwerk seines Vaters übernommen und hätte als Nächstes die Frau geheiratet, durch die eine Verbindung der Thorels mit den Courtaulds entstanden wäre. Doch dann blickte er eines Tages von seiner Arbeit auf und sah dieses englische Mädchen vorübergehen.

Ich war seine einzige Auflehnung, die einzige Handlung, die nicht den Erwartungen seiner Gemeinschaft entsprach, und dafür wurde er bestraft. Durch kleine Gesten ließ man ihn spüren, dass er sich zum Außenseiter gemacht hatte. Er bekam nicht mehr die erste Wahl, wenn es um die begehrtesten Muster oder die neuesten Malachittöne des Färbers ging, und eine Weile verarbeiteten die besten hugenottischen Webergesellen das Seidengarn für andere Meister. Doch nicht einmal in dieser Zeit schien Elias zu bezweifeln, dass ich dieses Opfer wert gewesen war. Kraft seiner Begabung und Geschäftstüchtigkeit gelang es ihm, sich in Spitalfields erneut durchzusetzen, und die nüchterneren englischen Händler und Weber unterstützten ihn.

Ich war keine schlechte Wahl, immerhin war ich die Tochter eines angesehenen Wundarztes. Wir lebten am Spital Square in einem Haus, das vornehmer war als das jedes Webermeisters, und mein Vater war oft zum Schröpfen und Aderlass bei Hofe. Doch dann starb ein Mädchen, Tochter eines Herzogs oder Grafen, und plötzlich galt das Schröpfen und Aderlassen, mit dem mein Vater reich geworden war, als Quacksalberei. Man schickte ihn nicht fort, sondern vertrieb ihn durch Klatsch und Tratsch. Zuerst gingen Gerüchte über meinen Vater und dann über meine Mutter um. Elias hatte vor unserer Ehe gewusst, dass meine Mutter Sängerin gewesen war, doch erst danach erfuhr er, dass sie zu Beginn Balladen in Schenken vorgetragen hatte. Nachdem meine Eltern dann die Stadt verlassen hatten, zog ein Advokat in das Haus, und ich habe weder Vater noch Mutter jemals wiedergesehen.

Sophia Courtauld hieß bald Sophia Marchant, und keine drei Jahre später tappten kleine Füße neben ihr, wenn sie die Straße entlangging. Ich frage mich oft, was Elias bei diesem Anblick empfindet.

ACHT

SARA

Aufgabe eines Kammermädchens ist es, die Herrin so wohlgefällig herzurichten, wie deren gottgegebene Eigenschaften es erlauben. Auf der Frisierkommode meiner Herrin waren eine Vielzahl von Tiegeln und Fläschchen mit allerlei Cremes und Wässerchen aufgereiht. Zwar war sie eine geachtete vornehme Dame, aber angesichts der zahlreichen Puder, Salben und Pflaster hätte man sie für eine Dirne halten können. Überhaupt, das gesamte Haus schien voller sonderbarer Widersprüche zu sein. Die Thorels waren Calvinisten, mithin fast Puritaner, doch ihr prachtvoll ausgestattetes Heim verwies auf Reichtum. Es gab zahlreiche Gegenstände aus purem Silber, die Wände waren holzgetäfelt und in zarten Grautönen und hellem Ocker gestrichen. Ich fragte meine Herrin einmal, ob eine solche Üppigkeit dem strengen Glauben ihres Ehemanns nicht zuwiderlief. Madam antwortete, wenn weltlicher Wohlstand mit ehrlichem Herzen durch Fleiß erworben worden sei, gelte er immer als göttlich. Es tat mir wohl, das zu hören, schon allein um der Mädchen willen, die für Mrs Swann arbeiteten.

Als ich eines Morgens das Zimmer meiner Herrin betrat, zog sie ihre Haube vom Kopf und blieb abwartend an ihrer Frisierkommode sitzen. Das herabfallende Haar war eine stumme Aufforderung, deshalb legte ich die gewaschenen Laken, die ich in der Hand hielt, in den Wäscheschrank und trat hinter Madam. In letzter Zeit achtete sie verstärkt auf ihr Äußeres, auch zu Hause, und ich sah im Spiegel, wie sie leicht auf ihre Lippen biss, um sie zu röten. Mrs Swann hätte Madam Thorel als *eigentümliche Schönheit* bezeichnet und sie möglichst unterschiedlichen Freiern vorgestellt, in der Hoffnung, dass zumindest einer Gefallen an ihren recht kantigen Gliedern und der weißen, sommersprossigen Haut finden würde. Doch mit Puder konnte man die kleinen Flecken glücklicherweise gut verdecken.

»Das reicht, Sara!«, rief Madam aus, nachdem sie mehrmals vornehm gehüstelt hatte, während ich mit der Puderquaste zu Werke ging.

»Aber man kann sie immer noch sehen, Madam«, wandte ich ein.

»Was denn?«, fragte sie in gekränktem Tonfall.

»Nichts«, murmelte ich, schloss den Pudertiegel und griff nach der Schildpattbürste, um den dichten Schopf zu entwirren. Er war herbstfarben, rötlich und bernsteingelb, golden glänzend im Licht, und ich vertiefte mich darin, das schimmernde Haar glatt zu bürsten, bis es den ganzen Rücken meiner Herrin bedeckte. Als ich aufschaute, sah ich, dass sie mich im Spiegel betrachtete. »Madam?«

Sie lächelte mich wohlwollend an. »Du bist jetzt sicher sehr froh, nicht wahr, Sara?«

Ich blickte auf das Haar, entdeckte noch ein Knötchen und nahm es mir vor. »Ja, Madam.«

»Und ich bin froh, dass ich dir helfen konnte«, sagte sie

und bewunderte gefällig ihr Spiegelbild. »Dass ich eine Frau wie dich davor bewahren konnte, weiter das zu tun, was du bei Mrs Swann tun musstest …« Sie verstummte, und ein versonnenes Lächeln trat auf ihr Gesicht.

Ich versuchte das Knötchen aufzulösen. Eine Frau wie ich? Und was war in Mrs Thorels Diensten aus mir geworden? Als Kammermädchen musste ich im Morgengrauen aufstehen und den Nachttopf leeren. Ich badete meine Herrin, kleidete sie an, hatte ihre Kleider und Perücken zu pflegen. Dafür sollte ich eine Crown pro Woche bekommen und musste mir eine Dachkammer, die nur knapp zwei Yards breit und drei Yards lang war, mit Moll teilen. Die Kammer war lediglich mit einem Bett und einem Waschgestell ausgestattet. Während meine Herrin ein Stockwerk unter uns auf federweichen Kissen ruhte, waren meine mit Stroh gefüllt. Madam konnte sich Laken aus feinem Linnen ans Kinn ziehen, meine Decke war rau und kratzig. Nur das Wasser, mit dem wir uns das Gesicht wuschen, war das gleiche. Und nun erwartete meine Herrin, dass ich für das Leben unter ihrem Dach dankbar war. Derlei bleibt einem nicht erspart, wenn man einzig dazu da ist, anderen zu dienen. Gewiss kann es als erstrebenswert betrachtet werden, Kammermädchen statt Freudenmädchen zu sein. Aber so oder so muss man in aufgezwungener körperlicher Nähe anderen dienen.

»Ah.«

»Madam?«

»Das tut weh.«

Sie sah mich mit großen Augen erstaunt an. Ich hatte mir gerade vorgestellt, wie das bronzefarbene Haar welkte wie Laub und zu Boden fiel, und dabei wohl zu grob an dem Knötchen gezupft. Ich gab es auf und bürstete Madam das Haar aus dem Gesicht, damit sie besser sehen konnte. Woraufhin sie sich dann so wohlgefällig betrachtete, als zähle Stolz nicht zu den Todsünden. Bislang hatte ich noch nicht bemerkt, wie viel Eitelkeit sich hinter dem frommen Äußeren verbarg. Es war wohl höchst befriedigend für Madam, nach Betrachtung ihres anmutigen Antlitzes mein Gesicht hinter ihr zu sehen. Als sei sie das Gemälde und ich der schlichte derbe Rahmen.

»Madam, darf ich Euch erinnern, dass ich für die vergangenen Wochen meinen Lohn noch nicht erhalten habe?«

»Deinen Lohn?«

»Ja, Ma'am. Eine Crown in der Woche, hattet Ihr doch gesagt.«

Madam schien unter ihrer Puderschicht zu erröten. »Eine Crown im Monat, Sara, nicht in der Woche.«

Ich ließ ihr Haar los, als seien es Schlangen. Fünf Shilling im Monat! Da würde es Jahre dauern, bis ich meine Schulden abbezahlt hatte! Ich wandte mich vom Spiegel ab, damit Madam meine Bestürzung nicht sah. Die Wände schienen mich erdrücken zu wollen. Wie konnte mir meine Herrin Aussichten auf ein besseres Leben vorgaukeln und mir dann nicht mehr als eine Crown im Monat zahlen? Nun war ich am Spital Square nicht minder eine Gefangene als im Wig and Feathers.

Madam drehte sich zu mir um. Ich trat zum Waschgestell und goss mir etwas Wasser aus dem Krug über die Hände, als wolle ich sie säubern.

»Ich muss dir die Tugenden harter Arbeit beibringen,

Sara«, sagte sie zu meinem Rücken, während ich die Tropfen von den Händen schüttelte. »Das ist das Beste, was du von mir bekommen kannst … besser als Geld.«

Ich zwang mich, zu ihr zurückzugehen, und wischte mir dabei die Hände am Rock trocken. Madam wandte sich wieder dem Spiegel zu, und ich nahm den Deckel von dem Glasgefäß auf der Kommode und strich mit dem Finger am inneren Rand entlang. Danach verrieb ich die Pomade zwischen den Händen, um sie geschmeidiger zu machen, und strich mit den eingefetteten Fingern durch Madams Haar. Sie neigte den Kopf ein wenig zurück und schloss beinahe die Augen. Der Lavendelgeruch stieg auf, und Madam atmete tief ein, als genieße sie den starken Duft und das ruhige Werk meiner Hände. Nachdem ich ihr Haar zusammengebunden und auf ihrem Kopf aufgetürmt hatte, stand mir eine reichliche Auswahl an Puder in Silbertiegeln für das pomadisierte Haar zur Verfügung, und ich fuhr fort, meine Herrin herauszuputzen und ihr wahres Wesen unter einer dünnen Staubschicht zu verbergen.

Wenn ich mich abends mit Moll schlafen legte, fühlten sich ihre Füße wie Eisklumpen an, und sie stieß mich mit ihren knochigen Ellbogen in die Rippen. Ich erwiderte dann die Rempelei. Moll hatte kaum ein Wort mit mir gewechselt, seit ich Kammermädchen geworden war und damit über ihr stand. Unsere kleinen Gefechte trugen wir hier im Bett aus, während wir um Platz kämpften.

Der einzige Mensch, mit dem ich je Seite an Seite geschlafen hatte, war meine Mutter gewesen. Eng aneinandergeschmiegt lagen wir in ihrem schmalen Bett, und meine Mutter sang mir ein Schlaflied, während sie mir das Haar streichelte. Ich hatte sie nicht mehr gesehen, seit sie mir damals den Beutel in die Hand gedrückt hatte, der kaum mehr enthielt als einen Laib Brot, ein Stückchen Käse sowie das Buch *Die Kunst des Kochens*, einziges Erbe meines Vaters. Indem meine Mutter sich den Inhalt dieses Buchs angeeignet hatte, war es ihr gelungen, mithilfe der Quäker eine Stelle als Köchin zu finden, so dass sie nicht länger als Magd arbeiten musste. Während sie früher kochte, las ich in dem Erbe meines Vaters, um zu verstehen, weshalb meine Mutter Zwiebeln mit Nelken spickte und ihre Kuchen mit Rosenwasser und Sherry verfeinerte. Der Tag, an dem sie mir auftrug, das Haus zu verlassen, ist in meinem Gedächtnis so unversehrt erhalten wie eingelegte Gurken in einem Glas. Meine Mutter gab mir das angesparte Pfund und schrieb Name und Anschrift ihres Vetters auf, der in Spitalfields wohnte. Das sollte mein Einstand in London werden, doch dieser Zettel war als Erstes im Mieder von Mrs Swann gelandet.

Zu Anfang weinte ich jede Nacht, grübelte darüber nach, warum meine Mutter mich weggeschickt, was ich falsch gemacht hatte. Doch nach einigen Monaten bei Mrs Swann wusste ich nicht mehr genau, weshalb ich weinte, denn ich zweifelte nicht daran, dass meine Mutter mich aufrichtig liebte. Sie musste einen wichtigen Grund gehabt haben, mich wegzuschicken, aber mir wollte einfach keine Erklärung einfallen.

Ich war wohl eingedöst. Als ich erwachte, horchte ich auf den leisen Atem von Moll und tastete nach ihr. Doch neben mir lag niemand.

ESTHER

Noch immer versuchte ich mir einzureden, dass Elias ein guter Mann sei. Dass er die Unterstützung seiner Glaubensgemeinschaft geopfert hatte, um mich zu ehelichen, obwohl er sich damit böswilliges Raunen in den Kirchenbänken eingehandelt hatte. Doch mit jedem Monat, der ohne Anzeichen einer Leibesfrucht verging, spürte ich Elias' Enttäuschung stärker. Er begann sich von mir abzuwenden, während ich mit ihm sprach. Er blickte kaum auf, wenn ich den Raum betrat, und verließ das Haus, ohne sich zu verabschieden. Ich begann mich damit abzufinden, dass er ständig anderswo war, selbst wenn wir uns im selben Raum aufhielten. Als ich mich zusehends einsam fühlte, wandte ich mich dem Malen zu.

Das war meine Zuflucht. Wenn ich malte, konnte ich etwas hegen und nähren, so wie andere Frauen ihre überschüssige Liebe einem Schoßhund geben mochten. Oder einem Kind. Die üppig schwellende Pracht von Blüten konnte ich auch darstellen, während mein Schoß brachlag. Und wenn mein Gatte seine Aufmerksamkeit eher seinem Werk als seiner Gemahlin zuwandte, so war es nicht an mir, mich zu beklagen. Eine Frau kann sich schließlich nicht mit der Schönheit von Seide messen.

Ich war in meinem Zimmer und malte, als ich erneut

dieses Geräusch vernahm, das sich anhörte, als stampfe ein Kind den Takt eines Liedes. Immer wieder die gleiche Strophe.

»Der Herr schütze uns«, rief Sara aus und drückte das Hemd, das sie gerade faltete, an die Brust, »was ist das für ein Lärm?«

»Ein Webstuhl in der Mansarde. Du wirst dich daran gewöhnen. Von Zeit zu Zeit arbeitet dort oben ein Webergeselle.«

»Aber ich dachte, der Meister lässt seine Seide auswärts anfertigen?«

»So ist es auch, aber Mr Thorel leiht diesem Gesellen den Webstuhl, damit der Mann sein Meisterstück weben kann. Wenn die Seide gut genug ist, wird der Mann in die ehrwürdige Zunft der Weber aufgenommen und selbst in den Rang eines Meisters erhoben. Mein Gatte meint, dieser Mann sei einer der begabtesten Weber von Spitalfields.«

»Verstehe«, sagte Sara zweifelnd. Sie blickte so beunruhigt zur Decke hoch, als könne der Webstuhl jeden Augenblick auf uns herunterstürzen, und fuhr dann fort, Laken zu falten. »Das scheint mir eine Zumutung für Euch, Madam«, sagte sie dann zu dem ordentlichen Wäschestapel, als sie ihre Arbeit beendet hatte.

»Nicht der Rede wert.« Ich wandte mich wieder dem Malen zu, trug mit dem Pinsel einen rosa Hauch auf ein Blütenblatt auf. Sara entdeckte stets und überall Kränkungen und Ungerechtigkeiten. Ich hatte nicht die Absicht, mich von ihrer trüben Stimmung anstecken zu lassen. »Dieses Haus wurde zum Weben erbaut, Sara. Der

Boden der Mansarde ist mit Seidenresten ausgelegt, um das Klappern des Webstuhls zu dämpfen. In diesem Haus ist ein Weber etwas so Gewöhnliches wie ein Bäcker in einer Bäckerei. Außerdem macht der Mann einen freundlichen Eindruck.«

»Ihr habt ihn getroffen?« Sara schien die Vorstellung sowohl erschütternd als auch fesselnd zu finden.

»Nur einmal«, antwortete ich. »Ich habe dort oben einen Käfig mit zwei Hänflingen aufgehängt, denen ich Leinsaat brachte.«

Sara bückte sich, um schmutzige Bettwäsche vom Boden aufzuheben, doch zuvor warf sie mir noch einen merkwürdigen Blick zu. Dann ging sie hinaus. Ich fand es sonderbar beruhigend, dem Klappern des Webstuhls zu lauschen, während ich malte. Als das Tageslicht nachließ, beschloss ich, Sara zum Zubereiten des Nachtmahls aufzufordern. Ich hatte gerade meine Pinsel weggelegt, als auch der Webstuhl verstummte, ganz als seien der Geselle und ich durch das Tageslicht verbunden und folgten seinem Geheiß.

Ich betrachtete mein Bild. Ein weiteres Muster für eine Seide, die niemals entstehen würde. Elias hielt mich nicht davon ab, meine Muster zu entwerfen; ich malte einfach, wenn er nicht in der Nähe war, und gab mich der Vorstellung hin, wie die fertige Seide am Ende aussehen würde. Doch etwas an der Anwesenheit des Webers über mir – der Gedanke, dass unter unserem Dach ein Papiermuster in Seide gewirkt wurde – ließ mir keine Ruhe, so als habe man nicht gemerkt, wie sehr ein Mensch einem gefehlt hat, bis man seine Stimme hört. Ich nahm mein Bild, noch feucht von den Wasserfarben, und ging hinaus.

Auf dem Treppenabsatz blieb ich stehen und horchte auf Geräusche aus der Mansarde. Als ich sicher war, dass Mr Lambert das Haus verlassen hatte, stieg ich die Treppe hinauf.

Der Raum fühlte sich verändert an. Die untergehende Sonne warf perlmuttfarbene Streifen an die Wände, und überall gab es Schatten und dunkle Ecken. Als ich zum Webstuhl trat, stieg mir der Geruch von Seide in die Nase, holzig und nussig, und ein Hauch Maikraut.

Ich trat zu dem zweiten, dem leeren Webstuhl, legte mein Bild auf die Schäfte mit den Litzen, in denen die Kettfäden verlaufen würden, und versuchte mir meinen Entwurf in Seide vorzustellen, als Taft oder Glanztaffet mit einem Blattmuster aus Silberfäden. Ich ließ meine Zeichnung auf dem Webstuhl liegen, trat zu den Gestellen an der Wand, an denen eine Seidengarnspule nach der anderen aufgereiht war. Die Hänflinge begannen zu flattern und zu zwitschern, auf Futter hoffend, während ich die Farben betrachtete, sie im Geiste verwob und überlegte, wie sie das Muster am besten zur Geltung bringen würden. Schließlich entschied ich mich für ein Porzellanblau, ein schönes kräftiges Orange und ein dunkles Grün. Die Spulen lagen schwer wie Melonen in meinen Armen, als ich sie zum Webstuhl trug. Ich legte sie auf die Litzen, so dass sie mein Bild überlappten. Dann trat ich einen Schritt zurück und malte mir im Zwielicht aus, wie die Farben sich zu den Mustern auf meinem Bild zusammenfügen würden.

Plötzlich hörte ich, wie unten die Tür geöffnet wurde und jemand die Treppe heraufkam. Ich zuckte zusammen, vermutete Elias und hatte ein schlechtes Gewissen, obwohl ich nicht recht wusste, warum. Unwillkürlich wollte ich das Muster verstecken, als sei es etwas, dessen ich mich schämen müsste, und stellte mich schützend vor den Webstuhl, dankbar für die Breite meiner Röcke. Deshalb stand ich Mr Lambert gegenüber, als er verwirrt blinzelnd auf der obersten Treppenstufe innehielt. Ich konnte ihn im schwindenden Tageslicht erkennen, doch er sah wohl nur einen undeutlichen Schatten vor dem Webstuhl.

»Verzeiht«, sagte ich. »Ich hatte nicht vermutet, dass Ihr noch arbeiten würdet.«

Der Weber betrat die Mansarde, blieb dann jedoch stehen. »Ich habe etwas vergessen, Ma'am«, sagte er und deutete auf einen Stoffbeutel neben der Sitzbank.

»Bitte, holt es doch«, sagte ich lächelnd. Der Weber näherte sich langsam der Bank, doch statt nach seinem Beutel zu greifen, trat er zu mir und dem zweiten Webstuhl. Der Mann war so hochgewachsen, dass er mühelos hinter mir die Spulen erkennen konnte, die wie Kohlköpfe auf den Litzen aufragten.

Beinahe hätte er gelächelt. Ich spürte dieses Lächeln hinter seiner erstaunten Miene. »Kann ich Euch mit etwas behilflich sein, Madam?«

Ich kam mir ungemein töricht vor. Was hatte ich mir nur dabei gedacht, in die Mansarde zu gehen? Ich hätte mein Bild in Ruhe im Zimmer trocknen lassen sollen.

»Nein.« Ich schüttelte leicht den Kopf, wandte mich ab und nahm die Spulen wieder an mich. Dabei glitt das Muster vom Webstuhl, schwebte zu Boden und blieb vor den Füßen des Gesellen liegen.

»Darf ich?«, fragte er.

Ich hätte es gerne selbst aufgehoben, aber meine Arme waren voller Garnspulen. Mr Lambert bückte sich, hob die Tuschezeichnung auf und legte sie auf den Webstuhl zurück. Dann erbot er sich mit ausgestreckten Armen, mir die Spulen abzunehmen. Als ich die Hände frei hatte, griff ich nach dem Bild.

»Habt Ihr das gemalt?«, fragte er, als ich es rasch zusammenfaltete, ohne darauf zu achten, ob es noch feucht war.

Ich blickte zu ihm auf. Für einen Gesellen war das eine recht kühne Frage. »Ja«, antwortete ich.

»Es ist wunderschön. Ihr habt eine Begabung, Mrs Thorel.«

Ich errötete, als habe er mein Haar oder mein Kleid gelobt. Seine Bemerkung erschien mir verstörend innig, in diesem halbdunklen Raum, in dem wir beide alleine waren.

Der Weber trat zu den Wandgestellen und legte die Spulen zurück. Ich beobachtete ihn, während er mir den Rücken zukehrte. Sein Haar war sandfarben, im Nacken mit einem glatten schwarzen Band zusammengebunden. Unter dem Leinenhemd zeichneten sich breite Schultern ab, und ich sah, wie seine Armmuskeln anschwollen, als er sich zum höchsten Brett reckte. Als Mr Lambert sich dann umdrehte, senkte ich den Blick auf seine Schuhe, die sich jetzt durch den Raum zu dem Stoffbeutel bewegten. Nachdem der Weber sich wieder aufgerichtet hatte, verbeugte er sich zum Abschied.

»Könntet Ihr das weben?«, fragte ich unvermittelt und streckte ihm meinen Entwurf entgegen. Die Frage stand im Raum, bevor ich sie unterdrücken konnte. Mr Lambert wirkte so bestürzt, dass ich mir sofort wünschte, ich könne die Worte ebenso verschwinden lassen wie dieses Muster.

»Was ich sagen wollte, ist … wäre es überhaupt möglich, so etwas zu weben?«

Der Weber spürte wohl mein Unbehagen, denn seine Miene wurde weich. »Gewiss«, antwortete er schlicht. »Man kann alles weben. Vögel, Blumen, Früchte, sogar Muscheln. Die Formen und Farben treffend wiederzugeben ist nicht einfach, aber möglich.«

»Könntet Ihr dann auch das hier weben?« Ich entfaltete das Blatt, offenbarte meine Hoffnungen und geheimen Wünsche, gestärkt durch die Bestätigung.

»Nein, das hier so nicht.«

Hastig faltete ich das Blatt abermals zusammen.

»Ma'am, versteht mich bitte nicht falsch. Euer Bild ist bezaubernd, doch der Webstuhl kann es nicht begreifen. Ihr müsst es in eine Sprache übertragen, die er kennt, versteht Ihr?«

Ich nickte, obwohl ich ihm nicht hatte folgen können. Der Weber streckte stumm die offene Hand aus, damit ich ihm das Blatt zurückgab. Dann betrachtete er die Zeichnung eingehend. »Ihr denkt in Formen, Ma'am, der Webstuhl jedoch denkt nur in Linien. Ihr müsst Euren Entwurf auf kariertes Papier übertragen und dem Webstuhl in Reihen und Karos genau mitteilen, wo jeder Faden seinen Platz finden soll. Dann wäre es möglich, dieses Muster zu weben.«

Mein Bild umzusetzen in ein webbares Muster war der nächste Schritt. Der Gedanke, es auf kariertes Papier zu übertragen, war verlockend, doch ich zögerte, fürchtete mich beinahe davor. Denn dann würde ich etwas tun, was Elias nicht guthieß, und ich wusste, dass ich es ihm nicht erzählen würde. Warum auch, wo er doch über meine Entwürfe gespottet hatte. Aber es gab einen weiteren Grund für mein Zögern. Mit meinen Vorstellungen vom Weben und von Seidenmustern verband sich nun noch etwas anderes: Leinen, das sich über feste Muskeln spannte, und der würzige Maikrautduft dieses Mannes, neben dem ich am Webstuhl gestanden hatte.

NEUN

SARA

Einige Wochen nachdem ich am Spital Square untergekommen war, schickte man mich mit einem Päckchen zu einem Gesellen des Meisters. Moll hatte gesagt, ich müsse rechts in den White Lyon Yard einbiegen, dann die Pearl Street überqueren. Wenn ich in der Nähe der Buttermilk Alley sei, würde ich es schon merken, weil die Milchmädchen nämlich die unverkaufte Buttermilch auf den Boden schütteten. Bei warmem Wetter vergor sie in der Nachmittagssonne, und abends war der Gestank dann unerträglich. Kein Mensch mit Geruchssinn konnte die Buttermilk Alley verfehlen.

Wer lebte in dieser schmalen Gasse und erwachte jeden Morgen vom Klappern der Eimer am Tragjoch und dem Schwatzen der Melkerinnen, die schnatterten wie Enten auf einem Teich? Der Meister besaß über fünfzig Webstühle in Spitalfields, und in den Mansarden von Weberhäuschen wie jenen in der Buttermilk Alley verwandelten die Gesellen das Seidengarn in kunstvolle Stoffe.

Das kleine Haus lag am Ende der Gasse, wo es am übelsten stank. Ich klopfte an die grün gestrichene Tür, die Moll mir beschrieben hatte, aber nichts regte sich. Linker Hand gab es ein Fenster mit grünen Läden, doch als ich hindurchspähte, konnte ich drinnen niemanden entdecken.

Ich trat einen Schritt zurück und schaute nach oben, wo sich im zweiten Stock ein Sprossenfenster über die gesamte Hausbreite erstreckte. Das ohrenbetäubende dumpfe Klappern und Rumsen dieser höllischen Webstühle war hier von überall her zu hören, immer wieder stockend, dann aufs Neue beginnend, als würden sie sich unterhalten. Unentschlossen blieb ich stehen und fragte mich, wie lange ich wohl warten solle.

Dann war aus der Ferne die dunkle Tenorglocke der Christ Church zu vernehmen, und nach und nach verstummte das Klappern der Webstühle, bis in all den kleinen Häusern Stille herrschte. Rasch klopfte ich an die Haustür, bevor es wieder laut wurde. Ein hochgewachsener Mann öffnete. Er stand leicht gebückt, wie eine zu groß geratene Figur in einem Puppenhaus.

»Ich habe ein Päckchen von Mr Thorel«, sagte ich und hielt es dem Mann hin. Doch statt es mir abzunehmen, nickte er und winkte mich herein.

In dem kleinen Raum standen ein Tisch und Stühle, im Kamin loderte ein Feuer. Das Erdgeschoss des Hauses bestand nur aus diesem einen Raum, der wohl als Wohn- und Esszimmer zugleich genutzt wurde. An dem Tisch saß ein weiterer Mann und goss Bier in einen Trinkkrug.

»Ein Päckchen von Thorel«, sagte der große Mann.

»Und weshalb soll das für mich sein?«, erwiderte der andere, ohne aufzuschauen. Er dehnte Schultern und Nacken, als seien sie steif von der harten Arbeit.

»Ich bekomme mein Garn bei ihm im Haus.«

Jetzt hob der Mann den Kopf und sah uns beide an. »Ach ja, du bist ja jetzt *Heimweber*, nicht wahr, Lambert?

Sitzt bei Thorel in der Mansarde und tanzt nach seiner Pfeife.«

Die Stimmung war angespannt, als drohe jeden Augenblick ein Streit, und ich fühlte mich unwohl. Rasch trat ich auf den Tisch zu, um den Auftrag zu erledigen und schnell wieder zu verschwinden.

»Mach es auf«, sagte der Mann am Tisch zu mir, bevor ich das Päckchen ablegen konnte. »Wir werden ja sehen, was drin ist. Eine Spule mit feinstem Garn im neuesten Azurblau ist für ihn hier, schlichtes Garn für ein Futter für mich.«

Fragend sah ich den anderen Mann an, doch dann wurde mir das Päckchen aus der Hand genommen. Der Mann am Tisch riss es auf und ließ den Inhalt auf den Tisch fallen. Es waren an die zehn Spulen mit glänzendem schwarzem Garn.

»Hattest recht, Lambert. Ist für mich.« Der Mann schob die Spulen mit dem Unterarm beiseite. Eine rollte vom Tisch und fiel zu Boden.

»Seid Ihr der Geselle, der in Thorels Mansarde sein Meisterstück webt?«, fragte ich den Mann namens Lambert, um von dem anderen Burschen abzulenken, der jetzt finster in sein Bier starrte.

»Ja. Ich bin Bisby Lambert, das hier ist John Barnstaple.«

»*Meisterstück*«, knurrte Barnstaple. »Glaubst du im Ernst, man wird einen wie dich in die Weberzunft aufnehmen? Du hast dich verkauft, Lambert. Bist nur noch ein Heimweber, der für seinen Herrn schuftet. Da bewahr ich mir doch lieber Unabhängigkeit, Freiheit und Stolz. Und wenn ich den ganzen Tag Schnupftücher weben muss!«

Jetzt betrachtete ich diesen Barnstaple genauer. Sein Kinn war von Bartstoppeln bedeckt, er hatte kohlschwarze Augen, und lockiges dunkles Haar fiel ihm ins Gesicht. Der Mann wirkte wie ein wilder, tollkühner Seeräuber, für den dieser Raum viel zu klein war.

»Ich muss gehen«, sagte ich, in der Hoffnung, dass Barnstaple mich ansehen würde. Doch er starrte nur Lambert herausfordernd an, ohne mich eines Blickes zu würdigen.

ESTHER

Ich breitete das karierte Papier mit den feinen Quer- und Längslinien auf dem Esstisch aus. Dieses eine Blatt würde Elias gewiss nicht vermissen. Daneben legte ich mein Bild.

Es musste mir gelingen, mein Bild vierfach vergrößert auf das karierte Papier zu übertragen. Ich begann mit dem Zeichnen, und die Blumen sahen bald recht wohlgeraten aus, aber als ich das Blatt hochhielt, wirkte der Entwurf schief, als seien auf einer Seite zu viele Glockenblumen. Der Webstuhl jedoch duldete keine Makel. Ich radierte die Skizze aus und versuchte, die Zeichnung auf den kleinen Karos symmetrischer zu gestalten.

Doch sie blieb einseitig. Künstlerische Freiheit war aber nicht erlaubt, die Zeichnung musste genauer sein als die Wirklichkeit. Weil ich so aufgebracht radierte, entstand ein Loch im Papier. Nach einem Ausruf des Ärgers begann ich aufs Neue, unterhalb des Fehlers. Dieses Mal glückte mir der erste Teil des Musters, doch als ich es fortsetzen wollte, passte der Rest nicht mehr aufs Papier. Hatte Elias das gemeint? Es kam mir vor, als stünde er neben mir und sagte höhnisch: *Was ist ein Dessin, Mrs Thorel?* Offensichtlich reichte es nicht aus, wenn man zeichnen und malen konnte. Das karierte Papier verlangte nach Ordnung und Symmetrie wie ein pedantischer Schulmeister. Als mein dritter Versuch damit endete, dass ein Blatt links vier Kästchen breiter geriet als sein rechtes Gegenstück, zerriss ich erbost die abscheuliche Zeichnung in kleine Streifen und warf sie ins Feuer. Weil ich so große Befriedigung dabei empfand, sie verbrennen zu sehen, warf ich das Originalbild gleich noch hinterher, als wolle ich es dafür bestrafen, nicht hilfreicher gewesen zu sein. Doch als das kurze zornige Flackern vorüber war, hatte ich gar nichts mehr. Kein Karopapier, kein Aquarell und nicht die geringste Absicht, jemals wieder ein Seidenmuster zu entwerfen.

ZEHN

SARA

Madam wurde matt und träge. Ich versuchte Dinge zu finden, die sie begeistern konnten, doch als ich ihr den Stickrahmen reichte, schob sie ihn beiseite. Und als ich ihr Portweingelee brachte und mich nach ihrem Wohlbefinden erkundigte, seufzte sie nur. Überdies war sie übellaunig und fragte mich gereizt, ob ich endlich die Stickerei an ihrer Tasche ausgebessert habe und wo ihre Schnürnadel sei, obwohl ich die gar nicht angerührt hatte.

Als es nicht mehr zu ertragen war, schlug ich Madam einen Ausflug zum Markt von Spitalfields vor. Zuerst wandte sie ein, da gäbe es heutzutage nichts mehr von Belang zu sehen, aber ich drängte darauf.

Seit ich Mrs Swann verlassen hatte, war ich nicht mehr auf dem Markt gewesen, und ich konnte mich schließlich nicht bis in alle Ewigkeit am Spital Square verstecken. Ich hoffte, dass Mrs Swann und ihresgleichen mich in Ruhe lassen würden, weil ich jetzt bei vornehmen Herrschaften wohnte. Deshalb sagte ich Madam, ohne sie würde ich mich nicht dorthin wagen, und da sie sich für ihr Leben gern wichtig fühlte, willigte sie ein.

Auf dem Markt war alles beim Alten. Fauliges Fleisch und Gemüse am Boden verstreut, Huren und Taschendiebe überall. Doch Madam bemerkte das gar nicht. Sie strebte sofort zu den Blumenständen und berührte lächelnd die zarten Blüten. Wie es wohl sein mag, wenn man nur das Schöne in der Welt sieht? Als Madam den Gärtner fragte, wann die ersten Rosen zu erwarten seien, spazierte ich zum Kleiderstand, weil ich Madam bitten wollte, mir eine neue Schürze zu kaufen.

Zuerst sah ich aus dem Augenwinkel das weite scharlachrote Kleid in der Menschenmenge. Ich wollte Lucy folgen, aber sie war im Nu verschwunden, und ich gab die Suche auf. Nur der Duft von Orangenblüten und Jasmin blieb zurück.

In den ersten Monaten am Spital Square hatte ich versucht, das Wig and Feathers zu vergessen, aber Lucy Carey wollte mir nicht aus dem Kopf gehen. Zu Anfang hatte mich Mrs Swann in Lucys Zimmer untergebracht, das zur Straße hinausging. Jeden Abend wurde Lucy aufgefordert, ein weites Kleid anzuziehen und sich ans Fenster zu stellen. Sie hatte eine wunderschöne Stimme, und wir schoben das Fenster weit auf, damit sie unten auf der Straße gehört wurde. Lucy trällerte Balladen und anzügliche Liedchen, und dabei lachte sie und wiegte sich zum Rhythmus.

Sie stand immer mit dem Rücken zum Fenster. Den Kopf hatte sie zur Seite gewandt, als wolle sie gleich weggehen und Spaziergänger einladen, ihr zu folgen. Ihr Haar – eine Perücke – war auf ihrem Kopf aufgetürmt, ein paar dicke Löckchen hingen herunter. Lucy war zierlich wie ein junges Mädchen, und wer von unten heraufschaute, mochte sie auch dafür halten. Ein zartes junges Ding mit einer Taille, die ein Mann mit beiden Händen umfassen konnte, während ihre süße Stimme ihm Honig ins Ohr träufelte.

Aber ich sah Lucy von der anderen Seite und wusste, dass sie mindestens vierzig sein musste. Die kokette Kopfhaltung täuschte über ihre vernarbte Haut hinweg. Mrs Swann behielt Lucy, solange es ging – sie war früher in Harris' Buch über die käuflichen Frauen von Covent Garden aufgelistet gewesen –, aber als ihr Körper voller Geschwüre war, schrien die Männer vor Schreck auf, wenn sie sich auszog. Es kam ihnen vor, als hätten sie ein Stück Fleisch ausgepackt, das vor Maden wimmelte. Damals begann Mrs Swann Lucy reichlich mit Parfum zu besprühen, als könne man die Männer mit den süßen Düften so betäuben, dass sie sonst nichts mehr wahrnahmen.

Doch von der Straße aus sah man die verunstaltete Haut ebenso wenig wie das geflickte Kleid, und Lucy sang jeden Abend im Zwielicht am Fenster, bis sie die Wörter ihrer Liedchen vergaß. Dann begann sie zu taumeln, als habe sie sich heimlich am Gin vergriffen, und eines Abends erwischte Mrs Swann sie dabei, wie sie sich aus dem Fenster lehnte und Männern auf der Straße zurief, sie sei die Königin von England. Mrs Swann kam die Treppe heraufgestapft und riss die Zimmertür auf. Dann packte sie Lucys dürres, von weißer Spitze verhülltes Handgelenk, zerrte sie vom Fenster weg und knallte es zu. Verständlich, denn eine syphilitische alte Hure erweckt in keinem Mann Leidenschaft.

Doch als ich bei Mrs Swann anfing, hatte der Anblick von Lucy im Fenster auch bei Männern Lust auf Hurerei geweckt, die so etwas noch nie gemacht hatten. Und wenn sie dann das Wig and Feathers betraten, wurden sie von Mrs Swann in Empfang genommen.

»Willkommen, Sir«, pflegte sie zu sagen und nahm den Herren Hut und Mantel ab, »setzt Euch doch ans warme Feuer. Ist wahrhaft grausam, in einer solch kalten Nacht alleine zu sein.« Und wenn der Herr sich dann unbehaglich umsah und von einem Fuß auf den anderen trat, hakte sich Mrs Swann bei ihm unter und führte ihn schnurstracks nach oben.

Wir Mädchen saßen immer zusammen in einem Zimmer, und wenn die Männer kamen, rief Mrs Swann uns nacheinander heraus. Lucy sah unterdessen nach den Säuglingen und gab ihnen Gin zu trinken, damit sie still waren, solange ihre Mütter arbeiteten. Erst im Morgengrauen durften wir schlafen. Wenn die Sonne aufging, drang das helle Licht durch die Fensterläden, und ich sah Lucy zu, wie sie am Frisiertisch saß und ihr dünnes Haar bürstete, als sei es noch immer lang und üppig. Ab und zu legte sie den Kopf schief und betrachtete ihr Spiegelbild so fragend, als wisse sie nicht, wen sie da vor sich hatte. Manchmal konnte ich den Anblick nicht mehr ertragen und schloss die Augen, um nicht zu sehen, was auch mir irgendwann bevorstand. Dann nahm ich nur noch den Duft wahr: Bergamotte, Amber, Orangenblüten und Jasmin. Sogar jetzt noch hörte ich manchmal nachts Lucys Stimme, die Lieder von Seeleuten in fernen Ländern trällerte …

»Da bist du ja, Sara!« Madam klang schrill und gereizt. »Ich habe dich überall gesucht!«

»Verzeihung, Madam. Ich glaubte, eine Frau entdeckt zu haben, die ich von früher kannte.«

Madams Miene wurde weich. »Ja, ich kann mir denken, dass es hier allerhand Geister für dich gibt. Komm, ich will dir etwas zeigen.«

Ich folgte ihr zu einem der Stände, an denen Früchte verkauft wurden. Madam kicherte und sagte begeistert: »Schau nur! Hast du so etwas schon jemals gesehen?«

Das merkwürdige Gebilde war schuppig wie der Schwanz einer Nixe, obendrauf saß ein stachliger grüner Schopf. »Das könnten die Damen bei Hofe auf ihren hohen Perücken tragen«, sagte ich und setzte mir das Ding auf wie einen Hut. Der Händler blickte erbost, während Madam in ihren Seidenhandschuh kicherte. In diesem Augenblick schaute ich nach oben und sah den Mann, auf einem Balkon. Wildes schwarzes Haar bis zu den Schultern, die Augen verengt, als er mich erkannte. Der stattlichste Weber von ganz Spitalfields betrachtete mich, während eine Ananas auf meinem Kopf hockte.

ESTHER

Ich kaufte nichts auf dem Markt. Zwar waren die Frühlingsblumen bezaubernd schön, doch ich wollte nicht mehr ohne Sinn und Zweck malen. Ich brauchte ein Ziel für meine Zeichnungen, und dieses Ziel sollte die Seide sein. Meine Blumen sollten nicht mehr nutzlos dem Papier verhaftet sein.

Unwillkürlich horchte ich auf die Geräusche im Haus. Kaum eine halbe Stunde nach dem Läuten der Christ Church begann das Klappern. Es wurde mir im Lauf der Zeit so vertraut, dass ich die Stille an Tagen, an denen Bisby Lambert nicht im Haus war, beunruhigend fand. Ich hätte es nicht für möglich gehalten, dass man die Abwesenheit eines Menschen spüren konnte, den man gar nicht sah.

Eines Nachmittags, nachdem Lambert fast eine Woche nicht im Haus gewesen war, hörte ich den Webstuhl und wusste sofort, dass ich an diesem Tag in die Mansarde gehen würde. Ich musste mir nur noch einen Grund einfallen lassen.

Christliche Nächstenliebe. Dieser Grund war immer tauglich für eine gute hugenottische Gattin.

»Ich habe hier etwas für Euch.«

Lambert legte das Schiffchen ab und nahm die noch warmen, in Musselin gehüllten Küchlein in Empfang.

»Mein Hausmädchen hat sie gerade frisch gebacken.«

»Habt besten Dank, Madam«, sagte er, höflich und ein wenig überrascht, und legte das Bündel auf die Bank. Ives, der auf seiner Strohmatte hockte, beäugte die Gabe begierig.

»Greif zu«, sagte ich zu dem Jungen. »Frisch schmecken sie am besten.«

Ives blickte fragend auf, aber Lambert lächelte nur und nickte. Vorsichtig ergriff der Junge das Bündel und legte es in seinen Schoß.

»Ihr macht Fortschritte«, sagte ich und trat neben den Weber. Ives rutschte auf seiner Matte beiseite, schon mit vollen Backen mampfend. Zwischen Litzen, Kamm und Warenbaum erstreckte sich ein Stück cremeweiße Seide, durchwirkt mit Kobaltblau.

»Ein wenig«, erwiderte der Weber nüchtern.

»Aber Ihr arbeitet den ganzen Tag«, sagte ich mahnend. »Es dauert seine Zeit.«

Lambert nickte. »Manchmal frage ich mich, weshalb ich das überhaupt mache.«

»Mein Gatte hält Euch für außerordentlich begabt, Mr Lambert. *Deshalb* webt Ihr hier.«

»Mr Thorel ist zu gütig.«

»Nein, ist er nicht!«, widersprach ich lachend. »Das solltet Ihr doch wissen. Er gibt Euch diese Möglichkeit nur, weil er an Euch glaubt.«

»Wisst Ihr, wie viele Seidenwebergesellen jemals Meister werden, Madam?« Lambert ahnte natürlich, dass ich das nicht wissen konnte. Die blauen Augen betrachteten mich forschend. »So gut wie keiner. Denn nur die Meister haben genügend Geld, um sich etwas aufzubauen. Nur die Meister können sich die Gebühren der Weberzunft leisten. Die Söhne von Webermeistern werden selbst Meister. Die Söhne der Gesellen bleiben Gesellen.«

»Dann habt Ihr doch umso mehr Grund, Euer Meisterstück hier zu weben, Mr Lambert. Mein Ehemann möchte Euch helfen, und wenn Ihr diese wunderbare Seide fertiggestellt habt, will er sie natürlich auch verkaufen.« Ich wies mit der Hand auf den Stoff.

»Und wie ist es Euch ergangen, Mrs Thorel?«, fragte der Weber. »Habt Ihr Eure schöne Zeichnung auf Karopapier übertragen?«

»Es ist mir nicht gelungen«, antwortete ich seufzend.

Sein Blick wirkte belustigt. »Ich soll also mein Meisterstück fortsetzen, aber Ihr dürft Eure Entwürfe für neue Dessins aufgeben?«

Ich erwiderte nichts, sondern sah ihn nur freundlich an.

»Kommt«, sagte Lambert und winkte mich an seine Seite. »Wenn Ihr den Webstuhl versteht, wird es Euch leichterfallen. Das hier ist die Mise en carte«, sagte er und deutete auf das am Webstuhl befestigte karierte Musterpapier. »Die Farbe in einem Quadrat zeigt an, wann ein Kettfaden über dem Schussfaden liegt, wodurch die Musterung entsteht. Das hier sind die Zampel.« Er strich über einige vertikale Schnüre, und als er an einer zog, hoben sich mehrere Litzen. »Die Zampel sind mit Gruppen von Latzen verbunden, durch die das Muster eingelesen wird. Zieht der Junge sie in der richtigen Reihenfolge hoch, heben sich die benötigten Litzen, wenn ich das Schiffchen mit dem Schussfaden werfe. Das müsst Ihr Euch vorstellen, wenn Ihr Euer Muster zeichnet. Jedes schwarze Quadrat steht für einen Zampel, der gezogen werden muss. So ist jeder Schuss unterschiedlich, und es können aufwendige Muster entstehen.«

»Ich danke Euch, Mr Lambert«, sagte ich. »Jetzt habe ich es verstanden.«

Sein Lächeln war herzlich und verschmitzt. »Es ist nicht so schwierig, wie es klingt, Mrs Thorel. Ihr müsst nur Euer Dessin vergrößern und es auf ein Raster übertragen, damit der Weber an jedem Kästchen sehen kann, welcher Faden benutzt werden soll. So ist es doch, nicht wahr, Ives? Ives?«

Ich wandte mich um. Der Junge lag eingerollt wie eine Katze auf der Strohmatte.

»Er ist eingeschlafen!«, sagte ich.

Bisby Lambert schüttelte den Kopf. »Das ist meine Schuld. Ives schuftet schon den ganzen Tag und arbeitet dann noch als mein Ziehjunge. Kein Wunder, dass er erschöpft ist.«

Ich konnte es dem Kleinen nachfühlen. Das ganze Gerede von Latzen und Zampeln hatte auch mich schläfrig gemacht.

»Und ich fürchte, er hat alle Eure Küchlein aufgegessen«, fügte der Weber hinzu und hob das Tuch aus Musselin vom Boden auf.

»Das macht nichts«, erwiderte ich lächelnd. »Ich kann Euch jederzeit neue bringen.«

ELF

SARA

Moll stand mit hochgekrempelten Ärmeln in der Spülküche am Becken und schrubbte die fettigen Töpfe mit Ziegelmehl. Durch den Türbogen zur Hauptküche rief das Mädchen mir zu: »Hilfst du mir?«

»Nein, ich suche nach etwas Essbarem«, antwortete ich und öffnete die Speisekammer.

»Abendessen gibt es erst in zwei Stunden.«

»Aber nicht für mich. Ich soll fertige Seide von den Gesellen abholen und dachte, ich bringe ihnen etwas mit.«

Ich hörte, wie Moll eine Schale mit Wasser aus dem Bottich füllte und begann, die Töpfe auszuwaschen. »Welche Gesellen sind das?«, rief sie über das Geschirrklappern hinweg.

Ich seufzte ungeduldig. »Ich glaube, John Barnstaple und dieser andere, Lambert. Nicht, dass dich das was anginge.«

»Ah, gewiss.« Ich stellte mir vor, wie sich Molls grinsendes Gesicht in einem der glänzenden Töpfe spiegelte. »Diese beiden also. Sie können die Seide wohl nicht selbst herbringen?«

»Ich habe gehört, wie der Meister sagte, er bräuchte sie jetzt. Deshalb hab ich angeboten, sie zu holen. Ich bin gerne behilflich.«

»Ach ja? Dann nimm doch das hier und schütte es in

den Abtritt.« Moll erschien im Türbogen und hielt mir die Schüssel mit dem trüben Wasser hin.

Ich tat, als hätte ich das kleine Luder nicht gehört. »Es gibt also nichts, was ich den Webern mitbringen könnte?«

Moll stützte die Schüssel in die Hüfte. »Glaubst du, wir sind hier im Wirtshaus?«

In der Speisekammer entdeckte ich ein paar Lammklößchen und nahm sie mit. Zuvor hatte ich laute Stimmen aus der Werkstatt des Meisters gehört. Als Barnstaples Name fiel, blieb ich stehen und lauschte, die Arme voller geflickter Strümpfe von Madam. Ein Händler beschwerte sich, weil sein bestellter Taftsamt längst überfällig war. Nachdem der Mann gegangen war, fragte ich, ob ich zur Buttermilk Alley gehen und nachfragen sollte, ob der Auftrag fertig sei. Ich wollte, dass John Barnstaple wusste, wer ich war; Mrs Thorels Kammermädchen, nicht nur irgendein junges Ding, das auf dem Markt mit Früchten herumspielte.

»Die können ihre Speisen behalten«, sagte Barnstaple mit wütendem Blick auf die Lammklößchen.

»Barnstaple.« Lamberts Tonfall war mahnend. »Das ist nicht nötig. Richte unseren Dank aus«, sagte er zu mir. Ich hatte natürlich nicht die Absicht, ihnen zu sagen, dass Elias Thorel Barnstaple lieber den Hals umgedreht hätte, als ihm Essen zu schenken.

»Der Auftrag?«, fragte ich.

»Er bekommt den Taftsamt, wenn er fertig ist«, knurrte Barnstaple.

»Aber Mr Thorel braucht ihn jetzt. Der Händler wartet schon ungeduldig.«

»Wenn Thorel ihn so dringend braucht, soll er einen anständigen Preis dafür bezahlen.«

»Entlohnt er Euch nicht für die Seide, die Ihr für ihn webt?«

»Er zahlt schon«, antwortete Barnstaple und griff nun doch nach einem Klößchen. »Aber weniger als früher. Hat den Stücklohn herabgesetzt und erwartet, dass ich mich abrackere, um die Seide noch schneller zu liefern!«

»Warum hat er den Lohn herabgesetzt?«

»Weil die Händler ihre Seide von den Franzosen kaufen. Und weil die Leute nicht mehr bereit sind, für Seide zu bezahlen.« Barnstaple klang so ungehalten, als müsse er das alles einem Kind erklären. »Und kann der Meister die Seide nicht verkaufen, bezahlt er uns nicht mehr fürs Weben. Warum soll man für Seide aus Spitalfields Geld ausgeben, wenn Kattun weniger kostet?«

Darauf wusste ich keine Antwort, aber die erwartete Barnstaple auch nicht. Er redete sich in Rage und lief rot an. Ich starrte auf seinen Mund, während er sprach. Dann beugte sich der Geselle zu mir. »Weißt du, dass es Webermeister gibt, deren Webstühle schon stillstehen? Die Gesellen dieser Meister haben nichts zu essen und verhungern.«

Ich schüttelte den Kopf. Obwohl ich das Gefühl hatte, dass ich etwas sagen sollte, war ich so gebannt von Barnstaples Gesicht, dass ich kein Wort hervorbrachte.

»Aber«, sagte er mit Nachdruck, »damit werden sie nicht durchkommen.« Er wandte den Blick ab und griff nach einem Bierkrug. Ich fühlte mich plötzlich seltsam verlassen und starrte Barnstaple an, in der Hoffnung, er würde mich wieder ansehen. Er dachte anscheinend, ich hätte Angst um meine eigene Zukunft, denn er fügte mit spöttischem Grinsen hinzu: »Keine Sorge, die werden immer jemanden brauchen, der ihre Nachttöpfe ausleert.«

Ich errötete und war froh, dass man es in dem trüben Licht sicher kaum bemerkte.

»Das Hausmädchen trägt ja kaum Schuld daran«, sagte Lambert.

Durch seine Worte kam ich wieder zu Sinnen. Ich hörte auf, John Barnstaple anzuglotzen, als sei er eine Art Erlöser, und hob das Kinn. »Ich bin Sara Kemp«, sagte ich. »Mrs Thorels neues *Kammer*mädchen.«

Er musterte mich von Kopf bis Fuß. »Sag denen, sie sollten beim nächsten Mal das Mädchen für alles schicken. Die ist hübscher als du.«

Ich fühlte mich wie ein Mundtuch, das man gebraucht nach dem Essen beiseitewirft.

»Beachte ihn nicht«, sagte Lambert. »Er ist übellaunig und hat zu viel getrunken.«

Barnstaple lachte und schenkte sich Bier nach. »Moll werden wir wohl so bald nicht mehr zu Gesicht bekommen«, murmelte er vor sich hin. »Der Meister lässt sie bestimmt nicht aus den Augen.«

»Was wollt Ihr damit sagen?«, fragte ich.

»Das wirst du schon noch merken«, antwortete Barnstaple und prostete mir mit hämischem Blick zu. Dann leerte er den Becher und knallte ihn auf den Tisch. »Komm nächste Woche wieder. Dann ist Thorels Seide fertig, verflucht sei der Kerl.«

Später, in der Küche der Thorels, betrachtete ich Moll mit neuem Blick. Bislang hatte ich kaum mehr von ihr wahrgenommen als die raue Haut ihrer Fersen, die mich nachts im Bett streiften, und die übergroße Schürze, die sie zweimal um ihre zierliche Taille band. Moll kam mir vor, als sei sie noch ein halbes Kind, ungeschickt und staksig wie ein Fohlen. Doch an diesem Abend blieb ich in der Tür zur Küche stehen und sah ihr zu. Sie saß am Tisch, schnitt auf einem Brett Majoran und Thymian und hielt immer wieder inne, um sich die Kräuter von den schmalen weißen Fingern zu streichen. Ihr buttergelbes Haar hatte sie zu einem dicken Zopf geflochten, und ihre Lippen schimmerten wie Perlmutt, glatt und zartrosa.

Dieses Mädchen ist viel zu liebreizend, dachte ich. Welche Herrin von Verstand holte sich so einen reifenden Pfirsich ins Haus? Mrs Thorel konnte zwar durchaus auch als Schönheit gelten, aber die Zeit ging an niemandem spurlos vorüber. Madam war im Sommer ihres Lebens angelangt, und Moll wirkte wie der knospende Frühling.

ESTHER

»Aber warum denn, Madam?«

»Warum? Da könntest du genauso gut fragen, warum wir essen oder schlafen. Unsere Seele braucht Nahrung wie unser Körper, Sara. Und diese Nahrung bekommt die Seele im Gebet und in der Kirche.«

»Aber als ich noch bei Mrs Swann war, bin ich nie zur Kirche gegangen.«

»Das glaube ich gern. Fester, bitte.«

Sara beugte sich nach hinten und zog an den Bändern meines Schnürleibs. Ich hielt die Luft an, damit sie ihn noch enger machen konnte. Jede Kleinigkeit musste ich Sara beibringen. Sie hatte zwar behauptet, sehr erfahren zu sein mit Damenkleidung, konnte aber nicht einmal das Seidenband richtig in die Schnürnadel fädeln und mein Mieder von unten nach oben schnüren. Wie ihr das bei ihrem eigenen gelang, war mir rätselhaft, doch ich hatte nicht die Absicht nachzufragen. Ich zeigte Sara nur, wie sie das Band zu führen hatte, nach der letzten Querung durch die Ösen, um dann nach der Schlaufe das lose Ende fest hinter die weiße Ziegenlederkante zu schieben.

»Aber das ist doch nicht recht nach meinem früheren Leben.«

»Sara …« Ich stützte die Hände in die Taille und half

dabei, die Kanten des Schnürleibs zusammenzudrücken. »Dieses Leben liegt nun hinter dir. Es ist wichtig, dass du zur Kirche gehst und gesehen wirst. Wir wollen doch nicht, dass man sich wundert, warum du nie dort erscheinst, wo du nun in einem frommen Haushalt lebst.«

»Ist es so eng genug?«

»Noch einmal ziehen, bitte.« Für die Kirche musste ich tadellos aussehen. Ich schob das Schnürleib vorne ein wenig nach unten und hob meinen Busen über die mit Wolle gefüllten Kissen, die an der Innenseite festgenäht waren. »Such mir ein Kleid aus, Sara.«

Sie steckte das Ende des Seidenbands fest und ging zu meinem Schrank. Nur mit Hemd und Schnürleib bekleidet setzte ich mich an meine Frisierkommode, um mir das Gesicht zu pudern, bevor ich das Kleid anlegte. Im Spiegel sah ich, wie Sara auf mich zutrat und ein rotes Damastkleid mit einem grünen Schnörkelmuster hochhielt. Ich seufzte so tief, dass Puder aufstäubte, der mir in den Augen brannte und mich zum Niesen brachte.

»Nicht das«, fauchte ich und wedelte mit der Hand, damit der Puder verflog. »Wir gehen zur Kirche, nicht ins Theater!« Ich stellte den Tiegel weg, begab mich zum Schrank und ließ die Hand über die zahlreichen Kleider gleiten. »Das hier ist angebracht.« Ich zog ein graues Samtkleid mit einem schlichten weißen Spitzenbesatz heraus.

Sara streifte mir die Ärmel über und trat dann vor mich, um die Spitze zu ordnen. Dabei blickte sie betont auf meine Brüste, die sich über dem Schnürleib wölbten, und sagte: »Es erscheint mir eigenartig, sich für *Gott* so herauszuputzen.« Worauf ich ihre Hand wegschob und die Spitze selbst zurechtzupfte, um Sara für ihre Dreistigkeit zu bestrafen.

Pastor Gabeau beugte sich über die Kanzel. Der düstere Altarraum der L'Église Neuve war eine geeignete Kulisse für die gestrengen Ermahnungen des Geistlichen. Nachdem er die Liturgie auf Französisch verlesen hatte, begann er mit seiner Predigt, in der er sich häufig über das Gleiche ereiferte. Hie und da unterbrachen seine Worte meine Gedanken: »… die jungen Menschen lehnen die Sprache ihrer Väter ab, als schämten sie sich, von ihnen abzustammen …«

Elias, der stocksteif und mit strenger Miene neben mir saß, blickte starr nach vorne, als lausche er dem Pastor. Aber vermutlich schaute mein Ehemann eher auf die Reihen vor uns, die von den angesehensten hugenottischen Familien besetzt waren. Auf diese Plätze hatte er vor der Heirat mit mir Anspruch gehabt. Doch nun waren Elias Thorel und seine englische Frau dort nicht mehr wohlgelitten. Eine kleinliche Kränkung. Nach vier Jahren Ehe beschäftigte mich noch immer die Frage, ob Elias wegen mir aus seiner angestammten Gemeinschaft hinausgedrängt wurde.

Hinter uns saßen die Gesellen; vor Gott galten sie als gleichgestellt, nicht jedoch vor dem Webstuhl. War Bisby Lambert unter ihnen? Konnte er mich sehen, während er nach vorne zum Pastor schaute? Fühlte sich der Geselle durch mich von der Predigt abgelenkt? Musste er sich zwingen, den Blick von meinem schlanken Hals abzuwenden und den belehrenden Worten von Gabeau zu lauschen? Diese Vorstellung war natürlich Unsinn, denn

Lambert hatte keinen Grund, eine hugenottische Kirche aufzusuchen.

Sara auf meiner anderen Seite wirkte artig wie ein Schulmädchen, die Hände im Schoß gefaltet, den Blick auf den eifernden Pastor gerichtet, der seine Predigt mit lebhaften Gesten unterstrich. Gewiss würde ihr niemand anmerken, was sie einst gewesen war. Ganz, als habe sie mit sauberen Kragen und weißen Schürzen auch zugleich die Tugend angelegt. Als ich ihr Gesicht von der Seite betrachtete, bemerkte ich nicht ohne Neid ihre glatte weiße Haut und die dichten, dunklen Wimpern. Ich stieß Sara leicht an, und die Wimpern zuckten nach oben. Die haselnussbraunen Augen wirkten lebhaft und wach. Vielleicht hätte ich das Mädchen doch nicht mitnehmen sollen. Schließlich verband sie rein gar nichts mit dem Glauben der Hugenotten.

Aber seit Neuestem bestand Elias darauf, dass die Bediensteten mit zur Kirche gehen sollten. Moll saß auf seiner anderen Seite, das Hausmädchen neben dem Seidenwebermeister. Dass Elias im Umgang mit Untergebenen so fürsorglich war, bewunderte ich an ihm. Beim Betreten der Kirche hatte er die Tür aufgehalten und Moll angelächelt, als sie an ihm vorüberging. Es beeindruckte mich sehr, dass sich ein angesehener und wohlhabender Mann einer Dienstbotin gegenüber so formvollendet verhielt.

ZWÖLF

SARA

Der Hausherr war dem Wesen nach nicht verschwenderisch, beschäftigte jedoch einen französischen Koch aus der Familie Finet, die seit Jahrhunderten mit den Thorels verbunden war. Man hatte mir erzählt, dass Monsieur Finets Großvater im selben Haushalt groß geworden war wie der Großvater von Mr Thorel in Frankreich. Als die Unruhen begannen, flüchteten die beiden gemeinsam aus Lyon, versteckt unter einem Berg Seide auf einem Pferdekarren. Wie eigentümlich, dass Seide den Meister schon damals gerettet hatte. Als man sie schließlich ablud, lag Thorel bleich wie eine abgehangene Schweinehälfte auf dem Karren, und Finet hatte ihn mit seinem eigenen Atem wieder zum Leben erweckt.

Der Monsieur Finet zwei Generationen später war nicht französischer als mein linker Fuß, bestand jedoch darauf, die Traditionen aus dem Land seines Großvaters zu bewahren. Er verlangte, »Monsieur« genannt zu werden, und ließ seine Kleidung nach französischer Manier schneidern. Angesichts seines Leibesumfangs hätte man ihn für den besten Koch der Gemeinde halten können, doch dem war nicht so. Ich hatte Madam gegenüber einmal zu fragen gewagt, weshalb man im Hause Thorel einen Koch beschäftigte, der nicht in der Lage war, Gänsefett von Schweineschmalz zu unterscheiden. Doch Madam antwortete, der Herr des Hauses würde eher seine Webstühle aufgeben als Monsieur Finet. So mussten wir uns also abfinden mit unserem Koch *à la mode*.

Eines schönen Nachmittags im Spätfrühling betrat ich die Küche. Es war ein prachtvoller Tag, sonnig und mit einem leichten Wind, der Blütenblätter durch die Luft wirbelte wie Schnee. Monsieur Finet hatte offenbar dem lieblichen Vogelgezwitscher und dem einschläfernden Sonnenschein nicht widerstehen können und döste auf seinem Stuhl neben dem Herd. Das vor sich hin köchelnde Schmorgericht war kurz davor anzubrennen, und ich nahm einen Löffel von der Anrichte und rührte es um. Finet schlug die Augen auf und beobachtete mich stumm. Seit ich im Haus wohnte, duldete er mich lediglich, so wie den Kater, der eingerollt zu seinen Füßen lag. Ich nahm *Die Kunst des Kochens* vom Wandbrett, um nach etwas Ausschau zu halten, womit das Gericht noch zu retten war.

»Einen guten halben Liter Süßwein braucht es noch, mehr nicht«, sagte Finet.

Ich klappte das Buch zu und wandte mich dem Koch zu. »In der Tat. Und Eurem Geruch nach zu schließen braucht Ihr das ganz gewiss nicht mehr.«

Finet kicherte. Die Süßweinflasche auf dem Tisch war leer, Finet war also nicht nur die Sonne zu Kopf gestiegen. Während ich in der Küche aufräumte, spürte ich, wie mich der Koch mit Blicken verfolgte.

»Wo, sagtest du, hast du früher gearbeitet?«, fragte er.

Ich fegte gerade Krümel von der Arbeitsplatte, und meine Hand stockte. »In einem Gasthaus«, antwortete ich und warf die Krümel in einen Eimer. Dann drehte ich mich zu Monsieur Finet um und wischte die Hände an der Schürze ab.

»Aha«, sagte er und richtete sich auf. »Und welches Gasthaus war das?«

»Das kennt Ihr nicht. In einem anderen Viertel.«

»Und was hast du in dem Gasthaus getan?«

Ich seufzte übertrieben laut und begann geräuschvoll die sauberen Teller aufzustapeln. Monsieur Finet zuckte bei jedem Klappern zusammen. »Das hatte ich doch bereits gesagt, *Monsieur*. Ich habe in der Küche ausgeholfen.«

Finet nickte langsam. »Aber Moll sagt, du seist Hausmädchen gewesen. Und wie es scheint, kein besonders gutes.«

»Küchenmädchen, Hausmädchen, wo ist da der Unterschied?«

»Das ist ein gewaltiger Unterschied«, erwiderte Finet. »Jeder, der sich mit der Hausarbeit auskennt, weiß das.«

Ich drehte mich um. Meine Geschichten wurden allmählich so verworren wie die Schalen von Karotten und Kartoffeln neben dem Topf. Finet ließ mich noch immer nicht aus den Augen. »Ich war zuerst Hausmädchen. Dann fand ich Arbeit in einem Gasthaus als Küchenhilfe. Kochen kann ich wohl besser als saubermachen.«

»Verstehe«, sagte Finet. »Da hast du Glück gehabt. Das würden viele lieber machen. Genauso wie vom Hausmädchen zum Kammermädchen aufsteigen, nicht wahr?«

Ich gab keine Antwort. Der Koch war bestimmt ohnehin zu benebelt, um sich später an dieses Gespräch zu erinnern. Ich stellte die Teller in die Anrichte und setzte den Wasserkessel auf.

»Wie gut kennt Ihr Moll?«

Finet zuckte die Achseln. »Recht gut. Warum fragst du?«

»Nur so.« Ich strich das Geschirrtuch am warmen Griff des Herds glatt. »Einer der Webergesellen machte so eine Bemerkung.«

»Auf deren Gerede kann man nichts geben. Die sind nur zufrieden, wenn sie Unruhe stiften können.«

»Es ging um den Meister und Moll«, fuhr ich unbeirrt fort. »Er ließe sie nicht aus den Augen, hieß es.« Ich wartete einen Augenblick ab. »Und manchmal, wenn ich nachts aufwache, ist Moll nicht im Bett.«

»Misch dich nicht ein, Weib«, sagte Finet missbilligend. »Das geht uns beide nichts an.«

»Aber gewiss geht es Mrs Thorel etwas an. Ich bin ihr Kammermädchen, ihr Wohl liegt mir am Herzen.«

»Das Einzige, was dir am Herzen liegt, ist deine Neugier.«

Der Wasserkessel pustete aufgebracht eine Dampfwolke in die Luft. Ich nahm ihn vom Feuer und goss heißes Wasser in Monsieur Finets zähen Schmortopf. Genau das braucht dieser Haushalt, dachte ich, während ich mit dem Kochlöffel die angebrannten Seiten des Topfs bearbeitete. Hier muss mal ordentlich umgerührt und gestochert werden.

ESTHER

Mit gefalteten Händen kniete ich auf dem samtbezogenen Betschemel am Bett, die Ellbogen auf die seidene Überdecke gestützt. Wir hatten vieles, wofür wir dankbar sein konnten. Wir waren mit Wohlstand gesegnet, und nun dienten wir Gott auch in Wort und Tat, indem wir Sara bei uns aufgenommen und so eine Seele gerettet hatten. Ich betete gerade für die Nachbarin, die an den Pocken erkrankt war, als Sara hereinkam. Sie sah verkniffen aus, aber das war bei ihr nicht ungewöhnlich. Allmählich erschloss sich mir, dass für sie das Leben so sauer war, als bisse sie in eine Zitrone.

»Ist etwas nicht in Ordnung?«, fragte ich.

Sara seufzte tief, breitete ein sauberes Nachthemd auf dem Bett aus und zupfte es zurecht. Das tat sie so umständlich, als wolle sie auf sich aufmerksam machen. Deshalb erhob ich mich und fragte, was sie denn plage.

»Ihr seid zu gut zu mir, Madam«, antwortete sie.

Ich schnalzte ärgerlich mit der Zunge. Es war schon spät, und ich wurde müde. Gewiss wollte Sara mir etwas ganz anderes sagen. Sie fummelte weiter an der Spitze des Nachthemds herum und murmelte dann: »Es schmerzt mich sehr, Euch das mitteilen zu müssen.«

»Was denn, Sara?«, fragte ich streng. Sie ließ das Nachthemd los und blickte zu mir auf. »Mr Thorel, Madam. Und Moll.«

»Was ist mit ihnen?« Mir stand nicht der Sinn nach unsinnigem Gerede.

Sara holte tief Luft, als müsse sie ihren ganzen Mut zusammennehmen. »Manchmal schläft Moll nicht in ihrem Bett, Madam. Ich habe dann schon überall nach ihr gesucht, sie aber nicht gefunden.«

Ich runzelte die Stirn und überlegte, was das bedeuten sollte. Dann lächelte ich. »Als Moll noch jünger war, nächtigte sie gern in der kleinen Kammer beim Herd, weil es dort schön warm ist. Das macht sie gewiss noch immer.« Ich zog ungeduldig an den Bändern meines Schnürleibs, damit Sara sich mit etwas Nützlicherem beschäftigte. Sie verstand den Hinweis, trat hinter mich und befreite mich von dem Mieder. Ich seufzte erleichtert und strich mir übers Gesicht.

Dann Saras Stimme, dicht an meinem Ohr. »Dort ist sie aber auch nicht, Madam. Ich habe überall nachgesehen. Außer in Eurem Schlafzimmer natürlich. Und in dem von Mr Thorel.«

Ich fuhr herum und sah sie an. »Nun, hier ist sie nicht!«

Sara blickte zu Boden. »Natürlich nicht, Madam.«

Ihren Gedanken folgen zu wollen kam mir vor, als versuchte ich Rauch einzufangen. Es war wirres Geschwätz, das mir aber dennoch Unbehagen verursachte. Ich wollte es nicht aussprechen, tat es aber trotzdem: »Du willst doch wohl nicht andeuten, Moll könnte sich im Zimmer meines Gatten aufhalten? Da kennst du ihn aber schlecht.«

Elias war zwar nicht der aufmerksamste Ehemann unter

der Sonne, aber das hatte damit zu tun, dass er in Gedanken dauernd mit der Seide beschäftigt war. Ein Mädchen wie Moll würde er nie bemerken, außer er würde in einem seiner Bücher auf sie stoßen. Ich seufzte gereizt und scheuchte Sara aus dem Zimmer. Eine andere Herrin hätte ihr für diese Dreistigkeit den Mund verboten. Ich kleidete mich alleine weiter aus und ging zu Bett.

Der Schlaf wollte sich nicht einstellen, stattdessen starrte ich ruhelos auf den Baldachin über mir. Auf dem Nachttisch flackerte eine Kerze, und das unstete Licht gaukelte meinen müden Augen allerlei Trugbilder vor. Ich konnte Einbildung und Wirklichkeit nicht mehr voneinander unterscheiden. Wo hielt sich Moll nachts auf? Entweder war Saras Gedanke ein Hirngespinst oder meine Ehe. Beides zugleich war nicht möglich.

Das war vollkommener Unsinn. Ich zweifelte nicht an Saras gutem Willen – sie glaubte sicher, mir mehr zu schulden als nur Geld, nach allem, was ich für sie getan hatte. Aber mir von den wirren Fantasien einer Dienstbotin den Schlaf rauben zu lassen, war lächerlich.

Ich beschloss, darüber mit Elias zu sprechen, und setzte mich auf. Und falls er schon schnarchend im Bett lag, würde ich zumindest ruhig schlafen können. Ich zog meinen Morgenmantel über, nahm die Kerze und öffnete die Zimmertür. Für einen Moment blieb ich unentschlossen stehen. Ich hatte meinen Mann noch nie in seinem Schlafgemach aufgesucht, stets kam er zu mir. Mein Herz pochte plötzlich so laut, dass ich fürchtete, die anderen würden von dem Lärm erwachen. Schließlich holte ich tief Luft und begab mich zu seiner Tür. Meine Hand umfasste gerade den Türknauf, als ich von drinnen Lachen hörte. Ein hohes, girrendes Lachen wie von einem Kind. Ich erstarrte. Dann ein tiefes, warmes Lachen, von einer samtigen Stimme, die Geborgenheit spenden konnte. Danach Stille, ein Schutzwall für die beiden dort drin.

Ich stand da, die Hand noch am Türknauf, während mein Leben neu gemischt wurde wie ein Kartenspiel. Es kam nicht infrage, dass ich dieses Zimmer betrat. Was sich dort abspielte, wollte ich nicht sehen, wollte ich mir nicht antun. Es wäre, als würde man die Büchse der Pandora öffnen. Etwas Schreckliches würde herausfliegen, etwas, das man niemals wieder einfangen könnte. Ich löste meine Hand, wandte mich ab und ging zu meinem Zimmer zurück, tastete mich an der Wand entlang, als sei der vertraute Flur plötzlich fremdes Terrain. Innen lehnte ich mich an die Tür, bis sie sich mit einem beruhigenden Klacken schloss und mich von Molls perlendem Lachen und meinem Ehemann trennte. Einem Mann, der mir fremd geworden war.

Am nächsten Morgen nahm ich die heiße Schokolade in Empfang, die Sara mir ans Bett brachte. Als sie sich nach meinem Befinden erkundigte, sagte ich, dass ich wohlauf sei. Ich trank den Kakao in kleinen Schlucken, während Sara im Zimmer stumm ihren Tätigkeiten nachging. Ich spürte, wie das warme Getränk mein Gesicht erhitzte, als würde ich vor Scham erröten. Schließlich stellte ich die Tasse ab und trug Sara auf, mir eines meiner Lieblingskleider zu bringen, aus taubenblauer Seide mit einem Muster aus weißen Fächern. Ich machte mich mit großer Sorgfalt zurecht. Als Locken und Haube tadellos saßen, ging ich hinunter zum Frühstück und begrüßte meinen Mann mit heiterer Stimme. Er blickte kurz von der Zeitung auf und nickte mir zu, ohne etwas zu meinem Kleid oder meinem Haar zu sagen; das tat er nie. Ich breitete das Mundtuch auf meinem Schoß aus. Während wir aufs Frühstück warteten, sagte ich, das Wetter sei schön, der Sommer sei wohl endlich gekommen. Elias gab hinter seiner Zeitungswand nur ein Grunzen von sich. So vertieft ins Weltgeschehen war er, dass er sich nicht mit dem abgeben wollte, was in seiner Nähe war.

Als Moll mir die Eier servierte, lächelte ich und dankte ihr. Ich machte alles genau wie immer, doch innerlich fühlte ich mich hohl, als sei alles, woraus ich bestand, entwendet worden. Als ich aufstand, fürchtete ich beinahe, kraftlos zu Boden zu stürzen. Danach erschuf ich mir aus den alltäglichen Tätigkeiten ein starres Gerüst, das mich stützte wie das Fischbein meines Schnürleibs oder die Drähte, die meinem Haar Form verliehen.

DREIZEHN

SARA

»Die Arnauds kommen zum Abendessen.«

Madam wandelte durch die Küche, griff nach Flaschen und Krügen und spähte hinein, als suche sie einen Schatz, bevor sie alles wieder zurückstellte. Dann wandte sie sich dem Koch zu. »Womit sollen wir die Herrschaften bewirten?« Monsieur Finet saß am Tisch und schärfte sein Hackbeil. Das Klirren von Stein auf Metall klang wie ein Echo von Madams schriller Stimme.

»Wie wäre es mit einer Wildpastete, Madame?«

»*Wildpastete?*« Madam hörte sich an, als habe er etwas äußerst Widerwärtiges vorgeschlagen. »Ausgeschlossen. Das gab es schon bei den letzten drei Besuchen der beiden! Versteht Ihr denn nicht, wie wichtig Mr Arnaud ist?«

Finet blähte die Nasenflügel und beäugte die geschärfte Klinge, als wolle er sie an der Hausherrin zum Einsatz bringen. Alle wussten, wie unentbehrlich Mr Arnaud war. Madam hatte mir lang und breit erklärt, dass er der bedeutendste Stoffhändler von ganz Spitalfields sei. Ohne Mr Arnaud würde Mr Thorel seine Seide nicht verkaufen können. Hörte man Madam so reden, hätte man glauben können, Mr Arnaud sei die Sonne am Himmel.

»Dann vielleicht einen Hammelrücken, Madame.«

Madam verdrehte die Augen. »Etwas Außergewöhnliches, Monsieur Finet. Hammel kommt doch bei uns ständig auf den Tisch.«

Finet knallte das Hackbeil so laut auf den Tisch, dass wir beide zusammenzuckten.

»Dürfte ich einen Lachs vorschlagen?«, sagte ich rasch. »Mit Fenchelsoße und eingelegten Zitronen?«

Die beiden starrten mich an – Finet erbost, Madam erleichtert.

»Ja.« Sie nickte. »Das wäre hervorragend. Und kannst du das Londoner Porzellan abstauben?«

»Ja, Madam.«

»Die beste Damastwäsche auflegen.«

»Ja, Madam.«

»Und sorge dafür, dass mein hellgrünes Kleid mit den lachsfarbenen Rosen gelüftet ist, ich möchte es heute Nachmittag anziehen.«

»Selbstverständlich, Madam.«

In letzter Zeit war Mrs Thorel so unausstehlich, dass ich mich fragte, ob sie sich meine Bemerkung über Moll doch zu Herzen genommen hatte. Ich rechnete geradezu damit, dass Madam Moll am Ohr packen und sie vor die Tür setzen würde. Stattdessen hatte Esther Thorel offenbar beschlossen, ihren Haushalt in vollendeter Form zu führen. Niemand hätte an ihr oder ihrem Haus irgendetwas bemängeln können. Doch ich kannte ihr Leben, wie es wirklich war, hinter dem Gesichtspuder, dem Schnürleib und dem glänzenden Londoner Porzellan.

In unserem Haushalt wurde streng nach der Uhr gelebt. Das Abendessen gab es zur als vornehm geltenden Zeit, um vier. Ich hatte noch eine Erbsensuppe zubereitet, die vor dem Lachs serviert werden sollte. Monsieur Finet war mir nur im Weg, behauptete dann aber, die Gerichte seien seine Kreationen. Die Arnauds erschienen pünktlich um halb vier und wurden von Moll empfangen, während ich mit Finet in der Küche war, die Suppe in eine Terrine goss und mit Petersilie bestreute.

Nachdem ich Brot geschnitten und die Butterdose gefüllt hatte, stieg ich mit der Terrine in Händen die Treppe zum Speisezimmer hinauf. Moll folgte mir mit Brot und Butter. Alle saßen bereits, als wir eintraten. Über die Köpfe der beiden Herren hinweg sah ich Madam und Mrs Arnaud angeregt plaudern. Mrs Arnaud war keine ansehnliche Frau. Sie befand sich in einem Alter, in dem man bestenfalls noch als »gewinnend« gelten konnte, aber auch das war sie nicht wirklich. Ihre Nase war krumm, während ihr Kinn nach oben strebte, als wollten beide sich begegnen.

Ich stellte die Terrine auf den Tisch. Als Mrs Arnaud den Duft witterte, nahm sie die Suppe in Augenschein und rief: »Erbsensuppe! Eine Leibspeise von Mr Arnaud!« Strahlend wandte sie sich ihrem Gatten zu, der sich jedoch mit Mr Thorel unterhielt und seine Frau nicht beachtete. Weshalb Mrs Arnaud auf ihre Suppenschale blickte und zusah, wie ich sie füllte. Dann trat ich zu Mr Arnaud. Um ihm eine reichliche Portion seiner Leibspeise zu servieren, füllte ich den Schöpflöffel bis zum Rand und achtete sorgsam auf das gute Damasttischtuch. Dabei fiel mein Blick auf Mr Arnaud, vielmehr auf seine untere Hälfte. Auf seine Weste. Weiße Seide, gemustert mit Maulbeerbäumen, über einen beträchtlichen Wanst gespannt. Offenbar starrte ich so fassungslos darauf, dass Madam mit gezwungenem Lächeln sagte: »Wenn du Mr Arnaud bitte noch einen Löffel servieren würdest?«

Ich lief rot an und stammelte: »Gewiss, Madam.« Während ich Mr Thorel und Madam bediente, hielt ich den Blick auf den Tisch, die Schalen und die Löffel gerichtet, um nur nicht Mr Arnaud anschauen zu müssen. Als schließlich alle mit Essen beschäftigt waren, wagte ich es doch, den Blick nach oben wandern zu lassen, über die Weste zum Doppelkinn über dem Kragen und zu Mr Arnauds Gesicht. Als sich der Mann zurücklehnte, die Lippen leckte und sie mit dem Mundtuch abtupfte, wusste ich, dass diese Lippen meine Haut berührt hatten. Die Finger, die sich um das Mundtuch schlossen, hatten sich in meine Handgelenke und Schenkel gekrallt. Mr Arnaud schien zu spüren, dass er beobachtet wurde, denn er hörte mit dem Tupfen auf und sah mich an. Ich fühlte mich unter diesem Blick so nackt, wie ich es damals im Wig and Feathers gewesen war, und konnte nur abwarten, bis sich bei ihm die Erinnerung einstellte. Er verengte die Augen und ließ das Mundtuch sinken. »Bring mir Salz«, sagte er.

Ich hätte mich nicht sorgen müssen. Der Mann erkannte mich ebenso wenig wieder, wie er einen Droschkenkutscher erkannt hätte. Menschen, die Mr Arnaud dienten, waren für ihn austauschbar wie die Schuhe an seinen Füßen. Er nahm mich nicht als Mensch wahr; ich hätte auch der Salzstreuer sein können, den er mir wortlos aus der Hand pflückte.

ESTHER

Molls girrendes und glückliches Lachen war wie ein dunkler Falter durch den Flur geflattert und hatte sich auf mein Herz gesetzt. Sosehr ich mich auch bemühte, weiterzuleben wie bisher, war ich doch nicht dieselbe, und das entging sogar Mrs Arnaud nicht.

»Meine Liebe«, sagte sie, als wir uns zu zweit im Damenzimmer niedergelassen hatten, während die Männer unten Geschäftliches besprachen, »geht es Euch auch gut?«

Ich konnte ihr natürlich nichts erzählen. Unsere Freundschaft beruhte auf äußeren Zwängen, nicht auf Zuneigung.

»Ja, danke, Mrs Arnaud, aber ich habe zurzeit allerhand zu bedenken.«

»Gewiss.« Sie sah mich mit gütigem Blick an und nickte. »Ich hatte mich nur gefragt, ob …«, sie hielt inne und wandte den Blick ab, »alles zum Besten steht.«

Ich errötete und blickte auf meine Hände. »Manchmal«, sagte ich dann zögernd, »fühle ich mich unsichtbar. Als sei ich ihm nicht wichtiger als der Tisch, an dem er sitzt, oder irgendein Zierrat.«

»Nun, nun, meine Liebe«, erwiderte Mrs Arnaud, ergriff meine Hand und drückte sie, »Ihr seid doch jung und schön. Das ist sicher nicht so. Alle Männer sind mit ihren Angelegenheiten beschäftigt, ganz besonders jedoch die

Herren aus dem Seidengewerbe. Das solltet Ihr Euch nicht zu Herzen nehmen.«

Ihre Hand zu spüren war seltsam. Mrs Arnaud hatte mich noch nie zuvor berührt, und ich fühlte mich eigentümlich getröstet, ganz so, als hätte sie sich mit mir verbunden, weil wir beide im Schatten einer schöneren Geliebten standen.

»Es liegt nicht nur an der Seide.«

»Ah.« Mrs Arnaud zog die Hand zurück, als sei die Nähe plötzlich zu viel. »Wenn er … abgelenkt ist, solltet Ihr Euch eine Beschäftigung suchen. Wäre es nicht an der Zeit, ein Kind zu bekommen?«

»Wir wurden bislang mit keinem gesegnet.«

Mrs Arnaud lächelte. »Ein Kind wird kommen, wenn Gott glaubt, dass Ihr bereit seid.«

»Doch was soll werden, wenn sich kein Kind einfindet? Mir ist jetzt schon so, als hätte ich versagt. Mr Thorel hat keinen Erben, vielleicht hat er sich deshalb …« Ich verstummte, und mein Satz blieb unvollendet.

»Wir sollten zu den Männern zurückgehen«, sagte ich unvermittelt.

Als ich aufstand, legte Mrs Arnaud mir die Hand auf den Arm. »Ihr könnt ihn nicht ändern. Deshalb müsst Ihr lernen, damit zu leben. Es wird sich wie ein Steinchen im Schuh anfühlen, qualvoll und schmerzhaft, aber Ihr müsst unbeirrt fortfahren, versteht Ihr?«

»Tut Ihr das auch?«, fragte ich, erstaunt über meine Unverblümtheit.

»Es ist einfacher geworden, seit ich älter bin«, antwortete Mrs Arnaud nüchtern. »Ich habe beschlossen, mich mit anderem zu befassen.« Sie ließ mich los und tätschelte etwas unbeholfen meinen Arm. »Sucht Euch etwas, das Euch glücklich macht, meine Liebe. Etwas anderes kann ich Euch nicht raten.«

Ich wusste bereits, was mich glücklich machen würde. Am nächsten Tag wartete ich ab, bis Elias das Haus verließ, um Mr Arnaud in der Artillery Lane aufzusuchen. Dann ging ich in die Werkstatt. Dort gab es Berge von Büchern und Erklärungen über die einzelnen Schritte beim Seidenweben, angefangen von den klebrigen kleinen Raupen bis zum leuchtenden Zinnoberrot beim Färben. Ich war mir sicher, dass es hier irgendwo etwas übers Anfertigen der Mise en carte gab, und zog Buch um Buch aus den Regalen. Das Malen mit Wasserfarben war ein künstlerischer Teil des Vorgangs, das Übertragen des Musters auf das Patronenpapier aber ein technischer. Künstlerische Begabung konnte nicht erlernt werden, eine technische Zeichnung jedoch sehr wohl.

Während seiner siebenjährigen Ausbildung hatte Elias zwölf Bücher verfasst, davon drei auf Französisch. Man musste ihn bewundern für seine sorgfältige Arbeit. Es gab keinen Bereich seines Berufs, in dem er sich nicht genauestens auskannte. Als ich das Buch über die Bindungspatronen entdeckt hatte, trug ich es zur Theke und schlug es auf. Dann legte ich mir das Muster mit den chinesischen Tempeln zurecht, das bereits auf Patronenpapier übertragen war und mitsamt dem Seidengarn darauf wartete, zu den Gesellen geschickt zu werden.

Ich blätterte das Werk durch und verglich hie und da

die Anweisungen mit dem Beispiel vor mir. Das Muster war über die Linien hinweg in Schwarz- und Grautönen dargestellt, wobei jedes Kästchen mit einem Buchstaben gekennzeichnet war. Den einzelnen Schattierungen hatte man unterhalb des Musters eine Farbe zugeordnet: *jaune, lilas clair, lilas foncé*. Stunden verbrachte ich über diesem Buch und hoffte, dass Elias noch lange fortbleiben würde. Ich verscheuchte Sara, als sie den Kopf durch die Tür steckte und rief: »Ach, hier seid Ihr, Madam!« Am Ende des Nachmittags begann ich zu verstehen. Als ich das Tempelmuster erneut betrachtete, erschien mir das Aquarell zart und stumm, die Patrone dagegen wie der Sprecher, der das Muster dem Webstuhl erklären würde. Ich musste nur meine Skizzen vereinfachen und sie dann, Farbe um Farbe, in diese winzigen Kästchen übertragen.

VIERZEHN

SARA

Kurz vor dem Läuten der Tenorglocke fand ich mich wieder vor dem Haus in der Buttermilk Alley ein. Ich wartete ab und horchte, aber das Klappern aus dem zweiten Stock hielt ununterbrochen an. Vermutlich war John Barnstaple damit beschäftigt, hastig und widerwillig Thorels Auftrag fertigzustellen. Ich überlegte gerade, ob ich klopfen sollte, als die Tür aufging und Bisby Lambert mit einem Jungen herauskam.

»Ich soll Mr Thorels Bestellung abholen«, sagte ich. »Wie Mr Barnstaple mir aufgetragen hat.«

Lambert nickte. »Er ist oben«, sagte er und hielt mir die Tür auf. Ich vermutete, dass die beiden auf dem Weg zum Spital Square waren, um dort über Madams Zimmer Lärm zu machen, während sie versuchte, ihren neuesten Roman zu lesen, und sich gewiss über den Krach ereiferte.

Ich ging nach oben in die Mansarde, wo Barnstaple an dem Webstuhl saß, der nah an dem großen Sprossenfenster stand. Da das Haus nur einen Raum breit war, befanden sich an zwei Seiten des Zimmers hohe Fenster. Gegenüber von Barnstaple machte ich einen größeren Webstuhl mit mehr Schäften und Zampeln aus, reglos wie das Skelett eines seltsamen Ungetüms. Auf dem Boden lagen Strohmatten, eine neben dem großen Webstuhl, eine andere unter dem Schleppdach neben einem schlichten Waschtisch und einem Spiegel. Ansonsten war der Raum leer bis auf Garnrollen und Spulen auf den Wandbrettern und Seidenabfall, der sich am Boden ansammelte. Ein Raum zum Arbeiten und Schlafen. Zum Schlafen und Arbeiten.

Barnstaple hörte auf, die Tritte zu bewegen, und legte das Schiffchen ab. »Fertig«, sagte er so mürrisch, als sei er über seine eigene Leistung erbost.

»Das wird Mr Thorel erfreuen.« Ich betrachtete Barnstaple mit einem scheuen Lächeln, während er die Fäden abschnitt und verknotete.

»Was wird hier gemacht?«, fragte ich und betrachtete den anderen Webstuhl.

»Der ist zum Weben von geblümter Seide. Lambert arbeitet daran. Er webt die schwierigen Muster, ich das einfache Zeug wie das hier.« Barnstaple befreite den fertig gewebten Stoff vom Webstuhl.

»Was ist das?«

»Ein Glanztaffet. Der wird als Futter für einen Damenmuff enden. Das stelle ich mir zumindest gern vor.«

Ich warf Barnstaple einen scharfen Blick zu. Der Mann grinste anzüglich, und ich stellte fest, dass mir der düstere Rebell besser gefallen hatte als dieser grobe Bursche. »Schlaft Ihr hier?«, fragte ich und wies mit dem Kopf auf die Strohmatte unter dem Dachgiebel.

»Ja. Ich stehe auf, pinkle in den Topf und webe dann den ganzen Tag, bis ich mich wieder hinlege. Sechs Tage die Woche, nur um die Taschen eines Mannes wie Thorel mit Futter auszustatten.«

Natürlich übernachteten die Weber neben ihrem Arbeitsgerät. Ich fand es erheiternd, mir vorzustellen, wie sich der Weber in der Mansarde am Spital Square schlafen legte. Wie mochte Madam zumute sein, wenn sie daran dachte, dass ein Webergeselle mit von Arbeit strammen Muskeln und schweißbedeckter Haut nur wenige Fuß über ihr ruhte? Würde ihr das auf den empfindsamen Magen schlagen, oder würde sie es eher aufregend finden?

»Wo schläft Lambert?«

»Unten. Wir würden uns sonst die Schädel einschlagen. Ist schon schlimm genug, dass ich den Kerl den ganzen Tag sehen muss.« Er warf einen Blick auf den anderen Webstuhl.

»Webt Thorel nicht?«

Barnstaple schnaubte. »Der hat doch kein Webschiffchen mehr angerührt, seit er Meister ist. Er kann zwar so gut weben wie Lambert, ist sich aber zu schade für die harte Arbeit. Thorel lässt die Muster entwerfen, kauft das Garn ein und legt alles für die Weber zurecht. In Spitalfields gibt es an die fünfzig von ihnen, die für ihn arbeiten und am Ende die fertige Seide an Thorel liefern.«

»Aber nur Lambert hat Zutritt zum Haus am Spital Square.«

Barnstaples Miene verfinsterte sich. »Weil er glaubt, er könne es zum Meister bringen, dumm wie er ist. Der wird sich lediglich für Thorel krumm schuften und nichts kriegen für die Seide. Ehrwürdige Weberzunft, dass ich nicht lache.«

Der Geselle ließ die Seide auf die Bank fallen und kam zu mir. »Aber du willst doch gar nichts übers Weben wissen.«

Ich schwieg. Es war erstaunlich still. Keine Rufe von Milchmädchen, die ihre Ware in der Gasse feilboten, waren zu hören, kein Klappern von Webstühlen, an denen Gesellen Faden um Faden für ihren Lebensunterhalt arbeiteten. Nur ich und dieser Mann, alleine in einer Dachkammer.

»Warum kommst du immer wieder her?« Er trat dicht vor mich, und ich spürte seinen ganzen Körper, obwohl Barnstaple mich nicht berührt hatte. Eine geballte Kraft ging von ihm aus, die sich jeden Augenblick entladen konnte.

»Um die Seide des Meisters zu holen«, antwortete ich tonlos.

»Nein.« Barnstaple schüttelte den Kopf. »Du willst was anderes.«

»Und woher wollt Ihr das wissen?«

»Das merke ich. Du bist nicht wie die anderen Mädchen, die Zeter und Mordio schreien, sobald man sie mal anfasst.« Er legte mir die Hand in den Nacken und zog meinen Kopf zu sich. »Oder?«, flüsterte er an meinen Lippen.

Seit der Zeit bei Mrs Swann hatte mich kein Mann mehr berührt. Das Gefühl war vertraut und zugleich verwirrend fremd, als spiele man dasselbe Lied auf einem umgedrehten Blecheimer oder einem Cembalo. Aber ich schob Barnstaple dennoch weg, einfach nur, weil ich es mir erlauben konnte, obwohl seine Nähe so berauschend war wie das Opium am ersten Abend bei Mrs Swann.

Jetzt hatte ich die Freiheit, mich selbst zu entscheiden.

ESTHER

Ich stand früh auf und verließ das Haus, um meinem goldenen Käfig zu entfliehen. Die Straßen waren noch leer, nur der Blumenhändler stand mit seinem Karren an der Ecke zum White Lyon Yard. Der Mann kannte mich gut und nickte mir zu, als ich mich ihm näherte. Schnittblumen kaufte ich immer selbst ein, weil ich es genoss, sie je nach Jahreszeit auszusuchen. Doch der Händler hatte mich seit Längerem nicht mehr zu Gesicht bekommen. Wenn Blumen im Haus waren, wollte ich sie auch zeichnen, und das hatte ich nicht mehr getan, seit ich das Patronenpapier ins Feuer geworfen hatte.

Ich blieb bei dem Karren stehen. Jetzt, Anfang Juni, war er beladen mit frühen Sommerblumen. Elias hatte meinen ersten Versuch eines Seidenmusters belächelt und mir aufgetragen, zu meinen Näharbeiten zurückzukehren. Er wollte, dass ich mich auf meine Rolle als Gattin und Hausherrin beschränkte, an die ich schon mein Leben lang durch Wohlstand und Muße mit seidenem Band gefesselt war. Doch dieses perlende Lachen hatte es so schnell durchtrennt, wie man einen Stickfaden abschneidet. Ich würde meinen Pflichten als Hausherrin weiterhin nachkommen. Doch ein kleiner Teil von mir hatte Freiheit erlangt.

Elias hatte sich getäuscht. Es gab nichts Schöneres als

diese Blumen vor mir: Iris und Nelken, weißer und violetter Flieder, von Bienen umschwärmt. Ich konnte die Blüten nicht betrachten, ohne mir ihr Abbild auf Seide vorzustellen. Und zwar nicht in starrer vereinfachter Form, sondern so naturgetreu, als könne man sie mit der Hand vom Stoff pflücken.

»Ich möchte ein paar Blumen kaufen«, sagte ich zu dem Händler.

Er strahlte mich freudig an; ich war bestimmt sein erster Kunde an diesem Tag. Es fiel mir schwer, mich zu entscheiden. Sollte ich die Sommerblumen nehmen oder ein Gesteck für den Kaminsims machen? Schließlich bat ich den Mann, mir etwas zusammenzustellen. Zum Schluss fügte er noch ein paar grüne Zweige hinzu. Seine Hände waren schwielig und knorrig wie Äste.

»Der Sommer beginnt, Ma'am«, sagte er, als er mir den Strauß reichte.

»Ja. Und es scheint, als wolle er sehr warm werden.«

»Heißer Sommer, kalter Winter«, erwiderte der Mann. Und er behielt recht: Der kommende Winter wurde so kalt, dass uns beinahe die Luft in der Lunge gefror. Ich wünschte, ich könnte mich noch an den Namen des Händlers erinnern, aber vielleicht habe ich auch nie danach gefragt. Man findet ihn nicht mehr dort an der Straße. Er hat jenen Winter nicht überlebt.

Ich arrangierte die Blumen in einer Vase, als Moll hereinkam. Weil ich das Haus so früh verlassen hatte, war sie noch nicht dazu gekommen, den Kamin in meinem Schlafzimmer zu säubern. Als Moll mich sah, wollte sie wieder hinaushuschen, aber ich bedeutete ihr, sie solle bleiben. Moll schaute zu Boden, als sie an mir vorbeiging, wie immer. Früher hatte ich geglaubt, sie sei schüchtern oder besonders ehrerbietig, doch das sah ich nun anders. Sie wollte mir ebenso wenig in die Augen schauen wie der zum Tode Verurteilte dem Henker. Während Moll sich am Kamin zu schaffen machte, beobachtete ich sie; ich konnte nicht anders. Vor Kurzem hätte ich nicht einmal ihre Augenfarbe gewusst, jetzt musterte ich das Mädchen von Kopf bis Fuß. Das Gesicht war zart und herzförmig, mit einem zierlichen Kinn, und ich sah unwillkürlich vor mir, wie jemand es mit seiner Hand zu sich zog.

Entschlossen wandte ich mich ab. Statt mich mit Molls Liebreiz zu quälen, vertiefte ich mich in den Anblick der Blumen und sann über das Muster nach, das ich entwerfen wollte. *Seide? Nein, das ist nichts für Euch.* Nur weil ich zugelassen hatte, dass Elias mich einschüchterte, war mir die Patrone misslungen. Doch nun kannte ich meinen Gatten besser. Er war nicht der Mann, für den ich ihn gehalten hatte, und ich schenkte seinen Worten keinen Glauben mehr. In mir klang nun eine andere Stimme nach: *Ihr habt eine Begabung, Mrs Thorel.*

Nachdem Moll hinausgegangen war, legte ich Papier und Wasserfarben zurecht und öffnete die Fensterläden, damit ich im Licht jede Einzelheit der Blumen erkennen konnte. Der Händler hatte Nelken ausgesucht, und ich begann, ihre gekräuselten Blüten zu zeichnen, fand sie aber zu unruhig. Dann entdeckte ich in dem Strauß eine einzelne Heckenrose, fast als habe sie sich dorthin verirrt; ein Aschenputtel auf dem Ball des Königs. Sie war so rosig wie eine Mädchenwange und erinnerte mit ihrer schlichten Blüte und der flaumigen gelben Mitte an ein Blumenbild von einem Kind. Weil die Form so klar und einfach war – ganz anders als mein Leben –, fiel es mir leicht, sie zu zeichnen. Ich versank vollkommen in der Darstellung der herzförmigen Blütenblätter, die zur Mitte hin schneeweiß wurden, bevor das Gelb begann. Saras Bitte, ich solle doch das Frühstück einnehmen, beachtete ich nicht, und später am Morgen war das Bild vollendet. Blüten und Blätter rankten sich über das ganze Papier. Als Aquarell war das Bild gelungen, doch für ein Seidenmuster musste noch ein kraftvolleres Motiv hinzugefügt werden. Ich entschied mich für Beeren, die ich aus der Erinnerung zeichnete; Brombeeren, weil sie im Sommer schon den nächsten Herbst ankündigten. Als ich dann einen Schritt zurücktrat, sah ich sie: die ausgewogene Symmetrie des Musters, die Schlangenlinien des berühmten Malers Hogarth, die ihm als Inbegriff der Schönheit galten. Ich spürte, dass der Webstuhl dieses Muster verstehen würde. Es war so schlicht, dass ich es Reihe um Reihe in die zahllosen Kästchen übertragen konnte.

Nun brauchte das Dessin noch einen Namen. Da ich die Namen der Pflanzen am passendsten fand, schrieb ich oben auf das Blatt »Wildrose und Brombeere«, dazu das Datum: zweiter Juni 1768. In meiner Frisierkommode gab es eine kleine verschließbare Schublade. Ich nahm den winzigen Schlüssel aus dem Medaillon, das ich an einer Kette um den Hals trug, schloss die Lade auf und legte das Muster, sorgfältig gefaltet, hinein. Jeder würde merken, dass dies kein gewöhnliches Aquarell war. Es würde Fragen geben, die ich nicht beantworten wollte.

Sara schlich draußen auf dem Flur umher, ich hörte die Dielen knarren. Sie kam herein, während ich die Schublade abschloss, und errötete, fast als sei es eine Kränkung, dass ich etwas vor meinem Kammermädchen verbarg. Inzwischen wusste Sara beinahe alles, was man über mich wissen konnte. Sie kannte den Duft meiner Lieblingspomade und die Farbe meiner Strümpfe, hielt meine benutzten Hemdkleider in Händen und besserte meine Unterröcke aus. Gab es nichts mehr, was ich vor ihr geheim halten konnte?

FÜNFZEHN

SARA

Gott hat mich weder mit großer Klugheit noch mit großer Schönheit gesegnet, aber strohdumm bin ich nicht. Glaubte Madam etwa, sie als Einzige habe Geheimnisse? Da fuhrwerkte sie ebenso verschämt mit ihrem Schlüsselchen an der Schublade herum, wie sie ihre Brüste bedeckte, wenn sie von mir entkleidet wurde. Aber weshalb sollte ich den Blick von ihrem Leib abwenden, wenn ich den Inhalt ihres Nachttopfs kannte?

Bei der Begegnung mit Mr Arnaud war mir klar geworden, dass ich dem Wig and Feathers niemals entkommen würde. Seine Wurzeln reichten von der Gasse am Markt durch ganz Spitalfields und brachen den Boden unter meinen Füßen auf. Dieses fromme Leben mit Kirchgang hatte nichts mit mir zu tun. Es war mir aufgezwungen worden, weil es zu diesem Haushalt gehörte. Ich staubte hier ab und stopfte, ich schrubbte und nähte, aber mehr war auch nicht zu erwarten. Tugend gab es, wie ich jetzt wusste, nur um den Preis von harter Arbeit und Langeweile. Deshalb dachte ich: Wenn es dir bestimmt ist, dein Leben lang auf Stroh zu schlafen – weshalb sollst du das alleine tun?

Als Monsieur Finet wieder einmal Moll auftrug, den Webergesellen in der Buttermilk Alley eine Nachricht zu überbringen, zog das Mädchen ein Gesicht, als ginge es darum, die Nachttöpfe zu leeren. Deshalb bot ich an, die Aufgabe zu übernehmen. Es war schon Abend, als ich endlich Madams zahllose Wünsche erfüllt hatte und aufbrechen konnte. Die Buttermilk Alley war menschenleer, stank aber säuerlich wie immer. Aus dem Weberhaus war Stimmengewirr zu vernehmen, und es dauerte lange, bis mir geöffnet wurde. Und dann stand weder John Barnstaple noch Bisby Lambert vor mir.

»Ich habe eine Nachricht von Mr Thorel für die Webergesellen.«

Der Mann drehte sich mit fragendem Blick um, trat dann beiseite und ließ mich ein. Barnstaple und Lambert saßen an den Kopfenden des Tisches, und überall in dem kleinen Raum hockten Weber auf Bänken oder lehnten an der Wand. Es gelang mir kaum, mich hineinzudrängen, nachdem ich mein Schultertuch an einen Haken neben der Tür gehängt hatte. Die Männer schienen etwas Wichtiges zu besprechen, denn sie beachteten mich kaum. Ich machte mich sofort nützlich, indem ich ihnen Bier aus einem Krug nachschenkte. Das war zweifellos kein Ort, an dem Frauen erwünscht waren, aber wenn ich mich unauffällig benahm, würde man mich wohl dulden.

John Barnstaple schlug so heftig mit der Faust auf den Tisch, dass ich erschrocken zusammenzuckte und das Bier aus seinem Becher schwappte. »Bei Gott, sie werden unser aller Ende sein! Wir dürfen nicht zulassen, dass auch nur ein weiterer Webstuhl stillsteht!«

Die anderen Gesellen nickten und murmelten beifällig.

Der Mann, der zur Tür gekommen war, lehnte an der Wand und richtete sich jetzt auf. »Bei uns wurden schon vier von sechs Webstühlen aufgegeben. Ohne Lohn haben die Weber nichts zu essen, und ihre Familien hungern.«

Barnstaple hielt beide Hände hoch, als wolle er sich die Wucht der Worte vom Hals halten. »Du hast völlig recht, Duff. Man darf nicht tatenlos zusehen. Schaut euch nur an, was dem kleinen Ives widerfahren ist.« Er deutete auf den Jungen, der neben ihm saß, ein Kind mit hohen Wangenknochen und weißer Haut, noch so zart wie die eines Mädchens. Barnstaple legte dem Jungen den Arm um die Schultern. »Erzähl ihnen, was du erlebt hast.«

Sichtlich stolz, dass man ihn so wichtig nahm, sagte der Junge: »Seit acht Jahren arbeite ich für denselben Meister. Hab mit fünf Jahren angefangen. Hab seine Seide gesäubert, das Garn auf Spulen gewickelt und die Latzen für die Muster gezogen. Hab geglaubt, aus mir wird mal ein richtiger Geselle, aber ich wusst ja nicht, dass außer mir noch zehn Jungen für ihn gearbeitet haben. Der hätte mich nie ausgebildet. Wollt uns nur ausnutzen und wenig zahlen.«

Wieder ging ein Raunen durch den Raum. Einer der Männer goss ein wenig Bier in einen leeren Becher und schob ihn dem Jungen hin. Barnstaple drückte Ives die Schultern und rieb sich dann die Hände. »Dann sind wir uns einig? Wir verlangen von jedem Meister Sixpence pro Webstuhl.«

Mein Blick fiel auf Lambert, der reglos und kerzengerade dasaß, während die anderen Gesellen eifrig nickten.

Das entging auch Barnstaple nicht. »Was ist mit dir, Lambert? Bist du nicht auf unserer Seite?«

»Doch, das bin ich«, antwortete Lambert ruhig, »aber ich habe keinen Streit mit meinem Meister. Von Thorels Webstühlen steht keiner still. Sogar Ives hat Arbeit als mein Ziehjunge, während ich Thorels gemusterte Seide webe.«

»Ach ja, das große *Meisterstück*. Wie geht's denn voran?« Einige Männer lachten leise. »Seinen besten Webstuhl wird Thorel gewiss nicht ruhen lassen, das kann ich dir versichern«, fuhr Barnstaple fort. »Nicht die Weber von geblümtem Brokat sind bedroht, sondern die Taffetweber. All diese Männer hier!«

»Wir sind alle bedroht«, erwiderte Lambert. »Die Händler kaufen gemusterte Seide, die aus Frankreich eingeschmuggelt wird. Auch Thorel lebt von der Seide.« Lambert wandte sich den anderen Gesellen zu. »Wenn er nun nicht mehr zahlt? Wenn alle Meister nicht mehr zahlen? Wenn die Händler deren Seide nicht mehr kaufen, weil sie die gleiche Ware aus Frankreich haben können, werden die Meister selbst kein Geld für euren Lohn mehr haben. Habt ihr euch das überlegt?«

Duff beugte sich vor und sagte mit finsterer Miene: »Dann werden wir sie verflucht noch mal dazu zwingen.«

Lambert starrte Barnstaple an, und die anderen verstummten. Es beeindruckte mich, wie alle auf ihn hörten.

»Wenn sie nicht zahlen«, sagte er jetzt, »werden sie schon merken, wie mächtig wir sind. Wir sind nur eine Vereinigung von Gesellen, aber es gibt noch viele andere in Spitalfields, und all diese Weber sind genauso wütend wie wir. Wer weiß schon, was ein verarmter, hungriger Mann tun wird?«

»Ich will keine Gewalt«, wandte Lambert ein.

»Ich ebenso wenig«, erklärte Barnstaple. »Aber wenn es dazu kommt, dann soll es so sein.«

Nach diesen Worten blieb es still im Raum. Duff sah mich unvermittelt an, als sollte ich etwas sagen. Überlegte er, auf wessen Seite ich mich schlagen würde?

»Was hast du hier eigentlich noch zu suchen?«, fragte Duff. »Solltest du nicht eine Nachricht von Thorel überbringen?«

»Ja.«

»Nun, dann tu es auch.«

Ich reichte den Brief Barnstaple, der ihn aufriss und rasch durchlas. »Er schreibt, der Händler habe den Auftrag für den geflammten Taft zurückgezogen, und ich soll das Garn morgen bei Thorel am Spital Square abgeben.«

»Seht ihr?«, sagte Duff, und seine Augen wurden so groß und schimmernd wie Pennys. »Und das ist erst der Anfang.«

Nach einer Weile brachen die anderen Weber auf, nur Lambert, Barnstaple und Ives blieben zurück.

»Du hättest das Kind da nicht hineinziehen sollen«, sagte Lambert.

»Was?« Barnstaple klang erschöpft und gereizt.

»Ives. Er hat mit alldem nichts zu tun.«

»Ich bin kein Kind«, warf Ives empört ein.

Lambert beachtete ihn nicht. »Du hast ihn benutzt, um die Männer aufzuwiegeln«, sagte er zu Barnstaple. »Ab jetzt wirst du das sein lassen.«

»Verdammt noch mal, was ich tue, geht dich nichts an.«

»Ives ist mein Neffe, und ich untersage dir, ihn in deine Angelegenheiten hineinzuziehen.«

»Er mag ja dein Neffe sein«, versetzte Barnstaple, »macht

aber eher, was *ich* sage.« Er wandte sich zu Ives. »Das kann man ja auch verstehen, Junge. Du brauchst einen Mann, zu dem du aufblicken kannst, nicht wahr?«

»Und wer soll das sein?«, sagte Lambert. »Du etwa? Der da oben hockt und Bänder webt wie ein Mädchen?«

Barnstaple sprang so schnell auf, dass sein Stuhl umfiel. Auch Lambert erhob sich, und ich fürchtete, es würde zu einer Prügelei kommen.

»Es ist schon spät«, warf ich rasch ein. »Wir sollten uns alle ausruhen.« Die beiden starrten sich aufgebracht an, bis Barnstaple den Stuhl aufhob und mit solcher Wucht hinstellte, als wollte er ihn zerbrechen. Lambert sagte: »Ich bringe Ives nach Hause«, worauf die beiden ohne ein weiteres Wort das Haus verließen.

Barnstaple sah mich finster an. »Solltest du nicht mal zu deinen Herrschaften gehen?« Er nahm ein Stück Brot vom Tisch, biss hinein und kaute.

Ich hielt Barnstaples Blick stand. Sein Haar, schwarz wie Fledermausflügel, hing ihm wirr in die Augen, so wild und rebellisch wie der ganze Mann. Ich schüttelte langsam den Kopf. Im Kerzenlicht glänzten seine Augen kohlschwarz und unergründlich. »Ich würde lieber hierbleiben.«

Er schluckte den Bissen hinunter und trank einen Schluck Bier, ohne mich aus den Augen zu lassen. »Ach ja? Beim letzten Mal war dir aber anders zumute.«

»Ich möchte Euch kennenlernen. Ihr seid ein eindrucksvoller Mann und wirkt furchtlos auf mich. Die anderen hören auf Euch.«

»Furchtlos oder verwegen?«

Ich lächelte. »Was meint Ihr selbst?«

Barnstaple griff nach dem Krug und füllte seinen Becher. »Weißt du, was mein Vater war?«

Ich antwortete nicht. Durch Barnstaples Offenheit und die Stille entstand eine seltsame Nähe zwischen uns, die ich vielleicht durch Worte zerstört hätte.

»Er hat Latrinen entleert. Hat sein Leben lang den Unrat von anderen weggeschaufelt, bis er eines Nachts so erschöpft war, dass er in die Grube fiel, die er ausheben sollte. Keiner hat ihm geholfen. Kannst du dir das vorstellen? Dein eigener Vater bleibt in einer Kloake liegen, weil niemand sich die Hände schmutzig machen will.« Barnstaple trank einen Schluck. »Am nächsten Morgen war er tot.«

Ein feiner Riss schien sich in Barnstaples Fassade abzuzeichnen. Als er mich jetzt anschaute, wirkte er fast jungenhaft. Hätte ich nicht vermutet, dass er meine Hand wegschlagen würde, hätte ich sein Gesicht berührt.

»Damals habe ich was gelernt«, fuhr er fort. »Niemand hört auf einen Latrinenreiniger oder einen Gesellen. Alleine haben wir keine Stimme. Deshalb versammle ich all diese Männer hier und erzähle ihnen, was zu tun ist. Wenn wir zusammenhalten, werden die Meister uns anhören *müssen*.«

Es war ein berauschendes Gefühl, einen Mann mit wahrer Leidenschaft anzusehen. Bei Mrs Swann hatte ich gelernt, Männer anders wahrzunehmen, etwa so, wie der Koch die Innereien des Truthahns beäugt oder der Gerber den Kopf vom Gestank der Häute in Kalkmilch abwendet.

Ich trat an den Tisch. Als Barnstaple wieder trinken wollte, nahm ich ihm den Becher behutsam aus der Hand.

ESTHER

Die lange Rolle Patronenpapier an die Brust gepresst, als wollte ich in eine Schlacht ziehen, stieg ich die Treppe zur Mansarde hinauf. Der Ziehjunge und der Geselle beendeten ihre Arbeit gerade, als ich den Raum betrat. Ives ließ bei meinem Anblick die Schultern hängen und konnte seinen Unmut kaum verbergen.

»Du kannst heimgehen, Ives«, sagte Lambert.

Das ließ sich der Junge nicht zweimal sagen. Schnell verschwand er und polterte die Treppe hinunter.

»Er ist nur müde«, erklärte Lambert.

»Es war ein langer Tag für ihn. Ich möchte auch Euch nicht aufhalten, sondern Euch nur kurz etwas zeigen.« Ich hielt ihm die Rolle hin. »Würdet Ihr Euch das ansehen?«

»Aber gewiss. Legt es doch hierher.« Er deutete auf die gespannten Fäden im Webstuhl. Ich legte die Papierrolle darauf, strich die Patrone für »Wildrose und Brombeere« glatt und spürte, wie aufgeregt ich war. So entblößt fühlte ich mich, als könne Lambert mein Dekolleté unverhüllt sehen.

Er nickte, betrachtete die Blumen und Beeren auf dem Papier, für den Webstuhl in Grautöne auf den Karos umgesetzt. »Die Farben habt Ihr noch nicht bestimmt?«, fragte Lambert.

»Ich wollte nachsehen, was hier vorhanden ist.«

»Möchtet Ihr das jetzt tun?«

Ich war unendlich erleichtert und dankbar für seine Freundlichkeit. Lambert hatte sich nicht über meine Arbeit lustig gemacht oder meinen Versuch verworfen. Ich nickte, und gemeinsam gingen wir zu dem Wandbrett mit den Garnspulen. Lambert betrachtete sie einen Augenblick, dann nahm er drei heraus.

Er hatte ein kräftiges Rosa, ein lebhaftes Grün und ein Violett ausgesucht, das fast schwarz wirkte, bis man im Licht das dunkle Lila erkannte. »Was haltet Ihr hiervon?«, fragte er und sah mich forschend an. Dann ging er zu dem unbenutzten Webstuhl und legte die Spulen auf die Litzen, wie ich es vor Wochen selbst getan hatte. Ich trat neben Lambert und begutachtete die Farben. Das Rosa war mir zu kräftig für die Heckenrose. Ich trug die Spule zu dem Wandbrett zurück und blickte auf die anderen Garne. So viele Farbtöne … Wie sollte ich den einen finden, der in der Seide stark wirkte, zugleich aber die zarte Schönheit der Wildrose zum Ausdruck brachte? Dann fiel mein Blick auf ein gelbes Garn, so hell wie Buttermilch. Am Webstuhl legte ich es zu den anderen. Es brachte das dunkle Lila zur Geltung und ließ das Grün frisch und strahlend wirken.

Lambert nickte bekräftigend. »Den Grund würde ich hell halten, fast weiß.« Er sprach so ernsthaft mit mir, als unterhielte er sich mit einem Händler oder meinem Gatten, behandelte mich nicht wie ein törichtes Mädchen.

»Werdet Ihr die Seide für mich weben?« Ich brachte kaum mehr als ein Flüstern hervor.

»Madam?«

»Mr Lambert«, sprach ich hastig weiter, »es ist mein Herzenswunsch, dieses Muster in Seide zu sehen. Ich wäre Euch ungemein dankbar, wenn Ihr sie für mich weben könntet. Ich werde Euch selbstverständlich dafür bezahlen.«

Er sah bestürzt aus. Unsere Gespräche über Farben und Garn, über Küchlein und Hänflinge schienen vergessen, während Bisby Lambert mich verwirrt anstarrte.

»Ich kann die Seide nicht für Euch anfertigen, Ma'am. Ich arbeite doch bereits den ganzen Tag für Mr Thorel, und in der restlichen Zeit bin ich hier und webe mein Meisterstück. Mehr ist nicht möglich.«

»Ich verstehe.« Seine Antwort war schmerzhaft, aber nur allzu verständlich. Es war töricht gewesen, diese Hoffnung zu hegen.

»Der Meister wird doch gewiss jemanden finden, der die Seide für Euch webt«, sagte Lambert besorgt.

»Nein.« Ich wandte mich schroff ab, weil ich schon zu viel von mir preisgegeben hatte. An dem freien Webstuhl rollte ich das Patronenpapier grob zusammen. Es würde ohnehin nie Verwendung finden.

»Bitte.« Lambert war zu mir getreten. Seine Stimme klang sanft und drängend zugleich. »Ihr dürft nicht aufgeben.«

Ich blickte zu ihm auf und blinzelte, um die Tränen der Enttäuschung zu unterdrücken. »Das hier ist«, ich umklammerte die aufgerollte Mise en carte, »was ich mir schon immer gewünscht habe. Das werdet Ihr gewiss nachvollziehen können, Mr Lambert. Ihr wollt nicht für alle Ewigkeit Geselle bleiben, sondern Meister werden. Deshalb seid Ihr hier. Ich bin Herrin dieses Hauses, möchte aber Seidenmuster entwerfen. Und deshalb bin *ich* hier.«

Lambert nagte an seiner Unterlippe und seufzte. »Ich wünschte, ich könnte Euch helfen.« Er klang aufrichtig bedauernd.

»Ich weiß, und Ihr wart schon so gütig zu mir. Ich hätte Euch nicht fragen sollen.« Ich wandte mich ab, bereit, alles aufzugeben, was ich mir erträumt hatte.

»Er würde es ohnehin entdecken.«

Etwas an Lamberts Stimme ließ mich innehalten. Ein neuer Ton, der ahnen ließ, dass der Weber etwas zu begreifen begann.

Ich nickte, ohne mich umzudrehen.

»Er kommt herauf, um meine Arbeit zu überprüfen.«

Selbst mir war Elias schon in die Mansarde gefolgt. Allein seine Herrschaft über dieses Haus hielt mich davon ab, mein Muster zu weben. Ich wandte mich Lambert zu. »Wie oft zeigt er sich hier?«

Der Weber zuckte die Achseln. »Nicht so häufig, denn er hat viel zu tun. Aber er würde die Seide auf dem anderen Webstuhl sehen. Wir könnten sie nicht vor ihm verbergen.«

»Ich könnte etwas mitbringen, um sie zu bedecken.«

Lambert atmete langsam aus. »Ich werde den Webstuhl für Euch vorbereiten«, sagte er. »Werde die Tritte und den Mustermechanismus für Euch einrichten. Was Ihr dann damit macht, liegt ganz allein bei Euch.«

SECHZEHN

SARA

In meiner Kindheit buk meine Mutter Mandelküchlein, die im Innern süß und klebrig, außen knusprig und mit Zucker bestäubt waren. Im Sommer ließ sie die Küchlein bei halb geöffnetem Fenster abkühlen. Wenn ich im Garten spielte und den Duft roch, schlich ich zum Fenster, schnappte mir eines und rannte damit weg. Dabei ließ ich es von einer Hand in die andere fallen, bis es kühl genug zum Essen war. Es war natürlich verboten, die Leckereien zu stibitzen, aber ich konnte es nicht lassen.

So war das auch mit John Barnstaple.

Mit einem Seufzer rollte er sich auf den Rücken und schob sich das Kissen in den Nacken. Die Decke hatten wir um unsere Beine geschlungen. Ich schmiegte mich an seinen nackten Körper und spielte mit den schwarzen Löckchen auf seiner Brust. Er rutschte auf der Strohmatte ein wenig beiseite, brach das klebrige Siegel unserer Haut.

»Es ist heiß hier oben«, sagte ich und sah mich in der Mansarde um. Es war ein schwüler Abend, und die Sprossenfenster ließen Licht ein, doch man konnte sie nicht öffnen. Barnstaple grunzte. Er atmete noch immer heftig, und ich ließ ihn ausruhen, bis sich das Zwielicht über den Dächern der Weberhäuser ankündigte.

»Ich sollte mich bald auf den Rückweg machen«, sagte

ich. Von unten hörte ich, wie Lambert geräuschvoll einen Topf auf den Herd stellte und dabei vor sich hin pfiff. Der Weber würde bald in der Mansarde erscheinen, um zu arbeiten, und wollte uns vorwarnen.

Barnstaple schlug die Augen auf und blinzelte, als sei er erstaunt über das Licht in der kleinen Mansarde. Dann setzte er sich auf, stieß sich fast den Kopf am Dach und strich sich durchs Haar. »Ja. Den Thorels ist wichtig, dass wir beide ihr Geld wert sind.«

»So schlimm sind sie doch gar nicht«, erwiderte ich.

Barnstaples Blick besagte etwas anderes. »Weißt du nicht, dass Thorel noch einen weiteren Auftrag abgesagt hat?« Ich blieb stumm und beobachtete, wie sich Barnstaples Miene verhärtete. »Lambert trifft es natürlich nicht. Der ist beschäftigt. Aber ich bekomme nur noch halb so viel Arbeit.«

»Warum?«

»Weil Lambert der Liebling ist. Der findet sich mit allem ab, was die ihm vorsetzen, und aus diesem Grund bevorzugen sie ihn. Aber ich lasse mir diesen Unsinn nicht bieten, und deshalb streichen sie mir die Stunden. Zum Speien ist das.«

»Schsch.« Ich setzte mich auf und streichelte Barnstaple die Wange wie einem Kind. Auf der Stirn schwoll ihm eine Ader, und ich spürte das zornige Pochen seines Bluts. »Warum webst du nicht für andere Meister?«

Er schnalzte wütend mit der Zunge und schlug nach meiner Hand. »Weil es überall in Spitalfields gleich zugeht! Geldgierige Meister, die verhindern, dass der ehrliche Mann seinen Lebensunterhalt verdienen kann. Oder aber sie zahlen einen so niedrigen Lohn, dass nur ein Ire die Seide weben würde.«

Ich schlang ihm die Arme um den Hals, berührte mit den Lippen sein Ohr. Es kam mir vor, als könnte ich in Barnstaples salzigem Schweiß seine Wut schmecken. »Dann wollen wir noch nicht so schnell zu denen zurück«, raunte ich, aber er schüttelte mich ab und stand auf, so gnadenlos wie die herankriechende Dämmerung.

Madam verzog missbilligend das Gesicht. »Nur eine halbe Crowne bringst du zurück?«

Ich hatte auf dem Markt frisches Brot, Butter, Eier und Käse erstanden, damit ich meine Abwesenheit mit dem Einkauf fürs Frühstück erklären konnte. Der Rest vom Haushaltsgeld, das Madam mir jede Woche auszahlte, lag neben dem Korb mit den Waren. Madam stieß die Münze so angewidert mit dem Finger an, als sei sie ein Käfer, der über ihren Küchentisch spazierte.

»Das habe ich vom Händler herausbekommen, Madam.« Ich versuchte ruhig zu klingen, war aber völlig erschöpft und litt unter der Trennung von meinem Geliebten.

»Das scheint ein sehr hoher Preis zu sein für das, was du eingekauft hast«, erwiderte Madam, hob den Brotlaib hoch und spähte in den Korb, als müsse dort noch mehr verborgen sein. »Kauf beim nächsten Mal beim Bäcker in der Quaker Street ein. Dort kostet es mindestens zwei Pence weniger, und er benutzt weniger Alaun.«

Sie nahm die Münze an sich, steckte sie in die Tasche ihres seidenen Morgenmantels und ging hinaus, um sich zum Frühstück umzuziehen. Ich nahm die Eier aus dem

Korb und legte sie so grob auf den Tisch, dass eines einen Sprung bekam. Wie konnte Madam verlangen, dass man Pennys sparte, wenn John Barnstaple nicht genug zu essen hatte?

»Vorsicht, Sara!«, hörte ich Madams schrille Stimme von draußen. »Leg das Ei in eine Schale und benutze es später für einen Kuchen. Sparsamkeit ist eine Tugend, weißt du!«

ESTHER

»Ist das hier geeignet?«

Ives war schon nach Hause geschickt worden. Bisby Lambert und ich waren wieder allein in der Mansarde, standen neben dem zweiten Webstuhl, der jetzt mit den weißen Kettfäden bespannt war. Die Weberschiffchen waren mit den buttermilchgelben Schussfäden gefüllt. Ich hatte nicht lange abgewartet, bis ich wieder hinauf ins Dachgeschoss ging. Hatte mir eingeredet, nur den zweiten Webstuhl verbergen zu wollen, bevor Elias entdeckte, dass an ihm gearbeitet wurde. Die Wahrheit war jedoch, dass es mich mit großer Macht dorthin zog.

Lambert nahm mir den Stoff aus der Hand, schüttelte ihn aus und hielt ihn an den Webstuhl. »Ja«, sagte er, »das ist hervorragend. So oder so ist es gut, den Webstuhl vor Staub und Sonnenlicht zu schützen.«

Ich unterdrückte ein Lächeln; Lambert sollte nicht wissen, dass er gerade meinen weitesten Unterrock in Händen hielt, den ich aufgeschnitten und in eine schlichte Stoffbahn verwandelt hatte.

Als Lambert den Webstuhl zudecken wollte, sagte ich rasch: »Noch nicht. Webt vorher ein wenig. Bitte.«

Das Licht wurde schwächer, die Welt um uns herum verschwamm im Zwielicht. Mir schien es, als schütze die aufkommende Dunkelheit die Mansarde vor all den gewöhnlichen Dingen des Alltags. Umgeben von diesen schrägen Wänden traf ich mühelos Entscheidungen.

»Ich möchte es sehen«, drängte ich, »nur einmal. Nur einmal möchte ich sehen, wie das Muster entsteht.«

Lambert nickte kaum merklich. Ich zündete eine Kerze an und stellte sie auf ein Wandbrett neben dem Webstuhl. Lambert ließ sich auf der Bank nieder, und ich musste unwillkürlich an einen Pianisten vor dem Konzert denken. Als wollte der junge Mozart meinen Entwurf zum Leben erwecken, und mir stockte beinahe der Atem vor Aufregung.

»Ich kann nicht alleine arbeiten«, sagte Lambert. »Ihr müsstet mein Ziehjunge sein.«

Ich blickte etwas bestürzt auf die Strohmatte, auf der Ives immer saß.

Lambert lächelte. »Dort müsst Ihr nicht sitzen. In der Ecke steht ein Hocker.«

Ich holte ihn und ließ mich darauf nieder, froh, dass ich mein schlichtestes Kleid trug, das ich leicht glatt streichen konnte.

»Wenn ich webe«, begann Lambert, »erkenne ich anhand der Patrone, welche Zampel mit Latzen verbunden werden müssen.« Seine Stimme klang klar und entschieden. Außerhalb der Mansarde war ich die Hausherrin, aber hier bestimmte er, was zu tun war. »Bevor wir beginnen, müssen wir die Latzen und Zampel vorbereiten.«

Er zeigte mir, was ich tun musste, und ich band eine Latze um jeden Zampel, auf den Lambert deutete, und verknüpfte die Latzen mit einer Korde, einer Schnur.

»Ihr müsst nun die richtigen Latzen ziehen, die mit den Zampeln verbunden sind. Wenn ich das Schiffchen durchschieße, entsteht das Muster des Stoffs. Versteht Ihr?«

Diesmal gelang es mir schon besser. Als ich vorsichtig an einer Latze zog, sah ich, dass sie einige der Litzen hob, die mit dem Zampel verbunden waren. Wenn einige Kettfäden angehoben wurden und der Rest ruhte, entstand ein Zwischenraum, durch den das Schiffchen mit dem Schussfaden geworfen werden konnte. Ich nickte. »Ja, jetzt verstehe ich.«

»Ihr müsst einfach nur auf meine Anweisungen hin ziehen, festhalten oder loslassen.« Lambert grinste munter. Ich fühlte mich wohl in seiner Nähe, fürchtete nicht, etwas falsch zu machen, sondern war nur voller Vorfreude, die ersten Anfänge von »Wildrose und Brombeere« zu verfolgen.

Der Webstuhl erwachte zum Leben wie eine riesige Marionette, als Lambert die Tritte bewegte und mir zurief, welche Latzen ich ziehen sollte. Während ich das tat, warf er das Schiffchen zwischen den Kettfäden hindurch. Eine Zeit lang verlor ich mich im eigentümlichen Takt dieses Vorgangs. Manchmal flog das Schiffchen mehrfach, während ich dieselbe Latze hielt, und dann konnte ich Lambert anschauen, sah, wie er vor Anstrengung die Stirn in Falten legte, wie sich die Muskeln seiner Arme anspannten. Ich wünschte mir inständig, dem Schwinden des Lichts Einhalt gebieten zu können.

Als die Kerze zu einem kleinen Stummel heruntergebrannt war, war ein schmaler Streifen schillernder Seide zu erkennen. »Unglaublich«, hauchte ich. Ich blickte wahrhaftig auf den Beginn einer Seide mit meinem eigenen Muster, meiner Schöpfung. »Wie lange wird es dauern, bis sie fertig ist?«

Lambert lachte und stand auf. »Eines ist noch dringend vonnöten, wenn man Seide weben will, Mrs Thorel«, sagte er.

»Und was ist das?«, fragte ich, nahezu verzweifelt.

Er trat zu mir und sah mich an. »Geduld«, sagte er, und sein Blick war ernsthaft, bevor erneut ein fröhliches Grinsen auf sein Gesicht trat. »Das ist sogar, genau genommen, das Wichtigste überhaupt.«

Als wir jetzt gemeinsam lachten, fühlte ich eine Nähe zu diesem Mann, eine Vertrautheit, die ich noch nie zuvor empfunden hatte. »Aber ganz im Ernst: Wie lange wird es dauern?«, fragte ich. »Es kommt mir vor, als würde mein Haar schneller wachsen, als dass Seide gewoben wird.«

»Würde ich einen ganzen Tag daran arbeiten, könnte ich etwa ein knappes Yard schaffen.«

Zum ersten Mal kam mir der Gedanke, dass die Zeit des Webergesellen in unserem Haus begrenzt war. An seinem eigenen Meisterstück arbeitete er an jedem Nachmittag, den er hier verbrachte, ungefähr zwei Stunden. Selbst wenn er nur einmal in der Woche herkam, würde er in einem Monat kaum mehr als ein Yard weben können. Wie viele Yards brauchte er für seine Seide?

Danach würde er nicht mehr zurückkehren.

SIEBZEHN

SARA

Hemden – sechs (eines mit Fleck am Rücken)
Strümpfe – zehn Paar (drei geflickt, zwei noch auszubessern)
Unterröcke – vier (einer am Saum eingerissen)
Schnürleibe – drei
Kosten – ein Shilling

Ich führte sorgfältig Buch über die Garderobe meiner Herrin, kannte jede Falte in ihrer Wäsche, jede Rundung des Schnürleibs. Wenn etwas an die Waschfrau gegeben wurde, verzeichnete ich das ebenso in meinem Heft wie sämtliche Flecken, die entfernt werden sollten, und alle Schäden, die ich nach der Wäsche ausbessern musste. Und natürlich vermerkte ich gewissenhaft die Kosten. Im Haushalt der Thorels zählte jeder halbe Penny.

Bald kannte ich alle Gewänder von Madam und wusste, welche sie wann zu tragen beliebte. An Sonntagen verlangte sie nach gedämpften Blau- und Grautönen, an Samstagen jedoch legte ich ihr eine Auswahl von rosafarbenen und gelben Kleidern vor. Im Sommer wurden sie gelüftet, im Winter mit Lavendel und Sandelholz aufbewahrt. Und meine Herrin liebte sie alle so innig, als seien es Schoßhündchen.

An diesem Morgen fiel mir sofort auf, dass einer von den vier Unterröcken fehlte.

Wie üblich hatte ich in Madams Schlafzimmer die Wasserkrüge aufgefüllt und die Gläser gereinigt, die den Abdruck ihrer Lippen aufwiesen. Dann säuberte ich die Tiegel und Glasgefäße und verschloss sie mit den dazugehörigen Deckeln. Derlei erledigte ich nur, wenn Madam sich anderswo aufhielt, denn sie sollte nicht merken, wie unordentlich sie war. Ständig war überall Puder verstreut, weil sie nur auf ihr Gesicht und ihr Haar achtete. Der Puder sank zu Boden und wurde von ihr nur wahrgenommen, wenn er an ihren Ärmeln haftete. Ich öffnete das Fenster, um zu lüften, und klopfte das Kissen vom Kommodenhocker aus. Eine Wolke aus Staub und Puder trieb im Wind davon.

Auf der Straße schlenderte mit gefülltem Korb und prallem Busen die Frau einher, die Brunnenkresse feilbot, und pfiff den Jungen zu. Der Ziegelmehlverkäufer starrte sie an, als sie vorüberging, und sie erwiderte kokett seinen Blick. Ich schaute hinunter auf das Maultier des Mannes, schwer beladen mit Säcken. In letzter Zeit fühlte ich mich häufig so müde und bepackt wie dieses arme Tier. Ich ließ das Fenster offen und zog als Nächstes die Bettvorhänge auf. Schale Luft schlug mir entgegen, und mir wurde beinahe übel. Beide Kopfkissen waren benutzt worden, was nur eines bedeuten konnte. Ich schlug die Decke zurück und schnalzte mit der Zunge. Noch mehr Laken zum Wechseln, noch mehr Arbeit für die Waschfrau.

Das erinnerte mich daran, dass ich den Unterrock mit dem eingerissenen Saum ausbessern musste. Doch das Wäschestück war unauffindbar, obwohl ich den gesamten Schrank durchsuchte.

Wie eine Dame ihren Unterrock verlieren konnte, war mir ein Rätsel.

Ich erinnere mich noch genau an den Abend, als meine Mutter mich fortschickte. Sie kam in die Dachkammer, unser gemeinsames Zimmer. Das Gesicht meiner Mutter war gerötet, ihr Haar, das sonst immer sorgfältig frisiert war, hing wirr unter ihrer Haube hervor. Ihr Gesicht war verschmiert von Tränen und Kohlestaub, weil sie zuvor den Herd geschürt hatte. Als ich sie umarmen wollte, schob sie mich weg und ließ nicht zu, dass ich sie tröstete. In dieser Nacht lagen wir nebeneinander im Bett wie Fremde, obwohl ich mich sonst an sie schmiegte und ihrem Atem lauschte, wenn sie einschlief.

Erst am nächsten Morgen gab mir meine Mutter das Päckchen und drückte mir den Beutel mit Münzen in die Hand, doch verlassen hatte sie mich schon am Abend zuvor. Ich wusste nicht, was ich falsch gemacht hatte. Als sie mir sagte, in diesem Haus sei kein Platz mehr für mich, ich müsse nach London gehen und für mich selbst sorgen, kam es mir vor, als spräche der Hausherr, nicht meine eigene Mutter. Sie presste die Worte so tonlos hervor, als hätten sie gar keine Bedeutung, obwohl sie damit unsere gemeinsame kleine Welt zerstörte – die einzige, die ich kannte. Auf dem Weg zur Old London Road fragte ich meine Mutter unentwegt, warum sie mich wegschicke. Doch sie sagte nur wieder und wieder, in London würde ich ein besseres Leben haben, ich solle ihr vertrauen und keine Fragen mehr stellen.

Stumm standen wir an der Straße und warteten auf den

Pferdewagen. Als er aus dem Wald neben dem Anwesen zum Vorschein kam, spürte ich, wie meine Mutter erstarrte, als wolle sie sich gegen den Anblick wappnen. Ich entsinne mich noch daran, wie verzweifelt ich war, als die Pferde stehen blieben und sie mich auf den Wagen schob. Ich versuchte, mich an sie zu klammern, aber der Kutscher schwang schon die Peitsche. Der Wagen ruckelte vorwärts, und meine Mutter entglitt mir.

In all den Jahren hatte ich mich bemüht, nicht an sie zu denken. Ich wollte die Wunde verheilen lassen, anstatt sie durch Erinnerungen immer wieder aufzureißen. Nur wenn ich das Kochbuch aufschlug und die Gerichte meiner Mutter zubereitete, dachte ich an sie. Wenn der vertraute Duft der Kuchen aus dem Ofen drang, wurde ich von Bildern überflutet. Und jetzt dachte ich wieder an meine Mutter, nachdem seit Sommerbeginn der Mond dreimal gekommen und gegangen war, ohne dass Blut meine Wäsche rot färbte.

Die Witwe Anstis lebte in einer kleinen Hütte aus Holz und Pech am Rand von Whitechapel. Hätte die Witwe einen vornehmen Laden gehabt und ihre Tränke in blauem Kobaltglas feilgeboten, hätte sie als Apothekerin gegolten. So bedachte man sie mit schlimmen Wörtern, aber man lebte nicht mehr im Mittelalter, und eine Frau, die den Umgang mit Kräutern beherrschte, wurde meist in Ruhe gelassen. Die Witwe Anstis stellte die besten Pomaden abseits der Tottenham Court Road her, die sich bei den Damen von Spitalfields großer Beliebtheit erfreuten. Doch ihr Wissen war viel umfangreicher und wurde von jenen genutzt, die es zu schätzen wussten. Eine von diesen Personen war Mrs Swann, die ihre Mädchen scharenweise zu Mrs Anstis karrte und sie zwang, jeden Monat Tränke zu schlucken, die nach Borretsch und Löwenzahnblättern schmeckten.

Unsere Körpersäfte folgten den gleichen Rhythmen wie Ebbe und Flut, hatte Mrs Anstis uns erklärt. Frauen sind dem Mond hörig, und die richtige Arznei zum rechten Zeitpunkt kann den Fluss der Körpersäfte ändern. Oft spazierten wir mit ihr durch den Kräutergarten. Im Sommer stieg der Duft von Rosmarin auf, wenn wir mit unseren Rocksäumen die Stängel streiften, während die Witwe Kamille pflückte und sie in ihren Beutel steckte. War die Arznei fertig, mussten wir uns in einer Reihe aufstellen, ähnlich Kindern im Armenhaus, und einen Löffel von dem Trank nehmen. Ich schluckte immer rasch, in der Hoffnung, so den bitteren Geschmack zu vertreiben, und kaute dann die Pfefferminzblätter, die Mrs Anstis uns reichte.

Seit ich Mrs Swann verlassen hatte, war ich nicht mehr bei der Witwe gewesen. War das nun die Folge davon? Ein elendes kleines Wesen in mir, das sich durch kein Kräutergebräu mehr vertreiben ließ?

Sonntags nach der Kirche hatten wir eine Weile frei, und ich verabredete mich mit John Barnstaple im Teegarten von Vauxhall. In der Mitte befand sich ein großer weißer Pavillon, an dem im Sommer üppige Kletterrosen emporrankten. Doch nun, im Oktober, hatten sich die Blüten in Hagebutten verwandelt, und die Blätter welkten und sanken zu Boden. Die Luft war kalt und nebelfeucht, und weit und breit war keine Menschenseele zu sehen.

John kam in Begleitung eines anderen Mannes, was mich ärgerte. Ich wollte unsere rare, kostbare Zeit mit niemand anderem teilen, und außerdem hatte ich etwas Wichtiges zu erzählen.

Die beiden waren ins Gespräch vertieft und nickten mir nur zu, als sie sich auf der umlaufenden Bank im Pavillon niederließen. Ich sah jetzt, dass der andere Mann Roger Duff aus der Buttermilk Alley war.

»Wir müssen noch mehr unternehmen«, sagte Duff. »Ein Sixpence pro Webstuhl ist nichts.«

»Die Nachfrage nach dem billigen Kattun aus Übersee macht uns zu schaffen«, erwiderte Barnstaple. »Wir müssen die Leute dazu bringen, dass sie diesen Stoff nicht mehr kaufen und tragen.«

»Aber Kattun ist doch bereits verboten«, warf ich ein. Das war zwar allgemein bekannt, aber ich fand es unangenehm, nicht beachtet zu werden. Die beiden Männer sahen mich an, als hätte eine der verschnörkelten Vasen gesprochen.

»Trotzdem wird noch in vielen Läden indischer Kaliko verkauft.«

Duff beugte sich vor, die Ellbogen auf die Knie gestützt. »Andere Vereinigungen sind kämpferischer«, sagte er. »Jemand hat mir erzählt, dass die Weber, die sich Rebellion Sloop nennen, einer Frau das Kalikokleid vom Rücken gerissen haben.« Duffs Stimme klang so drängend, als empfinde er insgeheim Freude an dieser Vorstellung, aber Barnstaples Miene verdüsterte sich.

»Unsere Vereinigung greift keine wehrlosen Frauen auf der Straße an«, sagte er mit Nachdruck.

»Und was sollen wir deiner Meinung nach tun? Mit Bisby Lambert beim Parlament vorsprechen?« Duffs Unterton war spöttisch, und ich warf einen vorsichtigen Blick auf Barnstaple. Seine Stimmung war so unberechenbar wie der Wurf einer Münze; man wusste nie vorher, auf welcher Seite sie landete.

Dann lachte er laut, und sogar Duff sah erleichtert aus. »So hilflos sind wir nun auch noch nicht«, antwortete er und schlug Duff auf den Rücken.

Als der andere Webergeselle gegangen war, kaufte Barnstaple gesüßten Tee für uns beide, und wir setzten uns an einen Tisch im Teegarten und wärmten die Hände an den Tassen.

»Wie sich die Zeiten ändern«, begann ich und pustete auf das heiße Getränk. Weiße Wölkchen stiegen auf. »Ich bewundere dich. Durch deinen Mut werden deine Kinder in einer besseren Welt leben.«

»Ich möchte kein Kind in diese Welt setzen«, erwiderte Barnstaple und blickte um sich, als hätte die Welt nichts Besseres zu bieten als bleigrauen Himmel und kalte Eisenstühle.

»Aber du könntest einem Sohn vieles beibringen. Wie man für seine Rechte eintritt und höhere Löhne für seine Arbeit erkämpft.«

»Wenn das so weitergeht, wird es bald keine Arbeit mehr geben.«

»Aber was ist mit Ives?«, drängte ich. »Du bist wie ein Vater für den Jungen, sogar mehr als sein eigener Onkel. Weckt Ives nicht den Wunsch nach einem Sohn in dir?«

Barnstaple stellte ruckartig seinen Tee ab. »Was soll das

Gerede? Ich wünsche mir ebenso wenig einen Sohn wie einen Mühlstein um den Hals. Hast du denn gar nichts verstanden? Ich kann nicht einmal meinen eigenen Lebensunterhalt verdienen, geschweige denn ein Kind ernähren.«

Ich nickte stumm und starrte in meinen Tee, auf dem sich durch den Wind winzige Wellen bildeten. Von John Barnstaple würde ich die Antwort, die ich mir wünschte, ebenso wenig bekommen wie von den Teeblättern am Boden der Tasse.

ESTHER

Die Sonntagvormittage waren bestimmt von Pflichterfüllung, die Nachmittage der Freizeit und der Muße gewidmet. Nicht selten war ich dann ganz alleine im Haus. Nach der Kirche und dem Mittagsmahl hatten die Bediensteten frei und konnten sich ihren Vergnügungen widmen. An diesem Sonntag machte Sara einen Spaziergang im Teegarten von Vauxhall, und Elias unternahm einen Ausritt auf den Feldern jenseits der Hare Street. Ich setzte mich an meine Näharbeiten, aber das Wissen, dass oben in der Mansarde ein Webstuhl wartete, mit Garn für mein eigenes Muster bespannt, war wie der Lockruf einer Sirene; ich konnte ihm nicht widerstehen.

Meine Hände waren feucht vor Aufregung, als ich mich an den Webstuhl setzte und meinen ganzen Mut zusammennahm. So schwer konnte es doch nicht sein. Alles war vorbereitet, und Bisby Lambert hatte mir erklärt, was ich tun musste. Zwar hatte ich keinen Ziehjungen, aber ein kleines Stück – bis zum ersten Musterwechsel – würde ich doch wohl alleine schaffen. Ich musste mir nur irgendetwas ausdenken, um die Latzen gezogen zu halten. Da fiel mir eine der schweren Garnrollen ins Auge. Als Gewicht konnte ich sie an die Latze hängen und so das Fach geöffnet halten, während ich den Tritt bediente und das Schiffchen warf. Es würde länger dauern, musste aber möglich sein.

Ich wusste nicht mehr genau, was ich zuerst machen musste, dachte mir aber, dass sich alles ergeben würde, wenn ich erst einmal anfing. Ich trat einen der Tritte und versuchte das Schiffchen durchs geöffnete Webfach zu werfen. Doch das Schiffchen rutschte mir aus der Hand und blieb in den Kettfäden hängen. Ärgerlich schnalzte ich mit der Zunge, befreite es und versuchte es aufs Neue. Der zweite Versuch gelang.

Ich stand auf, um die nächste Latze mit dem Gewicht zu beschweren. Als ich mich wieder niederließ, stieß ich versehentlich an einen Hebel, der ein Zahnrad in Bewegung setzte, und spürte zu meinem maßlosen Entsetzen, dass mein Kleid sich verfangen hatte. Ich fühlte mich hilflos und machte mir Vorhaltungen, weil ich mir so töricht eingebildet hatte, die Seide selbst weben zu können. Es kam mir vor, als rolle ein Felsbrocken unaufhaltsam einen Abhang hinunter. Entsetzt ließ ich alles los, als stünde der Webstuhl in Flammen.

Eine eigentümliche Stille herrschte im Haus, anscheinend war noch keiner zurückgekehrt. Ich saß auf der Webbank, an das Gerät gefesselt, das ich nicht hatte beherrschen können. Die Hänflinge zwitscherten in ihrem Käfig, als unterhielten sie sich über meine unglückselige Lage. Ich zerrte an meinem Rock, aber der Stoff war so fest im Webstuhl verfangen, dass er sich nicht herauslösen ließ.

»Sara!« Meine Stimme hallte von den Wänden wider.

Sie war nicht im Hause, und im Grunde wollte ich auch

gar nicht, dass sie mich hier sah. Wie hätte ich mich erklären sollen? Zwischen den Garnspulen auf den Wandbrettern lag eine Schere, nur knapp drei Yards entfernt, doch sie war vollkommen nutzlos, da ich nicht einmal aufstehen konnte. Vor Wut und Verzweiflung schrie ich laut auf und begann auf den Webstuhl einzuschlagen, als sei er ein riesiger Hund, der seine Zähne in mich geschlagen hatte. Die Hänflinge flogen erschrocken auf und flatterten in ihrem Käfig umher, dem sie ebenso wenig entkommen konnten wie ich meiner misslichen Lage.

Als die Klapptür angehoben wurde, zerrte ich gerade wutentbrannt an meinen Röcken. Ich bemerkte Bisby Lambert erst, als er zu mir trat, worauf ich die Röcke losließ und mich aufrichtete. Er sah mich gar nicht an, sondern ging sofort in die Hocke, um das Malheur zu betrachten. Der Stoff war zwischen zwei Teilen so eingeklemmt, dass sie sich nicht mehr bewegen ließen. Lambert beugte sich über meine Knie und begann kraftvoll zu ziehen. Einen Augenblick lang presste er seine Schulter an meine Beine. Trotz meiner Röcke spürte ich, wie seine Muskeln sich anspannten. Um meine Verlegenheit zu überspielen, schaute ich wieder zu den Hänflingen, die jetzt auf ihren Stangen hockten und still das Geschehen beobachteten.

»Warum seid Ihr hier?«, fragte ich, ohne Lambert anzusehen.

»Ich muss sonntags arbeiten, Ma'am. Ich bin mit meinem Meisterstück noch nicht so weit vorangekommen, wie ich gehofft hatte.«

Als ich das hörte, war ich geradezu froh, dass er über meine Röcke gebeugt war. Ich hätte ihm nicht in die

Augen blicken wollen, da vermutlich ich der Grund für die Verzögerung seiner Arbeit war.

Lambert stieß einen Seufzer aus, dann lösten sich die verkanteten Teile, und ich war frei. Erleichtert raffte ich so rasch meine Röcke, dass sie hochrutschten und meine von Strümpfen verhüllten Knöchel zu sehen waren. Seine Augen ruhten nur einen kurzen Augenblick auf meinen Beinen, aber es fühlte sich an, als sei ich in kochend heißes Wasser getreten.

Lambert verharrte vor mir in der Hocke. »Bedeutet es Euch so viel, weben zu können, Madam?«

»Ja«, antwortete ich, und all meine Wut über mein Scheitern und die endlose Sehnsucht danach, mein Muster zu verwirklichen, lagen in diesem einen Wort.

Lambert nickte und richtete sich auf. »Dann werde ich Euch helfen«, sagte er.

Von nun an kam Lambert nach jeweils zwei Tagen, an denen er mit Ives in der Mansarde arbeitete, ohne seinen Ziehjungen. Ich saß dann auf dem Hocker und zog auf Lamberts Anweisungen hin die Latzen und hob die Litzen an. Die Zeit, die wir zusammen verbrachten, hatte etwas nahezu Schicksalhaftes, als sei der Verlauf unser beider Leben bereits so genau festgelegt wie ein Muster auf der Patrone. Ich war Zeugin einer Verwandlung, als die Seidenfäden nach und nach von den Spulen abrollten und so miteinander verwoben wurden, dass man sie im Stoff nicht mehr wiederfand. Und mit jedem Schuss des Schiffchens verknüpfte sich mein Dasein mehr mit dem von Bisby Lambert. Solange ich die Latzen in der richtigen Reihenfolge zog, würde das Dessin Faden um Faden entstehen. Das Ergebnis war vorherbestimmt.

Es ist Pflicht einer Frau, Kinder zu bekommen, auch wenn es sie das Leben kostet. Oft genug habe ich das erlebt, auch bei meiner eigenen Schwester, die sich schreiend und keuchend in Gottes Arme begab, um ein unfertiges Kind zur Welt zu bringen, das sie kaum um eine Stunde überlebte. Als man meine Schwester mit dem Kind, das ihr Ende bedeutet hatte, ins Grab hinabließ, wandte sich meine Mutter mir zu und sagte: »So ist das Leben einer Frau.«

Manchmal sah ich durchs Fenster des Damenzimmers den Kindern auf der Straße beim Spielen zu. Sie trieben ihre hölzernen Reifen mit Stöcken übers Pflaster wie Wagenräder und rannten ihnen johlend und lachend hinterher. Zwar hätte ich von Herzen gern ein eigenes Kind gehabt, fand es aber schwer, mich nach etwas zu sehnen, was mir den Tod bringen konnte. Elias würde das nie verstehen. Trotz seiner Nebenbelustigungen vergaß er seine ehelichen Pflichten nicht, sondern erfüllte sie mit der gleichen Gewissenhaftigkeit, mit der er alles in seinem Leben erledigte. Einmal hatte es ein Kindlein gegeben, das jedoch, kaum angekündigt, in einem Blutschwall verschwand. Gott möge mir vergeben, aber vor der erschütternden Traurigkeit empfand ich auch eine kurze Erleichterung. An jedem Tag, den ich seither ohne Empfängnis blieb, fragte ich mich, ob ich für dieses Gefühl der Erleichterung bestraft wurde. Und nicht nur von Gott. Jeden einzelnen Tag war ich davon überzeugt, mein Gatte würde mich dafür bestrafen, dass ich nicht die Frau war, für die er mich hielt. Dass ich nicht Sophia Courtauld war, die vorbildliche, in seiner Gemeinde geachtete Ehefrau und Mutter. Dass ich die falsche Wahl war. Er hatte einen zu hohen Preis bezahlt und bekam kein Entgelt.

Verliebtheit, die in Ablehnung umschlägt, ist etwas schrecklich Bitteres. Es macht den Wein sauer und das Bett kalt. Doch ich beklagte mich nicht. »In der Ehe Liebe zu erwarten«, hatte meine Mutter einst gesagt, »ist wie in einem Wecken nach Rosinen zu suchen. Sind welche drin, kann man sich freuen.« Doch Elias war ein Mann, der Schönheit erschuf. Wer seine Seidenstoffe auf der Haut spürte, konnte das bezeugen. Manchmal sann ich darüber nach, wie mein Leben wohl geraten wäre, hätte Elias mir so viel Zuwendung zuteilwerden lassen wie seiner Seide.

Nach einer Weile wusste ich nicht mehr, was lebendige Liebe war, so wenig wie ein gefangener Vogel sich an die Freiheit erinnern kann. Bis Lambert dieses Gefühl in mir zum Leben erweckte. In jenen Stunden in der Mansarde empfand ich die Nähe dieses Mannes als so überwältigend, dass ich ihn nicht einmal ansehen konnte. Und als ich seinen Körper an meinem Bein spürte, geriet alles andere in Vergessenheit.

ACHTZEHN

SARA

Der Duft von Lavendelpomade in der Mansarde. Daran merkte ich, dass Madam dort oben gewesen war. Seit einiger Zeit verschwand sie unvermittelt und tauchte so unerwartet wieder auf wie ein Geist. Und war sie denn einmal anwesend, erledigte sie alles halbherzig. Nicht nur das Lesen ihrer Psalmen – dabei neigte sie ohnehin zur Nachlässigkeit –, sondern auch ihre Näharbeiten. Für gewöhnlich pflegte sie stundenlang am Fenster zu sitzen, den Kopf über den Stoff gebeugt. In letzter Zeit wirkte sie zerstreut und presste beim Nähen so ärgerlich die Lippen zusammen, als liefe ihr alles zuwider.

Sie in der Mansarde zu vermuten wäre mir nicht in den Sinn gekommen, doch ich spürte Madams Anwesenheit, sobald ich den Raum betreten hatte. Ich wusste, wie es in einer Webermansarde riecht: nach Seide und Webern. Ein kräftiger Geruch, der an feuchte Wolle oder Waldboden erinnert. Doch hier roch es süß und blumig, nach demselben Duft, den ich im Haus so aufdringlich fand. Einen Augenblick lang stand ich ganz still. Es war friedlich dort oben im Zwielicht, das durch die hohen Fenster drang, während Schatten wie Mäuse unter den Webstühlen hervorkrochen. Was führte Madam hierher, wo es nichts Lebendiges gab außer Singvögeln und Webern?

Mr und Mrs Arnaud waren häufig Gäste des Hauses, und bei jedem Besuch fürchtete ich, dass Mr Arnaud mich erkennen könnte. Doch nach einigen Monaten hatte ich verstanden, dass die Augen in dem fleischigen Gesicht lediglich den Süßwein und den mit Äpfeln und Salbei gefüllten Schweinebraten wahrnahmen. Ich konnte dem Mann unbefangen Getränke und Essen servieren und hoffte dabei, dass er irgendwann daran ersticken würde.

Mr Arnaud war so mürrisch wie seine Gattin liebenswürdig. Deshalb war er ein anspruchsloser Gast – eine Fleischpastete und ein Glas Portwein stellten ihn zufrieden –, seine Frau jedoch war weniger genügsam. Sie wollte unterhalten werden. Ich hatte eigentlich angenommen, Madams Fähigkeit, über die allerneuesten Stoffe zu plaudern, sei beispiellos; aber sogar sie bekam schon einen glasigen Blick, bevor nur die Suppe aufgetragen wurde.

»Habt Ihr sie schon gesehen, Mrs Thorel?«, fragte Mrs Arnaud. »Sie sind schrecklich schlicht!«

Madam legte ihren Suppenlöffel ab. »Aber ist das denn so schlimm, Mrs Arnaud? Ich meine, Seidenmuster haben sich seit einem Jahrhundert kaum verändert. Vielleicht ist es an der Zeit für einen Wandel.«

Mr Arnaud spachtelte seine Suppe und bekleckerte dabei das Tischtuch aus Damast. »Seht Ihr, Gemahlin, Mrs Thorel lebt nicht wie Ihr in der Vergangenheit. Sie ist schließlich eine junge Frau.«

Der Händler betrachtete Madam über seinen Löffel hinweg, und ich sah sie mit seinen Augen: das zart gerötete Gesicht über dem weißen Kragen, die großen Augen, so liebreizend wie die eines Kindes. Mrs Arnaud dagegen war welk wie eine Blume, die man aus der Vase nehmen sollte, bevor die Blütenblätter abfallen.

Ich warf einen Blick auf den Hausherrn, doch er war mit seiner Suppe beschäftigt und merkte nicht, wie seine Gemahlin von seinem Gast beäugt wurde.

»Gewiss«, sagte Madam und tupfte sich die Lippen mit dem Mundtuch ab, »ich liebe den alten barocken Stil ebenso sehr wie jedermann. Doch vielleicht kann beides nebeneinander bestehen. Die kunstvollen Dessins für festlichere Anlässe, die einfacheren Seiden für andere Gelegenheiten.«

»Andere Gelegenheiten? Meine Güte, Mrs Thorel, demnächst erwartet Ihr noch, dass wir Kleider aus Kaliko tragen!«

Die Arnauds waren kinderlos, wie die Thorels. Aber Mrs Thorel strahlte etwas Hoffnungsvolles aus, sie war noch keine dreißig Jahre alt. Mrs Arnaud dagegen wurde bereits runzlig wie eine Walnuss. Mit der Fruchtbarkeit würde es bei dieser Dame bald vorbei sein, und Mr Arnaud hatte wohl weder die Zeit noch die Absicht, für Nachwuchs zu sorgen. Die arme Mrs Arnaud redete munter über die Kinder, die sie haben würde, wie man über den Herbst spricht, obwohl man weiß, dass der kalte Winter folgt.

Während ich am nächsten Morgen Madams Haar aufsteckte, regte sich plötzlich etwas in mir, so fremd wie ein Lurch. Ich keuchte und legte die Hand auf den Bauch, spürte aber nur die Knochen meines Schnürleibs. Als wüsste das Kind bereits, was es auf dieser Welt erwartete, hatte es sich wohl rasch wieder verkrochen. Madam warf mir einen sonderbaren Blick zu, und ich murmelte etwas über Bücklinge, die wir zum Frühstück gegessen hatten. Doch ich selbst konnte mir nichts vormachen, das neue Leben hatte sich in mir bewegt. Was ich vermutet hatte, war nun bestätigt. Ich sah Madam im Spiegel an. Sie löste die Haarsträhnen, die ich gerade festgesteckt hatte, und türmte sie höher auf ihrem Kopf auf, einzig beschäftigt mit ihrem Äußeren. Es stand somit nicht zu befürchten, dass sie etwas bemerken würde. Ich hatte nützlich zu sein, nicht schön, und Madam würdigte mich ebenso wenig eines Blickes wie ihren Nachttopf.

ESTHER

Sara lüftete meine Sommergarderobe, bevor sie den Winter über weggepackt wurde. Im Haus war es noch warm, aber durchs offene Fenster wehte kühle Luft herein, die nach Holzfeuern roch. Alle Flächen meines Zimmers waren mit Seide bedeckt. Auf meinem Bett lag ein Kleid aus Damast mit einem kunstvollen Muster. Es hatte meiner Schwester gehört, und meine Mutter hatte es mir nach Annes Tod geschenkt, doch ich mochte weder das Dessin noch die Erinnerungen. Ich nahm das Kleid vom Bett und drehte mich zu Sara um, die vor der Wäschetruhe kniete und meine Wollunterröcke herausnahm.

»Das hier überlasse ich dir, Sara.«

Sara stand rasch auf, die Arme voller Unterwäsche. Getrocknete Lavendelstängel vom letzten Jahr fielen zu Boden. »Seid Ihr Euch dessen gewiss, Madam? Es ist so prächtig.«

Damit hatte sie durchaus recht. Die Seide war ein dunkler Damast mit einem geometrischen Muster. Ich konnte mir vorstellen, wie dieser Stoff im Feuerschein wirken würde, in dem jeder der zwölfhundert Fäden pro Inch das Licht anders reflektieren würde. Ein Seidenstoff aus Spitalfields ist eine Wertanlage, etwas, das man niemals wegwirft. Er sollte von Generation zu Generation weitergegeben werden. Wenn er als Kleid nicht mehr taugt, kann er umgenäht und zuallerletzt noch für eine Weste verwendet werden.

»Selbstverständlich«, antwortete ich. Die Seide war zwar erlesen, der Stil jedoch zu altmodisch für mich. »Komm, wir wollen schauen, wie es dir zu Gesicht steht.«

Sara legte die wollenen Unterröcke aufs Bett, und ich nahm das Mädchen am Arm und führte es zu meinem Ankleidespiegel. Dann trat ich hinter Sara und hielt ihr das Kleid unters Kinn. Da ich ein wenig größer war als sie, konnte ich erkennen, wie gut die zarten Rot- und Grüntöne zu ihren haselnussbraunen Augen passten.

»Es steht dir ganz ausgezeichnet.«

Sara errötete und blickte zu Boden. Ich hatte eigentlich gehofft, sie lächeln zu sehen. Ich hängte mir das Kleid über einen Arm und drehte Sara zu mir herum.

»Du solltest es einmal anziehen.«

»Anziehen? Ach nein, Madam, das kann ich doch nicht.«

»Ich möchte sichergehen, dass es dir nicht zu groß ist«, erwiderte ich knapp. »Und nun dreh dich um.«

Sara kehrte mir zögernd den Rücken zu, so dass ich ihr Kleid aufschnüren konnte. Dann streifte ich ihr die Ärmel ab und zog es ihr aus. Als sie sich wieder mir zuwandte, hatte sie die Arme vor der Brust verschränkt, als sei ich ein Wüstling, der sie verführen wollte, und nicht ihre Herrin.

»Komm«, sagte ich und öffnete sanft ihre Arme, »du siehst mich doch schließlich jeden Tag entblößt.«

Ihre Haut war unglaublich bleich, und ihre weichen Brüste wölbten sich weiß wie Milch über ihr Schnürleib.

Ich streifte ihr die Ärmel des Kleids über und strich es glatt. Neben der feinen Seide sah Saras schlichte Haube merkwürdig aus, und ich zog sie von ihrem Kopf. Ihr Haar löste sich und fiel ihr auf die Schultern. Noch nie zuvor hatte ich bemerkt, dass es die Farbe von Kastanien hatte und schimmerte wie das Fell einer edlen Stute.

»Du bist wahrhaft ansehnlich, Sara«, sagte ich, als ich sie betrachtete. »Wenn ich das Mieder zugeschnürt habe, wirst du gewiss lächeln.«

Ich plauderte weiter, weil sie so hartnäckig schwieg. Doch als ich die Rückenschnürung beenden wollte, verstummte ich. Sosehr ich auch zerrte und zog, das Fischbein wollte sich nicht zusammenfügen, was umso seltsamer war, als oben alles gut saß. Ich ging um Sara herum und beäugte sie eingehend, aber sie hatte die Arme vor dem Bauch verschränkt, als habe sie Krämpfe.

»Nun«, sagte ich spitz, »das Kleid gehört jedenfalls dir, falls du es haben möchtest. Du kannst aus dem Stoff auch etwas anderes schneidern. Oder es verkaufen, wenn dir nichts daran liegt. Auf dem Markt kann man mit alten Seiden gut handeln. Du wirst ja bestimmt über jeden Shilling zusätzlich froh sein.« Die letzten Worte betonte ich besonders, aber Sara schluckte den Köder nicht, sondern zog das Kleid hastig aus. Ich sah zu, wie sie die Seide von ihren weißen Gliedern streifte und ihren Körper dann rasch wieder mit den gnädig weiten Falten ihres Dienstmädchenkleids verhüllte. Schließlich nahm sie den Korb mit frischen getrockneten Kräutern von meiner Frisierkommode und begann stumm, meine Sommerkleider mit Lavendelzweigen zu bedecken.

Saras letzte Aufgabe war es stets, das Feuer im Kamin zu löschen. An diesem Abend half sie mir beim Auskleiden, löste mein Haar und kämmte es, während ich in Hemd und Schlafrock am Frisiertisch saß. Danach, als ich auf dem Samtschemel am Bettrand kniete, hörte ich sie mit dem Kaminwerkzeug herumfuhrwerken. Schließlich ging sie geräuschlos hinaus und sagte auch nicht Gute Nacht, um mich beim Gebet nicht zu stören.

Als ich kurz darauf zu Bett ging, kam es mir vor, als läge ich auf dem Marmorbrett in der Speisekammer. In diesem Herbst war die Kälte früh herangekrochen und vertrieb gnadenlos die Wärme aus den Nächten. Ich ärgerte mich, dass ich Sara nicht aufgetragen hatte, die heißen Kohlen aus dem Kamin in eine Bettpfanne zu legen. Da es aber noch nicht spät war, stand ich wieder auf und schlüpfte in meinen Schlafrock.

Ich hatte erwartet, Sara draußen vorzufinden, wo sie immer die Kerzen an der Treppe löschte, wenn sie nach oben ging. Doch die Kerzen flackerten noch, und der Korridor war leer. Ich nahm mir einen der Leuchter und hielt ihn vor mich, während ich die Treppe zur Kammer hinaufstieg. Als ich an die Zimmertür klopfte und Saras Namen rief, blieb alles still. Langsam öffnete ich die Tür und hoffte, das Knarren würde Sara wecken, so dass ich es nicht selbst tun musste. Ich hielt den Leuchter hoch und flüsterte nun ihren Namen, doch nichts regte sich in der Dunkelheit. Obwohl ich bereits wusste, dass niemand im Zimmer war, tastete ich das Bett ab.

Ich ging die Treppe wieder hinunter und nahm mir vor, in der Küche nachzusehen. Saras Verbleib war mir jetzt wichtiger als mein Bettwärmer. Doch vor meinem Zimmer hörte ich die Stufen knarren, und auf der Treppe nach unten flackerte das Licht einer Kerze.

»Da bist du ja«, sagte ich recht streng und trat auf das Licht zu.

Doch dann stand nicht Sara vor mir, sondern Elias. »Das ist ja ein herzlicher Empfang für einen Ehemann«, sagte er lächelnd, stellte den Leuchter ab und ergriff meine Hand. Ich sah ihn abwartend an. Es musste einen Grund geben für seine gute Stimmung, vor allem um diese Uhrzeit.

»Arnaud hat eine weitere Brokatseide in Auftrag gegeben«, fuhr Elias fort. »In diesen schwierigen Zeiten ist das viel wert.«

»Das ist wahrlich ein Grund zur Freude«, sagte ich.

»In der Tat«, murmelte er, als er mir den Leuchter aus der Hand nahm und die Kerze ausblies. Mir tränten die Augen von dem beißenden Rauch. Elias umklammerte jetzt fest meine Hand. »Wollen wir zu Bett gehen, Gemahlin?«

Noch bevor ich nicken konnte, presste er seine Lippen auf die meinen, und der Geruch von Süßwein stieg mir in die Nase.

NEUNZEHN

SARA

»Ich habe gestern Abend nach dir gesucht.«

Ich machte den letzten Stich und einen Knoten, schnitt schließlich den Faden ab. Erst dann schaute ich auf und sagte: »Das tut mir leid, Madam. Mir war kalt, deshalb habe ich in der Küche geschlafen.«

Madam betrachtete mich forschend und nähte währenddessen mit ihren flinken Fingern weiter. »Was du nicht sagst.«

Die Umstände unseres Kennenlernens waren ständig gegenwärtig, wie das Ticken der Uhr oder das Knistern des Feuers.

Madam hatte meine Tugend für drei Pfund, acht Shilling und einen Sixpence erworben, als hätte sie neue Bänder für ihr Haar gekauft. Und nun glaubte sie wohl, meine Tugendhaftigkeit sei ihr Eigentum. Doch welches Recht hatte Madam, über mich zu urteilen? Sie hatte die Frömmigkeit der Gemeinde ihres Gatten übergestreift wie die edlen Seiden der Hugenotten. Hatte sich deren Umgangsformen, deren Fleiß und Sparsamkeit angewöhnt, doch war sie weder Französin noch Hugenottin. Seit dem Tag, an dem ich in diesem Haus aufgenommen worden war, hatte Madam kein Wort über ihre Mutter verloren, und ich hatte nicht nachgefragt. Ich hatte nie verstanden, was Madam mir hatte mitteilen wollen – bis zu dem Augenblick, als ich Finet zu Moll sagen hörte, es habe viel bösen Tratsch gegeben, weil der Herr keine Französin zur Frau genommen hatte. Ich versuchte, nichts auf den Klatsch von Bediensteten zu geben, aber er war aus der Küche ebenso wenig wegzudenken wie die Hitze vom Herd. Hinterher konnte ich die Worte nicht mehr aus meinem Kopf vertreiben. Jeder wusste, dass Madam die Tochter eines wohlhabenden Wundarztes war. Er hatte die Kranken in einem Badehaus an der Mincing Lane behandelt, und es hieß, er sei sogar vom König gerufen worden und habe dessen Geschwüre eröffnet und ihm die Ballenzehen beschnitten. Aber niemand wusste etwas über Madams Mutter. Zumindest nicht, bevor das Paar aus der Stadt verbannt wurde und man die beiden Mörder und Hure schimpfte. Demnach waren wir uns wohl gar nicht so unähnlich, die Mutter meiner Herrin und ich. Manchmal frage ich mich, ob Madam an jenem Tag in der Gasse vor dem Wig and Feathers gar nicht mich, sondern ihre eigene Mutter vor sich sah, die da im Unterrock stand und geschlagen wurde.

ESTHER

Früh am nächsten Morgen fand ich Moll im Damenzimmer vor. Linkisch stand sie vor mir, in einer Hand den Feger, in der anderen das Kehrblech, und trat von einem Fuß auf den anderen. Hinter ihr war Asche am Boden verstreut, weil sie erschrocken aufgesprungen war, als ich hereinkam. Molls Miene war beinahe belustigend: halb ärgerlich, weil ich sie überrascht hatte, halb verlegen.

Sie machte einen flüchtigen Knicks und versuchte, Feger und Blech hinter dem Rücken zu verstecken.

»Ich will dich nicht lange aufhalten«, sagte ich. Das entsprach der Wahrheit, denn ich hatte keine Freude daran, dieses Mädchen vor Augen zu haben. Moll war für mich wie ein Gemälde an der Wand, das mir noch nie gefallen hatte und das ich gerne loswerden wollte. Manche mochten sie liebreizend nennen, ich empfand sie als gewöhnlich. Aber wenn man ein Bild nach langer Zeit abhängt, bleibt der schmutzige Abdruck an der Wand, und binnen Kurzem wird etwas gleichermaßen Geschmackloses dort hängen.

»War Sara letzte Nacht bei dir im Bett?«

Moll nagte an ihren weichen rosa Lippen, und ihre himmelblauen Augen blickten unstet umher. »Ich weiß nicht, Ma'am.«

»Was soll das heißen? Du musst das doch wissen.«

»Vielleicht hat sie sich ins Bett gelegt, als ich schon eingeschlafen war.«

»Als du dich hingelegt hast, war sie also nicht da?«

Moll zuckte leicht mit den Achseln. Das Benehmen des Mädchens war empörend.

»Moll, ich möchte wissen, was Sara nachts macht, wenn sie nicht in ihrer Kammer ist. Sobald sie das Haus verlässt, folgst du ihr und berichtest mir dann, wo sie hingeht.«

Moll riss erstaunt die Augen auf. Sie sagte aber nichts weiter, es schien ihr die Sprache verschlagen zu haben.

»Wenn du das tust, erhältst du einen Shilling.«

Sie nickte zögernd.

»Hast du mir etwas zu berichten, kannst du in mein Schlafzimmer kommen.«

Sie nickte erneut, diesmal etwas entschiedener, und ich überließ sie ihren Tätigkeiten.

Ich musste nicht lange warten. Leise klopfte es an meiner Zimmertür. Das konnte nicht Sara sein, denn sie machte auf mein Geheiß hin Einkäufe.

Moll errötete, als sie eintrat. In diesem Raum hielt sie sich nur auf, um Feuer zu machen oder den Kamin zu säubern, und das nie in meiner Anwesenheit. Höchst bedauerlich, dass sie solcherlei Bedenken beim Schlafgemach meines Gatten nicht hatte.

Moll senkte den Kopf. Ein paar strohfarbene Löckchen hatten sich aus ihrer Haube hervorgestohlen und hingen ihr in die Stirn. »Ihr hattet recht, Ma'am. Sara verlässt nachts das Haus.«

Ich nickte. »Wohin geht sie?«

Moll blieb stumm. Ich wusste nicht, ob es ihr tatsächlich schwerfiel weiterzusprechen, oder ob sie den Eindruck erwecken wollte, dass sie sich den Shilling hart erarbeitet hatte.

Schließlich blickte sie auf und sagte: »Zu einem der Weberhäuser in der Buttermilk Alley, Ma'am.«

»Was macht sie denn dort?«

Moll zuckte die Achseln, als würde sie erst gegen ein höheres Entgelt mehr preisgeben.

Elias besaß etliche mit Webstühlen ausgestattete Häuser in Spitalfields, die er an die Gesellen vermietete. »Weißt du, wer dort wohnt?«, fragte ich.

Sie nickte. »John Barnstaple, Ma'am. Und Bisby Lambert.«

Ich versuchte, mir meine Erschütterung nicht anmerken zu lassen. Rasch drückte ich Moll die Münze in die Hand und wartete ab, bis das Mädchen hinausgegangen war. Dann sank ich auf den Hocker an der Frisierkommode. Das war einzig und allein meine Schuld. Ich hatte es mir selbst zuzuschreiben, weil ich ein Mädchen von der Straße in unser Haus aufgenommen hatte.

Richtet nicht, auf dass ihr nicht gerichtet werdet. Ich hatte Sara gerettet, und zum Dank hielt sie mich zum Narren. Und das noch mit einem unserer eigenen Gesellen.

Der Abend brach jetzt immer früher an. Mit jedem Tag schwand das Licht eher und stahl uns kostbare Zeit. Seide ist ihre eigene Meisterin, sie kann dem Webstuhl nicht entlockt werden, bevor sie bereit dafür ist. Ich sehnte mich danach, sie in Händen zu halten, doch zugleich graute mir vor dem letzten Schuss des Schiffchens.

Bisby Lambert war über den Webstuhl gebeugt, ich hielt eine der Latzen fest. Es war kalt in der Mansarde. Hier oben gab es keinen Kamin, der Raum wurde nur von unten beheizt. Zusammengekauert auf dem Hocker und fast bewegungslos, kam es mir vor, als gefriere ich zu Eis.

Bei jeder Latze, die ich zog, wartete ich auf den richtigen Augenblick, um Lambert nach Sara zu fragen.

»Ihr kennt doch gewiss mein Kammermädchen, Sara Kemp?«

Lambert blickte überrascht auf. Den richtigen Augenblick gab es nicht; ich war einfach damit herausgeplatzt.

»Sie erscheint manchmal wegen Botengängen in der Buttermilk Alley«, erwiderte er bedächtig.

»Ja, aber sie macht dort auch noch mehr, nicht wahr?«

»Zwanzig auslassen, zwei anheben«, sagte er statt einer Antwort auf meine Frage.

Ich schnalzte mit der Zunge und folgte der Anweisung. »Ich will damit sagen, dass Sara nicht in die Buttermilk Alley kommt, um Botengänge zu erledigen. Sie trifft dort jemanden.«

»Zwei auslassen, acht ziehen.«

Mein Atem bildete eine weiße Wolke in der kalten Luft. »Auch nachts«, fuhr ich fort. »Sie ist auch nachts dort.«

»Acht auslassen, sieben ziehen.«

Meine Finger waren taub vor Kälte, und die Latze rutschte mir aus den Händen.

»Ich sagte sieben!«

»Ich kann nicht! Ich spüre meine Finger nicht mehr.«

Lambert hielt den Webstuhl an, stellte die Füße neben die Tritte und legte das Schiffchen ab. Dann stand er auf und ging in die Knie, unmittelbar neben mir. Meine eiskalten Hände lagen im Schoß, aneinandergepresst. Er umfasste sie mit seinen, hob sie an die Lippen. Seine Hände waren warm und umhüllten die meinen. Lambert blies seinen heißen Atem zwischen unsere Finger und sah mich dabei an. »Ihr glaubt doch wohl nicht, dass Euer Mädchen mich nachts aufsucht?«

Seine Hände zu spüren war eine Wohltat. Ich wünschte mir, die Mansarde nie mehr verlassen zu müssen, für immer in dieser Berührung verweilen zu können.

Das Sprechen fiel mir schwer. Eigentlich hatte ich nicht geglaubt, dass Sara zu Bisby Lambert ging. Aber es überraschte mich selbst, wie sehnlichst ich danach verlangt hatte, diese Antwort zu hören. Ich schüttelte leicht den Kopf.

»Gut.« Lambert drückte meine Hände noch einmal und ließ sie dann wieder auf meinen Schoß sinken. »Latze sieben bitte.«

Diese Szene wollte mir nicht mehr aus dem Kopf gehen. Unentwegt dachte ich daran, konnte nicht davon ablassen, nach Deutungen zu suchen. Lambert hatte meine Hände zu seinem Mund geführt und sie mit heißem Atem erwärmt. Das war eine unglaubliche Vertraulichkeit, und dennoch … Welcher Geselle würde nicht leugnen, sich mit einem Dienstmädchen seiner eigenen Herrschaft eingelassen zu haben? Gewiss hatte er auch schon oft Ives' kleine Hände gewärmt …

ZWANZIG

SARA

Gin.

Bis zu diesem Abend hatte ich das Getränk noch nie zu mir genommen, nicht einmal im Wig and Feathers. In den Straßen von London lagen überall Betrunkene herum, und als ich damals die Mädchen von Mrs Swann schon vor dem Frühstück kichernd und schwankend erlebte, beschloss ich, das Zeug niemals anzurühren. Doch man konnte es überall erstehen, und es war so wohlfeil wie Brot. Jeder kaufte es, von der Waschfrau bis zum Laufburschen. Man bekam es als Teil des Lohns. Frauen gaben es ihren Säuglingen zu trinken. Gin war überall.

Ich setzte mich auf mein Bett, nahm den ersten Schluck und verzog angewidert das Gesicht. Madams Parfums zu trinken hätte nicht scheußlicher sein können. Ich schüttete so viel von dem grässlichen Gebräu in mich hinein, dass sich alles vor meinen Augen drehte und ich eigentümliche Bilder vor mir sah. Den Säugling, fortgespült in einem gischtenden Fluss aus Gin. Ich rannte am Ufer entlang, sah, wie das Kind verzweifelt um Luft rang. Weil ich es nicht ertrinken lassen konnte, wollte ich es aus dem Fluss ziehen. Doch als ich es zu fassen bekam, verwandelte es sich in einen riesigen Fisch, der mich mit seinem gewaltigen Maul packte und in den reißenden Fluss aus Gin zerrte. Dann trieb ich mit dem Fisch im Wasser dahin, weder gefangen noch frei. Bekam keine Luft mehr, ging aber auch nicht unter.

Mir wurde zusehends übel, aber ich trank weiter, bis ich den Boden der Flasche sah, wenn ich sie ansetzte. Ich ließ sie fallen, der Rest tropfte auf die Dielen. Dann sank ich in einen bleischweren Schlaf. Am nächsten Morgen sah ich überall im Bett nach, ob das Kind meinen Körper vielleicht nachts verlassen hatte. Aber es war noch immer in meinem Bauch, eine hartnäckige Beule, wie eine Falte in einem Kleid, die man einfach nicht wegbügeln konnte.

John Barnstaple drehte sich auf den Rücken und stieß einen langen Atemzug aus. Seine Augen glänzten schwarzbraun im Kerzenlicht. Als er mich abermals betrachtete, warf er einen Blick auf meinen Bauch, als könne er es kaum glauben.

Ich schmiegte mich an ihn und drehte sein Gesicht zu mir. Der schmuckste Weber von ganz Spitalfields. Das war er für mich weiterhin. Die raue Haut seines Kinns kratzte an meinen Fingern, als ich darüberfuhr. Ich hatte es ihm sagen müssen, und jetzt sah er mich nicht einmal an.

»Da gibt es Mittel und Wege«, sagte er.

Ich wusste nicht, was er damit zum Ausdruck bringen wollte. »Heiraten, meinst du?«

Er blähte die Wangen auf und schaute zur Decke. »Heiraten! Daran dachte ich nicht.«

Barnstaple stand auf und zog sein Hemd an. Am Waschtisch wusch er sich das Gesicht und starrte dann in den gesprungenen Spiegel, als solle der ihm einen Rat erteilen. »Geh zu irgendwem. Man kann dem abhelfen.«

Schamröte stieg mir ins Gesicht, und ich versuchte, die Tränen zu unterdrücken, die mir in die Augen stiegen.

»Ich habe schon so viel Gin getrunken, wie ich konnte«, erwiderte ich. »Es hat nichts genützt.«

Barnstaple lachte. »Wenn das mit Gin zu erledigen wäre, hätte London nur halb so viele Einwohner.«

»Aber warum sollten wir nicht heiraten?« Das war doch die naheliegendste Lösung in solch einer Lage. Zwar kam ich mir nicht ganz aufrichtig vor, Barnstaple die Heirat mit einer einstigen Hure vorzuschlagen. Ich hatte ihm nichts davon erzählt, aber ich war jetzt auch ein anderer Mensch. Wie Mrs Thorels Mutter, die einst in Schenken gesungen hatte und dann Gattin eines Wundarztes geworden war.

Barnstaple beugte sich vor und puhlte in seinen Zähnen. »Was redest du da von Heirat? Daran hast du doch auch nicht gedacht, als du in mein Bett gesprungen bist.«

Ich war froh, dass er mit seinen Zähnen beschäftigt war und nicht sah, wie ich zusammenzuckte.

»Weil es ein Kind zu versorgen gilt«, antwortete ich so ruhig wie möglich.

Er zuckte die Achseln, danach drehte er sich zu mir um. »Und die Thorels? Was werden die sagen? Du würdest deine Kammer nicht mehr behalten können, und hier ist weiß Gott kein Platz.« Er wies auf den Raum. Ein Webstuhl und eine Strohmatte. Ein Kind konnte man hier nicht aufziehen.

»Wieso denkst du an die Thorels? Die bezahlen dir doch ohnehin nicht genug.«

»Nein, aber sie zahlen für das Bett, auf dem du gerade liegst.«

»Ein Bett kann man das wohl kaum nennen«, erwiderte ich und setzte mich auf. »Wir könnten uns zusammen eine andere Unterkunft suchen.« Aber er zog schon seine Kniehose an und steckte sein Hemd fest, als habe er weitaus Wichtigeres zu tun, als sich um mich und das Kind zu kümmern. Ich spürte zum ersten Mal Bitterkeit und Ablehnung, als ich sah, wie Barnstaple tat, als sei nichts Besonderes vorgefallen. »Du wirst Unterhalt für mich zahlen müssen.«

Seine Weste in Händen, hielt er inne und starrte mich an. »Was bringt dich auf diesen Gedanken?«

»Dazu bist du verpflichtet. Die Gemeinde zahlt nicht, wenn es der Vater des Kindes tun sollte.«

Barnstaple war jetzt so aufgebracht, dass er sich nicht mehr um Freundlichkeit bemühte. »Woher wollen die wissen, dass ich der Vater bin? Woher soll *ich selbst* denn wissen, ob ich der Vater bin?«

»Ich werde einen Eid darauf schwören«, sagte ich trotzig.

Er schnalzte mit der Zunge. »Beruhig dich, Weib, das wird nicht nötig sein.« Dann wandte er sich zum Gehen, besann sich dann aber und kam noch einmal zu mir. Er ging neben der Strohmatte auf die Knie und nahm meine Hand. »Es bleibt doch noch viel Zeit, bis das Kind kommt.«

ESTHER

Pastor Gabeau beugte sich über die Kanzel der L'Église Neuve. Die Gemeinde vor mir, ganz in Schwarz und Braun, hielt die Köpfe gesenkt und murmelte Gebete.

»Und wir müssen uns der Gefahren der Trunksucht gewahr sein«, predigte Gabeau. »Gebt acht, was Ihr auf den Straßen seht, und meidet jene Pfade, die ins Verderben führen.« Die Vorstellung von Elias' friedliebenden Verwandten, die betrunken in den Straßen lagen, war geradezu lächerlich. Hugenotten genossen lieber den Anblick von Blumen und lauschten dem Gesang der Vögel. Was Sara anging, war ich mir dessen jedoch nicht gewiss. Ich hatte sie um halb zehn Uhr morgens in ihrer Kammer ertappt, als sie dabei war, ihre Schuhe falsch anzuziehen. Es roch durchdringend nach Gin im Raum, und Sara war regelrecht grün im Gesicht.

Ich warf einen Blick auf Elias. Er tat überzeugend so, als lausche er der Predigt, den Kopf demütig geneigt, das Gebetbuch in Händen. Manchmal rieb er mit dem Daumen über die Silberschließe. Aber ich wusste, dass mein Gatte in Gedanken mit den steigenden Preisen von feinster Rohseide aus Italien beschäftigt war, nicht mit irgendwelchen Sünden. Auch ich war abgelenkt, folgte nicht der Predigt, sondern dachte vielmehr über die Sünde unter unserem eigenen Dach nach. Ich hegte keinerlei Zweifel, dass Sara in anderen Umständen war. Es war mir all die Monate gelungen, Saras Vergangenheit vor Elias zu verbergen. Aber was sollte ich tun, wenn die Wölbung ihres Leibs sie verriet?

In der Bank neben uns entdeckte ich Mr und Mrs Arnaud. Sie bemerkte meinen Blick, und wir nickten uns zu. Dann beobachtete ich sie eine Weile, wie sie aufrecht und reglos neben ihrem Ehemann saß. Mrs Arnaud war die Verkörperung der hugenottischen Tugenden Sparsamkeit und Fleiß. Was würde diese Frau über mein schwangeres Kammermädchen denken? Sie war ein führendes Mitglied der Gemeinde, urteilte über meinen Erfolg als Ehefrau und Herrin eines hugenottischen Haushalts.

Nach der Predigt sorgte Elias dafür, dass wir im Gedränge mit den Arnauds zusammenkamen. Kurz darauf war er mir einige Schritte voraus, schüttelte Mr Arnaud die Hand, verwickelte ihn in eine Unterhaltung über Seide und sorgte so dafür, dass der Kirchenbesuch keine Zeitverschwendung war. Mrs Arnaud dagegen war im Nu umringt von Frauen mit weißen Spitzenkragen und ebenso weißen Hauben und tat kund, für welches Armenhaus Hemden genäht werden mussten. Inmitten dieser frommen Schar fühlte ich mich sehr einsam.

Plötzlich fand sich Pastor Gabeau an meiner Seite, die Hände hinter dem Rücken verschränkt. Elias und Mr Arnaud waren unweit der Kanzel ins Gespräch vertieft, und der Pastor lenkte mich zur Kirchentür, wo er die Gemeinde verabschiedete, zwischen dem fahlen Wintersonnenlicht und dem düsteren Kirchenraum.

»Ihr wirkt seit einigen Wochen recht bedrückt auf mich, Mrs Thorel«, sagte der Pastor und nickte den Vorbeigehenden lächelnd zu.

Ich war froh, dass ich neben ihm stand, denn ich wollte ihn nicht ansehen und seinem Urteil ausgesetzt sein.

»Kann ich Euch helfen?«, fragte der Pastor weiter, als ich schwieg. Er war bereits hinausgetreten auf den Treppenabsatz, ins Licht, während ich noch im Dunkeln verharrte, als seien wir die Widersacher Gut und Böse.

»Eine Freundin …« Ich zögerte, weil ich wusste, dass der Geistliche diesen Versuch der Täuschung durchschauen würde. Doch Pastor Gabeau lächelte nur und nickte mir aufmunternd zu.

»Nun, sie fürchtet, dass ihr Dienstmädchen …« Gegenüber einem Geistlichen wollten mir die Worte nicht über die Lippen kommen.

Gabeau gab einen tiefen Seufzer von sich, der sowohl ergeben als auch entschieden klang. »Ich sehe die Menschheit durch diese Pforten schreiten, Mrs Thorel. Es gibt wohl nichts Menschliches mehr, das mir fremd wäre.«

»Gewiss, Pastor. Es ist nur so, dass meine Freundin nicht weiß, was sie mit dem Mädchen tun soll. Was wäre das Richtige?«

»Wenn ein Kind erwartet wird, ist es am Vater, das Rechte zu unternehmen«, antwortete Gabeau streng. »Falls er das nicht kann«, fuhr der Pastor fort, als ich erneut stumm blieb, »oder nicht tut, können wir helfen.«

Als ich zu ihm aufschaute, sah ich so überrascht und dankbar aus, dass der Geistliche sagte: »Eure Freundin ist nicht die erste Hausherrin, die sich in solch einer Lage wiederfindet, Mrs Thorel. Und hier ist auch die Dame, der Ihr Euch anvertrauen solltet.«

Pastor Gabeau streckte Mrs Arnaud den Arm entgegen, als sie sich näherte. Die beiden warfen sich ein vertrautes und herzliches Lächeln zu, wie alte Freunde. Ich trat aus dem dunklen und kalten Kirchenraum in den fahlen Sonnenschein hinaus.

»Mrs Arnaud hat eine Freundin bei den Gutachterinnen des Waisenhauses, glaube ich«, sagte der Pastor.

»Ja«, bestätigte Mrs Arnaud.

»Mrs Thorel hat eine Freundin, deren Dienstmädchen in anderen Umständen ist. Können wir der Dame etwas raten?«

Mrs Arnauds Miene war gütig und fürsorglich. Ich sah keine Spur der befürchteten Strenge und Verurteilung darin. »Das tut mir leid«, sagte sie. »Das ist immer eine schwierige Lage, aber Eure Freundin kann das Mädchen in eine Gebäranstalt bringen, wenn der Zeitpunkt naht. Danach wäre es das Beste, das Kind im Findelhaus unterzubringen. Ich kann bei der Anfrage dort behilflich sein, falls Eure Freundin das Mädchen unterstützen möchte.«

»O ja, das will sie«, sagte ich rasch.

»Gut«, sprach der Pastor. »Unsere Liebe zu Gott zeigt sich auch in unserer Wohltätigkeit, nicht nur in unserer Frömmigkeit.«

EINUNDZWANZIG

SARA

Moll ging mir aus dem Weg. Das merkte ich daran, wie sie im Korridor an mir vorbeihuschte. Und wenn ich auf der Treppe nach ihr rief, bekam ich nie Antwort. Ich begann an verschlossenen Türen zu horchen, bis ich Moll eines Tages in der Küche mit Monsieur Finet reden hörte. Lautlos öffnete ich die Tür, damit mir das Mädchen nicht wieder entwischte.

Die beiden verstummten, sobald ich eintrat. Moll beschäftigte sich eingehend mit ihrem Besen. Als sie sich an mir vorbeidrücken wollte, packte ich sie fest an ihrem knochigen Arm, und sie jaulte auf wie ein Hündchen.

Monsieur Finet erhob sich von seinem Stuhl. »Lass die Kleine in Ruhe. Sie muss ihre Arbeit erledigen.«

Es sah ihm ähnlich, sich auf Molls Seite zu schlagen, bevor überhaupt ein Wort gesprochen war. Ich vermutete, dass der Koch nicht hinter Molls trügerische Püppchenfassade blicken konnte. Ich umklammerte den Arm des Mädchens mit eisernem Griff. »Warum hast du Madam von der Buttermilk Alley erzählt?«

»Was soll ich denn erzählt haben?«, erwiderte Moll und runzelte ihre glatte Stirn.

»Dass ich dorthin gehe. Du folgst mir. Ich habe dich eines Abends gesehen, ohne dass du es bemerkt hast. Und nun lässt mich Madam nicht mehr aus den Augen. Ich weiß, dass du es ihr berichtet hast. Wer soll es denn sonst gewesen sein?«

»Hab ich nicht«, versetzte Moll und versuchte, sich loszureißen.

Finet trat auf uns zu. »Mir ist gleichgültig, was sich da ereignet hat. Lass das Mädchen los.«

»Wer war es dann? Ihr vielleicht, Monsieur Finet?«

Der Koch lachte. »Was scheren mich solche Weiberangelegenheiten? Wenn du dich aus dem Haus schleichst, musst du die Folgen ertragen. Die Kleine kann nichts dafür.« Er ergriff mein Handgelenk und Molls Arm und zerrte uns auseinander. Moll bedachte ihn dafür mit einem Lächeln, als habe er sie aus einem brennenden Haus gerettet.

Sie glaubte nun wohl, davongekommen zu sein, als sie die Treppe hinaufflitzte und mit Feuereifer die Kamine säuberte. Doch von nun an war ich wachsam. Moll sah mein Spiegelbild in jedem Topf, den sie polierte, und jedem Kaminrost, den sie auf Hochglanz brachte.

ESTHER

Von Tag zu Tag wurde es nun früher dunkel, und nach dem Läuten der Tenorglocke blieb für Bisby Lambert immer weniger Zeit zum Weben am Spital Square. Doch ich sah ihn deshalb nicht seltener, wie ich eigentlich vermutet hatte. Sein Meisterstück hing unvollendet im Webstuhl, während meine Seide von Woche zu Woche länger wurde.

Ich ließ die Latzen los und dehnte die Arme. Als Ziehjunge tätig zu sein war schrecklich eintönig und ermüdend. »Ich sehe Latzen, sobald ich die Augen schließe!«, sagte ich. »Ich träume nachts von ihnen!«

Lambert hatte aufgehört zu weben, als ich die Latzen losgelassen hatte, und setzte sich an den Rand der Bank, damit er mich nicht durch die Kettfäden ansehen musste. »Das verstehe ich. Diese Arbeit ist schwerer, als sie aussieht.«

Die Mansarde war von Kerzen erleuchtet, draußen setzte die Dämmerung ein. Lamberts Gesicht glich einer Fläche aus Licht und Schatten, und wie er so reglos am Webstuhl saß, erinnerte er mich an Gemälde von Hogarth. Der Webstuhl vor Bisby Lambert war Ausdruck seiner Welt. Und was für ein Bild ergab ich mit meinen Seidenröcken und den weichen weißen Händen im Schoß? Ich hatte den lieben langen Tag wenig zu tun und beklagte mich über zwei Stunden Arbeit neben einem Webstuhl. Wenn Lambert den Fleiß verkörperte, so hätte ich wohl als die Faulheit gelten müssen.

»Ich möchte erleben, was Ihr bei der Arbeit fühlt«, sagte ich. »Lasst mich bitte einmal das Weben versuchen.«

Er sah mich an, als ich mich erhob und zu ihm trat. Ich raffte meine Röcke so, dass sie nirgendwo im Weg waren, und ließ mich neben Lambert auf der Bank nieder. Er starrte mich einen Augenblick lang an, stand dann auf und trat hinter mich. Ich spürte seine Nähe, noch bevor er sich zu mir herunterbeugte und so dicht an meinem Ohr sprach, dass ich die Wärme seines Atems fühlte. »Gestattet Ihr?«, sagte er.

Er griff über mich hinweg nach der herabhängenden Spitze an meinem Ärmel. »Das sollte nicht noch einmal vorkommen.«

Seine Finger streiften meine Haut, als er die Spitze in den Ärmel schob. Ich hätte ausweichen und es selbst machen sollen, doch das tat ich nicht. Danach beugte sich Lambert über meine andere Schulter. Mein Stillschweigen hatte ihn wohl ermutigt, denn dieses Mal versuchte er gar nicht erst, die Berührung zu vermeiden. Langsam zog er die Spitze an meinem Arm zurück und entblößte meine weiße Haut. Schließlich reichte er mir das Schiffchen.

»Jetzt könnt Ihr anfangen«, sagte er. Ich stellte den Fuß auf einen der Tritte, und Lambert legte mir eine Hand auf den Oberschenkel und drückte mein Bein sachte nach unten, um mir zu zeigen, wie viel Druck ich ausüben musste. Er überprüfte das Muster auf der Patrone und zog dann die passende Latze. Die zusätzlichen Litzen und Fäden hoben sich, und von dieser Seite erschien mir der Webstuhl plötzlich viel gewaltiger und störrischer, als wenn ich die Latzen zog. Es fühlte sich an, als versuchte ich einen mächtig großen Fisch aus dem Wasser zu ziehen, und das Schiffchen flog mir aus der Hand.

»Es ist wohl nicht so leicht, wie es aussieht, Mrs Thorel?«, sagte Lambert mit einem Schmunzeln.

Ich blickte zu ihm auf, erwiderte das Lächeln jedoch nicht. »Nichts von alledem ist leicht«, sagte ich.

Er wandte sich ab und beschäftigte sich damit, die Latzen zu prüfen.

»Ihr müsst Euer Meisterstück fertigstellen«, fuhr ich fort. »Es war selbstsüchtig von mir, Eure Zeit in Anspruch zu nehmen. Aber …«

Wenn man etwas ausspricht, wird es Wirklichkeit. Dann kann man sich nicht mehr einreden, alles sei in Ordnung. Doch dazu war ich noch nicht bereit. Es gelang mir nicht, den Satz zu vollenden.

»Mein Meisterstück ist mir gleichgültig«, sagte er schroff und wandte sich mir zu. »Was wollt Ihr mir sagen? Dass ich nicht mehr hierherkommen soll?«

»Das vermag ich nicht«, antwortete ich nur. »Wenn Ihr wollt, dass das hier aufhört, müsst Ihr dem ein Ende setzen.«

In diesem Augenblick schien er zu sich zu finden. Es war, als verschließe er den Mann in sich, der so leidenschaftlich zu mir gesprochen, der die Spitze an meinem Ärmel nach oben gestreift und meine Haut berührt hatte. »Die Seide wird es für uns beenden«, sagte er, als spräche er mit einem anderen Gesellen. »Wir können nicht ewig weiterweben.

Der Warenbaum kann höchstens sechs Yards aufnehmen, und die sind bald erreicht. Dann wird es vorbei sein.«

Sara schlug mein Bett auf, als ich hereinkam. Sie knickste rasch und murmelte etwas, das sich anhörte wie »Da seid Ihr ja, Madam«.

Ich fühlte mich nicht verpflichtet, zu erklären, warum ich nicht in meinem Zimmer gewesen war, als Sara ein Feuer im Kamin entfacht hatte. Ihr Verschwinden war besorgniserregend, nicht das meinige. Ich sah zu, wie sie sich über mein Bett beugte und das Laken spannte. Sie erreichte die andere Seite nicht, weil ihr Bauch sie bereits daran hinderte.

»Ich helfe dir.« Ich trat auf die andere Seite und streckte die Hand aus, bis sie die von Sara beinahe berührte. Strich die Falten im Stoff glatt und steckte das Laken fest. Als wir uns beide aufrichteten, sahen wir uns über das Bett hinweg an.

Sara wandte sich ab und wollte hinausgehen, aber ich sagte: »Nein, warte.« Sie blieb stehen.

»Ich weiß, dass du nachts das Haus verlässt.«

Einen Augenblick verharrte Sara regungslos, dann wandte sie sich zu mir, das Kinn trotzig angehoben.

»Du gehst in die Buttermilk Alley, wo die Weber wohnen. Wen triffst du dort?«

Noch immer schaute sie mich wortlos an. Ich hatte erwartet, dass sie es nicht zugeben würde. Gehofft hatte ich auf eine Entschuldigung. Aber ihr Schweigen erboste mich. Als hätte ich nicht eine Erklärung verdient nach allem, was ich für Sara getan hatte! Ein Bibelzitat kam mir unwillkürlich in den Sinn.

Hesekiel, Kapitel dreiundzwanzig, Vers neunzehn.

Ich marschierte ums Bett herum und packte Sara an den Oberarmen. Zwar schäme ich mich dessen, aber ich wollte sie schlagen, damit endlich Worte aus ihrem Mund kamen. Meine Wut überraschte mich. Sara hatte unser Haus mit ihrem Ungehorsam und ihrer Sittenlosigkeit verunglimpft.

Sie aber trieb ihre Hurerei immer mehr und gedachte an die Zeit ihrer Jugend, da sie Hurerei getrieben hatte …

Ich schüttelte das Mädchen. »Du musst es mir sagen, Sara.« Wie konnte sie es wagen zu schweigen? Wie konnte sie es wagen, nächtens das Haus zu verlassen, als könne sie tun, was ihr beliebte? »Sara, du bist in anderen Umständen, das sehe ich. Wir müssen etwas unternehmen, oder du wirst im Armenhaus enden.«

Ich wollte ihr Angst machen. Zwar war ich bereit, ihr zu helfen, aber in diesem Augenblick wollte ich, dass sie sich schrecklich fürchtete, um sie für ihren dreisten Ungehorsam zu bestrafen. Und auch weil sie fruchtbar vor mir stand, während mein eigener Schoß leer blieb. Nach fast fünf Jahren Ehe hatte ich kein Kind vorzuweisen, und dieses Mädchen reifte vor meinen Augen wie eine Pflaume.

ZWEIUNDZWANZIG

SARA

In anderen Umständen sein. Was für ein sonderbarer Ausdruck. Andere Umstände waren es wohl, aber keine, die mir gefielen. Dieses Wesen hatte sich in mir festgesetzt und ließ sich nicht mehr entfernen. Es war unentwegt bei mir, Tag für Tag, wie eine unheilbare Krankheit. Während ich immer träger wurde, schien das Wesen ständig kräftiger zu werden und beulte meinen Bauch aus, als wolle es endlich bemerkt werden.

Das war ihm nun auch gelungen. Madams Daumen bohrten sich in meine Arme, ihre Fragen verwirrten mich, ich wusste nicht, wo ich beginnen sollte. Schließlich wurde sie ruhiger, setzte sich mit mir aufs Bett, als seien wir ebenbürtig, und bemühte sich sichtlich um Langmut.

»Ist es so?«, fragte sie.

Ich blickte kläglich zu ihr auf und nickte.

»Ach, Sara.« Madam schüttelte den Kopf und seufzte so tief, als hätte ich ihr Lieblingskleid beschädigt.

»Wer ist der Vater?« Sie versuchte, gleichgültig zu klingen, aber ich spürte, wie angespannt sie war.

»Das kann ich Euch nicht sagen, Madam, das wisst Ihr.«

Sie sprang auf und stellte sich vor mich. Ich musste zu ihr aufschauen, wie ein Kind, das gescholten wird.

»Aber das musst du! Ist es einer unserer eigenen Gesellen? Wer? Sag es mir!« Es wunderte mich, dass es Madam so wichtig war, das zu erfahren. »Oder triffst du jemand anderen in der Buttermilk Alley?« Sie schien sich nun allerhand auszuspinnen. »Einerlei«, murmelte sie dann vor sich hin, »alle sollten entlassen werden, die daran beteiligt waren.« Dann hielt sie inne und starrte mich wütend an. »Und du auch.«

Ich hielt ihrem Blick stand. Wollte sie mich hängen sehen? Wenn sie mich des Hauses verwies, konnte ich nirgendwo mehr hingehen. Mrs Swann war wie ein Trüffelschwein, schnüffelte nicht nur in diesem Viertel herum, sondern auch in den angrenzenden. Ohne den Schutz eines Haushalts wie diesem würde sie mich im Nu finden, und ich würde schneller vor dem Richter stehen, als ich das Band meiner Haube lösen konnte.

Madam schritt nun auf und ab. Ihre Röcke säuselten, wenn sie sich am Ende des Zimmers ruckartig umdrehte. Als sie am Fenster stehen blieb, wirkte sie regelrecht bedrohlich, weil ihr Gesicht zur Hälfte im Schatten lag. »Du kannst das Kind nicht behalten, das weißt du ja wohl.« Das sagte sie so nüchtern, als verkünde sie, dass es zum Essen Hammel geben solle. Ich hatte versucht, nicht an das Schicksal des Wesens zu denken, das seine winzigen Glieder in meine Rippen drückte. Und auch nicht an den Augenblick, wenn ich keuchend am Boden liegen würde, weil Gott die Sünde aus meinem Körper trieb.

»Du musst es weggeben.« Madam trat ein paar Schritte auf mich zu, und ich sah jetzt ihre entschlossene Miene. »Das wird ihm ein Leben im Armenhaus ersparen und dir ein Leben in Schande.«

Mein Bauch krampfte sich zusammen, als sie das verkündete, und das Kind in mir bewegte sich, als wolle es aufbegehren. Schon vor Monaten hatte ich mich damit abgefunden, dass ich für Madam ebenso Teil ihres Eigentums war wie die Töpfe und Pfannen in der Küche und die Kämme in ihrem Haar. Aber dass sie bereits über mein Kind entschieden hatte, bevor es auch nur seinen ersten Atemzug tun konnte, versetzte mich in maßlose Wut.

Das spürte Madam offenbar, denn sie kam zu mir, ging vor mir auf die Knie und ergriff meine Hände. »Du weißt doch, dass es das einzig Richtige ist. Das Kind wird so ein besseres Leben haben.«

Besser als bei mir? Dachte sie das, als sie meine Hände drückte und mit ihren graugrünen Augen zu mir aufblickte? Jetzt war sie so sanft, als spräche sie zu einem bockenden Pferd. Ich zwang mich zu einem Lächeln, als würde ich bejahen, was sie sagte, doch so war es nicht. Ihre Worte fühlten sich an wie körperliche Gewalt. Als würde Madam versuchen, mir das Kind aus dem Leib zu reißen.

»Aber wenn wir nun heiraten?«, fragte ich. »Dann könnten wir dem Kind ein gutes Zuhause bieten.«

»Heiraten! Wenn das für dich infrage käme, wärst du es wohl schon längst. Wird er für dich und dein Kind bezahlen?«

»Wir haben darüber geredet. Ich muss ihm Zeit geben.«

Madam schnaubte und richtete sich auf. »Ich wünschte, Zeit wäre alles, was du demjenigen gegeben hast.«

Ich konnte es nicht ertragen, dass sie mich verspottete. Warum hielt sie sich für besser als mich, wenn sie doch wohl selbst einen Liebhaber hatte? Madam hatte inzwischen so viele Geheimnisse, dass es ihr nicht zustand, mir vorzuschreiben, was ich zu tun und zu lassen hatte. »Wenn Ihr mich zwingt, das Kind wegzugeben, wird jeder erfahren, wer ich bin und was ich getan habe, bevor ich in Euer Haus kam.«

Madam starrte zur Decke. Dann wandte sie sich mir zu und fragte: »Und weshalb sollte das so sein?«

»Weil ich es erzählen werde.«

»Damit würdest du uns beide und dein Kind zerstören. Nur eines ist schlimmer als ein Bankert, und das ist der Bankert einer Hure.«

Damit rauschte sie an mir vorbei in einer Woge aus Lavendelduft und Erhabenheit, um sich ihrem Kartenspiel oder den Näharbeiten zuzuwenden. Ich stand auf und schüttelte die Federkissen so auf, wie es meiner Herrin gefiel. Beim Hinausgehen bemerkte ich eine umgekippte Pomadeflasche auf der Frisierkommode. Als ich sie aufstellte, fiel mein Blick auf die kleine Schublade, in der kein Schlüssel steckte. Ich zog an dem Messinggriff, aber nichts bewegte sich. Was war in dieser Schublade versteckt? Ein Andenken? Unziemliche Briefe, die niemand zu Gesicht bekommen durfte? Bislang war mir das recht gleichgültig gewesen. Doch von nun an wollte ich über alles Bescheid wissen, was Madam zu verbergen trachtete.

ESTHER

Elias klappte lautstark das Hauptbuch zu. Dann stützte er den Kopf in die Hände, schob die Finger unter die Perücke und kratzte sich an den Schläfen. Ich hatte mir sorgfältig überlegt, wann ich ihn am besten ansprechen konnte, und zunächst schien er auch guter Stimmung zu sein. Doch jetzt schob er verbissen den Unterkiefer hin und her und starrte auf den Tisch, als erwarte er dort wie von Zauberhand Antworten.

Mein Gatte verbrachte zu viel Zeit im Haus. Vielleicht fühlte er sich von den immer gleichen Wänden ebenso bedrängt wie vom Hauptbuch.

»Gemahl, ich möchte mit Euch über die Zwölfte Nacht sprechen.«

Er schob das Buch beiseite und lehnte sich in seinem Stuhl zurück. Mehr Aufforderung zum Sprechen konnte ich wohl nicht erwarten.

»Wir könnten die Ogiers, Mr und Mrs Arnaud natürlich und vielleicht auch die Vautiers einladen.«

Elias ließ den Kopf an der Rückenlehne ruhen und blickte zur Decke auf. Als er mich wieder ansah, stand ihm Verständnislosigkeit ins Gesicht geschrieben. »Die Ogiers und die Vautiers? Wollt Ihr damit sagen, dass ich die Zwölfte Nacht mit Leuten verbringen soll, mit denen ich lediglich in der Kirche dieselbe Bank teile? Nur weil Ihr mit diesen Frauen Suppe und selbst genähte Hemden ins Armenhaus tragt?«

Ich errötete unwillkürlich. Die Männer waren Webermeister, gottesfürchtige Hugenotten, und ich hatte die Familien ausgesucht, weil ich annahm, Elias würde Gefallen an ihnen finden. Stattdessen machte er sich nun über mich lustig.

»Und wo, Gemahlin, soll wohl das Geld für diese Feier herkommen?« Er wies auf das Hauptbuch. »Wisst Ihr überhaupt, wie schwer es heutzutage ist, Seide zu verkaufen?« Er stieß einen tiefen Seufzer aus und machte eine wegwerfende Handbewegung. »Natürlich nicht. Ihr seid ja nur eine Frau.«

Er griff nach dem Buch, klemmte es sich unter den Arm und stand auf. »Die Arnauds werden wir einladen, als Einzige, und Ihr werdet Euch nach Kräften bemühen, mit Eurem gefälligen Gesicht diesem Herrn einen weiteren Auftrag zu entlocken.«

Elias lächelte jetzt, als sei das ein Scherz gewesen. Ich erwiderte das Lächeln und nickte. Doch dabei dachte ich nur an meine Seide, etwas Kostbares und Wunderschönes, das aus dem Nichts entstand. Aus mir.

Der Blumenhändler hatte recht behalten. Im Dezember wurde der Winter so hart, wie der Mann gemutmaßt hatte. Die zugefrorenen Straßen von Spitalfields waren eigentümlich still, abgesehen von Kindern, die fröhlich lachend mit ihren Schlitten auf dem Eis umherwirbelten. Nur der Markt trotzte der Kälte, mit Feuern in Eisenschalen, in denen Orangenschalen glommen, und dem heißen Atem des Viehs.

An den Ständen, die wenige Monate zuvor Blumen feilgeboten hatten, lagen nun Lorbeer- und Rosmarinzweige. Von den Balken hingen Sträuße aus Stechpalme und Efeu herab. Sara und ich gingen untergehakt, nicht aus Vertraulichkeit, sondern um uns zu stützen. Der Boden war so glatt, dass mit Absatzschuhen und langen Röcken große Sturzgefahr bestand. Als wir uns dem Blumenstand näherten, erschien ein Mann von hinten, die Arme um sich geschlungen. Er lächelte. »So einen Winter hat's noch nie gegeben«, sagte er zu Sara und musterte sie dabei von Kopf bis Fuß. Sie tat, als bemerke sie ihn nicht, und untersuchte stattdessen Zweige auf Insekten oder welke Blätter.

Anne, meine ältere Schwester, war zu Anfang des Jahres 1740 auf die Welt gekommen. Dieser Winter war so kalt gewesen, dass die Themse zufror und beide Hälften Londons durch eine Eisfläche vereint waren. Anne hatte sich später an Kälte nie gestört, und ich hatte mich manchmal gefragt, ob das mit jenem Winter zu tun hatte. Kinder, die noch in der Fruchtblase geboren werden, ertrinken auch nicht, scheinen irgendwie vor Gefahren geschützt zu sein, denen wir anderen ausgesetzt sind. In diesem Winter wäre Anne neunundzwanzig geworden.

Zwischen den Sträußen hingen mit Glas verzierte Wachspüppchen, träge kreiselnd in der frostigen Luft, funkelnde Figuren, die durchs Jahr tanzten wie kleine Geister Ungeborener und jener Menschen, die nicht mehr unter uns weilen.

Ich schmückte das gesamte Haus. Über den Türen rankte

Lorbeer, Papierblumen leuchteten in Vasen mit glitzernden Ketten, und Stechpalmenzweige zierten jeden Kaminsims. Für gewöhnlich gab ich mir mit dem festlichen Schmuck weniger Mühe. Doch in diesem Jahr wollte ich damit über den schwelenden Unfrieden in meinem Haus hinwegtäuschen.

DREIUNDZWANZIG

SARA

Madam hielt sich für viel schlauer, als sie tatsächlich war. Mit ihren Gefäßen voller Schmuck und Zierrat gab ich mich nicht ab, denn dort würde sie nichts verstecken. Stattdessen beobachtete ich sie scharf. Während wir den Kaminsims schmückten – mit üppigen Sträußen, die ihre Blätter verlieren würden, sobald man Feuer machte, und mit Glasketten, die zerbrechen würden, wenn Moll mit dem Staubwedel zu Werke ging –, spielte Madam immer wieder mit dem Medaillon, das sie um den Hals trug. Es bestand aus emailliertem Gold, und sie hatte mir erzählt, dass Mr Thorel es ihr zur Hochzeit geschenkt habe. Ich fand es zu groß und wuchtig für ihren zarten Hals, aber man konnte gewiss darin einen kleinen Schlüssel unterbringen. Während Madam unsere Arrangements betrachtete, schob sie das Medaillon gedankenverloren an der Kette hin und her.

»Das sieht schön aus, nicht wahr?«, fragte sie. Ich nickte und zwang mich zu lächeln. Nicht mehr lang, dann würde ich diesen Anhänger von ihrem zierlichen Hals aufklappen und hineinschauen.

Mrs Thorel ließ sich häufiger ausgiebig waschen als jeder andere Mensch, den ich kannte. Man kann wohl sagen, dass sie es genoss. Fast jede Woche trug ich Moll auf, unter dem Kupferkessel Feuer zu machen, um das Wasser zu erhitzen. An dem Morgen, nachdem wir das Haus geschmückt hatten, saß Madam, noch im Nachthemd, in ihrem Schlafzimmer, während im Kamin ein lebhaftes Feuer prasselte. Weil es bitterkalt war, hatte ich Moll angewiesen, das Wasser zum Kochen zu bringen, und es dampfte noch immer in der Schüssel vor Madams Füßen. Während es abkühlte, breitete ich ein sauberes Hemd und einen Unterrock auf dem Bett aus und drapierte ein Panier auf dem Stuhl. Dann fragte ich Madam, welches Kleid sie tragen wolle. Sie entschied sich für das sahneweiße geblümte Seidentaftkleid. Ich erinnere mich deshalb so genau daran, weil es mir von allen am besten gefiel. Während Madam sich mit den Fingern durchs Haar strich, um die geflochtenen Teile zu lösen, suchte ich zum Kleid passende Spitzenärmel und Haarbänder aus.

Ich begann immer von oben und arbeitete mich nach unten vor. Zuerst tauchte ich das Waschtuch in die Schüssel und wrang das Wasser aus. Dann faltete ich das Tuch auf und legte es auf Madams Gesicht, drückte es vorsichtig auf Augen und Nase. Anschließend wischte ich ihr das ganze Gesicht ab, bis zum Haaransatz, der vom Wasser einen dunklen Kupferton annahm. Ich ließ das Tuch in die Schüssel fallen und griff in Madams Nacken. Die Schließe der Kette war schwierig zu öffnen, und ich fürchtete schon, Madam würde die Geduld verlieren. Doch dann ging der Verschluss auf, und ich legte das Medaillon beiseite. Mrs Thorel legte den Kopf zurück, und ich schlug behutsam ihr Nachthemd auf. Wie sie da mit entblößtem Hals saß, erinnerte sie mich an ein Tier vor der Schlachtung. Ich ließ das Tuch von ihren Ohren zum Ansatz ihrer Brüste und in ihre Achseln gleiten. Als ich fertig war, goss ich etwas Lavendelwasser in die Schüssel und zog sie heran, damit Madam ihre Füße hineinstellen konnte. Genüsslich bewegte sie die Zehen im Wasser, während ich rundherum aufwischte. Als ich sie später ankleidete, fragte ich, welche Kämme sie fürs Haar wünsche. Sie war so beschäftigt mit ihrem Erscheinungsbild, dass sie ganz vergaß, mich an das Medaillon zu erinnern.

Das Frühstück nahm sie vom Servierbrett in ihrem Zimmer zu sich, danach begab sie sich zum Nähen ins Damenzimmer. Sobald sie hinausgegangen war, klappte ich das Medaillon auf. In der oberen Seite befand sich ein Bild mit Blumen und Bäumen. Die andere Hälfte bestand aus Perlmutt, und darin lag ein winziger Messingschlüssel.

Rasch ging ich zur Frisierkommode, gespannt, was ich wohl entdecken würde. Liebesbriefe und dergleichen, vermutete ich. Seit einiger Zeit wünschte Madam des Öfteren, nachmittags zu »ruhen«. Sie gab vor, Kopfschmerzen zu haben oder anderweitig unpässlich zu sein, und wies mich an, sie nicht zu stören. Doch das fiel mir schwer. Welches Dienstmädchen würde dann nicht Sorge tragen und ihrer Herrin etwas zur Stärkung bringen wollen? Einmal war ich auf der Treppe umgekehrt, um zu fragen, ob ich ihr vielleicht etwas Obst oder eine Suppe bringen solle. Doch dann hatte ich nur noch ihre Röcke auf der Mansardentreppe gesehen, als sei meine Herrin wie magisch angezogen von diesem Klappern dort oben.

Ein Klicken ertönte, als ich den Schlüssel umdrehte,

und ich zog die Schublade auf. Es befand sich tatsächlich Papier darin, aber keine Briefe, nur schlichte Blätter, die zusammengefaltet auf einem ledergebundenen Büchlein lagen. Ich sah mir das erste Blatt an. Es war längs und quer mit dünnen Linien bedeckt, auf die Blumen gezeichnet waren. Und die anderen Blätter sahen genauso aus! Nur Zeichnungen von Blumen und anderen Pflanzen rankten sich über die Linien. Vor Ärger hätte ich am liebsten eines zerrissen. Wieso schloss Mrs Thorel so etwas ein? Auch in dem Büchlein fand sich nichts anderes als Blumennamen. »Wildrose und Brombeere«, »Kirschblüte und Stechpalme«. Daraus bestand das heimliche Leben meiner Herrin? Aus ein paar Kritzeleien auf sonderbarem Papier?

ESTHER

»Gemahl?« Ich sprach recht laut, um seinen Blick auf mich zu lenken. Elias saß Mr Arnaud am Tisch gegenüber, und die beiden waren in ein lebhaftes Gespräch vertieft. Ich wollte es nicht Streitgespräch nennen, da ich mir so sehr wünschte, sie würden ausgerechnet an diesem Tag einer Meinung sein. Seit Wochen bereiteten wir uns für den Anlass der Zwölften Nacht vor, und ich wollte, dass es ein gelungener Abend wurde.

Sara war mit der Karaffe zu Elias getreten, aber ich schüttelte den Kopf. Wenn Elias weder mich noch Sara wahrnahm, wollte er gewiss auch keinen Wein mehr.

»Es ist doch so«, sagte er zu Mr Arnaud, »dass manche Händler wahrhaftig ausländische Seide einkaufen, die von der Ostindien-Kompanie eingeführt wird. Kennt Ihr jemanden, der das tun würde?«

Arnaud richtete sich etwas auf. Sein Leibesumfang hatte sich in letzter Zeit erheblich vergrößert, und das schwere Mahl tat das seine. »Gewiss nicht«, antwortete Mr Arnaud gelassen. »Aber es ist nicht nur die Seide aus China oder Frankreich, die uns zu schaffen macht, sondern die indischen Kalikostoffe. Die Schiffe aus Ostindien sind voll davon. Bezahlt den Subskriptionsbetrag, dann hat sich das erledigt.«

Elias blickte finster. »Das ist Schutzgeld, nichts anderes. Ich werde nicht zahlen.«

»Wieso betrachtet Ihr es nicht als Steuer?«

»Steuer? Einen Sixpence pro Webstuhl? Ich besitze über fünfzig!«

Arnaud zuckte die Achseln. »Aber Ihr habt ja den Stücklohn herabgesetzt, nicht wahr? Ihr müsstet nachvollziehen können, warum die Seidenweber aufbegehren.«

Elias stieg vor Ärger die Röte ins Gesicht. »Ich habe den Stücklohn herabgesetzt, weil die Händler nicht mehr bereit sind, den gleichen Preis wie vorher zu bezahlen.« Als Elias mit dem Glas gestikulierte, schwappte Wein über den Rand. »Euch liegt nur daran, Seide zum günstigsten Preis einzukaufen. Aber wir Webermeister wollen die Kunst unseres Handwerks aufrechterhalten. Sie kann nicht beschleunigt oder entwertet werden.« Sara, die noch immer mit der Karaffe wartete, verzog das Gesicht und starrte auf den Fleck, der sich auf dem Damasttuch ausbreitete.

Arnaud schnalzte mit der Zunge. »Wenn Ihr den Webern nicht genug zahlt, müsst Ihr mit den Folgen rechnen. Das sind keine gebildeten Männer. Die denken mit den Fäusten, und ich für meinen Teil würde mich nicht wegen ein paar Pfund gegen eine Meute zur Wehr setzen wollen.«

Der Händler schien meinen Gatten nicht gut zu kennen. Elias hätte sich für einen halben Penny sogar mit dem König angelegt, wenn es darum ging, Grundsätze zu verteidigen.

Da Mrs Arnaud und ich nicht Zeugen sein wollten, wie unsere Ehemänner in der Zwölften Nacht zum Hahnenkampf antraten, begaben wir uns nach oben ins Damenzimmer. Ich öffnete den Teekasten und wies Sara an, heißes Wasser zu bringen. Als sie zurückkam, bemerkte ich, wie Mrs Arnaud das Mädchen betrachtete, während es die Tassen deckte und Zitronenküchlein servierte. Als Sara hinausgegangen war, sagte Mrs Arnaud: »Wie ergeht es Eurer Freundin mit dem Dienstmädchen?«

Ich errötete. »Ihr wisst wohl, dass ich es selbst bin.«

»Ich dachte es mir«, erwiderte Mrs Arnaud und blickte zur Tür, als habe sie dort gerade mein Geheimnis entdeckt. »Habt Ihr überlegt, was Ihr tun wollt?«

Ich goss heißes Wasser über den Tee in der Kanne und sah zu, wie die kleinen Blätter umherwirbelten, während das Wasser dunkler wurde. »Ich wäre Euch sehr verbunden, wenn Ihr mir helfen würdet, Mrs Arnaud. Es wäre für alle das Beste, das Kind im Findelhaus unterzubringen.«

»Das ist nicht so leicht«, sagte Mrs Arnaud vorsichtig. »Leider scheint es heutzutage Mädchen in solcher Lage zuhauf zu geben.«

»Aber hattet Ihr nicht gesagt, Ihr kennt jemanden aus dem Rat?«

»Doch. Vielleicht könnte ich den Antrag im Namen Eures Mädchens stellen.«

»Wäre das wohl möglich, Mrs Arnaud?«

Sie nickte freundlich, und ich schenkte ihr Tee ein. »Was müssen wir dafür tun?«

»Nun«, antwortete sie und gab Zucker in ihre Tasse, »wir müssen die Notlage der Mutter nachweisen, dass sie vom Vater des Kindes im Stich gelassen wurde. Sollte der Rat befinden, dass die Unterbringung des Kindes die Sittlichkeit der Mutter und einen ehrenwerten Lebenswandel wiederherstellt, wird man es aufnehmen. Würdet Ihr Euch verpflichten, das Mädchen weiter bei Euch zu beschäftigen? Wenn das Kind im Findelhaus unterkommen kann?«

Ich überlegte. Sara war ein recht eigenwilliges Kammermädchen, aber trotz unserer Zänkereien hatte ich mich an sie gewöhnt. Ich war ihr inzwischen sogar zugetan, etwa wie Schuhen, von denen man zuerst Blasen bekommt, bevor sie dann bequem und angenehm sind.

»Ja, das bin ich«, antwortete ich, und das war aufrichtig gemeint.

»Dann sind die Aussichten gut, und Ihr werdet kaum Unannehmlichkeiten haben. Es ist heutzutage so schwer, geeignete Mädchen zu finden, nicht wahr?«

Ich bejahte und bot Mrs Arnaud ein Küchlein an. Sie biss hinein und erklärte es als vorzüglich. »Dann sollte es«, sagte sie und schluckte den Bissen hinunter, »mühelos vonstattengehen. Vorausgesetzt, es gab bislang an der Sittlichkeit des Mädchens nichts zu beanstanden.«

Mir blieb ein Stück des Küchleins im Hals stecken. Ich hustete und klopfte mir auf die Brust, bis Mrs Arnaud mich besorgt ansah.

»Sittlichkeit?«, fragte ich vorsichtig.

Mrs Arnaud kicherte. »Da müsst Ihr Euch gewiss keine Sorgen machen. Das Mädchen muss nur grundsätzlich anständig sein. Der Rat muss wissen, dass es sich um einen vorübergehenden Fehltritt handelt. Unzüchtigen Frauen wird dort nicht geholfen, Mrs Thorel.«

»Was geschieht mit den unzüchtigen Frauen?«

Mrs Arnaud blickte finster. »Denen ergeht es weniger gut.«

VIERUNDZWANZIG

SARA

Während Madam und Mrs Arnaud die Köpfe zusammensteckten, als würde ich ihr leises Geplauder dann nicht hören können, legte Mr Arnaud keinen Wert darauf, seine Stimme zu dämpfen. Er tat lautstark seine Meinung kund, und Mr Thorel beäugte ihn schweigend, ein eisiger Windhauch im Gegensatz zu Arnauds stürmischem Getöse. Arnaud beachtete mich nicht. Zweifellos war er nie auf den Gedanken gekommen, dass sich unsere Wege in ganz anderer Umgebung schon einmal gekreuzt hatten. Als dienstbarer Geist gänzlich übersehen zu werden ist sowohl schmerzlich als auch gelegentlich vorteilhaft.

Nachdem die Damen an den Tisch zurückgekehrt waren, trug Madam mir auf, die Festtorte zu servieren. Monsieur Finet musste sie tragen, und sogar der kräftige Koch schwankte unter dem Gewicht. Moll folgte, den Blick zu Boden gerichtet wie stets, als sei sie in Gegenwart so hoher Herrschaften schüchtern und verlegen. Das Mädchen machte die Zwölfte Nacht zum ersten Mal mit, ich dagegen hatte dieses heuchlerische Spektakel schon bei Mrs Swann ertragen müssen. Ich wusste bereits, dass ich ein dankbares Lächeln zur Schau tragen musste, Schulter an Schulter mit den Thorels, als seien wir für diesen einen Abend ebenbürtig.

Die Torte sah allerdings prachtvoll aus in der Mitte des Tischs, was auch ihr Zweck war. Ich hielt den Atem an, als Madam eines der Zuckerkrönchen oben auf der Torte entzweibrach und mit dem Messer in den verschnörkelten Zuckerguss schnitt. Dann reichte sie uns allen ein Tortenstück, und wir aßen und taten, als sei es uns angenehm, gemeinsam zu speisen. Ich schmeckte sämtliche Zutaten, die ich Monsieur Finet vorgeschlagen hatte: kandierte Zitrone und Sultaninen, in Zimt und Muskatpulver gewendet. Wenn dieses Jahr auch sonst nichts Gutes bringen mochte, so war doch wenigstens die Torte gelungen.

»Ha!«, rief Mr Arnaud aus, nachdem er seinen Bissen auf den Teller gespuckt hatte und mit seinem fetten Finger darin herumstocherte. »Da ist sie!«

Er hielt eine kleine Bohne hoch, und Madam stellte lächelnd ihren Teller ab und klatschte höflich Beifall. »Bravo, Mr Arnaud. Ihr seid der Narrenfürst! Und wer wird wohl Eure Fürstin werden?« Sie blickte auf uns alle in der Runde, die wir mampften wie Kühe. Monsieur Finet und ich hatten beim Verzieren die getrocknete Bohne und die Erbse genau unter eines der Krönchen gesteckt. So wusste Madam, wo sie schneiden musste, damit einer vom Gästepaar ein Teil finden würde. Die Torte war so gewaltig groß, dass es andernfalls bis in den März dauern konnte.

Und da kam die Erbse im Rest meines Stücks zum Vorschein. »Ich bin es!«, rief ich, angemessen begeistert. Ich wusste, dass Madam entzückt sein würde, wenn jemand aus der Dienerschaft Narrenfürst oder Fürstin war. Das verschaffte ihr Gelegenheit, zur Schau zu stellen, dass wir vor Gott schließlich alle gleich waren.

Dann begann sie das Spiel mit den Charakterkarten verdeckt auszuteilen. Als hätten wir Karten gebraucht, um zu entscheiden, wer wohl Mrs Tratschtante war. Madam deutete mein verstohlenes Grinsen als aufrichtige Freude und lächelte mich strahlend an. Während die anderen Karten zogen und über ihre Rolle lachten, legte Mrs Thorel mir den Arm um die Schultern und nahm mich beiseite. Ihre Wangen waren gerötet, und ihr Atem roch nach Wein, als sie zu mir sagte: »Ich will dir nur helfen.« Ob diese vertrauliche Geste ihr oder mir zugutekommen sollte, war mir rätselhaft.

»Auf geht's«, sagte sie vergnügt, »du bist heute Abend Narrenfürstin. Alle folgen deinem Geheiß. Sag mir, was du tun möchtest.«

Sie benahm sich wie ein kleines Mädchen, das darauf wartete, welches Spiel wir als Nächstes spielen sollten. Am Tisch gelang es sogar Mr Thorel zu lächeln, als Arnaud die Karte »Richter Gnadenlos« zog. Ich senkte meine Schulter und entwand mich der Berührung. »Mein Kind will ich behalten«, flüsterte ich schroff.

Madams Lächeln erstarb, und sie warf unwillkürlich einen Blick auf Mrs Arnaud, der meine Vermutung bestätigte. Während Mr Thorel über Seide verhandelte, hatte Madam Kinder feilgeboten. Sie öffnete den Mund, doch bevor sie sprechen konnte, ging ich zum Tisch und klatschte in die Hände.

»Mrs Thorel muss noch ziehen«, verkündete ich und wies auf den geschrumpften Spielkartenstapel. Madams Lächeln fiel sehr spärlich aus, als sie die gezogene Karte betrachtete.

Ich zupfte sie Madam aus der Hand. »Ah, ›Mrs Doppelspiel‹«, rief ich aus und fand das Ganze plötzlich sehr belustigend. »Ihr dürft den ganzen Abend über nicht die Wahrheit sagen, Madam. Damit nicht genug: Wenn jemand Euch eine Frage stellt, müsst Ihr eine lange und verworrene Geschichte erzählen. Alle herhören! Wenn Mrs Thorel spricht, werden wir ihr kein Wort glauben!« Ich verschränkte die Hände und sah Madam an, als fände ich das ungeheuer erheiternd. Ihre Lippen lächelten, aber ihre Augen starrten mich erbost an.

ESTHER

Ich hatte versucht, mein Leben in der Mansarde zu verbergen, als könnten die schrägen Dachwände mein Geheimnis bewahren. Doch es drang allmählich hinaus ins gesamte Haus. Ich war mir sicher, dass Sara davon wusste, und hatte das Gefühl, dass ein Buch zugeklappt wurde, dass nur noch wenig Zeit blieb. Nicht die Seide würde das Ende herbeiführen, sondern Sara.

Es schmerzte, daran zu denken, dass es ein letztes Mal geben würde, auch wenn dieses Ende zugleich einen neuen Anfang bedeutete, ein anderes Dasein, unser Leben in veränderter Gestalt.

Ich musste ihn sehen. Musste die Seide sehen, die wir beinahe vollendet hatten; nicht Teile davon in Falten, als müsse sie schamhaft verborgen werden, sondern ihre ganze Länge und Fülle. Ich wollte sie berühren, spüren, dass sie wahrhaftig da war. Sie würde mir bestätigen, dass auch wir wahrhaftig waren.

Langsam rollte Bisby Lambert die Seide ab, trat rückwärts, bis sich das Ende des Stoffs straffte, das mit dem letzten Rest der Fäden in den Litzen hing, vom Webstuhl noch nicht freigegeben wurde. Wie ein Bach schillerte die Seide im Zwielicht, so lebhaft, als könne sie Gefühle empfinden wie der Mann, der sie in Händen hielt. Aus dem kraftvollen Lila und dem weichen Gelb waren wundervolle kleine Bilder entstanden, die sich über die Stoffbahn schlängelten wie ein Weg zu einem Ziel … bis sie am fast leeren Kettbaum endeten, wo ihre Schönheit jäh abbrach.

»Die Seide ist noch wundervoller geworden, als ich zu hoffen gewagt hatte«, sagte ich. Draußen spie der Sturm eiskalten Regen an die Fenster; die Wirklichkeit, roh und scheußlich, hämmerte an unsere Tür. »Ich danke Euch.«

»Das ist Euer Werk, nicht meines«, erwiderte Lambert. »Ihr habt das Haus gestaltet. Ich habe nur einen Stein auf den anderen geschichtet.«

»Nein, Ihr seid ungemein begabt. Das sagt sogar mein Ehemann. Ihr werdet eines Tages Meister sein, das weiß ich.«

Lambert begann die Seide aufzurollen. »Glaubt Ihr das wirklich?« Seine Stimme klang tonlos. Die Dämmerung dämpfte das Blau seiner Augen, und plötzlich wirkte er fremd. Auch die Seide büßte in der nahenden Dunkelheit ihre Farbigkeit ein. Es schien mir, als seien wir auf einmal nur Schatten unserer selbst.

»Das wisst Ihr. Wenn es das ist, was Ihr Euch wirklich wünscht.«

»Was ich mir wirklich wünsche, werde ich niemals bekommen.«

»Aber warum denn nicht? Ihr seid ein besserer Weber als …«

»Ich meine nicht das Weben.«

Da war es. Endlich ausgesprochen. Eine Tür geöffnet, eine Kerze angezündet.

Er trat auf mich zu, ließ unsere Seide hinter sich, das

Werk, das uns zusammengeführt hatte. Blieb stehen, einen Schritt entfernt, den zu überbrücken mir oblag. Ich erinnere mich nicht an eine Bewegung. Aber die Welt schrumpfte, alles in unser beider Leben verdichtete sich in diesem einen Augenblick.

Was wollt Ihr mir sagen? Dass ich nicht mehr hierherkommen soll?

Das vermag ich nicht.

Seine Stirn an meiner, und seine Haut fühlte sich hitzig an, obwohl kalter nasser Schnee an die Fenster schlug.

Wenn Ihr wollt, dass das hier aufhört, müsst Ihr dem ein Ende setzen.

Sein Mund neben meinem. Sein Schweiß salzige Verheißung, als meine Lippen seine Haut streiften.

Dann ein rauer erstickter Atemzug, grausam, als er sich abwandte, Vernunft und Zwang in seine Lunge sog und ihnen die Herrschaft überließ. Unsere Körper zurückweichend wie Magneten, wie unversöhnliche Pole.

Meine Scham erschütterte mich zutiefst. Die Zurückweisung auch, noch mehr jedoch, wie sehr ich diesen Mann begehrt hatte. Wie bereit ich gewesen war, alles außer Acht zu lassen für diesen einzigen Augenblick. Dass Lambert zurückgewichen war, verstörte mich weniger. Denn in jener kurzen Nähe hatte ich mich an die Liebe erinnert. Oder sie vielleicht sogar zum ersten Mal erlebt.

FÜNFUNDZWANZIG

SARA

Ich hatte keinen Fuß mehr in ein Wirtshaus gesetzt, seit ich das Wig and Feathers hinter mir gelassen hatte. Doch eines Abends im Februar näherte ich mich der Bierschenke Eight Bells in Spitalfields. Es war schon spät und außergewöhnlich still dort, weil selbst die trinkfreudigsten Gäste bereits nach Hause gegangen waren. John Barnstaple hatte mir gesagt, ich solle in den Keller kommen, und als ich die Außentreppe hinunterstieg, erwartete ich beinahe, Mrs Swanns Absätze klappern zu hören und Nathaniel dort unten vorzufinden. Die würde dann gewiss staunen. *Da bist du ja wieder, du elendes, elendes Ding! Rasch, Nathaniel, ruf den Konstabler!*

Es war stockfinster dort unten, aber ich spürte, dass jemand an der Tür Wache stand. Und ich konnte den glänzenden Lauf einer Muskete im Dunkeln sehen, die auf mich gerichtet wurde, als ich näher trat.

»John Barnstaple hat mich herbestellt«, sagte ich.

Der Mann ließ die Muskete sinken und öffnete die Tür. Im Innern war es auch düster, aber ich erkannte die Umrisse von Fässern und Kisten voller Flaschen an den Wänden. Am Ende des Raums stand ein Tisch, an dem ein Mann saß, umringt von Gestalten, die leise raunend auf ihn einredeten. Die Gesichter blieben im Dunkeln, aber ich erkannte

Barnstaple an seinen Schultern und der Geste, mit der er sich durchs Haar strich. Als ich zu ihm trat, nahm ich auch seinen vertrauten Geruch wahr, diesen warmen, nussigen Duft der Seide, an der er Tag für Tag arbeitete, vermischt mit salzigem Schweiß.

Die Männer verstummten, als sie mich sahen, und einige glotzten mich an, als sei eine Frau hier so verblüffend wie ein Elefant. »Miss Kemp arbeitet im Haus der Thorels«, sagte Barnstaple leise. »Sie wird Elias Thorel die Forderung überbringen.«

»Ist die Nachricht fertig?«, fragte ich. Mit Finsternis und Musketen hatte ich nicht gerechnet. Die Gesichter im Schatten machten mir Angst, und ich wollte diesem Keller so schnell wie möglich entkommen.

»Wie viel Uhr ist es?«, fragte Barnstaple.

»Die Zeit ist um«, antwortete einer der Männer. »Thorel hat die Gelegenheit versäumt.«

Barnstaple griff nach einer Feder und tauchte sie ins Tintenfass. Jemand zündete eine zusätzliche Kerze an, deren Flamme das Papier beleuchtete. »Was soll ich schreiben, Duff?«

Duff ballte die Fäuste auf dem Tisch, und seine Stimme klang knirschend wie ein Karren auf Geröll, als er sagte: »Schreib, wir haben hier bis zur verabredeten Zeit gewartet. Er hat es versäumt, den von der Vereinigung geforderten Subskriptionsbetrag zu bezahlen.«

Barnstaple begann zu schreiben. Verstummte das Kratzen der Feder, war erneut Duffs grimmige Stimme zu hören.

»Schreib, er hat noch eine Woche Zeit, um die fällige Summe zu bezahlen. Wenn er das nicht tut …«

Die Feder verharrte über dem Papier, und ein Tropfen Tinte sammelte sich an der Spitze wie eine leise Drohung, während Barnstaple in die Runde schaute. Einer der Männer sagte: »Vielleicht müssen wir nicht mehr schreiben. Es reicht, wenn er weiß, dass er bis Ende der Woche zahlen muss. Er wird gewiss zur Besinnung kommen.«

»Eher kommt der König zur Besinnung als Thorel«, warf ein anderer ein, und unterdrücktes Gelächter war zu hören.

»Wir schreiben«, sagte Barnstaple kalt, »dass das seine letzte Gelegenheit sein wird.« Ich versuchte zu erkennen, ob Bisby Lambert zu der Gruppe gehörte, aber er schien nicht hier zu sein, worüber ich froh war. Zwischen ihm und Barnstaple zu stehen wäre so angenehm gewesen, wie in einer engen Gasse zwischen zwei rasende Fuhrwerke zu geraten.

Der Tintentropfen fiel auf das Papier und breitete sich aus wie ein Blutfleck. Barnstaple knurrte wütend, zerknüllte es und nahm ein neues Blatt. »Wir schreiben nur Folgendes.« Ich sah ihm über die Schulter.

Mr Thorel,
Ihr werdet gebeten, die vollständige Zahlung für all Eure Webstühle zum Eight Bells in der Red Lyon Street zu übersenden. Fälliger Beitrag: 6 Pence pro Webstuhl.

Von der Vereinigung des siegreichen und mutigen Widerstands

Was hatte ich mir nur dabei gedacht, hierherzukommen? Zwar hatte ich gewusst, dass es zwischen den Webermeistern und ihren Gesellen böses Blut gab, aber mit solchem

Hass hatte ich nicht gerechnet. Ich setzte unendlich viel aufs Spiel. Nachdem Mrs Thorel erfahren hatte, dass ich heimlich in die Buttermilk Alley ging, hatte sie mir die Hausschlüssel vom Gürtel gerissen und vor mir verborgen. Mir war nicht mehr gestattet, zu kommen und zu gehen, wie es mir beliebte. An diesem Abend hatte ich Moll einen Penny in die Hand gedrückt, damit die Tür nicht verriegelt war, wenn ich ins Haus zurückkehrte. Aber falls Madam eine zusätzliche Decke wünschte, konnte mich niemand aus meiner leeren Kammer herbeizaubern.

Doch während ich mir diese Frage stellte, wusste ich auch schon die Antwort: Ich hoffte noch immer, dass Barnstaple für mich und unser Kind das Richtige tun würde.

»Glaubst du, er wird zahlen?«, sagte jemand mir gegenüber. Als ich aufschaute, sah ich einen Jungen, der stolz und kampflustig das Kinn hochreckte. Ich erkannte ihn: Es war Ives, Bisby Lamberts Neffe, den ich am ersten Abend in der Buttermilk Alley gesehen hatte. Was würde Lambert sagen, wenn er wüsste, dass sein Neffe mitten in der Nacht im Keller einer Bierschenke saß und Ränke gegen Mr Thorel schmiedete?

»Das wird er, wenn er weiß, was gut für ihn ist.« Barnstaple faltete das Blatt und verschloss den Brief mit ein paar Tropfen Kerzenwachs. Mangels eines Siegels drückte Barnstaple einen Shilling in das Wachs, als wollte er Elias Thorel so verdeutlichen, was von ihm erwartet wurde.

Später schlich ich ins Kontor des Hausherrn. Seine Perücke hing neben dem Schreibtisch ordentlich auf dem Ständer. Die Schatten hinter der flackernden Flamme des Leuchters narrten mich, und es kam mir vor, als beobachte mich das glatte, gesichtslose Holz des Ständers dabei, wie ich die endgültige, die letzte Forderung der Weber auf das Hauptbuch des Meisters legte.

ESTHER

Ich beobachtete Saras Leibesumfang, als suche ich auf der Erde nach den ersten Frühlingsboten. Aber Sara war zierlich, und ihr Kind schien es auch zu sein. Ich schenkte ihr ein großes Tuch, und sie verhüllte sich darin wie ein altes Weib, um sich vor den Blicken der anderen zu schützen. Vornehmlich hielt sich Sara in meinen Räumen auf, und wenn Elias etwas brauchte, schickte ich ihm Moll. Eine Regelung, mit der alle zufrieden waren.

Dennoch konnte der Zeitpunkt der Geburt nicht mehr fern sein, und wir mussten uns einig werden, was mit dem Kind geschehen sollte.

»Sara«, sagte ich schließlich, als wir beim Nähen nebeneinandersaßen, »weißt du, wann deine Niederkunft sein wird?«

Sie nähte schweigend weiter, ohne aufzublicken.

»Gewiss ist es spätestens in ein bis zwei Monaten so weit«, fuhr ich fort. »Wegen des Wetters könnte es schwierig werden, beizeiten in die Entbindungsanstalt zu gelangen. Vielleicht solltest du dich eher früher als zu spät dorthin begeben.«

Sara nickte kurz, ohne das Nähen zu unterbrechen.

»Du hast großes Glück. Mrs Arnaud hat eingewilligt, für uns einen Antrag im Findelhaus zu stellen. Dort wird man gut für dein Kind sorgen. Ein Junge wird dort auch ein Handwerk wie Schuster oder Handschuhmacher erlernen können.«

Das Mädchen zerrte so heftig am Faden, dass der Stoff Falten warf. »Mein Kind ist kein Findling.«

»Aber ein Kind, dessen Mutter nicht für es sorgen kann. Das ist beinahe das Gleiche.«

Wieder blieb sie stumm.

»Sara, weißt du überhaupt, wie schwierig es ist, dort einen Platz zu bekommen? Mrs Arnaud sagt …«

»Ich will nicht, dass die Arnauds auch nur das Geringste mit meinem Kind zu tun haben.«

Ihre Heftigkeit überraschte mich. »Was soll das heißen? Die Arnauds sind eines der angesehensten Paare unserer Gemeinde. Hätte Mrs Arnaud nicht diese Verbindung zu dem Rat, hättest du für dein Kind keinerlei Aussicht auf einen Platz im Findelhaus.«

»Angesehen?«, fauchte sie.

»Hör zu, Sara.« Ich bemühte mich um Geduld. »Ich habe Mrs Arnaud versprochen, dass du deine Stellung behalten kannst, wenn das Findelhaus dein Kind aufnimmt. Deine Stellung ist Voraussetzung für die Aufnahme. Zwing mich nicht, mein Wort zu brechen.«

»Ihr könnt das nicht verstehen, Madam.«

»Dann erkläre es mir.«

»Ich kannte Mr Arnaud bereits, bevor ich in Euer Haus kam.«

»Wie?« Ich vermutete, dass sie sich irrte. Wie hätten sich die Wege eines Mädchens wie Sara und des einflussreichsten Kaufmanns von Spitalfields kreuzen sollen?

»Im Wig and Feathers.«

Ich schüttelte den Kopf. »Nein, Sara, erzähl mir keine Märchen …«

»Märchen?«

»Mrs Arnaud versucht uns zu helfen. Wir dürfen nichts tun, um das zu gefährden.«

»Ach nein?« Sie klang hochmütig, als mache sie sich über mich lustig. »Und wenn ich Euch nun sage, dass Arnaud ein widerlicher alter Kerl ist, der mich fast umgebracht hätte, weil er sein Brot gern im kalten Ofen backt?«

»Ich weiß nicht, was du da redest!«

Sara starrte düster auf ihre Näharbeit. »Nein, natürlich nicht. Woher auch.«

»Sara, wie deine Gefühle auch sind – du darfst sie jetzt nicht beachten, hörst du? Die Arnauds dürfen *nichts* von deiner Vergangenheit erfahren.«

Wieder blickte sie nicht auf, aber die Hand mit der Nadel verharrte über den Stichen auf dem ungebleichten Leinen. »Was meint Ihr damit?« Ihre Stimme hatte einen heuchlerisch unschuldigen Ton.

»Dein Leben bei Mrs Swann darf nicht bekannt werden.«

Jetzt stach die Nadel erneut in den Stoff. »Und wenn es so wäre?«, fragte Sara so leichthin, als sei nicht sie in Schwierigkeiten, sondern ich.

»Das möchtest du gewiss lieber nicht wissen«, antwortete ich.

Ich sah, wie Sara erbleichte, und genoss für einen Augenblick ihr Unbehagen. Dann vernahm ich etwas, das ich noch nie zuvor gehört hatte: Aus dem Kontor ertönte ein wütender Aufschrei von Elias.

SECHSUNDZWANZIG

SARA

Ich hatte mir bereits vorgestellt, wie Elias Thorel aussehen würde, wenn er den Brief fand. Wie der Meister argwöhnisch daraufstarren, dann das Siegel erbrechen und die Zeilen überfliegen würde. Und würde er danach so wutentbrannt mit der Faust auf den Tisch schlagen, dass die Hauptbücher verrutschten? Ich hatte vor meinem geistigen Auge auch gesehen, wie Madam gerade im falschen Augenblick ins Kontor trat, um über neue Polster für die Stühle zu sprechen. Woraufhin ihr Gatte ihr läppisches Ansinnen verwünschen und sie rüde hinausschicken würde.

Doch es kam anders. Mr Thorel heulte wie ein Wolf, und Madam stürzte ins Kontor, den Stickrahmen noch in Händen. Sogar Moll spähte erschrocken übers Treppengeländer.

»Wer hat das hierhin gelegt?«, brüllte Mr Thorel. »War es Lambert?« Er klang verwirrt und gekränkt, und mir wurde heiß vor Schuld und Scham. Ich hörte, wie Madam erwiderte, ein solch vertrauenswürdiger Geselle würde dergleichen nie tun. »Einerlei«, versetzte der Hausherr, und ich malte mir aus, wie er dabei entschieden den Kopf schüttelte. »Eher sehe ich die alle hängen, bevor ich mich dem hier unterwerfe.« Papier raschelte, vermutlich zerknüllte er den Brief in der Faust und wedelte damit vor Madams

Gesicht herum, als hätte sie ihn verfasst. Dann gab Madam beruhigende Worte und Laute von sich, als versuche sie ein Kind zu trösten, aber ihr Gatte tobte weiter, bis seine Wut nach einer Weile nachließ, dem Feuer im Kamin gleich, das als Glut weiterglimmt, bis man es erneut entfacht.

Mr Thorels ohnmächtiger Zorn überraschte mich, und das Unbehagen, das ich im Keller der Schenke empfunden hatte, wurde stärker, bis es wie ein gefangener Falter in meiner Brust umherflatterte. Versöhnung zwischen jenen Männern mit ihren Musketen und dem aufgebrachten Meister schien mir nicht mehr vorstellbar. Und was hatte es mit Madam und ihren Zeichnungen auf sich? Ich hatte sie für belanglos gehalten, eine Spielerei, mit der gelangweilte Damen sich die Zeit vertrieben. Doch wenn diese kleinen Bilder nun etwas ganz anderes zu bedeuten hatten?

ESTHER

Über einer Tür im breiten Teil der Oxford Street hing ein im Wind knarrendes Holzschild, auf dem eine goldene Schere abgebildet war. Durch diese Tür gelangte man in einen Hinterhof, wo sich Mrs Astleys Französisches Warenhaus befand. Blickte man ins Fenster, wirkten die Farben der Seide so verschwommen, dass der Eindruck einer bunt gemusterten Decke entstand. Viele von Elias' Seiden wurden hier verkauft; die Stoffballen – Glanztaffet, Satin, Samt und Damast – lagen auf Wandbrettern zwischen dem Werk anderer Webermeister.

Als ich den Laden betrat, rollte Mrs Astley auf dem Holztresen gerade einen Ballen auf und schnitt einzelne Stücke zu. Es war außergewöhnlich still; häufig drängten sich hier vornehme Damen und plauderten über die neuesten Stoffe. Als Mrs Astley mich bemerkte, legte sie die Schere weg und kam zu mir. Dabei schob sie eine Haarsträhne unter ihre Haube und glättete ihre Röcke. Sie begrüßte mich freundlich, wusste aber nicht, wer ich war; Mr Arnaud war in London für den Verkauf unserer Seiden zuständig.

»Wie wäre es mit einem Parfum für Euch, Madam?«, fragte Mrs Astley lächelnd und wies auf eine Reihe Flakons mit den neuesten französischen Kreationen. Der Duft von Veilchen, Moschus und Jasmin stieg mir in die Nase.

»Mir ist mehr daran gelegen, Eure Seiden zu betrachten, Mrs Astley.«

Sie nickte erfreut. Mit Seide ließ sich erheblich mehr verdienen als mit Duftwässern. Aber ich war nicht hergekommen, um etwas zu erstehen. Vielmehr wollte ich meine eigenen Seiden verkaufen, und dazu musste ich wissen, ob Rosa, Grün oder ganz andere Farbtöne gerade begehrt waren.

Mrs Astley ließ mich in Ruhe stöbern und machte sich wieder ans Zuschneiden. Dann und wann blickte sie auf, um zu sehen, wann ich bereit war zu kaufen. Über zehn Seiden lagen zur Auswahl in den Wandgestellen, samt und sonders mit viel großflächigeren und weniger naturnahen Mustern als mein Dessin. Offenbar gab es bislang keine Seidenstoffe wie meinen im Handel.

Jetzt trat Mrs Astley zu mir. »Ist etwas nach Eurem Geschmack?«

»Sie sind sehr schön«, antwortete ich, »aber alle nicht *ganz* das Richtige für mich.«

Mrs Astleys Miene verhärtete sich. »Ich verstehe, Madam. Wenn Ihr mir bitte folgen wollt.« Sie nahm mich am Arm und geleitete mich in den hinteren Teil des Ladens, meinen Widerspruch gar nicht beachtend. Wir gingen durch eine Tür, die so niedrig war, dass ich mich bücken musste. Einige Stufen führten nach unten zu einem kleinen Kellerraum. Durch ein Fenster in der Wand gegenüber fiel Licht, und von hier unten sah man die Füße der Spaziergänger in der Oxford Street und hörte das Klappern von Kutschen. Wir schienen uns in einem Lager zu befinden; die Wände waren vom Boden bis zur Decke mit

Brettern versehen, auf denen Wein, Likör und Gläser mit Kapern standen.

Mrs Astley nahm einen Schlüssel von ihrem Gürtel und schloss einen Schrank in der Ecke auf. »Ich bin sicher, wir haben genau das, wonach Euch der Sinn steht.«

Sie nahm einen Stapel gefalteter Stoffstücke aus dem Schrank und legte sie auf einen Tisch in der Mitte des Raums. Dann breitete sie die Stoffe aus, und bald war der Tisch übersät mit leuchtend bunten Blumenmustern.

»Bitte, berührt es«, sagte Mrs Astley und hielt mir ein Stück hin. Ich nahm es in die Hand. Der Stoff fühlte sich weich an, war aber fest und ebenmäßig. Aus der Nähe konnte ich erkennen, dass das Muster nicht eingewoben, sondern aufgedruckt war.

»Indisches Kaliko«, raunte Mrs Astley.

Das war also die wohlgefällige Schmuggelware, die uns in Schwierigkeiten brachte.

»Woher bezieht Ihr das?«

»Fragt lieber nicht, Madam«, antwortete Mrs Astley, nahm mir die Stoffbahn aus der Hand und schüttelte sie auf, so dass ich sie vollständig betrachten konnte. »So leicht und zart, nicht wahr?«, sagte sie und schwenkte das Baumwollgewebe. »Man könnte ein schönes Sommerkleid daraus nähen. Denkt nur, wie kühl und angenehm es sich tragen wird. Und es ist um ein Vielfaches preisgünstiger als Seide«, fügte sie hinzu und sah mich wieder mit diesem harten Blick an.

Ich kaufte ein Yard mit einem Muster aus leuchtend farbigen Blüten, die ich nicht kannte, um etwas zum Vergleich zu haben. Später konnte ich den Stoff immer noch verarbeiten und ins Armenhaus bringen.

Mrs Astley verpackte mir den Stoff fein säuberlich, und weil ich keinen Korb dabeihatte, nahm ich das Päckchen in die Hand. Ich hatte den Innenhof zur Hälfte durchquert, als ich spürte, dass jemand dicht hinter mir ging. Im selben Augenblick stand wie aus dem Nichts ein Mann vor mir. Er hatte einen Dreispitz so tief ins Gesicht gezogen, dass ich es nicht erkennen konnte, aber an seinen Kleidern und Schuhen sah ich, dass er ein Mann aus dem Volk war.

»Ihr habt wohl etwas erstanden, wie, Madam?«

»Was kümmert es Euch?«, antwortete ich, eher verärgert als verängstigt.

»Sollte es Kaliko sein, kümmert uns das ganz gewaltig.« Ein zweiter Mann trat jetzt vor mich. Auch sein Gesicht war von einem Dreispitz verdeckt. Und im nächsten Augenblick schnappte mir der andere das Päckchen aus der Hand und riss es auf.

»Ha!«, rief er aus und gab es mir dann zurück. Ich umklammerte das aufgerissene Päckchen und sah mich Hilfe suchend um, doch der Innenhof war menschenleer. Dann spürte ich, wie ich mit etwas besudelt wurde.

»Kaliko, Madam!«, zischten die Männer aus einem Mund. Als ich an mir herunterblickte, sah ich, dass der Stoff mit einer schwarzen Flüssigkeit getränkt und mein Kleid mit Flecken übersät war. Der Schrei blieb mir vor Grauen im Halse stecken. Halb schluchzend rang ich um Luft, während die Männer hohnlachend davonrannten.

SIEBENUNDZWANZIG

SARA

»Es ist nur Tinte, Sara«, sagte Madam und schlug nach meiner Hand, als ich mit einem Lappen ihr Oberteil abtupfen wollte.

»Wie schrecklich! Woher kamen diese Männer?«

»Ich weiß es nicht.« Sie wirkte erschöpft und unglücklich. Ihre Augen waren rot geändert, und sie schien noch immer den Tränen nah zu sein. Sogar auf ihren perlweißen Wangen waren kleine schwarze Flecken zu sehen. »Ich denke, sie haben mir aufgelauert. Die wissen wohl, dass Mrs Astley Kaliko verkauft, und haben mich durchs Fenster beobachtet. In diesen Raum geht die Kundschaft sicher nur aus einem Grund. Wie unendlich dumm von mir!«

Ich blieb stumm, wusste aber inzwischen genug über die Weber von Spitalfields, um zu vermuten, dass Madam recht hatte. Rasch suchte ich ein anderes Kleid für sie aus. Ich wäre ihr auch beim Waschen und Umkleiden behilflich gewesen, aber sie schien niemanden um sich haben zu wollen. Deshalb ging ich in die Küche und fragte Monsieur Finet nach dem Abendessen.

Kurz nach dem Läuten der Tenorglocke kam Madam herunter und erklärte, sie habe Kopfschmerzen, werde sich hinlegen und wolle nicht gestört werden. Ich ließ sie ein Weilchen in Ruhe, weil sie so verstört wirkte, brachte ihr dann aber zur Beruhigung eine Tasse gesüßten Tee. Vorsichtig öffnete ich die Schlafzimmertür, falls meine Herrin schon schlief, doch auf dem Bett lag einzig und allein der Kater. Ich stellte die Tasse auf den Nachttisch.

Es gab keinen Zweifel, wo Madam sich aufhielt. Sie wusste einfach nicht, was gut für sie war. Und dabei steckte sie schon bis zum Hals in Schwierigkeiten! Jede andere Frau wäre damit zufrieden gewesen, Herrin eines solchen Hauses und Gattin von einem der besten Webermeister von Spitalfields zu sein. Aber nicht Mrs Thorel, dachte ich, als ich auf Zehenspitzen die Treppe zur Mansarde hinaufschlich. Mrs Thorel musste immer noch etwas Besseres sein. Genau wie ihre Mutter.

Ich setzte mich auf die oberste Treppenstufe vor der Tür und horchte. Seine dunkle Stimme im Wechsel mit ihrer hellen. Madam klang aufgeregt. Vorsichtig hob ich die Klapptür ein wenig an. Die beiden standen neben dem Webstuhl, der fleckige Kaliko lag zerknüllt auf der Bank. Offenbar hatte Madam gerade berichtet, was ihr widerfahren war, denn sie deutete auf ihre Brust.

Dann trat Lambert auf sie zu und stand so dicht bei ihr, wie ich es nie zuvor erlebt hatte, wenn ein Mann nicht mit der Frau verheiratet war oder für diese Nähe bezahlte. Er sah wutentbrannt aus, aber seine Augen wirkten, als würde er gleich weinen. Lambert hob die Hand, als wolle er Madam berühren, ließ sie jedoch dann langsam wieder sinken. »Das tut mir unendlich leid«, sagte er.

»Warum? Ihr habt nichts damit zu tun.«

»Ich fühle mich dennoch verantwortlich. Sie kennen kein Maß mehr.«

Madam nickte erbittert und wandte den Kopf leicht ab. »Ich wusste nicht«, sagte sie zögernd, »wozu die imstande sind.« Dann sah sie Lambert wieder an und sagte: »Wir müssen ein Ende finden. Es ist zu gefährlich. Wenn die Weber erfahren … wenn Mr Thorel dahinterkäme … ich will mir nicht vorstellen …«

»Nein, sagt das nicht.« Lambert schüttelte den Kopf. »Niemand wird etwas erfahren. Ich habe versprochen, diese Seide für Euch zu weben, und ich werde es auch tun.«

»Ich habe nicht um mich selbst Angst. Wenn die schon mit mir so umspringen, dann denkt doch nur, was sie Euch antun könnten.«

»Mit den Webern komme ich zurecht.« Er klang fast schroff, aber Madam schien es nicht zu bemerken.

»Ich habe Angst davor, was geschehen könnte«, sagte sie. Ihr Tonfall und die Art, wie die beiden sich ansahen, ließ mich vermuten, dass hier ein stummes Gespräch stattfand, das niemand belauschen konnte.

»Die Seide ist ohnehin fast fertig«, fügte Madam mit sanfter Stimme hinzu.

»Nein. Ich habe versprochen, dass ich sie zu Ende webe, und das werde ich tun.«

»Aber ich werde nicht mehr herkommen«, sagte Madam so langsam und widerstrebend, als koste sie jedes Wort eine Guinee.

Lamberts Gesicht verzerrte sich schmerzhaft.

»Bisby, bitte.«

Bisby? Großer Gott, was hatte sich denn hier abgespielt?

Sie streckte die Hand aus, aber Lambert wich zurück.

Dann packte er den bespritzten Kaliko und warf den Stoff an die Wand. Behutsam schloss ich die Luke.

Das hatte es also mit diesen kunstvollen Zeichnungen auf sich. Warum nur blieb Mrs Thorel nicht bei den Dingen, die ihr zustanden? Den Einladungen, Näharbeiten, Kleidern und dem Psalmenbuch. Weshalb hielt sich meine Herrin für eine Frau, die Kunst nicht nur tragen, sondern selbst erschaffen wollte? Manch einer mochte das zwar löblich finden, nicht jedoch Elias Thorel. In diesem Haus gab es keine Meisterin der Seide, nur einen Meister. Und selbst wenn der die Leidenschaft seiner Gattin für Seide verstehen würde, welcher Ehemann würde dulden, dass sich seine Frau mit einem anderen Mann in einer Mansarde aufhielt, nur mit den Mäusen und Hänflingen als Zeugen?

ESTHER

Als ich von der Mansarde herunterkam, ging ich geradewegs in mein Zimmer und sank aufs Bett. Der Kater klappte schläfrig ein Auge auf, als ich das Gesicht im Kissen vergrub. Krankheit musste ich nun nicht mehr vortäuschen, denn ich hätte mich nicht elender fühlen können. Ich würde Bisby Lambert nie mehr wiedersehen. Monatelang hatte ich mich jeden Tag nach diesen heimlichen Stunden in der Mansarde gesehnt, und nun waren sie mir genommen worden. Mir blieb nur mein ödes Leben von zuvor: Elias und Moll, endlose Näharbeiten und ein Kammermädchen, das mir unentwegt Sorgen bereitete.

Ich rollte mich auf die Seite und starrte zur Tür. Dabei fiel mein Blick auf den Nachttisch. Wo eine Tasse Tee stand, die ich nicht verlangt hatte.

»Madam.«

Eine sanfte Stimme. Ich schlug die Augen auf.

»Mrs Arnaud ist hier und möchte Sie sprechen. Seid Ihr wohl genug, um sie zu empfangen?«, fragte Sara und warf dabei einen bedeutsamen Blick auf den kalten Tee. Ich nickte und stand auf, glättete meine Kleider und ordnete mein Jabot.

Als ich nach unten kam, entfaltete Mrs Arnaud gerade

ein winziges weißes Seidenhemdchen. Es war ein wenig vergilbt und mit Spitzen gesäumt. »Das war mein eigenes«, erklärte sie, nachdem wir uns begrüßt hatten. »Ich dachte mir, es sei geeignet für das Kind. Euer Mädchen besitzt ja gewiss nicht viel, dann hat es schon etwas für die Gebäranstalt.«

Ich war selbst überrascht, wie sehr mir diese aufrichtige und gütige Frau ans Herz gewachsen war.

»Sollen wir es ihr gemeinsam sagen?«, fragte Mrs Arnaud.

Ich nickte, und sie legte das Hemdchen auf die Armlehne des Sofas, wo es wie der Geist eines Neugeborenen hing und uns daran gemahnte, was wir tun mussten. Wir plauderten müßig, bis Sara hereinkam. Als sie das Servierbrett mit Konfekt auf den Tisch stellte und das Kinderhemd sah, verhärtete sich ihre Miene, und ich war dankbar, dass Mrs Arnaud so gelassen neben mir saß.

»Miss Kemp«, begann sie, »setzt Euch bitte.« Sie wies auf das Sofa gegenüber, aber Sara schüttelte den Kopf.

»Wir haben gute Neuigkeiten für Euch.« Mrs Arnauds Stimme war gütig, aber entschieden. »Das Findelhaus hat eingewilligt, Euer Kind nach Eurer Niederkunft aufzunehmen. Nach einigen Wochen werdet Ihr Eure Arbeit wieder verrichten können, in der Gewissheit, dass Euer Kind die bestmögliche Zukunft haben wird.«

»Wie kann es das Beste für ein Kind sein, wenn es von seiner Mutter getrennt wird?« Sara reckte das Kinn vor, trotzig und weinerlich wie ein kleines Mädchen.

Ich stand auf und trat zu ihr. »Es ist wirklich das Beste«, sagte ich und legte ihr sanft die Hände auf die Oberarme.

»Zuerst ist es gewiss schwer, aber eines Tages wirst du es verstehen.«

Sara schüttelte meine Hände ab. »Ich werde es nicht tun«, sagte sie.

Weil ich mir das bevorstehende Drama gut vorstellen konnte, bemühte ich mich, geduldig zu sein. Sara schien nicht zu ahnen, dass sie großes Glück hatte, weil Mrs Arnaud und ich bereits so viel für sie erreicht hatten. »Sara, glaube uns, wenn wir dir sagen, dass es keine andere Möglichkeit gibt.«

»Glauben? Warum sollte ich? Ihr braucht doch nur jemanden, der Euch das Haar richtet und die Strümpfe flickt!«

Ich schürzte die Lippen. Wie konnte sie mir das antun, und noch dazu ausgerechnet vor Mrs Arnaud?

»Das ist nicht wahr.« Ich versuchte, so entschieden zu wirken wie Mrs Arnaud. »Wir wollen dir beide nur helfen.«

Saras Augen loderten. »Nein. Ihr seid nur neidisch!«

»Was redest du da?«

»Beide seid Ihr kinderlos.« Mit wildem, bockigem Blick sah sie uns beide an. »Ihr wollt, dass ich mein Kind weggebe, weil Ihr es nicht ertragen könnt, dass ich in anderen Umständen bin, obwohl es Euch versagt bleibt!«

Mrs Arnaud schüttelte betrübt den Kopf. »Mrs Thorel, ich hatte nicht erwartet, dass sich diese Angelegenheit so unerfreulich gestalten würde. Ich kann Euch hier nicht weiter behilflich sein.« Sie nahm ihre Sachen an sich, ging mit würdevollen Schritten hinaus und zog sachte die Tür hinter sich zu.

Als ich sicher war, dass Mrs Arnaud das Haus verlassen hatte, wandte ich mich Sara zu und schlug sie so hart ins Gesicht, dass es knallte, als hätte jemand den Schürhaken auf Steinboden fallen lassen.

ACHTUNDZWANZIG

SARA

Meine Wange brannte noch von dem Schlag, als ich vor Elias Thorel stand. Überrascht blickte er zur Tür, als erwarte er dort eine bedeutsamere Person als mich. Als er mich dann ansah, zog ich das Tuch fester um mich. Wegen der Kälte hatte ich in den letzten Monaten gebückt und verhüllt umherschleichen und meinen Zustand verbergen können.

»Ich bitte die Störung zu verzeihen, Sir«, sagte ich und knickste, so gut es mir noch möglich war.

»Was gibt es?«

Mr Thorel hielt sich in seinem Kontor auf, nicht in der Werkstatt. Er wirkte müde, als er sich zurücklehnte und die Hände auf dem Schreibtisch faltete. Die Perücke hing auf dem Ständer. Ohne Seidenjacke, nur in Hemd und Weste, sah er wie ein ganz gewöhnlicher Mann aus. Das machte mir Mut; er war nicht mein Dienstherr, nur ein beliebiger Mann.

»Es ist wegen Madam, Sir.«

»Was ist mit Mrs Thorel?« Sein Unterton war bereits ungeduldig, aber ich wusste, dass er hören wollte, was ich zu sagen hatte. Und ich hatte keine Gewissensbisse, es ihm zu berichten.

»Es gibt seltsame Vorkommnisse, Sir. Sie scheint Papiere

in der Schublade ihrer Frisierkommode zu verstecken. Sobald ich hereinkomme, schließt sie die Schublade hastig ab.«

Elias Thorel blickte zweifelnd. »Mrs Thorel ist deine Herrin. Sie kann einschließen, wonach ihr der Sinn steht.« Er löste die Hände und beugte sich vor.

Damit wollte er mir bedeuten, dass er sich wieder den aufgeschlagenen Büchern und der Feder zuwenden wollte, bevor die Tinte eintrocknete. Mir blieb keine Zeit. »Und dann ist da auch noch der Geselle, Sir.«

Mr Thorel blickte auf und verengte die Augen. Jetzt hörte er zu.

»Welcher Geselle?«

»Bisby Lambert. Ich habe die beiden zusammen gesehen. Nicht dass ich ihnen nachstelle, Sir. Ich wollte nur nach Madam schauen, weil sie unpässlich war, und ihr eine Tasse Tee bringen. Als sie nicht in ihrem Zimmer war, habe ich nach ihr gesucht.«

Elias Thorel runzelte die Stirn und machte eine ungeduldige Handbewegung. »Und wo hast du sie gefunden?«

Ich musste bedenken, dass der Mann keine Zeit vergeudete, und mich kürzer fassen. »In der Mansarde.«

»In der Mansarde?«

Ich hätte ebenso gut das Wig and Feathers nennen können. Eine ehrenwerte verheiratete Frau hatte sich an keinem der beiden Orte aufzuhalten.

»Was hatte sie dort zu schaffen?«

Er beugte sich vor und verwischte dabei mit den Unterarmen die säuberlich niedergeschriebenen Zahlenreihen.

»Ich weiß es nicht genau, kann Euch nur berichten, was

ich gesehen habe. Die beiden sprachen, aber nicht so, wie Madam mit mir sprechen würde. Eher so, als …«, ich erwog meine Worte sorgsam, »als seien sie sich sehr nah.«

Mr Thorel sah erbittert aus, als er fragte: »Und diese Papiere? Sind das Briefe?«

Das hätte ich ihm nur gar zu gerne erzählt. Ein kleiner Stapel süßer Geheimnisse, mit blauem Band verschnürt, leicht nach Parfum duftend. »Ich weiß es nicht, Sir.«

»Wo bewahrt sie diese Papiere auf?«

»In der Schublade ihrer Frisierkommode, Sir, und sie hütet sie wie einen Schatz.«

Elias Thorel hielt die Hand hoch, um mich zum Schweigen zu bringen. Mehr wollte er offenbar nicht hören. Aber das war auch nicht nötig, ich hatte genug gesagt.

ESTHER

Elias stürmte in mein Zimmer. Ich lief ihm nach, stolperte dabei über meine Röcke, als ich die Treppe hinaufstieg und ihn anflehte, langsamer zu gehen und mit mir zu sprechen. Ich hatte keine Vorstellung, was Sara zu ihm gesagt hatte, sah ihn nur aus dem Kontor stürzen, während Sara an seinem Schreibtisch stand, die Augen so erschrocken aufgerissen, als habe sie eine Flamme an Zunder gehalten.

In meinem Zimmer steuerte Elias unmittelbar zur Frisierkommode und zog am Griff der Schublade. Als sie nicht aufging, zwängte er einen meiner Metallkämme in den Spalt und brach sie damit auf.

Dann riss er meine Zeichnungen heraus und fuchtelte damit herum. »Was ist das?«

»Nur Zeichnungen.« Ich griff danach, aber er hielt sie außer Reichweite.

»Zeichnungen wovon?« Er begann sie durchzusehen. Mein Atem ging stoßweise, und mir wurde schwindlig. Mit jeder Zeichnung, die Elias betrachtete, geriet meine Welt mehr ins Wanken. Dann hielt er inne und stand reglos da. Ich wusste sofort, wonach er horchte, und betete stumm, dass Bisby nicht mehr im Haus sein würde. Doch das emsige Klappern des Webstuhls war nicht zu überhören.

Elias warf die Muster aufs Bett und stürmte hinaus.

Ich raffte hastig meine Röcke und folgte ihm, als er die Treppe zur Mansarde hinaufstapfte. Die Klapptür stieß er so heftig auf, dass sie mit lautem Krachen aufschlug. Der Webstuhl verstummte. Elias betrat die Mansarde, und ich folgte ihm auf dem Fuße in den Raum, der mir so vertraut geworden war.

Auch im Winterzwielicht wirkte die Mansarde durch die hohen Fenster wie eine andere Welt, losgelöst vom eintönigen Alltag dort unten im Haus. Doch fortan würde dieser Raum nicht mehr ungestört bleiben. Als Elias die Klapptür aufstieß, verband er diesen besonderen Ort mit meinem gewöhnlichen Leben und befleckte beide.

Bisby stand auf. Er wirkte wachsam, da er mich hinter seinem Meister sah. Doch Elias trat mit künstlichem Lächeln auf ihn zu.

»Wie kommt Ihr mit Eurem Meisterstück voran, Lambert?«, fragte er. Obwohl Elias' Tonfall freundlich war, ließ Ives die Latzen los und zog die Knie an die Brust. »Nun? Habt Ihr es fertiggestellt?«

»Noch nicht, Sir.«

»Ach ja? Warum nicht?«

Elias trat an den Webstuhl und betrachtete mit fachmännischem Blick den Warenbaum. »Das sind nur ein paar Yards. Wenig, wenn man bedenkt, wie lange Ihr schon daran arbeitet.«

Unwillkürlich huschte Bisbys Blick zu mir.

»Ah, wie unhöflich von mir«, sagte Elias. »Das ist meine Gattin.« Einen Herzschlag später endete das trügerische Theater. »Doch das wisst Ihr ja bereits, nicht wahr?«

Bisby blieb stumm.

Elias trat zu Ives. »Steh auf, Junge.« Ives sprang so hastig auf, dass die Strohmatte unter ihm wegrutschte.

»Bitte«, warf ich ein, »lasst doch den Jungen …«

»Hast du meine Gattin hier in diesem Raum schon einmal gesehen?«, fragte Elias Ives, ohne mich zu beachten.

Weit aufgerissene Augen, zitternde Unterlippe. Dann ein leichtes Nicken, der Hauch eines Verrats.

»Sprich weiter«, sagte Elias so sanft, als sei er ein Kindermädchen. »Was macht sie hier oben?«

»Sie bringt uns Kuchen, Sir. Und den Vögeln Futter.« Ives blickte zu den Hänflingen, als wolle er seine Worte beweisen.

Elias starrte auf den Vogelbauer und stieß einen gereizten Seufzer aus. »Gewiss. Das hört sich ganz nach meiner Gattin an.« Dann fiel sein Blick auf den anderen Webstuhl. Er ging darauf zu und zog den Stoff beiseite, der einst mein Unterrock gewesen war. Ein Streifen weißer Brokat zwischen Kettbaum und Warenbaum kam zum Vorschein. Über die Seide schlängelten sich die buttermilchgelben Heckenrosen und die dunkelvioletten Brombeeren, wie ein Andenken an den Herbst, in dem Bisby und ich unser Werk begonnen hatten. Elias starrte auf die Seide, nicht verzückt von ihrer Schönheit, sondern entrüstet über den Verrat.

»Was ist das?« Er fuhr herum und glotzte jetzt Bisby an. Als der zögerte, trat Elias auf ihn zu.

»Es ist meine Seide«, sagte ich hastig. »Ich habe das Muster entworfen, und Mr Lambert hat mir geholfen, es auf Patronenpapier zu übertragen.«

Elias blieb stehen und nickte langsam. »Und hat er für dich gewebt?«

»Ja.« Bisbys Stimme war klar und mutig.

»Ist die Seide fertig?«

»Beinahe.«

»Ihr habt also eine Seide für meine Gattin gewoben, während Euer eigenes Meisterstück auf dem anderen Webstuhl keine Fortschritte macht?«

»Sir, ich …«

Aber Elias wollte ihn nicht anhören. »Ich habe Euch vertraut, Lambert. Habe Euch in mein Haus eingeladen und Euch gestattet, den Webstuhl meines Großvaters zu benutzen, um Euer eigenes Meisterstück zu weben. Weil ich Euch dabei unterstützen wollte, Meister zu werden.« Elias' Stimme klang immer fassungsloser, bis sie am Ende brach und er vor seiner Ehefrau, seinem Gesellen und einem Ziehjungen das Gesicht verlor. »Ich wollte Euch helfen, und Ihr habt mich zum Narren gemacht.«

»Das habe ich nicht getan, Sir. Ich habe mir nichts vorzuwerfen.«

»Nichts vorzuwerfen? Nachdem Ihr mit meiner Gattin in meinem Haus ohne mein Wissen Seide gewebt habt? Während die Seide, die ich bei Euch in Auftrag gegeben habe, Staub ansetzt? Ihr habt Euch sehr wohl allerhand vorzuwerfen!«

Einen Augenblick herrschte Stille in der Mansarde. Nur das Scharren der Hänflinge war zu hören. »Verschwindet«, sagte Elias, eher müde als wütend. Ives schoss zur Klapptür, als könne er es nicht erwarten zu fliehen. Bisby wandte sich um, hob das Schiffchen auf und verwahrte es sorgsam.

»Wart Ihr es?«, fragte Elias, ohne ihn aus den Augen zu lassen.

»Sir?«

»Habt Ihr diese Nachricht in mein Kontor gelegt?« Elias' Stimme klang so dünn, als könnte sie durch Bisbys Antwort zerstört werden.

»Ich weiß nichts von einer Nachricht.«

»Die *Forderung*«, sagte Elias, »von der Vereinigung der Webergesellen. Dass ich einen Sixpence pro Webstuhl entrichten soll.«

»Damit habe ich nichts zu tun«, erwiderte Bisby.

Elias nickte. »Vor einer Stunde hätte ich Euch noch geglaubt.«

Mein Ehemann und ich standen allein in der Mansarde, während draußen die Dämmerung nahte.

»Elias?« Meine Stimme heischte um seine Unterstützung.

»Ihr habt mich gedemütigt«, sagte er tonlos.

»Nein«, hauchte ich. »Ich wollte nur Teil Eures Schaffens sein.«

»*Meines* Schaffens? Aber ich war nicht beteiligt. Ihr habt alles nur mit ihm gemacht.«

»Weil Ihr mir nicht helfen wolltet.«

»Ich trage demnach Schuld daran?«

»Nein, ich versuche nur zu erklären.«

»Was wollt Ihr erklären?«

»Warum ich …« Ich seufzte hilflos.

»Ich werde zum Gespött von ganz Spitalfields, das wisst Ihr wohl, oder? Man wird sagen, ich könne keine brauchbare Seide weben, deshalb müsse meine Frau das für mich tun.«

»Lambert wird nichts darüber verlauten lassen. Er ist ein ehrenhafter Mann.«

Elias trat aus den Schatten auf mich zu. »Ist er das? Ihr kennt meinen Gesellen ja anscheinend so gut.«

Ich schüttelte verzweifelt den Kopf.

»Was habt Ihr hier mit diesem Mann gemacht?« Elias packte mich am Oberarm und drückte fester zu, als ich stumm blieb.

»Das habe ich doch bereits gesagt. Ich hatte die Absicht, ein Seidenmuster zu entwerfen und es zu weben.«

Elias' Finger bohrten sich in mein Fleisch. »Und was ist geschehen, was nicht Eure Absicht war?«

Ich riss mich los. »Hört auf. Ich habe nichts Unrechtes getan.« Beinahe die Wahrheit. Und im Vergleich mit dem, was sich zwischen ihm und Moll abspielte, die reine Wahrheit. »Warum berichtet Ihr mir nicht, was Ihr mit Moll zu schaffen habt?«

»Moll? Das Hausmädchen? Was hat sie damit zu tun?«

»Ihr beklagt Euch, dass ich Zeit mit Bisby Lambert verbracht habe, und dabei empfangt Ihr Moll in Eurem Bett!«

»Was?«

»Ich habe es gehört.« Nun konnte ich mich nicht mehr zurückhalten, alle Gedanken, die mich seit Monaten quälten, drängten nach draußen. »Ich habe euch beide in Eurem Zimmer lachen hören.«

»Lachen?«, erwiderte er spöttisch. »Vielleicht hatte ich etwas Belustigendes geäußert.«

»Es war eine andere Art von Lachen.«

»Vielleicht hatte ich nur Freude daran, ein Mädchen lächeln zu sehen. Ich kann mich kaum noch daran erinnern, wann meine eigene Ehefrau mich zum letzten Mal angelächelt hat.«

»Es war spätabends. Was hatte Moll da in Eurem Zimmer zu tun?«

»Nun, das weiß ich nicht. Vielleicht brauchte ich eine Decke oder einen Bettwärmer. Oder sie hat mir Kerzen gebracht. Sie ist schließlich das Dienstmädchen.«

»Aber sie schläft nicht in der Mädchenkammer!«

»Wer behauptet das?«

Ich gab keine Antwort.

»Aha.« Elias nickte. »Das Kammermädchen. Das mir gerade von Euren versteckten Dessins berichtet hat. Ein wahrhaft vertrauenswürdiger Mensch. Und überdies in anderen Umständen, wenn ich mich nicht irre.«

Ich war verwirrt und kam mir dumm vor.

»Steckt das dahinter? Kleinliche Rache wegen einer Einbildung, die auf nichts gründet außer dem Kichern eines Hausmädchens und dem Tratsch einer schamlosen Dienstbotin?«

»Nein. Es geht um das, was ich tun möchte. Wofür ich eine Begabung habe.«

»Ihr habt eine Begabung zum Zerstören, Mrs Thorel, weiter nichts.«

NEUNUNDZWANZIG

SARA

Durchs Fenster des Damenzimmers sah ich, wie Lambert das Haus verließ. Er war durch die Werkstatttür hinausgegangen, zog seinen Mantel an und schritt davon, schattenhaft im grauen Zwielicht, die Hände in den Taschen. Der Junge lief hinter ihm her. Als die beiden verschwunden waren, nahm ich Madams Stickrahmen und legte ihn in den Schrank. Danach fand ich nichts mehr zu tun und ging in ihr Zimmer.

Sie lag auf dem Bett, das Gesicht halb im Arm vergraben, die Röcke ungeordnet. Die Szene sah so dramatisch aus wie auf einem Gemälde.

»Was hast du nur getan?«, schluchzte sie in ihren Ärmel.

Ich begann Dinge aufzuräumen, die nicht aufgeräumt werden mussten. Verstaute eine kleine Schere und ein Obstmesser in ihrem bestickten Etui, steckte die Schnürnadel ins Nadelkissen. Beschäftigte mich, um Mrs Thorel nicht anblicken zu müssen.

»Lass das!«, rief sie aus. »Hör auf damit!«

Ich legte die Dinge auf die Frisierkommode und versuchte, nicht auf die zersplitterte Schublade zu schauen.

Madam stützte sich auf einen Ellbogen und starrte mich an. Ihr Haar hatte sich gelöst und fiel über ihren Rücken, der Puder war verwischt. Alles an ihr sah entblößt und verletzlich aus, und Schuldgefühle begannen mich zu plagen wie das dauernde Ziehen in meinem Bauch.

»Er ist weg. Mein Gatte hat ihn weggeschickt.«

»Madam, ich habe nicht geahnt, dass der Meister so etwas tun würde. Ich wollte niemals …«

»Was hast du denn erwartet? Denkst du auch *nur einmal* darüber nach, welche Folgen deine Worte haben? Und sind sie überhaupt wahr?«

»Was meint Ihr damit?«

Sie betrachtete mich so prüfend, als suche sie in meinem Gesicht nach Antworten auf Fragen, die sie gar nicht gestellt hatte. »Mr Thorel weiß, dass du in anderen Umständen bist. Ich habe versucht, dir zu helfen, Sara, aber du willst das ja offenbar nicht. Nun, dann musst du eben auf eigenen Füßen stehen. Möge Gott dir behilflich sein. Dein Schicksal ist wohl ein Leben im Armenhaus. Hier ist kein Platz mehr für dich. Du hast Zeit bis heute Abend, dann möchte ich dich hier nicht mehr sehen.«

Sie rollte sich auf die andere Seite und vergrub das Gesicht in den Armen.

Eine Übelkeit erfasste mich, wie ich sie seit Monaten nicht erlebt hatte, und in meinem Bauch stellte sich ein ziehender Schmerz ein, der sich bis in den Rücken fortsetzte. Was hatte ich nur getan?

Ich packte meine Habseligkeiten und verließ das Haus am Spital Square. Im Licht, das aus den Fenstern der umliegenden Häuser fiel, sah ich Schneeflocken umherwirbeln. Ich zog mir das Tuch um den Kopf, um mich warm zu halten. Dass etwas Schlimmes geschehen würde, spürte ich bereits in diesem Augenblick. Unruhe lag in der Luft. Und dann der stechende Schmerz in meinem Bauch. Etwas zog sich krampfartig zusammen, und ich musste mich immer wieder an den eiskalten Hauswänden abstützen, um zu Atem zu kommen. Dann hastete ich weiter, war aber behindert von der Tasche, die mir um die Beine schwang.

Als ich von der Pearl Street in die Grey Eagle Street abbog, kam mir eine Schar Webergesellen entgegen. Rasch trat ich in einen Hauseingang und wartete ab, bis sie vorbeigezogen waren. Jeder hielt etwas in der Hand. Ich konnte nicht erkennen, was, bis einer den Arm hob, um sich Schnee vom Gesicht zu wischen, und die Klinge eines Säbels unter dem Mantel aufblitzte.

Ich folgte den Gesellen in die Buttermilk Alley. Überall waren Horden unterwegs, und die Tür zum Haus von Lambert und Barnstaple stand offen. Weitere Männer traten heraus, leise murmelnd. Ich drängte mich an ihnen vorbei und ließ meine Tasche an der Tür stehen, um schneller vorwärtszukommen.

Der Tisch war umringt von Webergesellen, und erst als sie beiseitetraten, sah ich, was dort lag: sechs Steinschlosspistolen. Barnstaple nahm eine in die Hand und ließ beinahe liebevoll den Daumen über das polierte Holz gleiten, als er den Lauf mit Schwarzpulver und einer Kugel lud. Als er damit fertig war, wiederholte er den Vorgang bei der nächsten Pistole.

»Woher habt Ihr die?«, fragte ich.

Barnstaple schaute auf, erstaunt über meine Anwesenheit und meinen scharfen Unterton. »Wieso bist du hier? Das ist jetzt nicht der rechte Ort für eine Frau.«

»Die Pistolen«, erwiderte ich und wies mit dem Kopf darauf. »Was habt Ihr mit denen vor?«

Die Frage war natürlich dumm. Einige Männer lachten leise und warfen sich belustigte Blicke zu.

Barnstaple zuckte die Achseln. »Thorel hat seinen Beitrag nicht bezahlt. Die Männer wollen das nicht länger dulden, sondern Zeichen setzen.« Er brachte die Pistole, die er gerade in Händen hielt, in Vorderladerstellung und legte sie neben die anderen. »Wir sind alle bereit.«

Hinter mir war erneutes Gelächter zu hören. Als ich mich umdrehte, sah ich Ives, der sich zwischen den Männern durchdrängte. Er umklammerte einen ausgestopften Sack, den man so gestaltet hatte, dass Kopf, Arme und Beine entstanden waren. Seidenfetzen waren auf den Stoff genäht, was die Puppe besonders lächerlich wirken ließ. Barnstaple johlte, als er sie sah.

»Das hast du großartig gemacht, Ives«, sagte er und schlug dem Jungen so schwungvoll auf den Rücken, dass der Kopf der Puppe nach vorne sackte.

»Was ist das?« Lamberts Stimme übertönte das dröhnende Gelächter, und Stille trat ein.

»Nicht etwas, sondern jemand, Lambert. Erkennst du ihn nicht?«

Lambert sah wutentbrannt aus, aber Barnstaple lachte nur und zog etwas hinter seinem Rücken hervor, das er der sonderbaren Puppe auf den Kopf drückte. Sie hockte jetzt wie ein Kind auf Ives' Schoß.

Ich spürte wieder das Reißen im Bauch, klammerte mich

am Tisch fest und stöhnte leise. Es war Mr Thorels Hut, verziert mit königsblauem Samt und einer kleinen Rosette an der Seite.

»Woher hast du den?«, fragte Lambert.

»Einerlei«, antwortete Barnstaple. »Der wird keinen Hut mehr brauchen, wenn die Meute mit ihm fertig ist.«

Lambert beugte sich vor und schlug so heftig auf den Tisch, dass sogar Barnstaple erschrocken zurückwich. »Schluss damit!«

Barnstaple stützte die Unterarme auf den Tisch, brachte sein Gesicht dicht an das von Lambert und raunte: »Sonst was?«

»Sonst hole ich die Konstabler.«

Barnstaple lachte lauthals. »Die Unterrockschützer?« Er verschränkte die Arme vor der Brust, starrte Lambert an und schüttelte den Kopf. »Du weißt nicht viel über eine aufgebrachte englische Meute, wie? Das sind keine Hunde, die man zurückpfeifen kann. Sind eher wie Flut oder Sturm. Und diese Meute wird sich Thorel greifen, ob es dir nun gefällt oder nicht.«

»Warum verteidigst du den denn?«, fragte Ives Lambert und ließ den ausgestopften Thorel auf den Knien hopsen. »Er war doch heute gar nicht freundlich zu dir.«

»Es gibt Dinge, die du nicht verstehst, Ives. Du bist noch ein Kind.«

»Ich bin groß genug, um zu verstehen, dass du ein Auge auf Mrs Thorel geworfen hast.«

Barnstaple sog scharf Luft zwischen den Zähnen ein. »Was sagst du da, Ives?«

Ives setzte sich aufrecht hin. Jetzt ruhten die Augen fast

aller Webergesellen von Spitalfields auf ihm. »Thorel hat Lambert auf die Straße gesetzt, weil er die ganze Zeit Seide für Mrs Thorel gewoben hat anstatt sein Meisterstück.«

Barnstaple schnalzte übertrieben missbilligend mit der Zunge. »Wer hätte das von dir gedacht, Lambert? Sprich weiter, Ives.«

»Mehr weiß ich nicht. Immer wenn sie in die Mansarde kam, wurde ich weggeschickt.«

Barnstaple schlug grinsend auf den Tisch, und die Pistolen klapperten beunruhigend. »Du Halunke, Lambert! Du Schuft!«

Die anderen Weber grölten wie in der Bierschenke, und einer schlug Lambert so fest auf den Rücken, dass er nach vorn taumelte.

Barnstaple wurde wieder ernst. »Dann hast du ja noch mehr Grund, dich uns anzuschließen. Bist du also einer von uns, Bisby Lambert, oder nicht?«

Meine Hand fuhr zu meinem Bauch. Der Krampf hatte nachgelassen, aber mir wurde so übel, dass ich mir die andere Hand auf den Mund presste. Etwas geschah mit mir. Ich bewegte mich näher zu Barnstaple und krallte unwillkürlich meine Finger in seinen Arm. Er zuckte zusammen und blickte zu mir auf. Mühsam beugte ich mich so weit herunter, dass ich ihm ins Ohr raunen konnte, und röchelte: »Bitte hilf mir. Mir ist nicht wohl.«

Barnstaple stierte mich aufgebracht an. »Was soll ich denn tun, Weib?«, knurrte er leise. »Wasser kochen und ein Tuch zerreißen, während die wahren Männer sich Thorel holen? Such dir eine Frau, die helfen kann.« Er riss seinen Arm los und griff nach der nächsten Pistole, die er so behutsam, beinahe zärtlich berührte, wie er mich nie angefasst hatte. Dann schüttete er Schwarzpulver aus der Flasche in den Lauf. Es schien, als hätte ich kein Wort gesagt. Ich wandte mich ab und drängte mich zur Tür durch.

Draußen sog ich so gierig die Luft ein, dass ich husten musste, und lehnte mich an die Wand, das Gesicht an den kalten Ziegelsteinen. Nur die Kälte verband mich noch mit der Wirklichkeit, während mir die Sinne schwanden wie an jenem ersten Tag bei Mrs Swann. Langsam glitt ich nach unten, sank in meine eigenen Röcke, als mich plötzlich eine Hand von hinten stützte und meinen Fall bremste.

Das ist Barnstaple, dachte ich noch. Er fängt mich jetzt auf, er lässt mich nicht im Stich.

ESTHER

Ich nahm kein Nachtmahl zu mir, sondern blieb im Bett liegen. Es gelang mir lediglich, mich aufzurichten, als Moll eine Tasse gesüßten Tee brachte. Das Mädchen bemühte sich, meine Kissen aufzuschütteln und es mir bequem zu machen, verfing sich aber nur in meinem Haar und stieß mir mit dem Ellbogen in den Rücken. Ich seufzte übertrieben laut.

»Verzeihung, Ma'am«, sagte Moll. »Soll ich die Läden schließen?«

In meinem Zustand hatte ich nicht einmal bemerkt, dass es draußen längst finster war. Es war mir mehr als recht, die Dunkelheit aus meinem Zimmer zu verbannen, ebenso wie den Gedanken, dass ich Bisby wohl nie mehr wiedersehen würde.

Ich nickte. Moll ging zum Fenster und blieb lange dort stehen, bis ich schließlich gereizt fauchte: »Was ist denn?«

»Da draußen ist irgendetwas los.«

Weil sie seltsam beunruhigt klang, schlug ich die Decke zurück, setzte mich auf und tastete mit den Füßen auf dem Läufer nach meinen Pantoffeln. Als ich zum Fenster ging, rieb ich mir die Arme und murrte über die Kälte.

Obwohl es schon sehr spät war, hatten sich auf dem Spital Square scharenweise Männer versammelt, und aus der

Lamb Street strömten immer noch mehr herbei, trotz der Kälte.

»Was haben die wohl im Sinn?«, fragte ich. Moll blieb stumm, starrte nur hinunter auf den Platz und nagte an ihrer Unterlippe. Dann sah ich jemanden, der sich durch die Menschenmenge drängte. Die Frau versuchte ihr Tuch festzuhalten, das ihr von den Schultern rutschte, und ging mühsam und stockend, als trage sie etwas Schweres. Plötzlich stolperte sie, sank auf die Knie und krümmte sich vornüber.

»Großer Gott, das ist Sara!«

Moll und ich stießen zusammen, als wir uns im gleichen Augenblick umdrehten. Sie stürzte hinaus und rannte die Treppe hinunter. Meine Pantoffeln mit den Absätzen hinderten mich daran, ihr schnell zu folgen, und als ich an der Haustür ankam, war Moll schon auf dem Platz und half Sara beim Aufstehen.

»Bring sie herein!«, rief ich und spähte in das Schneegestöber hinaus.

Im Haus umklammerte Sara mit beiden Händen den Treppenpfosten. Sie atmete schwer, und trotz der Kälte stand ihr der Schweiß auf der Stirn. Nachdem sie wieder etwas Luft geschöpft hatte, richtete sie sich auf, hielt sich aber weiter am Geländer fest. »Sie kommen, Madam«, keuchte sie.

»Wer kommt, Sara? Was soll das heißen?«

»Ich bin hier, um Euch zu warnen.«

»Beruhige dich«, sagte ich und strich ihr das Haar aus dem Gesicht. Sie sah so bedauernswert aus, dass mein Zorn von zuvor im Nu verflogen war. »Moll bringt dir Wasser.« Ich nickte Moll zu, und sie lief in die Küche.

Sara schluckte mühsam und starrte mich mit aufgerissenen Augen an. »Die Webergesellen, Madam. Sie wollen zu Mr Thorel.«

»Aber er ist gar nicht hier.« Ich wollte Sara nicht erzählen, dass er vor kaum einer Stunde wutentbrannt aus dem Haus gestürmt war, ohne mir zu sagen, wohin er wollte. »Gibt es einen geschäftlichen Grund dafür?«

»Diese Webergesellen haben sich zusammengeschlossen. Mr Thorel hat den Betrag nicht bezahlt, den sie gefordert haben, und nun wollen die Aufständischen ihm etwas antun. Ihr müsst weg von hier!«

Aufständische? Diese Männer, die da draußen herumstanden wie Schafe? Ich hätte beinahe gelacht, erinnerte mich jedoch dann an das gehässige Zischen der Männer, die mich mit Tinte besudelt hatten. »Komm, Sara, du bist sehr aufgeregt. Es war ein schwieriger Tag für uns alle. Ich werde Monsieur Finet beauftragen, den Männern da draußen Suppe und Brot zu bringen. Wenn ihr Bauch voll ist, werden sie wieder nach Hause gehen.«

»Und ich, Madam?« Sara hörte sich an wie ein kleines Kind.

Ich betrachtete sie mit strengem Blick. Doch wie hätte ich das Mädchen um diese Uhrzeit wieder auf die Straße schicken können? »Du kannst bis morgen früh hierbleiben.«

Doch wir hatten uns kaum in Bewegung gesetzt, als ein ohrenbetäubendes Krachen ertönte und ich vor Schreck Saras Schulter so fest packte, dass sie aufschrie.

DREISSIG

SARA

Als ich den Schuss hörte, wusste ich, dass sie in der Nähe waren. Ich schüttelte Madams Hände ab und lief in den Salon. Die Fackeln der Männer draußen vor dem Fenster tauchten ihre Gesichter in unheimliches Licht. Madam trat hinter mich und murmelte: »Oh, lieber Gott.« Beide starrten wir wortlos hinaus, aber ich wusste, dass wir nicht nach dem gleichen Gesicht Ausschau hielten.

Dann warf jemand einen Stein. Er landete an der Wand neben dem Fenster und fiel aufs Pflaster zurück.

»Wir müssen die Läden schließen!«, sagte Madam. »Hol schnell Moll und Monsieur Finet aus der Küche. Jeder soll eine Etage übernehmen.«

Ich wandte mich um, doch im selben Augenblick nahm ich ein seltsames Geräusch wahr, als platze etwas, und die Innenseite meiner Beine fühlte sich plötzlich warm an. Verblüfft ging ich weiter, als könne ich vor dieser fremden Empfindung weglaufen, aber mit jedem Schritt schien mehr Flüssigkeit aus mir herauszuquellen, und meine Röcke hafteten an meinen Beinen. Ich blieb stehen und drehte mich zu Madam um, die entsetzt auf die Pfütze zu meinen Füßen starrte.

Madam schrie nach Moll.

Als die hereinstürzte, redete sie so schnell, dass sie kaum

zu verstehen war. Dann fiel ihr Blick auf den Boden, und sie verstummte und starrte Madam mit aufgerissenem Mund an.

»Moll«, sagte Madam, betont ruhig. »Wir müssen Hilfe holen.«

Moll blinzelte. »Hilfe, Ma'am?«, wiederholte sie mit zittriger Stimme. »Wer soll uns denn jetzt noch helfen?«

»Kennst du nicht jemanden, der in der Lage ist, ein Kind zur Welt zu bringen?«, fragte Mrs Thorel drängend.

Moll schüttelte den Kopf. »Nein. Ich hab zu Hause nur gesehen, wie Kälber geboren wurden.«

»Mrs Anstis«, sagte ich. Die beiden sahen mich so verblüfft an, als hätten sie mich inzwischen vergessen. »Die Witwe in der Coats Lane. Sie ist Wehfrau und Apothekerin.«

Madam sah erleichtert aus. »Moll, lauf zur Witwe Anstis in der Coats Lane und hol sie her.«

»Coats Lane?«, rief Moll fassungslos aus. »Ich könnte sie nicht mal von der anderen Seite vom Spital Square holen! Habt Ihr nicht nach draußen geschaut?«

Wir wandten uns alle erneut um und starrten zum Fenster, das jetzt hell erleuchtet war. Einen Augenblick war ich so verwirrt, dass ich glaubte, der Morgen sei schon angebrochen. Doch in der Mitte des Spital Square loderte ein Feuer. Madam marschierte zum Fenster, schloss rasch die Läden und verriegelte sie. Zugleich hämmerte jemand an die Haustür. »Nach oben, rasch!« Madam scheuchte Moll und mich wie Kinder die Treppe hinauf und befahl mir, mich auf ihr Bett zu setzen. Während ich zusah, wie Madam weiter die Läden schloss, hatte ich das eigentümliche

Gefühl, meinen Körper nicht mehr beherrschen zu können. Etwas ergriff Besitz von mir, etwas geschah, ohne dass ich es ändern konnte.

Ich hörte noch, wie Madam Moll anwies, Wasser zu kochen und saubere Tücher zu bringen, aber ihre Stimmen schienen weit weg zu sein. Ein Schmerz erfasste mich, so heftig, dass mir der Atem stockte, und ich schlug um mich, suchte nach Halt.

Und dann war Madam bei mir, reichte mir ihre Hand, die ich fest umklammerte. Ich zerrte an ihrem Arm, während ich mich in Krämpfen wand. Als der Schmerz etwas nachließ, wurde das Hämmern an der Haustür so drängend und laut, dass es mir vorkam wie mein eigener Herzschlag.

ESTHER

Moll und ich wachten über Sara. Wenn sie ein wenig ruhiger wurde, befeuchteten wir ein Leinentuch in der Waschschüssel und wischten dem Mädchen die Stirn. Moll sorgte dafür, dass das Feuer im Kamin loderte, ein Topf mit heißem Wasser stand bereit. Ich hatte unwillkürlich danach verlangt, wusste nun aber nicht, was ich damit überhaupt anfangen sollte.

Unten auf dem Platz herrschte Tumult. Wir hatten die Haustür nicht geöffnet, und von oben betrachtet wirkte das Geschehen wie wogende Wellen. Ich war auf den Kommodenhocker gestiegen und spähte über den Rand der Läden. Rund um den Platz sah ich Lichter in den Fenstern. Läden, die kurz geöffnet und hastig wieder geschlossen wurden.

Männer umringten das Feuer auf dem Platz, und plötzlich wurde eine kleine Gestalt nach vorne geschoben. Als sie näher kam, sah ich, dass es Ives war, der etwas Großes an sich drückte. Einer der Männer ging in die Hocke, und Ives setzte sich auf seine Schultern. Als der Mann sich aufrichtete, schwang das Ding in Ives' Händen hin und her. Es schien eine ausgestopfte Puppe, eine Art Vogelscheuche zu sein. Ein Mann hob einen herabgefallenen Gegenstand auf und reichte ihn Ives, der ihn dem Gebilde auf den Kopf setzte. Jetzt erkannte ich, dass es wie ein Mann mit Hut aussah … Das Blut gefror mir in den Adern.

Ives warf die Puppe ins Feuer, und als sie in Flammen aufging, brandete Jubel auf. Dann gab jemand dem Jungen eine Pistole, die er himmelwärts richtete. Die Meute verstummte erwartungsvoll. Nichts geschah, worauf Ives in den Lauf der Pistole spähte. Ein anderer Mann riss sie ihm hastig weg. Plötzlich krachte es ohrenbetäubend, Funken sprühten aus dem Lauf. Der Junge fiel hinterrücks von den Schultern des Mannes, die Aufständischen stoben in alle Richtungen davon. Der Mann, der die Pistole vom Gesicht des Jungen weggezerrt hatte, half ihm jetzt auf die Beine und verschwand in der Menge, bevor ich ihn erkennen konnte.

Hinter mir stieß Sara einen markerschütternden Schrei aus. Ich stieg vom Hocker und eilte zum Bett. Sie stöhnte wie ein Tier, und Moll stand händeringend daneben und stammelte: »Es kommt, Ma'am, es kommt!« Unten hörte ich das Klirren von splitterndem Glas, dann wieder Saras herzzerreißendes Stöhnen. Anschließend aus dem Erdgeschoss ein lautes Knarren wie von Schiffsplanken. Berstendes Holz, als die Fensterläden aufgebrochen wurden.

Moll erstarrte vor Angst, und ich rannte hinaus zum Treppenabsatz und spähte hinunter. Von dort aus konnte ich in den Salon blicken und sah, wie Männer durchs Fenster hereinkletterten. Sie schwärmten durch den Raum, betasteten Samtkissen, befingerten Polster von Stühlen. Einer nahm etwas vom Kaminsims, wog es in der Hand und ließ es in seine Tasche gleiten. Dann traten sie aus dem Salon und wandten sich der Treppe zu.

EINUNDDREISSIG

SARA

»O Allmächtiger«, murmelte Moll vor sich hin, als sie mit den Bändern meines Schnürleibs rang, um es zu lockern. Ich wünschte mir nur, dass Mrs Thorel mich nicht mit Moll allein gelassen hätte, als meine Herrin hereingestürzt kam, die Tür zuschlug und einen Stuhl unter den Knauf klemmte.

Ich wollte Madam fragen, weshalb ihre Hände zitterten und ihr Gesicht gerötet war, hätte aber gar nicht sprechen können. Nur ein tierisches Stöhnen drang aus meinem Mund. Moll half mir, mich wieder hinzulegen.

Madam nahm sich ein Tuch und schob meine Röcke hoch. Scham erfasste mich, heiß und überwältigend wie die Schmerzen. Aber ich war hilflos. Geist und Körper gehorchten mir nicht mehr, und ich hatte meine Würde eingebüßt.

Mr Proby, ein wunderlicher alter Kaufmann von nebenan, besaß einen Hund, der sich immer auf dem Spital Square herumdrückte. Mr Proby vergaß wohl, das Tier zu füttern, denn sobald ich Küchenabfälle nach draußen warf, stürzte es sich darauf, sabbernd und hechelnd. Ein absonderlicher Gedanke in dieser Lage, aber ich musste unentwegt an den Hund denken, während ich keuchend und stöhnend auf dem Bett lag. Die krampfartigen Schmerzen hatten nachgelassen, und ich befand mich in einem seltsamen Zwischenzustand. Das Kind war weder drin noch draußen, ich war weder wach noch ohnmächtig und dachte nur an den alten Hund von Mr Proby.

»O Grundgütiger!«

Madams Ausruf rüttelte mich auf. So etwas hätte sie sonst nie geäußert. Ich hob ein wenig den Kopf und sah, wie Madam auf mich hinunterstarrte, als würde gerade der Leibhaftige selbst geboren.

»Was ist?«, fragte Moll, aber Madam schüttelte nur leicht den Kopf. Moll hörte auf, mir die Stirn abzutupfen, und trat ans Fußende des Bettes. Ihr Grauen war ihr anzumerken, sosehr sie es auch verbergen wollte.

»Ach je, Madam«, hauchte sie. »Ich hab so was schon mal gesehen.«

»Was? Ich dachte, du hättest noch nie eine Niederkunft erlebt?«

»Nein, Ma'am. Aber bei den Kühen.« Sie flüsterte, aber ich konnte sie dennoch hören. »Früher, bei uns zu Hause, da war das mal bei einer Kuh so. Hing nur der kleine Schwanz vom Kalb raus. Hat Stunden gedauert, dann ist es schließlich rausgeglitscht. Die Kuh hat's abgeleckt, aber es hat nie mehr die Augen aufgemacht.«

Während Moll sprach, starrte Madam mich unablässig an, und ich erwiderte den Blick trotz Keuchen und Stöhnen. Dann bemerkte ich, wie Madam das Kinn vorreckte, was bei ihr bedeutete, dass sie etwas entschieden hatte und es eisern durchsetzen würde.

»Wir brauchen Hilfe«, verkündete sie.

Moll verdrehte die Augen, als habe sie es mit einem

Dorftrottel zu tun. »Ma'am, habt Ihr vergessen, dass da draußen sämtliche Weber von Spitalfields Mr Thorel an den Kragen wollen?«

»Monsieur Finet«, sagte Madam. »Er soll jemanden holen. Wo ist er?«

»Beim ersten Anzeichen von Unruhe aus dem Küchenfenster geklettert und verschwunden, Ma'am. Und ich wünschte allmählich, ich hätte das auch getan.« Hätte ich mich nicht mit solchen Schmerzen plagen müssen, hätte ich bei der Vorstellung, wie Finet seinen massigen Leib durch das kleine Küchenfenster zwängte, lauthals gelacht.

Madam kam zum Kopfende des Bettes und ging auf die Knie. »Sara, wer ist der Vater des Kindes? Du musst es mir sagen, damit wir ihn holen können. Er muss dir helfen oder zumindest jemanden schicken, der es kann.«

Ich brachte beim besten Willen kein Wort hervor, konnte mich selbst kaum erinnern, wer der Vater war. Sogar die Schmerzen verebbten wie eine Welle am Strand, und mir schwanden die Sinne. Ich versuchte die Qualen zurückzuholen, weil sie das Einzige waren, was mich noch in der Welt verankerte.

Madam wandte sich wieder zu Moll. »Geh und such Bisby Lambert. Er wird uns bestimmt helfen.«

»Das ist nicht Euer Ernst, Ma'am!«, kreischte Moll. »Ich werde da draußen umkommen!«

»Und Sara und das Kind werden umkommen, wenn wir nichts unternehmen.« Ich sah, wie Molls Blick zu mir huschte, und trotz meines Zustands spürte ich, was sie dachte. Es war ihr völlig gleichgültig, ob ich sterben würde.

Moll beugte sich zu Madam hinunter. »Und wäre das

denn so schlimm? Ich meine, welche Hoffnung gibt es für ein Kind von einem unverheirateten Dienstmädchen? Selbst wenn wir das Kind retten, wird es im Armenhaus enden.«

»Genau wie du, wenn du jetzt nicht auf der Stelle Hilfe holst.«

Moll zuckte zusammen, als hätte Madam ihr ins Ohr gekniffen. Das Mädchen hätte eigentlich wissen müssen, wer von uns beiden bei Madam beliebter war. Als Moll ihr Umschlagtuch nahm, schaute sie zu mir. Sprechen konnte ich nicht, aber ich zeigte ihr mit meinem Blick, dass ich nicht vergessen würde, was sie gerade gesagt hatte.

Madam presste das Ohr an die Tür. Schließlich schloss sie auf und schob die widerstrebende Moll hinaus.

ESTHER

Sara gab nur noch ein leises Wimmern von sich. Sie schien keine Kraft mehr für Schreie zu haben und sah aus, als habe sie aufgegeben. Die Farbe wich aus ihren Wangen, und sie schüttelte nur matt den Kopf, als ich ihr eine Tasse Wasser an die Lippen hielt.

Während ich sie ansah, musste ich an unsere erste Begegnung vor dem Wig and Feathers denken und hörte wieder die innere Stimme, die mir riet, das Weite zu suchen. Wie wäre mein Leben geraten, wenn ich das damals getan hätte? Und wie würde es sein, wenn ich jetzt nichts mehr unternahm, um Sara zu helfen? Sie war ein kratzbürstiges Ding, aber etwas hatte mich immer zu ihr hingezogen. Ich ging zu dem Topf am Feuer, tauchte ein Musselintuch ins heiße Wasser und säuberte mir die Hände mit dem dampfenden Stück Stoff.

Sara begann zu hecheln, aber nach einem kurzen Keuchen war sie so still, als habe sie zu atmen aufgehört. Ich blickte auf das Füßchen des Kindes, das aus ihr herausragte. Es sah aus, als habe das Kind versucht, wieder zurück in den Schoß zu kriechen. In den wenigen Minuten, seit ich Moll losgeschickt hatte, war der Fuß bleich und gräulich geworden. Selbst wenn es Moll gelingen sollte, Bisby zu finden, blieb uns keine Zeit, auf Hilfe zu warten.

»Wir werden das Kind zur Welt bringen, Sara.« Meine Stimme war entschieden, dieselbe Stimme, mit der ich meinem Kammermädchen mitgeteilt hatte, welches Kleid ich zu tragen wünschte oder wann das Essen serviert werden sollte. Sara blieb stumm, aber ich hatte das ebenso zu mir selbst wie zu ihr gesagt. Ich ergriff den schrumpeligen kleinen Fuß und umfasste fest den Knöchel. Sara stieß einen schrillen Schrei aus, und ich spürte, wie sie versuchte, das Kind aus sich herauszupressen. Zugleich rüttelte jemand wie wild an der Tür. War das Moll oder einer der Aufständischen? Ich wartete ab, ob Moll rufen würde, aber dann hörte das Rütteln auf, und nur noch Saras Röcheln war zu hören.

Den kleinen Fuß in Händen, beugte ich mich über Sara. Sie presste erneut, und plötzlich kamen beide Füße zum Vorschein. Ich schrie freudig auf und machte mich bereit, das Kind aufzufangen. Doch dann blieb es stecken, die Ärmchen noch im Mutterleib, so dass auch der Kopf nicht herauskommen konnte.

Heiße Tränen stiegen mir in die Augen, und ich wischte sie mit dem Handrücken weg und schalt mich wortlos. Sara durfte mich nicht weinen sehen. Ich musste mich noch mehr anstrengen. Bei der Niederkunft meiner Schwester hatte die Wehfrau nicht so leicht aufgegeben. Sie hatte an dem kleinen Wesen im Mutterleib gezogen und gezerrt, als reiße sie im Garten tief verwurzelte Kräuter aus der Erde. Ich hatte Angst davor, Sara wehzutun, aber als ich ihr schweißbedecktes graues Gesicht auf meinen weißen Kissen sah, holte ich tief Luft und umfasste den winzigen Körper fester. Ich drehte ihn hin und her, damit sich die Arme von den Ohren lösten. Sara schrie auf, aber ich ließ mich nicht beirren. Mit einem Finger tastete ich im Inneren nach dem Ärmchen, und als ich es gefunden hatte, krümmte ich den Finger und zog es heraus. Dann drehte ich das Kind in die andere Richtung, spürte das andere Ärmchen auf und zog auch das heraus.

»Sara«, sagte ich und stützte das Kind mit den Händen. »Du musst weiter pressen, es ist gleich geschafft!« Aber sie blieb still, so still, dass ich ganz deutlich den Hufschlag von Pferden auf dem Platz und das entfernte Tröten eines Horns hörte.

Tränen strömten mir jetzt ungehindert über die Wangen. »Sara, die Männer des Königs müssen eingetroffen sein! Es droht keine Gefahr mehr.«

Ich sah, wie das Mädchen die Augen öffnete und wieder schloss. Hier hielt ich vielleicht das neue Leben in Händen, verlor jedoch die Mutter. Das Horn ertönte aufs Neue, und Sara schien es gehört zu haben, denn ihr Leib zog sich zusammen, und dann glitt das Kind aus ihrem Schoß und in meine geöffneten Hände.

Es war so blutig und schleimig wie eine geschlachtete Weihnachtsgans, und ich fürchtete fast, es würde mir aus den Händen rutschen, als ich es umdrehte und ihm einen Klaps gab. Das Kind gab ein empörtes Wimmern von sich, ebenso erbost wie seine Mutter, als sie an diesem Tag von mir geschlagen wurde. Ich nahm mein Obstmesser aus der mit Edelsteinen besetzten Schatulle und durchschnitt damit die weiche Nabelschnur, die Sara mit ihrem Neugeborenen verband. Danach wickelte ich das Kind in saubere Tücher und legte es Sara in die Arme. Sie blickte ebenso verwirrt um sich wie ihr Kind.

Rasch ging ich zum Fenster und öffnete die Läden. Auf dem Platz wimmelte es jetzt von Kavallerie und Fußsoldaten, die sich suchend umblickten. Die meisten Aufständischen waren wohl beim ersten Ton des Horns durch die Seitenstraßen geflüchtet. Die Verbliebenen wurden von den Soldaten festgenommen und auf Karren verfrachtet. Und in der Mitte des Platzes sah ich Elias. Er zügelte sein keuchendes Pferd, dessen Atem in der kalten Morgenluft weiße Wolken bildete. Kurz darauf hörte ich, wie unten die Haustür aufging. Zwei Männer wurden von Soldaten abgeführt. Meine Erleichterung verwandelte sich in Grauen, als ich sah, dass einer von ihnen Bisby war. Die beiden wurden auf den Karren gestoßen, der Kutscher bekam Weisung loszufahren. Mit gesenktem Kopf saßen die beiden Männer da, während der Karren übers Pflaster holperte.

ZWEIUNDDREISSIG

SARA

Ich starrte auf die feuchten Haarsträhnen am Kopf meines Neugeborenen. Feine Wimpern zeichneten sich unter den geschwollenen Lidern ab, Spuren meines eigenen Bluts hafteten an der Haut, aus der Zeit, als wir noch eins gewesen waren. Als mein Kind den Mund öffnete und zu wimmern begann, wurde rosafarbenes Zahnfleisch sichtbar.

»Du musst sie stillen, Sara.« Madam saß auf dem Bettrand und sah zu, wie ich mein Kind betrachtete. Die Läden am Fenster waren geöffnet, und die fahle Wintersonne ließ Madams Haar rotgolden aufleuchten wie einen Heiligenschein.

»Sie?«

Madam lächelte. »Ja, sie.«

Die Kleine begann jetzt aufgebrachter zu schreien, schwang die geballten Fäustchen und bewegte blindlings den Kopf hin und her wie ein Maulwurf. Ihre Laute erzeugten ein schmerzhaftes Ziehen in mir.

»Wie lange habe ich geschlafen?«

»Nur wenige Minuten. Moll ist unterwegs, um Mrs Anstis zu holen, aber inzwischen müssen wir alleine zurechtkommen.« Madam beugte sich vor und löste die Bänder meines Hemds. Ich saß stumm und abwartend da, während sie mir half, die Kleine an die Brust zu legen. Das war die

Frau, die früher kaum eine Puderquaste selbstständig benutzt hatte. Die Frau, die sich jeden Monat vom Anblick ihrer blutbefleckten Wäsche abwandte.

Ich bemühte mich, so gut es ging, die Kleine zu nähren. Sie saugte hastig und gierig und schlug mit ihren Fäustchen auf mich ein, bis sie schließlich einschlief. Erst dann kehrten bei mir die Erinnerungen an die Nacht zurück. Ich blickte zu Madam auf und sah die Erschöpfung in ihrem Gesicht.

»Was ist letzte Nacht geschehen?«, fragte ich.

Madam schluckte schwer und wandte das Gesicht ab. »Sie haben ihn weggebracht. Die Soldaten des Königs kamen und haben Bisby Lambert und einen anderen Weber verhaftet. Ich weiß nicht, wo man sie hingebracht hat.«

»Und was ist mit Mr Thorel geschehen? Moll? Dem Haus?«

»Schsch«, machte Madam und legte mir die Hand auf den Arm. »Du solltest dich ausruhen, bis Mrs Anstis eingetroffen ist.«

Damit ging Madam hinaus, als sei ich die Dame, die hier auf den Federkissen ruhte. Ich gestattete mir, das bequeme Bett zu genießen, bewegte die Zehen unter der weichen Daunendecke und blickte hinaus auf die vornehmen Häuser am Spital Square. Es war ein kurzer Augenblick in einem Leben, das mir nicht zustand und das man mir bald ebenso entreißen würde wie das Kind an meiner Brust.

ESTHER

Ich schritt durch unser Haus, als gehöre es Fremden. Der Salon sah am schlimmsten aus. Das Fensterglas war zersplittert, die Holzläden von den Wänden gerissen. Zimmerleute waren bereits damit beschäftigt, Bretter vor die Fenster zu nageln. Der Raum wirkte so verändert, dass ich nicht gleich feststellte, was abhandengekommen war. Eine Vase von meiner Mutter, einige Silbersachen und sogar ein Beistelltischchen waren entwendet worden. Jemand hatte mit der Faust auf Elias' Lieblingsgemälde eingedroschen, so dass nun ein Fetzen Leinwand über dem Gesicht seines Ahnen hing.

Im restlichen Haus waren die Schäden weniger verheerend. Wenn man die Fenster erst ausgebessert hatte und alles gesäubert war, würden wir diesen unerfreulichen Vorfall vergessen können. Ich war mir sicher, dass Bisby mit diesen Plünderungen nichts zu tun hatte. Sobald sich die Lage beruhigt hatte, würde er uns helfen können, die Schuldigen ausfindig zu machen. Und man würde ihn freilassen. Ich sank auf die Treppenstufen. Langsam trat ein Gefühl der Erleichterung ein und mit ihr eine Müdigkeit, die so überwältigend war, dass mir die Knie weich wurden.

Als Letztes blieb noch die Mansarde zu überprüfen. Sie musste unversehrt geblieben sein, und ich hatte gerade beschlossen, mir den mühsamen Gang zu ersparen, als ich über mir Schritte hörte.

Als ich die Klapptür anhob, ragte Elias über mir auf, ein finsterer Schatten in dem lichtdurchfluteten Raum.

»Da seid Ihr ja«, sagte er. »Wo wart Ihr?«

»Ich habe Sara Kemp bei der Geburt des Kindes geholfen.«

Elias verzog verächtlich das Gesicht. »Ihr dient Eurem eigenen Kammermädchen? Bei Gott, die Welt ist in dieser Nacht wahrhaft auf den Kopf gestellt worden. Ich hoffe, dieses Mädchen befindet sich jetzt wieder auf der Straße.«

»Gemahl«, sagte ich und legte ihm die Hand auf den Arm. »Das dürfen wir nicht tun. Sie kann nirgends hin mit dem Kind, und es herrscht bittere Kälte draußen. Ich flehe Euch an, sie noch eine Weile hier zu dulden.«

»Wusstet Ihr von ihrem Zustand?«, fragte er vorwurfsvoll.

»Ich hatte erwartet, dass sie vor der Niederkunft in der Gebäranstalt sein würde.«

Elias starrte mich aufgebracht an. »Ihr wusstet es also. Was um alles in der Welt hat sich hier in den letzten Monaten hinter meinem Rücken abgespielt?«

»In ein paar Tagen wird sie fort sein. Die Gebäranstalt wird Sara aufnehmen, sobald sie kräftig genug ist.«

Ich hatte erwartet, dass er sogar über diese Unannehmlichkeit erbost sein würde. Stattdessen sagte er etwas, das beinahe noch überraschender für mich war als die Ereignisse der letzten Nacht. »Nein. Sie kann hierbleiben. Letzte Nacht ist viel geschehen, sie könnte mir sogar noch nützlich sein.«

Ich hatte keine Vorstellung, was er damit meinte, war aber so ermattet, dass ich keine weiteren Fragen stellte.

»Die Schäden sind nicht so schlimm, wie ich befürchtet hatte«, sagte ich mit gezwungener Munterkeit.

»Nicht schlimm?«, erwiderte er fassungslos. »Diese Gesellen werden hängen für das, was sie mir angetan haben.«

»Nur weil sie ein Fenster eingeschlagen und eine Vase gestohlen haben?« Die Erschöpfung machte mich reizbar. Die ganze Nacht hatte ich um Sara und ihr Kind gebangt, dagegen erschien mir nun alles andere unwichtig. Elias' Miene verhärtete sich.

»Nein, Mrs Thorel. Deshalb.«

Er trat beiseite. Bisbys Meisterstück hing zerfetzt im Webstuhl wie schlecht geschnittenes Haar, und der gesamte Stoffballen war mit einem einzigen Schnitt der Länge nach aufgeschlitzt worden.

Elias schien mein Entsetzen zu genießen. »Nun versteht Ihr wohl«, sagte er und nickte nachdrücklich. »Auf das Zerstören von Seide steht der Tod durch Hängen. Der Mann wird also am Galgen enden.«

»Wer hat das getan?«

Elias lächelte kalt. »Euer werter Freund natürlich, Bisby Lambert. Er wurde hier von den Soldaten des Königs auf frischer Tat ertappt, den Säbel noch in Händen.«

Die Müdigkeit vernebelte meine Gedanken und ließ alles unwirklich erscheinen. Ich schlang die Arme um mich, als wäre mir kalt, aber in Wahrheit wollte ich mich vor Elias' Worten schützen. »Warum sollte er so etwas tun? Es ist sein eigenes Meisterstück!«

»Das war es aber nicht mehr. Nachdem ich ihn hinausgeworfen hatte, gehörte die Seide mir. Sie entstand hier auf meinem Webstuhl, mit meinem Garn. Lambert hat sie aus Rache zerstört, weil er wusste, dass er nun nie Meister werden würde!«

»Aber ein anderer Weber wurde mit ihm abgeführt! Ich habe die beiden gesehen. Gewiss hat der andere Geselle die Seide zerstört.«

»Das würde Euch wohl gefallen, wie?«, sagte Elias und trat näher zu mir. Obwohl ich es vermeiden wollte, schlang ich die Arme noch enger um mich. »Es ist mir einerlei, Mrs Thorel, welcher von beiden meine Seide zerschlitzt hat. Aber ich weiß sehr genau, welchen ich hängen sehen will.«

Und damit verließ er die Mansarde. Auf der Treppe hörte ich ihn Anweisungen für die Handwerker schreien. Langsam drehte ich mich um. Ich wagte es zunächst kaum, auf den Webstuhl in der Ecke zu blicken. Doch dann sah ich, dass die sahneweiße Seide mit dem rankenden Blumenmuster sich unberührt vom Kettbaum bis zum Warenbaum spannte, so betörend schön wie am Tag zuvor. Was sich gestern Nacht hier auch ereignet hatte – meine eigene Seide war unversehrt geblieben, stille Zeugin des Geschehens.

DREIUNDDREISSIG

SARA

Madam stellte eine alte Wiege in der Dachkammer auf und befahl Moll, ab jetzt in der Küche in der Kammer hinterm Herd zu schlafen. Die Wiege war aus Eichenholz und mit kunstvollem Schnitzwerk verziert, Schnörkeln, Äpfeln, Kirschen und Blumen. All das erinnerte an Fruchtbarkeit und neues Leben, war wohl aber kaum für die Fruchtbarkeit eines unverheirateten Dienstmädchens vorgesehen. Und ganz gewiss hatte Madam nicht erwartet, dass das Kind einer Hure darin liegen würde anstatt ihres eigenen. Aber meine Kleine sah prächtig darin aus, in einen kleinen weißen Schlauch aus Stoff gehüllt, der Larve eines Insekts gleich. Da mein Kind ruhig schlummerte, ging ich nach unten in die Küche, um etwas zu essen.

Moll und Monsieur Finet räumten die Reste vom Abendessen weg. Ich beachtete die vorwurfsvollen Blicke der beiden nicht und schnitt mir ein Stück Brot ab. Moll ergriff eine Platte mit Pastetenrinden und Schweinefettbrocken und blähte dabei die Wangen auf.

»Zu schwer für dich?«, fragte ich.

»Wenn ich Hilfe hab, ist mir nichts zu schwer«, murmelte sie und schabte die Reste in einen Eimer, während der Kater hoffnungsvoll um ihre Beine strich.

Monsieur Finet wickelte die Pastetenreste ein und verstaute sie in der Speisekammer. »Du wirst dir wohl in Bälde eine andere Bleibe suchen«, sagte er, den Rücken zu mir gewandt.

»Ach, wird Moll in einem anderen Haushalt arbeiten?«, erwiderte ich ungerührt.

Moll funkelte mich erbost an, und Finet schnalzte ärgerlich mit der Zunge, als er sich umdrehte. Ich weigerte mich, diesen Köder zu schlucken. Weshalb sollte ich das Haus der Thorels verlassen? Wie oft hatte Moll leichthin ihre Herrin betrogen? Wie ergeben und hilfreich war Monsieur Finet gewesen, als er sich durchs Küchenfenster zwängte und drei Frauen wehrlos einer Meute Aufständischer überließ? Aber ich war klug genug, einem Mann nicht seine eigenen Verfehlungen vorzuhalten. Das hatte ich bei Mrs Swann zur Genüge gelernt. Deshalb lächelte ich Monsieur Finet nur an und schnitt mir von den Resten ein Stück Käse ab.

Moll wischte sich die Hände am Geschirrtuch trocken und setzte sich zu mir an den Küchentisch. Ich hatte das Haus tagelang nicht verlassen. Ich wollte zwar vermeiden, dass Moll sich noch wichtiger nahm als ohnehin schon. Aber durch sie erfuhr ich Neuigkeiten.

»Was hört man über Bisby Lambert?«, fragte ich.

Moll grinste. »Wieso machst du dir um den Sorgen? Weißt du nicht, wer mit ihm verhaftet wurde?«

»Wer?«, fragte ich beunruhigt. Moll kostete ihre Macht aus und ließ sich Zeit mit der Antwort, wischte zuerst Brotkrumen vom Tisch, bevor sie gedehnt sagte: »Na, dein Freund John Barnstaple. Die beiden sind im Gefängnis von Newgate, fürchte ich, und von da aus geht's ja nur noch zum Galgen.« Moll streckte sich und gähnte. »Wenn der Kerker sie nicht vorher umbringt.«

Ich wandte mich ab, stocherte mit der Gabel an einem Stück Schinken herum und dachte an John Barnstaple mit seinen Pistolen und großspurigen Reden. Ins Gefängnis hatten sie ihn also geführt, nach Newgate. Er tat mir nicht leid. Ich war noch immer wütend auf ihn, weil sein Kampf ihm wichtiger gewesen war als ich und sein Kind.

Ich wollte nicht weiter mit Moll reden, aber sie blieb hartnäckig sitzen. Auf ihrem Gesicht lag ein durchtriebener Ausdruck, während sie mir beim Essen zusah.

»Sie werden es dir wegnehmen, weißt du.«

Mir blieb fast der Käse im Hals stecken.

»Ich hab gehört, wie Madam mit Mrs Arnaud gesprochen hat. Im Findelhaus kann man Neugeborenen nicht Brei mit einem Kuhhorn füttern. Sie brauchen dich zum Stillen. Aber sobald die Kleine entwöhnt ist, wird man sie holen.«

In den letzten Tagen hatte man mich und mein Kind in Ruhe gelassen. Die kleine Dachkammer war wie ein Mutterschoß gewesen, hatte uns vor der grausamen Wirklichkeit behütet, dass ich meinem eigenen Kind nur als Amme diente.

»Die Kleine weint«, sagte ich, obwohl es, abgesehen vom Ticken der Uhr auf dem Kaminsims und dem trägen Schnurren des Katers, still war in der Küche. Ich stand auf und nahm meinen Teller mit zur Anrichte. Aus dem Augenwinkel sah ich, wie Moll den Koch mit hämischem Lächeln ansah.

ESTHER

Der Wärter grinste, als er die schwere, mit Eisenstangen verriegelte Holztür aufschloss. »Schon mal hier gewesen?«, fragte er, während er Schlüssel in mehrere Schlösser steckte.

Ich schüttelte den Kopf, stumm vor Angst.

»Dann wappnet Euch lieber«, sagte der Mann. »Kein schöner Anblick.«

Doch nichts hätte mich gegen das wappnen können, was ich sah, als das Tor aufschwang und ich den Kerker von Newgate betrat. Ein schmaler Gang erstreckte sich entlang des vergitterten riesigen Raums, in den Hunderte von Sträflingen gepfercht waren. Ich versuchte, starr geradeaus zu schauen, während ich dem Wärter folgte, nahm sie aber dennoch wahr. Sie waren verwahrlost und abgemagert, schrien wirr durcheinander. Ich zog rasch mein nach Lavendel duftendes Taschentuch aus dem Ärmel, aber kein Duft hätte diesen unbeschreiblichen Gestank vertreiben können. Wilde Fratzen erschienen neben mir, an die Gitterstäbe gepresst, brüllten Anzüglichkeiten und lachten höhnisch. Das schreckliche Getöse bohrte sich in meinen Kopf wie Holzwürmer.

Am Ende des Gangs gelangten wir zu doppelten Gittern, etwa durch Schrittbreite getrennt. Ich blieb stehen, während der Wärter durch eine Tür das Gewölbe betrat und sich durch das Menschengewühl drängte. Kurz darauf kehrte er in Begleitung von Bisby zurück. Wie verändert er aussah, kaum noch wie der Mann, der all jene Abende neben mir den Webstuhl betätigt hatte. Die Gitterstäbe schienen sein Gesicht noch weiter in Stücke zu zerlegen, wie ein missglücktes Abbild seiner selbst.

»Du hättest nicht herkommen sollen«, sagte Bisby. »Das ist kein Ort für eine Frau wie dich.«

»Aber ich wollte es unbedingt. Ich musste es tun.«

»Weiß Mr Thorel, dass du hier bist?« Bisby schrie nahezu, aber ich konnte ihn kaum verstehen. Ich antwortete nicht, blieb still inmitten des höllischen Lärms.

»Bitte geh«, sagte Bisby und wandte sich ab, als wolle er wieder in der Menge verschwinden.

»Nein!«, rief ich und rüttelte verzweifelt an dem Gitter. »Geh nicht weg! Das bist du mir schuldig!« Das war ein ungewöhnlicher Ausbruch, der andernorts schlagartig für Grabesstille und Raunen hinter vorgehaltenen Fächern gesorgt hätte. Hier jedoch wurden alle menschlichen Gefühle zur Schau getragen. Ich hätte von der Decke herabschreien können und wäre so unbemerkt geblieben wie der Staub in der Luft.

Doch es blieb nicht ohne Wirkung auf Bisby. Er drehte sich zu mir um.

»Was willst du von mir?«, fragte er, und seine Stimme brach.

»Die Wahrheit«, antwortete ich. »Ich will wissen, was in dieser Nacht in der Mansarde geschehen ist.«

»Ich habe die Seide nicht zerschnitten, Esther. Du solltest wissen, dass ich das nicht getan habe.«

Ich nickte mehrmals. »Bisby, du musst denen sagen, wer es war. Dann werden sie dich freilassen.«

Bisby lächelte bitter. »Wenn es nur so einfach wäre.«

»Was soll das bedeuten? Du musst es doch nur sagen!«, schrie ich über den Lärm hinweg, aber jetzt wurde Bisby von der Menge weggedrängt. Und auf meiner Seite der Gitterstäbe rangelten Mütter und Ehefrauen um Platz und schoben mich nach hinten. Ich hob zum Abschied die Hand, und Bisby versuchte das auch, doch er war mit schweren Eisenketten gefesselt. Im nächsten Augenblick hatte das Getümmel des Kerkers ihn verschlungen.

Der Wärter war so beleibt, dass es schien, als sei er mit dem Stuhl verwachsen, und ich fragte mich unwillkürlich, wie lange er zum Aufstehen brauchte.

»Er ist mit Eisenketten gefesselt«, sagte ich. »Er bekommt nicht genug zu essen. Das kann doch nicht recht sein. Bitte befreit ihn von den Ketten.«

Der Aufseher rieb sich das Gesicht, dann betrachtete er mich mit gelangweilter Miene. »Fürs Entfernen der Ketten muss eine Gebühr entrichtet werden, wie für alles andere auch.«

»Eine Gebühr?«

»Für alles. Wird nicht gezahlt, bleibt man in Ketten im Hauptkerker.«

Mir kam plötzlich in den Sinn, dass ich Barnstaple nirgendwo gesehen hatte.

»Wo ist John Barnstaple untergebracht?«

Der Wärter lehnte sich zurück und seufzte übertrieben. »Das kann ich Euch ja wohl nicht verraten, wie, Miss?«

»Mrs, bitte. Und weshalb könnt Ihr das nicht? Muss man dafür auch eine Gebühr entrichten?«

Der Mann gluckste, beugte sich vor und stützte sein schwabbliges Kinn auf beide Hände. »Ihr scheint allmählich zu begreifen, wie es hier bei uns zugeht.«

Ich tastete in meinen Röcken nach dem Beutel an meinem Gürtel. Drei Shilling befanden sich darin. Einer für jedes meiner Anliegen.

»Hier«, sagte ich und legte die Münzen auf den Tisch. »Ich möchte wissen, wo John Barnstaple untergebracht ist, und ich will, dass man Bisby Lambert die Ketten abnimmt und ihm eine anständige Mahlzeit gibt. Reicht das dafür?«

Der Wärter beäugte die Münzen. Dann verzog er den Mund, blickte auf und nickte. »Es reicht aus …«

Ich seufzte unwillkürlich vor Erleichterung.

»… für diese Woche. Nächste Woche müsst Ihr erneut zahlen.« Er griff mit seinen fetten Fingern nach den Münzen, aber ich hob die Hand, um ihm Einhalt zu gebieten. »John Barnstaple?«

»Ah. Der scheint seinen eigenen Wohltäter zu haben. Der aber, muss ich sagen, nicht annähernd so liebreizend ist wie Ihr.« Der Wärter grinste und wedelte mit der Hand, als seien seine Worte nichtig. »Er hat eine eigene Zelle und bekommt regelmäßig sein Essen.«

»Wer bezahlt dafür?«

»Das, Ma'am, kann ich Euch nun wirklich nicht verraten. Nicht einmal gegen Gebühr.« Er legte die Hand über die Münzen und nahm sie an sich.

VIERUNDDREISSIG

SARA

Mit meiner Tochter fühlte ich mich vollständig. Wenn ich sie an die Brust legte, kam es mir vor, als schließe ich einen Topf mit dem Deckel oder eine Flasche mit dem Korken. Luftdicht, so eng waren wir verbunden. Und das war auch meine Absicht. Solange ich meine Tochter nährte, würde sie bei mir bleiben. Doch ich brachte es nicht über mich, ihr einen Namen zu geben. Was einen Namen hat, gehört zu einem, und ich würde sie nicht behalten dürfen.

Ich hielt sie im Arm und spielte mit ihrem feinen, seidigen Haar. Es wurde schon dunkler, nahm den Farbton von Erde an, braun wie das Fell der Mäuse, die nun aus Löchern in den Bodenleisten huschten, weil sie die stille Kammer verlassen glaubten. Nichts von der Welt draußen drang in den kleinen Raum. Seit Bisby Lamberts Verhaftung war auch das Klappern des Webstuhls verstummt. In jener Zeit träumte ich davon, dass wir für immer so weiterleben könnten, meine Tochter und ich. Doch dieser Wunsch war so verletzlich wie die winzigen Fingerchen, die mein Fleisch kneteten, während mein Kind trank.

»*Auf dem Baum, mein Kindlein, hoch oben …*«, summte ich leise.

Bis das Kind entwöhnt ist, hatten sie mir gesagt. Wochenlang hatte ich nur auf die fast durchscheinend weiße Haut meiner Brust und die nachtblauen Augen meiner Tochter geschaut, deren Blick mich nicht mehr losließ.

»*Steht eine Wiege, und sie schwankt …*« Die Kleine hatte die Augen geschlossen, und ihre winzigen Lider zuckten, während sie trank.

Sie brauchte mich schon weniger. Madam bestand wieder darauf, dass ich ihr morgens beim Ankleiden und Waschen half, ebenso wie abends beim Zubettgehen. Als hätte ich das nun noch für irgendeinen Menschen außer meiner Tochter tun wollen. Doch über sie sprachen Madam und ich kein Wort, inmitten des üblichen Geredes über Mahlzeiten, Kleider und Kirche.

»*Bläst der Wind, wird brechen der Ast …*« Ich sang immer weiter, obwohl meine Kleine eingeschlafen war. Damit sie weiternuckelte, strich ich ihr sachte über die Wange.

Niemand sagte mir, wann genau man mir mein Kind wegnehmen würde. Ich fegte das Haus, nähte und kochte und sah so oft ich konnte nach meiner Tochter. Gerne hätte ich mir eingeredet, es würde für immer und ewig so weitergehen. Doch wie lange brauchte ein Kind seine Mutter? Wochen oder Monate? Der Tag der Abrechnung würde kommen, sosehr ich das zu vergessen versuchte. Und nicht nur für mich, sondern für uns alle.

»*Kind und Wiege stürzen hinab.*«

ESTHER

»Die blaue vielleicht? Oder doch eher die grüne?«

Ich stand vor Elias, über jedem Arm ein Stück Tapete, um ihm die handbedruckte Chinoiserie in blauen und weißen Tönen und die grüne Velourstapete mit dem Blumenmuster vorzuführen. Die Verwüstung des Salons war willkommener Anlass, ihn umzugestalten – wenn Elias nur endlich Entscheidungen treffen würde.

»Bei Gott, Weib, seht Ihr denn nicht, dass ich zu tun habe?«

Seine Wut überraschte mich. Ein solcher Ausbruch war selbst für Elias ungewöhnlich. Ich ließ die Arme sinken. Die Tapetenmuster hingen herab wie sonderbare Ärmel, und ich fühlte mich der Lächerlichkeit preisgegeben.

Elias seufzte, legte die Feder beiseite und blickte auf die Tapeten. »Beide sind sehr schön. Ich wäre mit beiden zufrieden und überlasse die Entscheidung Euch.«

Ich nickte, aber er schrieb bereits weiter, über ein Blatt gebeugt, das sich rasch mit Wörtern füllte. Weshalb schrieb er über Seide solche langen Ausführungen?

»Was beschäftigt Euch, mein Gemahl?«

»Die Gerichtsverhandlung«, antwortete er tonlos, ohne aufzublicken.

»Welche Gerichtsverhandlung? Warum habt Ihr mir nichts davon gesagt?«

»Weil ich Euch nicht mit den Angelegenheiten von Männern belaste, Mrs Thorel. Wohingegen Ihr offenbar meint, dass ich mich mit den unbedeutenden Belangen von Frauen abgeben sollte.« Er wies auf die Tapete, wobei Tinte auf das Papier tropfte. Elias schnalzte ärgerlich mit der Zunge und tupfte sie auf.

»Wann ist die Verhandlung?«

»Nächste Woche. Verschiebt also bitte das Tapezieren, denn ich erwarte, dass Ihr anwesend seid. Ebenso wie alle Bediensteten. Wir müssen dort zusammen gesehen werden.« Jetzt sah er mich forschend an. Doch ich hatte gelernt, mir meine Gefühle nicht mehr anmerken zu lassen.

»Es wird Euch vielleicht sogar belustigen«, fuhr er fort, legte die Feder ab und lehnte sich zurück. »Vermutlich wird ganz Spitalfields dort sein. Wer möchte schon versäumen, wenn ein Mann zum Galgen verurteilt wird?« Er legte eine Pause ein, griff dann nach seinen Papieren und sortierte sie geschäftig. »Und nun muss ich meine Aussage vorbereiten, wenn Ihr mich also bitte nicht mehr stören würdet.«

FÜNFUNDDREISSIG

SARA

Am Morgen der Gerichtsverhandlung kleideten wir Madam in ein schlichtes blaues Damastkleid mit weißem Spitzenbesatz. Sie bat mich, ihr Haar zurückzubinden und ihr die beste Perücke aufzusetzen. Die Enden lockte ich, und zum Schluss ergänzte ich die Frisur mit dunkelblauen Bändern. Madam sah wunderschön aus, wenn auch ein wenig streng.

Sie hatte kaum über die Verhandlung gesprochen, Moll und Monsieur Finet dagegen redeten kaum noch über etwas anderes. Ich versuchte, den Klatsch und Tratsch nicht zu beachten. Das Schicksal der Webergesellen berührte diese beiden genauso wenig wie das der Hühner, denen Finet den Hals umdrehte und sie dann Moll zum Rupfen übergab.

Madam hielt fragend ihren Tiegel mit Rouge hoch, und ich schüttelte leicht den Kopf. »Du hast recht«, sagte sie. »Das wäre unziemlich. Ich bin schließlich eine ehrenwerte hugenottische Ehefrau.«

»Ist Mr Thorel bereit?«

»Das ist zu vermuten. Er hat sich lange genug vorbereitet.«

»Worauf denn?«

»Nun, auf die Verhandlung natürlich«, antwortete Madam. Sie betrachtete sich eingehend im Spiegel und wischte sich etwas Puder vom Gesicht. »Er hat Anklage erhoben und muss seine Sache gegenüber den Gesellen vertreten, als Geschädigter und Ankläger zugleich.«

»Das scheint ihm ein großes Anliegen zu sein.«

Madam blickte auf und sah mich im Spiegel an. »Ja. Allerdings.«

Wir folgten dem Paar nach draußen zur Kutsche. Mr Thorel hielt Madam formvollendet den Arm hin, und sie schritt in ihren seidenen Gewändern so anmutig einher, als sei sie eine Dame auf einem Gemälde, umgeben von Reichtum und Kindern. Noch vor einem Jahr hätte mich beim Anblick der beiden der blanke Neid gepackt, doch nun wusste ich, was sich hinter der trügerischen Fassade verbarg. Die Thorels stiegen in die Kutsche und ließen sich auf der Bank mit Blick auf die Pferde nieder. Als Nächster wuchtete sich Monsieur Finet schwerfällig auf die Bank gegenüber. Ich folgte ihm, mein Kind an die Brust gedrückt, und zuletzt kletterte Moll leichtfüßig hinein, als fahre sie so häufig in Kutschen, wie sie Töpfe schrubbte.

Durch die für alle ungewohnte Nähe entstand ein unbehagliches Schweigen, und ich musste unwillkürlich daran denken, wie viele Heimlichkeiten jeder hier hatte. Einzige Laute waren das Rumpeln der Kutsche und dann und wann ein erschreckter Schrei meiner Kleinen. Ich wiegte sie, flüsterte ihr beruhigende Worte und allerlei Unsinn ins Ohr. Moll seufzte tief und rutschte noch näher ans Fenster, als sei sogar die Berührung meines Arms unzumutbar für sie. Mir war das völlig einerlei, denn ich genoss es, ganz und gar für meine Tochter da zu sein. Nie zuvor in meinem Leben war ich gebraucht worden. Mein Vater war verschwunden, und sogar meine Mutter hatte mich fortgeschickt. Die Männer bei Mrs Swann hatten mich nicht länger als zehn Minuten benötigt, und Madam konnte sich auch von anderen die Nase pudern lassen. Für meine Tochter empfand ich eine verzehrende Liebe, die ich nicht einmal für ihren Vater gefühlt hatte, war ihr willenlos ausgeliefert. Sobald sie auch nur das kleinste Wimmern von sich gab, war ich vollkommen aufgewühlt. Die Vorstellung, ohne sie zu sein, versetzte mich in Angst und Schrecken; ich würde in mich zusammensacken wie eine Marionette, deren Fäden man zerschnitt.

Diese Gedanken beschäftigten mich Tag für Tag. Ich wollte mir ein Leben ohne meine Tochter nicht ausdenken. Meine eigene Mutter hatte ich in all den Jahren zu vergessen versucht, und jeder Mann im Wig and Feathers hatte die Erinnerung an sie weiter weggedrängt. Doch dieses winzige Wesen, das an meinem Hals saugte und an seinen Fäustchen lutschte, erweckte die Vergangenheit, als sei eine alte Wunde aufgerissen. Wenn ich es nicht ertragen konnte, von meiner Tochter getrennt zu sein, wie hatte meine Mutter mich damals fortschicken können?

ESTHER

Noch nie zuvor war ich im Old Bailey, dem Gerichtsgebäude von London, gewesen. Es kam mir vor wie eine Kathedrale. Hohe weiße Säulen flankierten beide Seiten des gewaltigen Gerichtssaals. Ich saß neben Elias in der Mitte vor der Richterbank. Die umlaufende Galerie an den Wänden war voller Menschen, die schwatzten, mit Papier raschelten und Essen verteilten, als seien sie im Theater. Auch Sara, Moll und Monsieur Finet mussten unter ihnen sein, aber ich versuchte nicht, sie zu entdecken. Die meisten Besucher waren wohl Webergesellen, und ich fragte mich, wer von ihnen in jener Nacht zu den Aufständischen gehört hatte. Wer war in meinen Salon eingebrochen? In wessen Taschen klirrten die Münzen vom Verkauf meines Silbers?

Unruhe herrschte im Saal, alle warteten auf das Eintreffen des Richters. Über seinem Stuhl hing ein großes Schwert an der Wand, als wolle es darauf hinweisen, wo er sich setzen solle. Darüber standen auf einem verschnörkelten Architrav Einhorn und Löwe aus dem Wappen des Königreichs. Elias las eine Flugschrift über die Gerichtsverhandlung und Verurteilung irgendeines Mannes wegen Mordes. Würde Bisbys Leben auch als Sixpenny-Mär enden?

Als der Richter den Saal betrat, angetan mit schwarzer Robe und einer besonders hohen Perücke, erhoben sich alle Anwesenden. Der Richter ließ sich auf dem Stuhl unter dem Schwert nieder und blickte streng auf die Geschworenen, die um einen mit grünem Stoff bedeckten Tisch saßen, als wollten sie Karten spielen.

Der Gerichtsdiener eilte zum Sprecher der Geschworenen, anschließend zum Richter. Beide Männer nickten, und die Geräusche im Saal wurden leiser und verstummten schließlich ganz, als am entgegengesetzten Ende des Saals eine Tür aufging.

Bisby Lambert und John Barnstaple wurden aus einem Gang hereingeführt, der den Saal mit dem Gefängnis verband, und folgten dem Gerichtsdiener zur Anklagebank. Der Mann nickte Bisby zu, und er stieg die Stufen zu einer erhöhten Plattform empor, die sich gegenüber von Richter und Geschworenen befand. Als ich Bisby sah, blieb mir fast das Herz stehen. Er war bleich und abgemagert. Zwar hielt er sich stolz und aufrecht, ging aber wegen der schweren Ketten schleppend wie ein alter Mann. An einem Holzrahmen über seinem Kopf war ein Brett befestigt, das den Schall der Stimme verstärkte; dieses Gerüst erinnerte mich unwillkürlich an einen Galgen. Ein Spiegel wurde so eingestellt, dass er das Sonnenlicht, das durch die hohen Fenster fiel, ins Gesicht des Angeklagten lenkte. Richter und Geschworene sollten jede Regung erkennen können, um die Wahrheit zu ermitteln. Bisby blinzelte geblendet und zog an den Ketten, als er versuchte, seine Augen abzuschirmen.

Der Richter forderte ihn auf, seinen Namen zu sagen.

»Bisby Lambert.«

Durch das Brett, das den Schall verstärkte, klang seine Stimme so fremd wie die eines Bauchredners.

Der Gerichtsdiener verlas die Anklagepunkte: »Eins, dass Ihr Euch mit Pistolen und Säbeln bewaffnet mit anderen des Nachts versammelt habt; zwei, dass Ihr in das Wohnhaus von Mr Elias Thorel, Webermeister, eingedrungen seid und die Bewohner an Leib und Leben bedroht habt; drei, dass Ihr verbrecherisch und vorsätzlich einige Yards Brokatseide auf Mr Thorels Webstuhl zerschnitten und zerstört habt. Bekennt Ihr Euch schuldig?«

»Nein, nicht schuldig.« Bisbys Stimme hatte einen fremden rauen Klang, als habe sie einen dunklen Schatten.

»Werdet Ihr vor Gericht durch einen Anwalt vertreten?«

»Nein.« Eine Spur von Bisbys einstiger Kraft war zu hören, dann zögerte er einen Augenblick. »Ich werde die Wahrheit für mich sprechen lassen.« Die Webergesellen auf der Galerie brachen in Jubel aus.

Der Richter blickte so streng nach oben, als seien sie ungezogene Kinder. »So sei es«, sprach er.

Dann betrat John Barnstaple das Podest, und die Anklage gegen ihn wurde verlesen. Er sah währenddessen aus, als habe er in seinem ganzen Leben noch nie solchen Unsinn gehört. Schließlich sagte auch er: »Nicht schuldig.« Der Richter nickte. »Dann fordere ich Mr Thorel auf, seine Anklage vorzutragen.«

Elias sprang auf, glättete seine Weste und strich über seinen frisch gestutzten Bart, bevor er vor Richter und Geschworene trat.

»Euer Ehren, werte Herren Geschworene«, begann er

und verbeugte sich in beide Richtungen. »Ihr habt die Anklage vernommen. In jener Nacht wurde ein schweres Verbrechen begangen, welches gegen mich und alle ehrenwerten Männer gerichtet war. Ein Verbrechen, für das der König in seiner großen Weisheit die Todesstrafe verlangt. Was, so bitte ich Euch zu bedenken, soll aus unserem Land werden, wenn Aufständische ungestraft wüten können, wie in jener Nacht geschehen? Wenn Handwerksgesellen ungehindert unrechtmäßige Vereinigungen gründen können, um bei ihren Meistern eigene Forderungen zu erzwingen?«

Einige der Geschworenen nickten beifällig. Mir kam es vor, als strahlten die Menschen auf der Galerie etwas Düsteres, Bedrohliches aus, einer dräuenden schwarzen Gewitterwolke gleich.

»Ich werde es Euch sagen«, fuhr Elias fort. »Gesetzlosigkeit jener Art, wie sie über mein Haus hereinbrach. Seide ist mein Leben, meine Herren. Seide von meinem Webstuhl zu schneiden ist, als schneide man mir das Herz aus der Brust. Vor dem Gesetz ist das ein derart schweres Verbrechen, dass darauf der Tod durch Hängen steht.« Elias hob den Zeigefinger und deutete auf Bisby und Barnstaple. »Diese beiden Männer wurden in meiner Mansarde festgenommen. Vor ihnen lag meine Seide zerschlitzt am Boden. Beide behaupten, die Seide nicht zerstört zu haben, und es ist nun an Ihnen, meine Herren, zu entscheiden, ob das der Wahrheit entsprechen kann.«

Zu Beginn einer solchen Verhandlung hat man wohl immer noch Hoffnung. Die Anklage klang unglaubwürdig für mich, weil ich Bisby Lamberts Ehrenhaftigkeit erlebt hatte und überzeugt von ihr war. Ich hatte keine Angst um ihn, denn ich glaubte an die Kraft von Wahrheit, Recht und Gerechtigkeit.

Der Gerichtsdiener rief Bisby wieder auf das Podest. Als er die Stufen hinaufstieg, begann er zu husten und konnte nicht mehr aufhören.

SECHSUNDDREISSIG

SARA

Kerkerfieber.

Deshalb hustete und röchelte Lambert so furchtbar. Der Richter hielt sich ein Riechsträußlein vors Gesicht, um die gefährlichen Ausdünstungen mit dem schützenden Duft abzuwehren. Alle anderen atmeten notgedrungen in ihre Ärmel.

Es wunderte mich nicht, dass Lambert krank war. Er sah so verändert aus, dass ich ihm an einer Straßenecke einen halben Penny hingeworfen hätte, ohne ihn wiederzuerkennen. Ich drückte meine Kleine dichter an mich, weil ich mich vor der fauligen Luft fürchtete. Von oben sah ich, wie Madam so langsam zu Lambert hinüberschaute, als fürchte sie seinen Anblick, und dann erbleichte. Nun erschraken die beiden voreinander, anstatt bezaubert zu sein.

In dem Gerichtssaal herrschte eine so düstere Stimmung, als seien wir alle bereits unterwegs zum Galgen. Die hohen Fenster mit den gerafften schwarzen Vorhängen am oberen Rand schienen auf die Geschworenen hinabzustarren. Wie konnten einfache Handwerksleute von diesen Männern Gerechtigkeit erwarten? Das waren Händler, Konstabler und Wundärzte. Was wussten die schon von Bäuchen, die vor Hunger schmerzten, und Füßen, die ohne Schuhe auf eisigem Boden gehen mussten? Ich bemerkte, wie einer der

Geschworenen Mr Thorel fast unmerklich zunickte. Hatten die beiden in irgendeinem Kaffeehaus gemeinsam gelacht? Doch nicht einmal das spielte eine Rolle, denn diese wohlhabenden Männer betrachteten den Webermeister als ihresgleichen. Mr Thorel machte sich mit großer Pose wieder bereit zum Sprechen, aber seine vornehme Jacke und die elegant gelockte Rosshaarperücke hatten den Geschworenen schon alles mitgeteilt, was sie wissen wollten.

Als Lamberts Husten sich beruhigt hatte, kam das Gesicht des Richters hinter dem Lavendelstrauß zum Vorschein.

»Was ist Euer Gewerbe?«, fragte Thorel.

»Warum fragt Ihr das?«, erwiderte Lambert. »Ich habe schon als Junge für Euch gearbeitet.«

Auf der Galerie brandete Gelächter auf. Jemand warf johlend ein zerknülltes Papier nach unten.

»Nennt bitte Euer Gewerbe, Mr Lambert«, warf der Richter ein, »um das Gericht aufzuklären.«

»Seidenwebergeselle, Euer Ehren.«

Der Richter lehnte sich zurück und nickte Mr Thorel zu, der sagte: »Seht den anderen Häftling an, Mr Lambert.«

Bisby schaute auf John Barnstaple, der die Zeit im Kerker sichtlich besser überstanden hatte. Seine Augen waren klar, als er von der Anklagebank zu Lambert aufblickte. Für Barnstaples guten Zustand hatte gewiss ein Shilling in der richtigen Tasche gesorgt.

»Kennt Ihr diesen Mann?«

»Ja«, antwortete Lambert. »Ich habe mit ihm eines der Weberhäuser in der Buttermilk Alley bewohnt, und wir arbeiteten dort in der Mansarde an den Webstühlen.«

»Und Ihr gehörtet beide derselben Vereinigung an, nicht wahr?«, fragte Elias.

Der Richter nahm seine Brille ab. »Was für eine Vereinigung ist das, Mr Thorel?«

»Ein unrechtmäßiger Zusammenschluss von Webergesellen, Euer Ehren. Dass die zwei Häftlinge diesem angehörten, ist Teil meiner Anklage.«

Der Richter nickte. »Beantwortet die Frage, Mr Lambert.«

»Ich gehöre keiner solchen Vereinigung an, Euer Ehren. Zwar weiß ich, dass es sie gibt, und ich habe sie gelegentlich in der Buttermilk Alley bemerkt, wollte jedoch nichts damit zu tun haben.«

»Ihr hattet also kein Mitgefühl für die Notlage des anderen Webers?«, fragte Thorel mit spöttischem Unterton.

»Doch, gewiss, aber Barnstaple webt einfache Stoffe, ich dagegen gemusterte Seide. Jeder Teil des Gewerbes hat seine eigene Vereinigung gegründet. Aber ich wäre auch einer aus Seidenwebern meiner Art nicht beigetreten. Ich unterstützte andere Wege, um den Lohn der Gesellen zu schützen. Ein Parlamentsgesetz, in dem der Stücklohn für Seide festgesetzt wird.« Von der Galerie waren Buhrufe und Hohngelächter zu hören, doch Lambert achtete nicht darauf. »Gewalt habe ich nie gebilligt oder gefördert. Niemals.«

»Gewalt? Ihr gebt also zu, dass die Vereinigungen Gewalt einsetzen?«

»Und zwar zu Recht«, schrie jemand von der Galerie.

»Die Mitglieder haben sich in Eurer Unterkunft versammelt«, fuhr Thorel fort. »Ihr wart doch gewiss im Bilde, was sie planten.«

Lambert bewegte sich, und seine Ketten klirrten, als wäre er ein Geist. »Ich sagte doch bereits, dass ich nichts damit zu tun haben wollte.«

Thorel warf ihm ein verschlagenes Lächeln zu. »Und dennoch habt Ihr Euch beteiligt, nicht wahr, Mr Lambert? Wie sonst wollt Ihr erklären, dass Euch die Soldaten des Königs in meiner Mansarde vorfanden, mit einem Ballen zerschlitzter Seide vor Euren Füßen?«

»Vielleicht«, warf der Richter ein, »solltet Ihr dem Gericht die Geschehnisse in der Nacht vom ...«, er blätterte in seinen Papieren, bis ihm der Gerichtsdiener etwas ins Ohr flüsterte, »ach ja ... einundzwanzigsten Februar 1769 genau schildern.«

Jene Nacht, in der meine Tochter zur Welt kam. Die Nacht, die ihr das Leben schenkte, das Leben ihres Vaters jedoch bald beenden mochte. Wie auf Stichwort begann die Kleine lautstark zu weinen. Die Umsitzenden sahen mich empört an, und ich ging rasch mit ihr nach draußen.

ESTHER

»Ich war im Haus Spital Square zehn«, begann Bisby.

»Erklärt dem Gericht, weshalb Ihr Euch dort aufhieltet«, forderte Elias ihn auf. Er wollte zweifellos das ganze Ausmaß seiner Großzügigkeit zur Schau stellen.

Bisby nickte bereitwillig. »Mr Thorel hatte mir gestattet, an seinem Webstuhl eine gemusterte Seide zu weben. Nach der Fertigstellung hoffte ich, damit bei der Weberzunft als Meister anerkannt zu werden. Mit Mr Thorels Unterstützung.«

»Warum konntet Ihr das nicht mit der Seide tun, die Ihr in der Buttermilk Alley angefertigt habt?«, fragte der Richter.

»Mein Meisterstück musste von großer Kunstfertigkeit sein. Derzeit kaufen jedoch so viele Händler Seide aus Übersee, dass die Nachfrage nach hochwertigen gemusterten Seidenstoffen nachgelassen hat. Deshalb habe ich keinen Auftrag mehr bekommen, bei dem ich meine Fähigkeiten unter Beweis stellen konnte. Mr Thorel jedoch schlug mir vor, in Ruhe jene erforderliche Seide zu weben. Er war sicher, sie dann auch verkaufen zu können. Deshalb gestattete er mir die Arbeit an seinem ungenutzten Webstuhl.«

»›Ungenutzter Webstuhl‹? Ihr meint den Webstuhl in meinem Haus, der seit Generationen meiner Familie gehört?« Elias schien beinahe vergessen zu haben, wo er sich befand. Er klang so wütend, als habe Bisby ihn in einer Schenke betrunken angepöbelt. »Und ich habe das Dessin für diese Seide selbst in Auftrag gegeben, nicht wahr, Mr Lambert?«

»Jawohl, Sir.«

»Und das Garn gestellt?«

»Ja, Sir.«

»Und Euch freien Zutritt zu meinem Haus gewährt?« Nur wer Elias gut kannte, nahm die Spur von Verletztheit in seiner Stimme wahr.

Bisby jedoch schien es zu bemerken. Vermutlich blieb er deshalb stumm und nickte nur, hielt Elias' Blick aber stand.

»Ihr müsst mit einem Ja oder Nein antworten«, sagte der Richter.

»Ja. Mr Thorel hat mir freien Zutritt zu seinem Haus gewährt.«

»Und ich war auch bereit, die notwendige Gebühr bei der Weberzunft zu bezahlen?«

»Ja, im Ausgleich gegen eine kostenlos für Euch gewobene hochwertige Seide. Das war unsere Absprache.«

»In der Tat«, sagte Elias. »So lautete unsere Abmachung. Doch Ihr habt Euch nicht daran gehalten und mich betrogen, nicht wahr?«

Ich erstarrte innerlich, weil ich ahnte, dass eine Demütigung bevorstand. Mein Jabot schien mir am Hals zu kleben, und meine Haut kribbelte. War Elias so versessen auf Rache, dass er mein Fehlverhalten einem Saal voller Menschen offenbaren wollte?

»An jenem Nachmittag, als ich Euer Werk begutachten wollte, stellte ich fest, dass Euer Meisterstück nur zum Teil gewoben war. Genau genommen hattet Ihr noch kaum Fortschritte gemacht, war es nicht so?«

Wenn Worte Waffen sind, dann ist Schweigen Verteidigung. Bisby blieb stumm, errichtete eine Mauer aus Worten um sich, die er für sich behielt.

»Und wir hatten eine Auseinandersetzung darüber, oder?«, fuhr Elias fort.

An dieser Stelle hätte Bisby mich ohne Weiteres bloßstellen können, hätte seinen Ruf retten und meinen zerstören können. Er hätte dem Gericht nur mitteilen müssen, dass es bei dieser Auseinandersetzung noch um etwas anderes ging als um eine nicht erbrachte Leistung eines Webergesellen. Doch er schwieg weiterhin.

»Es gab einen Wortwechsel, und ich verwies Euch meines Hauses, nicht wahr?«

»Ja.«

»Schildert dem Gericht, was danach geschah, Mr Lambert«, sagte der Richter.

»Als ich in das Haus in der Buttermilk Alley zurückkam, sprach Barnstaple dort mit einigen Webergesellen. Sie hatten Pistolen. Ich fragte einen der Gesellen, was hier vor sich gehe, und er antwortete, er habe den ganzen Tag im Eight Bells darauf gewartet, dass Mr Thorel den Betrag für die Webstühle bezahle. Man hatte dem Meister eine Woche Frist gegeben. Die Frist war abgelaufen, und die Männer wollten die Sache nun selbst in die Hand nehmen.«

»Selbst in die Hand nehmen? Was soll das bedeuten?«, fragte der Richter.

Bisby sah unbehaglich zu Barnstaple hinüber, doch der schien sich mehr für die Ausstattung des Saals zu interessieren als für die Aussage. Bisby holte tief Luft und fuhr fort: »Ich hatte bereits seit Monaten versucht, die Gesellen zur Mäßigung aufzurufen, aber an diesem Abend waren sie in Aufruhr. Immer mehr strömten herbei, weil es sich in Spitalfields herumgesprochen hatte, dass Mr Thorels Frist abgelaufen war und er nicht gezahlt hatte. Es war, als sei ein Feuer ausgebrochen, und Barnstaple sorgte noch dafür, dass es sich weiter ausbreitete.«

Ein Lächeln trat auf Barnstaples Gesicht, aber er blickte weiter im Raum umher. Elias fragte Bisby: »Doch wo wart *Ihr*, Mr Lambert, während sich all das zutrug? Mittendrin, vermute ich.«

»Ich wohnte in diesem Haus.« Die Anstrengung machte sich bemerkbar, und der Husten setzte wieder ein. Die Zuschauer wurden unruhig. »Was sollte ich denn sonst tun? In Euer Haus konnte ich nicht zurückkehren, und draußen schneite es. Ich musste dort bleiben.«

Der Richter nahm die Brille ab und rieb sich die Stirn. Nachdem er die Brille wieder aufgesetzt hatte, sah er Bisby an und sagte: »Gewiss, Mr Lambert, das wurde vom Gericht verstanden. Es erklärt jedoch nicht, weshalb Ihr Euch während des Aufstands im Haus Spital Square zehn aufhieltet.«

Bisby nickte. »Wegen des Kammermädchens der Familie Thorel. Die junge Frau erschien tränenüberströmt und so atemlos, als sei sie die ganze Strecke gerannt, in der Buttermilk Alley. Das war zu diesem Zeitpunkt kein Ort für eine Frau. Pistolen und Säbel lagen auf dem Tisch. Ich war beunruhigt, weil die junge Frau auch sichtlich in anderen Umständen war. Sie lief so überstürzt hinaus, als habe sie irgendeinen Anfall, und ich folgte ihr. Draußen brach sie ohnmächtig zusammen und wäre auf der vereisten Straße gelandet, hätte ich sie nicht aufgefangen.«

»Wahres Heldentum, Mr Lambert«, bemerkte Elias spöttisch. Einige der Geschworenen warfen sich belustigte Blicke zu, und ich empfand einen Anflug von Abscheu. Als wäre es nicht schon schlimm genug, dass Bisby in Ketten dort stand. Nun musste Elias ihn auch noch der Lächerlichkeit preisgeben.

»Das hätte jeder getan«, erwiderte Bisby ruhig.

»Mag sein«, fuhr Elias fort, »dass es sich tatsächlich so abgespielt hat. Doch Ihr habt uns noch immer nicht erzählt, wie Ihr nach der Errettung von ohnmächtigen Damen mit einem Säbel in der Hand in meine Mansarde gelangt seid.«

»Die junge Frau brauchte Hilfe. Ich merkte, dass sie kurz vor der Niederkunft war, obwohl sie selbst sagte, es sei noch zu früh. Mrs Thorel ist eine gütige und gottesfürchtige Frau. Ich wusste, dass sie das Mädchen in dieser Lage nicht im Stich lassen würde.«

»Ihr habt die junge Frau also zum Spital Square zehn zurückgebracht?«, fragte der Richter.

»Ja, Euer Ehren. Ich geleitete sie bis zum Platz, dann stolperte sie auf das Haus zu. Jemand musste sie gesehen haben, denn das Hausmädchen kam herausgerannt und holte sie herein. Danach hätte ich mich sofort vom Platz entfernen sollen, und ich wünsche bei Gott, ich hätte es getan. Scharen von Webergesellen hatten sich bereits dort versammelt und ein Feuer angezündet, in dem

Stühle und allerlei geplünderte Dinge aus den Häusern rundum verbrannt wurden. Fenster wurden eingeschlagen. Selbst ehrenwerte Menschen, die von der Not der Weber nichts wissen, fürchteten in dieser Nacht um ihr Leben. Ich konnte sehen, dass alles aus dem Ruder lief, und wollte nichts damit zu tun haben. Doch dann entdeckte ich meinen Neffen, Ives, dicht am Feuer, auf den Schultern von John Barnstaple. Ives hielt eine Pistole in der Hand und schwenkte sie wie eine Fahne. Wer einem Kind eine solche Waffe in die Hand gibt, kann ja wohl nicht recht bei Verstand sein! Ives versuchte, in den Himmel zu schießen. Als sich nichts tat, spähte er doch wahrhaftig in den Lauf! Großer Gott, ich dachte, der Junge schießt sich den Kopf weg. Ich rannte zu ihm und zog die Pistole von seinem Gesicht weg.«

»Hatten diese Männer Eurer Ansicht nach aufrührerische Absichten?«, fragte der Richter.

»Ja, Euer Ehren, zweifellos.«

»Und dennoch habt Ihr Euch nicht entfernt?«

»Wie hätte ich denn ein Kind in solch einem Tumult alleine lassen sollen, noch dazu einen Blutsverwandten? Meine Schwester verstarb vor kaum zwei Jahren an Schwindsucht. Das Einzige, was sie jemals von mir verlangte, war, dass ich mich ihres Sohnes annehmen sollte. Barnstaple hatte aber irgendeinen Einfluss auf den Jungen, warum weiß ich nicht. Es schien, als wolle Ives ihn beeindrucken. Deshalb bat ich Barnstaple eindringlich, den Jungen nach Hause zu schicken, weil ich hoffte, Ives würde auf ihn hören. Doch Barnstaple weigerte sich. Dann sah ich, wie jemand am Spital Square zehn ein Fenster einwarf. Einen Augenblick lang vergaß ich den Jungen, weil ich um Mrs Thorel besorgt war. Ich dachte, sie würde vielleicht meine Hilfe benötigen. Als die Aufständischen dann die Fensterläden aufbrachen, folgte ich den Männern ins Haus.«

Er hatte im Haus nach mir gesucht. Zum hundertsten Mal hatte ich mich gefragt, was ihn dazu veranlasst hatte, in unser Haus zu kommen. Nun wusste ich es. Er hatte mich beschützen wollen. Eigentlich hätte ich darüber erfreut sein können, doch ich fühlte mich vollkommen niedergeschmettert. Wegen mir war Bisby in Haft, beinahe, als hätte ich ihn in jener Nacht eigenhändig ins Haus gezerrt. Ich konnte es kaum ertragen, weiter zuzuhören, zwang mich aber dazu.

»Die Aufständischen waren im Salon mit Plünderungen beschäftigt, und ich versuchte, Mrs Thorel zu finden. Ich sah in der Küche und allen Räumen nach, bis ich auf ein verschlossenes Zimmer stieß. Ich hämmerte an die Tür und drehte am Knauf, aber niemand öffnete. Ich wusste, dass sich die Frauen dort aufhielten, weil ich das Kammermädchen schreien hörte. Sie haben gewiss Todesängste ausgestanden. Da kamen Barnstaple und Ives die Treppe herauf, gingen an mir vorbei und stiegen zur Mansarde hinauf. Ich wusste, was Barnstaple vorhatte.«

»Woher wusstet Ihr das?«, fragte der Richter.

Bisby holte tief Luft. Mir wurde klar, dass die Ereignisse dieser Nacht noch mit anderen verknüpft waren, dass sich hinter dieser Geschichte noch viel mehr verbarg. »Barnstaple«, sagte er so langsam, als müsse er seine Gedanken noch klären, »hat mich seit jeher abgelehnt. Wir haben unsere Lehrzeit zusammen verbracht, aber danach begann ich gemusterte Seide zu weben, während er Samt und Taffet herstellte. Er hätte durchaus das Zeug für die gemusterte Seide gehabt, gut genug dafür ist er. Vielleicht war er einfach zu träge. Als Mr Thorel es mir ermöglichte, mein Meisterstück zu weben, war Barnstaple sehr wütend. Ich bin überzeugt, dass er in die Mansarde ging, um nach dem Meisterstück zu suchen.«

»Wollt Ihr damit sagen, dass John Barnstaple die Seide aus Neid zerstörte?«

»Nein, Euer Ehren. Barnstaple hat die Seide nicht zerschnitten.«

»Selbstverständlich nicht.« Elias, der merkte, dass seine Anklage untergraben wurde und Bisby die Verhandlung in eine andere Richtung lenkte, stellte sich vor den Richter. »Ihr habt das getan, nicht wahr, Mr Lambert?«

»Nein, Sir.«

»Aber Ihr seid derjenige, der voller Neid und Hass ist. Ihr habt die Seide zerstört, weil ich Euch des Hauses verwiesen habe. Weil ich Euch nicht mehr erlaubt habe, sie fertigzustellen. Weil auch niemand anderer sie besitzen sollte, wenn sie nicht mehr Euer Meisterstück sein würde!«

»Nein, das ist nicht wahr.«

»Und als die Seide vom Webstuhl abgeschnitten war, habt Ihr auch noch den Ballen auf dem Warenbaum zerschlitzt, so dass die Arbeit von Wochen zerstört wurde.«

»Warum sollte ich denn meine eigene Arbeit zerstören?«, entgegnete Bisby ruhig.

Es war jetzt still im Gerichtssaal, weil alle aufmerksam lauschten. Sogar das Schwatzen auf der Galerie hatte aufgehört.

Elias sprach jetzt entsprechend leiser. »Weil Ihr wusstet, dass Ihr niemals Meister werden würdet. Ihr konntet den Gedanken nicht ertragen, dass Ihr ohne meine Unterstützung für den Rest Eures Lebens Geselle bleiben würdet. Deshalb habt Ihr die Seide zerstört, die Grundlage von Eurem und meinem Leben.«

»Nein, das habe ich nicht getan.«

»Wer war es dann?«

Diese Frage lag nahe, und sie schien von den Wänden des Saals widerzuhallen, während Bisby schwieg.

»Nun?«

»Das kann ich nicht sagen.«

»Mr Lambert«, sagte der Richter. »Ich muss Euch doch gewiss nicht verdeutlichen, wie schwerwiegend die Anklage ist. Bedenkt Eure Lage, wenn ich Euch nun frage: Wer hat die Seide zerschnitten?«

»Das kann ich nicht sagen, Euer Ehren.«

»Damit ist die Beweisaufnahme dann abgeschlossen.« Der Richter klang schroff und ärgerlich. Ich starrte Bisby aufgebracht an, als könne ich ihm damit die Worte entlocken, aber er stieg bereits die Stufen hinunter. Auch Barnstaple erhob sich, und der Gerichtsdiener geleitete die beiden Gefangenen zu der Tür zum Kerker.

SIEBENUNDDREISSIG

SARA

Er betrachtete seine Tochter, die ihn über den Rand ihrer Decke hinweg ansah. Die Augen der Kleinen waren inzwischen nicht mehr nachtblau, sondern hatten einen dunklen Braunton angenommen, und sie schaute ihren Vater aufmerksam an.

»Ja, sie ist entzückend«, sagte Barnstaple und lehnte sich auf dem Stuhl zurück, als sei damit sein Bedarf an Vaterschaft gedeckt.

»Dir wie aus dem Gesicht geschnitten«, sagte ich.

Ich war froh, dass die beiden sich kennenlernen konnten, trotz der absonderlichen Umstände. Es hatte mich sehr überrascht, als Mr Thorel mir mitgeteilt hatte, John Barnstaple wolle mich sehen, und mir überdies eine Zwei-Pence-Münze für die Kutsche zum Gefängnis in die Hand gedrückt hatte. Ich sah mich in der Zelle um. Pritsche, Waschstand, der Tisch, an dem Barnstaple saß. Dennoch ein Königreich im Vergleich zum Rest des Kerkers.

»Warum wolltest du mich sehen?«

»Warum?« Barnstaple pustete sich eine Locke aus der Stirn. »Braucht ein Mann einen Grund, um seine eigene Tochter zu treffen?«

»Vorher lag dir doch auch nichts daran.«

»Bei Gott, Weib, wie denn auch?« Er hob beide Hände

und sah sich in der Zelle um, als seien diese vier Wände Antwort für alles.

»Ich meine nicht das Gefängnis«, sagte ich so ruhig wie möglich, »ich meine die Zeit, als sie auf die Welt kam und ich Hilfe brauchte. Da hast du mich weggeschickt.« Jedes Wort schmerzte.

Sein Benehmen schien ihm jetzt auf einmal unangenehm zu sein. »Warum müssen wir denn zurückblicken, Sara? Es ist doch besser, in die Zukunft zu schauen. Unsere gemeinsame Zukunft.«

»Eigenartige Worte von einem Mann, der wohl am Galgen enden wird.«

Barnstaple lächelte. »Das wird nicht geschehen. Und weißt du auch, warum nicht?«

Ich schüttelte den Kopf.

»Weil du mir helfen wirst freizukommen.«

»Und wie soll das möglich sein?«

»Das wirst du schon sehen«, antwortete er mit seltsamem Blick. »Morgen werde ich vor Gericht meine Aussage machen. Du musst nur sorgsam zuhören, was ich sage. Wenn ich wieder auf freiem Fuß bin, können wir gemeinsam ein neues Leben in einem anderen Viertel beginnen.«

Diese verklärte Darstellung eines Lebens, das wir niemals haben würden, überzeugte mich nicht.

»Thorel selbst hat mir deine Nachricht ausgerichtet«, sagte ich. »Das finde ich merkwürdig.«

»Ach ja?« Barnstaples Miene war ausdruckslos. »Vielleicht hat er begriffen, dass ich ihm nützlich sein kann. Vielleicht weiß er jetzt, dass man mir mehr vertrauen kann als diesem Weichling Lambert.«

Ein Wärter öffnete die Tür, trug ein Metallbrett mit Essen herein und stellte es lautstark auf den Tisch. Brot und irgendein Eintopf. Der Geruch drehte mir beinahe den Magen um, aber die Kleine wandte den Kopf zu dem Essen hin.

Barnstaple brach ein Stück Brot ab und tunkte es in den Eintopf. Der Wärter stand an der offenen Tür und sah mich auffordernd an.

»Du wolltest gehen«, sagte Barnstaple kauend und wies mit dem Kopf zur Tür.

»Aber du hast mir überhaupt nichts erklärt.«

Er zuckte die Achseln. »Die machen hier die Regeln, Miss«, sagte er und grinste den Wärter an. Dann wandte sich Barnstaple wieder seiner Mahlzeit zu, und das Scharren des Blechlöffels hallte von den kahlen Wänden wider.

Thorel klopfte nicht einmal an. Warum auch? Schließlich war er der Hausherr. Als er meine Dachkammer betrat, sah er sich so überrascht um, als habe er diesen Raum noch nie zuvor gesehen. Ich stand hastig vom Bett auf und legte das Baumwollhemdchen beiseite, das ich für meine Kleine nähte. Thorel hielt die Hand hoch, als wolle er mich bitten, sitzen zu bleiben.

Er trat zur Wiege und strich über das glänzende Holz, sichtlich mehr beeindruckt von der kunstvollen Arbeit als von dem Kind, das darin schlummerte.

»Was für ein Jammer«, sagte er, »dass darin nicht mein eigenes Kind liegt.«

Ich fand es seltsam, dass er einen derart vertraulichen Gedanken mir gegenüber äußerte. Was die Kinderlosigkeit für Mr Thorel bedeutete, hatte ich mir nie überlegt. Aber wenn ihm so viel an einem Kind lag, warum verbrachte er dann nicht mehr Zeit mit Madam anstatt mit Moll?

»Du bist gesegnet«, sagte er nüchtern. »Unter welchen Umständen auch immer … ein Kind ist immer ein Segen.«

Das Lächeln, um das ich mich bemühte, erstarb gleich wieder, denn als der Hausherr sich mir zuwandte, war seine Miene finster.

»Aber du kannst nicht für dieses Kind sorgen. Es ist im Findelhaus besser aufgehoben. Du kannst ein neues Leben beginnen.« Er förderte etwas aus seiner Westentasche zutage. Als er die Hand öffnete, lag eine Guinee darin. »Nimm das«, sagte Thorel und streckte mir die Hand hin.

Ich griff nach der Münze und wog sie in der Hand, strich über die Umrisse von George III. und bestaunte das Glänzen des Golds im Kerzenlicht.

»Sie gehört dir«, sagte Thorel. »Du wirst sie für dein neues Leben brauchen.«

»Was wollt Ihr von mir, Sir?«

Sein Lachen war freudlos. »Meine Güte, bist du abgebrüht«, sagte er. »Nein, nein, ich will nur deine Unterstützung, mehr nicht.«

»Unterstützung wobei, Sir?«

»Vor Gericht natürlich. Barnstaple wird morgen seine Aussage machen, und es wird die zutreffende Schilderung der Ereignisse sein. Falls man dich fragt, bestätigst du das. Es ist alles ganz einfach.«

Ich hatte mich schon gewundert, dass man mich nicht längst mitsamt dem Kind ins Findelhaus verfrachtet hatte. Madam hatte mir nur gesagt, Mr Thorel wolle mich hierbehalten. Die Guinee begann sich auf einmal sehr schwer anzufühlen. Ich umklammerte die Münze fest, und ihr Rand bohrte sich in meine Handfläche. »Und wenn Barnstaple nicht die Wahrheit sagt?«

»Die Wahrheit? Du legst plötzlich Wert auf die Wahrheit? Nachdem du in mein Haus gekommen und allen Märchen aufgetischt hast? Ist auch nur ein einziges Wort wahr, das du zu deiner Herrin gesagt hast?«

Als er keine Antwort erhielt, fuhr er fort: »Hattest du irgendeine Ahnung von der Wahrheit, als du deiner Herrin diese Geschichten über mich und Moll erzählt hast?«

Obwohl seine Stimme ruhig klang, jagte er mir Angst ein. Das Herz schlug mir bis zum Hals, als ich erwiderte: »Ich habe ihr nur gesagt, was ich für wahr hielt, nicht mehr und nicht weniger.«

»Ja, und nun ist der Schaden angerichtet. Sieh lieber zu, dass du morgen das sagst, was von dir erwartet wird, damit man Barnstaples Aussage Glauben schenkt.«

»Aber das bedeutet, dass Lambert am Galgen enden wird.«

Thorel blieb stumm, sah mich nur gleichmütig an.

»Ihr wollt, dass ich ihn baumeln lasse?« Ich flüsterte die Worte, als könnten sie die Luft vergiften, die meine Tochter atmete.

Thorel verzog das Gesicht, als habe er ein Stück Knorpel in seiner Pastete gefunden. »Das ist sehr hässlich ausgedrückt«, sagte er. »Das Ergebnis braucht dich nicht zu bekümmern. Denk nur daran, was du hiermit machen kannst.«

Er blickte auf meine Hand, in der die Guinee mir die Haut zu versengen schien.

ESTHER

Bisby hatte doch gewiss die Wahrheit gesagt.

So angestrengt hatte ich mich bemüht, mich an alle Einzelheiten jener Nacht zu erinnern, dass mein Hirn sich wund anfühlte. Ich hatte beobachtet, wie Bisby dem Jungen die Pistole wegzog. Hatte gehört, wie jemand an der Zimmertür klopfte und rüttelte, während Sara vor Schmerzen schrie. Den Gedanken, dass es Bisby gewesen war, konnte ich kaum ertragen. Hätte ich geöffnet, hätte er Barnstaple und Ives nicht zur Mansarde hochgehen sehen. Hätte ich Bisby eingelassen, wäre alles anders gekommen.

»Was bedrückt Euch?«

Elias hatte mich beobachtet, als ich mich an der Frisierkommode fürs Bett zurechtmachte. Ich hatte seine Anwesenheit beinahe vergessen.

»Nichts«, antwortete ich und band eine Schleife ums Ende meines Zopfs. »Ich bin nur müde.«

Er trat zu mir und legte mir die Hände auf die Schultern. »Ihr seht aus, als hättet Ihr Verstopfung«, sagte er knapp. »Bemüht Euch, morgen vor Gericht nicht so ein Gesicht zu ziehen. Ihr werdet beobachtet.«

Scherzte er? Das ließ sich bei Elias immer schwer bestimmen.

»Es war ein langer Tag, Gemahl«, sagte ich, erhob mich

und wandte mich zu ihm. »Ich habe vor, beizeiten zu Bett zu gehen.«

»Das, Gemahlin, beabsichtige ich auch.« Er stand so dicht vor mir, dass ich den Sandelholzduft seiner Kleidung riechen konnte. Elias' Gesicht war gerötet, und nicht vom Wein; ich kannte meinen Ehemann. Er witterte seinen Erfolg, war siegesgewiss.

»Habt Ihr ihn heute gesehen?«, fragte er, beinahe im Flüsterton, und strich mir das Haar aus der Stirn. »Er hatte nichts für sich vorzubringen, konnte nicht einmal die einfachste Frage beantworten: Wer hat die Seide zerschnitten?«

»Ist Schweigen nicht ehrenhaft, Gemahl?«

»Was meint Ihr damit?«

»Es ist nicht so, dass er es nicht sagen *könnte*, er *will* es nur nicht. Sogar angesichts seines eigenen Todes will er einen anderen nicht verurteilen. Das finde ich heldenhaft.«

Elias zog höhnisch die Mundwinkel hoch. »Dann warten wir mal ab, wie *heldenhaft* er aussehen wird, wenn man ihn aufknüpft.«

»Warum tut Ihr das? Was für einen Sinn hat das, wenn einer dieser Männer erhängt wird?«

»Ich weiß, welcher hängen wird. Und zwar jener, der mich belogen hat. Der meine Hilfe und Unterstützung angenommen und mich dann mit meiner eigenen Frau zum Narren gemacht hat.«

»Dann war es meine Schuld, Gemahl, nicht die seine.«

»Versucht nicht, ihn in Schutz zu nehmen. Das macht es nur noch schlimmer. Es handelt sich hier um eine Angelegenheit unter Männern. Ich kann nicht zulassen, dass ein anderer Mann mich in meinem eigenen Haus mit solcher Verachtung behandelt, wie er es getan hat.«

In diesem Augenblick verstand ich, wie sehr Elias seiner Herkunft verhaftet war. Wie seine Glaubensgemeinschaft bot er jenen Unterstützung, die sich an die ungeschriebenen Regeln hielten. Für jene jedoch, die gegen sie verstießen, gab es keine Vergebung, nur Vergeltung. Das hatte er selbst erlebt, als er keine hugenottische Frau geheiratet hatte, und nun beabsichtigte er, seinen selbstgerechten Zorn an jemand anderem auszulassen.

Er strich mir übers Haar, ergriff meinen Zopf und zog ihn über meine Schulter zu sich. Mit dem Daumen tastete er über die Stränge bis zum Ende. Dann nahm er das schwarze Band zwischen die Finger und zog daran, bis es zu Boden fiel.

Ich legte meine Hand auf die von Elias. »Ich bin wirklich müde heute«, flüsterte ich.

»Aber ich nicht«, erwiderte er. Seine Augen loderten im Siegesrausch, und er begann meinen Zopf zu lösen, den ich gerade geflochten hatte.

Viel Zeit war vergangen, seit Elias zum letzten Mal bei mir gelegen hatte. Sein Zorn auf Bisby hatte ihn ferngehalten. Die Aussicht auf Vernichtung seines Gegners bereitete Elias nun so viel Genuss, dass er zu mir zurückkehrte, ganz als sei eine Intrige ein Liebesmittel. Er flocht seine Finger in mein Haar und zog mich zu sich. Ich blieb wie angewurzelt stehen, widerstand dem Wunsch, mich abzuwenden. Es bereitete mir kein Vergnügen, die Lippen meines Gatten warm und drängend auf meinen zu spüren; ich fühlte mich vielmehr wie ein Stück Vieh, das gebrandmarkt wird.

ACHTUNDDREISSIG

SARA

Barnstaple stieg trotz seiner Ketten leichtfüßiger auf die Plattform als Lambert. Die wilden Locken waren ordentlich im Nacken zusammengebunden, und man hatte Barnstaple saubere Kleidung gegeben. Die Stimme, die durch das Schallbrett im ganzen Saal zu hören war, klang gelassen und zuversichtlich.

Ich saß ganz vorne auf der Galerie, blickte hinunter und hörte aufmerksam zu. Was sollte ich dem Gericht mit solcher Überzeugung sagen, wie Barnstaple sie zur Schau trug? Ich war in jener Nacht nicht in der Mansarde gewesen, sondern hatte in Madams Bett gelegen und kaum noch meinen eigenen Atem gespürt. Was würde ich schon bestätigen können?

Bislang war nichts Beunruhigendes geschehen. Barnstaple hatte sich zu allem aufrichtig geäußert.

Dann fragte Thorel: »Was wisst Ihr über die Webervereinigungen, Mr Barnstaple?«

»Ich weiß, dass es sie gibt. Auch Bisby Lambert gehört einer von ihnen an. Sie geben sich gern großtuerische Namen oder benennen sich nach Schiffen.« Auf der Galerie wurde gekichert, und Barnstaple drehte sich um und blickte grinsend nach oben, das Gesicht zur Sonne gewandt.

»Ihr habt also keinem dieser Zusammenschlüsse angehört?«, fragte der Richter.

»Die Männer wollten mich als Anführer, Euer Ehren. Sie hatten sonst niemanden, der ihnen raten konnte. In unserem Haus fanden sich häufig Webergesellen ein. Ich habe mit ihnen geredet und getrunken, aber was bedeutet es schon, wenn man mit einem Mann einen Krug Bier teilt?«

Dazu konnte wohl niemand etwas sagen. Nichts an diesen Worten war greifbar, etwa so, als wolle man ein Eigelb in die Hand nehmen.

Jetzt trat Thorel vor Barnstaple.

»Wo wart Ihr am einundzwanzigsten Februar?«

Barnstaple richtete sich gewichtig auf. »In meiner Mansarde in der Buttermilk Alley. Ich webte einen Taftsamt für Euch, Sir. Es war schon spät, und ich überlegte, ob ich ins Gasthaus gehen oder das Brot und den Käse aus meiner Speisekammer essen sollte.«

Thorel sagte ungeduldig: »Beschränkt Euch auf die wichtigen Einzelheiten, Mr Barnstaple.«

»Ich entschied mich dann für Brot und Käse und ging nach unten. Als ich mir grade ein Stück Brot abschnitt, kam Lambert durch die Tür gestürzt, tobend vor Wut. Anders kann ich ihn nicht beschreiben. Hat Sachen gesagt, die ich in Anwesenheit von Damen nicht aussprechen möchte.«

Er verstummte, bis der Richter die Augenbrauen hochzog. »Ich fürchte dennoch, dass Ihr diese Worte vor dem Gericht wiederholen müsst.«

Barnstaple heuchelte Zögern, nagte an seiner Lippe und blickte im Saal umher, als halte er nach einem Ausweg Ausschau. Dann sah er zu mir hoch, und es kam mir vor, als seien er und ich die einzigen Menschen im Saal. Seine kohlschwarzen Augen schienen mich festzuhalten, und ich fühlte mich wie ein Fisch an der Angel, der aus dem Wasser gerissen wird.

Barnstaple wandte sich wieder dem Richter zu. »Gewiss, Euer Ehren«, sagte er mit einer angedeuteten Verbeugung. »Es handelt sich nur um eine äußerst delikate Angelegenheit.«

Mein Magen krampfte sich unwillkürlich zusammen, und ich hielt meine Tochter fester umklammert.

»Lambert hatte eine Auseinandersetzung mit Mr Thorel gehabt. Es hatte … einen Fehltritt im Haus gegeben.«

»Drückt Euch klar und verständlich aus, Mr Barnstaple«, sagte der Richter gereizt, während er einen Blick auf seine Taschenuhr warf. Es war bald Mittag.

»Ich will mich bemühen«, erwiderte Barnstaple etwas gekränkt.

»Wir haben bereits von dem anderen Häftling gehört«, übernahm Thorel wieder das Wort, »dass es zwischen mir und Mr Lambert zu einem Wortwechsel kam und ich den Webergesellen des Hauses verwies. Das hat er bereits bestätigt. Wie würdet Ihr Lamberts Betragen bei seinem Erscheinen in Eurem Haus beschreiben?«

»Bitte um Verzeihung, Sir?«, fragte Barnstaple blinzelnd.

»Wie sah er aus? Wie benahm er sich? Was sagte er?«

»Ah, ja«, sagte Barnstaple, der jetzt erleichtert wirkte. »Er war wütend, Sir.«

»Richtet Eure Worte bitte an das Gericht, Mr Barnstaple.«

»Verzeihung.« Barnstaple wandte sich zum Richter. Der Gerichtsdiener sprang auf, eilte zum Spiegel und stellte ihn so ein, dass Barnstaples Gesicht vollständig beleuchtet war. Die Frau neben mir flüsterte ihrer Freundin etwas zu, worauf die kichernd die Hand vor den Mund hielt.

Was bezweckte Barnstaple mit diesem Theater? Wollte er sich als so einfältig darstellen, dass man ihm keine Täuschung zutraute? Das Brett verstärkte seine Stimme, und die Sonne beleuchtete sein Gesicht, doch dem Gericht stand nichts zur Verfügung, um Barnstaples heuchlerische Arglist zu entlarven.

»Wütend, sagtet Ihr?«, sprach Thorel weiter.

»Schlimmer noch«, antwortete Barnstaple. »Er warf seinen Beutel auf den Tisch und sagte, Mr Thorel habe ihn aus dem Haus geworfen. Als ich fragte, warum, wollte Lambert mir nichts sagen, aber ich dachte es mir schon. Es gab da ein Dienstmädchen, das im Haus am Spital Square zehn arbeitete, es kam oft zu uns in die Buttermilk Alley. Lambert hatte eindeutig was mit ihr. Nach einer Weile war sie sichtlich in anderen Umständen, und deshalb brach der Streit mit Mr Thorel aus. Nachdem Lambert sich beruhigt und einen Becher Bier getrunken hatte, berichtete er mehr. Mr Thorel war aufgefallen, dass Lambert mehr Zeit mit dem Mädchen verbrachte als mit seinem Meisterstück, und fühlte sich hintergangen. Was man ja auch verstehen kann. Dass Lambert Schande über das Haus gebracht hat, nachdem Mr Thorel ihm großes Vertrauen geschenkt hatte … das ist ja auch Unrecht, nicht wahr?«

Die Welt um mich her drehte sich, wurde zu einem Ort, in dem es keinen Halt mehr gab. Der Lärm auf der Galerie dröhnte in meinen Ohren, ich konnte keinen klaren Gedanken fassen. War es das, was ich bestätigen sollte? Dass Bisby Lambert der Vater meines Kindes war? Ich starrte Barnstaple an, damit er zu mir schaute und meinen Zorn wahrnahm. Doch warum sollte er mich jetzt eines Blickes würdigen? Ich war die unpassende Wahrheit inmitten seines Lügengespinsts. Bisby jedoch sah jetzt zu mir herauf, und ich musste die Verwirrung und Verzweiflung auf seinem Gesicht ertragen.

»Und dann«, fuhr Barnstaple schwungvoll fort, »erschien die junge Frau selbst bei uns in der Buttermilk Alley, kurz nach Lambert. Auch sie hatte man aus dem Haus am Spital Square zehn gejagt!«

Eisen klirrte, als Lambert aufsprang. Die Ketten zwangen ihn dazu, krumm zu stehen. »Das ist nicht wahr, Euer Ehren!« Seine Stimme klang so rau und gebrochen, als koste ihn jedes Wort Mühe. Der Husten setzte wieder ein, und Lambert sank auf die Bank zurück und zerrte hilflos und verzweifelt an seinen Handschellen.

»Aber Ihr hattet bereits zugegeben, Streit mit mir gehabt zu haben«, sagte Thorel, nachdem der Husten sich gelegt hatte.

»Ja, aber Ihr hattet nicht gesagt, worüber!«

Thorel zuckte die Achseln. »Worüber also?«

Lambert schwieg. Gab nicht preis, dass Madams Musterzeichnungen der Grund gewesen waren. Sowie die Tatsache, dass Lambert sich mit der Gattin des Hausherrn in der Mansarde aufgehalten und Gott weiß was getan hatte. Und letztlich hatte das alles hier – Richter und Geschworene, Verzweiflung und Hustenanfälle – ich verursacht.

Bisby stützte die Arme auf die Knie und ließ den Kopf hängen. Lügen sind immer eine Last, die irgendwer tragen muss.

Der Richter blickte zu Thorel. »Der Angeklagte macht derzeit keine Aussage. Es ist Euch nicht gestattet, mit ihm zu sprechen, und Mr Lambert ist es nicht gestattet, mit dem Gericht zu sprechen. Fahrt fort, Mr Barnstaple.«

»Lambert sagte dann, Mr Thorel könne ihn nicht so einfach hinauswerfen, die gewebte Seide gehöre ihnen beiden. Aber es ging nicht nur um das Meisterstück. Thorel war aufgefordert worden, der Vereinigung einen Betrag zu zahlen, und hatte es nicht getan. Lambert sagte, die Gesellen würden nicht länger dulden, dass die Meister sie beherrschten und ausnutzten. Und dann sagte er etwas, das mir deutlich in Erinnerung geblieben ist.«

Barnstaple legte eine Pause ein. Sein Gesicht war vom Sonnenlicht so klar umrissen wie das Profil des Königs auf der Guinee in meiner Tasche.

»Nun, was sagte er?«, fragte Thorel ungeduldig.

»Er sagte: ›Thorels Zeit ist gekommen.‹«

Lambert schüttelte langsam den Kopf.

»Was sollte das bedeuten?«, fragte der Richter.

»Das kann ich Euch beim besten Willen nicht erklären, Euer Ehren, so wahr mir Gott helfe.«

Der Richter nickte. »Fahrt fort.«

»Lamberts Neffe Ives war auch bei ihm. Seit dem Tod von Lamberts Schwester – möge sie in Frieden ruhen – war der Junge oft bei uns im Haus. Lambert beachtete ihn häufig gar nicht, aber nun packte er den Jungen am Arm, als habe er ihn beim Klauen erwischt, und befahl ihm, so schnell wie möglich alle Webergesellen von Spitalfields herzuholen. Als es sich einmal herumgesprochen hatte, gab es kein Halten mehr, weil alle auf die Meister wütend waren. Und so begann es, Euer Ehren. Das war der Anfang von allem, was sich in jener Nacht ereignet hat.«

Aufgeregtes Palaver brach im Saal los. Der Richter blickte hoffnungsvoll zu seiner aufgeklappten Taschenuhr. Neben mir packte eine Zuschauerin ein Stück Pastete aus, und als der Geruch von Hammelfleisch aufstieg, sah mein Kind der Frau mit großen, neugierigen Augen beim Essen zu.

»Hast du Hunger, Mäuschen?«, flüsterte sie.

Nicht mehr lange, dann würde meine Tochter andere Nahrung verlangen als Muttermilch.

ESTHER

Die Nachmittagssonne schien durch die hohen Fenster des Gerichtssaals und blendete mich. Ich überschattete die Augen und sah zu, wie der Gerichtsdiener frische Kräuter auf den Tisch der Geschworenen streute und dem Richter ein neues Riechsträußlein brachte. Im Nachhinein konnte ich nicht verstehen, weshalb wir so lange nichts von den Widerständen gegen uns geahnt hatten. Es kam mir vor, als würden die Webergesellen so wutentbrannt auf mich herunterstarren, wie sie auch in jener Nacht unseren Salon verwüstet hatten.

Nach der Pause saßen noch mehr Leute auf der Galerie als vorher. Sie waren gewiss nicht nur an der Notlage der Weber interessiert, sondern hofften auf ein spannendes Spektakel.

Die Tür zum Tunnel ging wieder auf, und Barnstaple betrat den Saal. Bisby war gleich hinter ihm, wurde aber von seinem Mitgefangenen verdeckt, wie schon während der gesamten Verhandlung. Barnstaple war ein begabter Schauspieler und zwielichtiger Scharlatan. Die Not der Webergesellen hatte er geschickt eingesetzt, um sie zur Gewalt aufzuwiegeln. Und nun nutzte er die sittliche Entrüstung der Geschworenen, um sein Ziel zu erreichen. Ich zweifelte keine Sekunde daran, dass Barnstaple der Vater von Saras Kind war. Seit ich ihn vor Gericht erlebte, war ich sogar noch überzeugter davon. Der Mann war mir zuwider, aber ich konnte mir mühelos vorstellen, wie Sara seiner Ausstrahlung verfallen war.

Die Gefangenen ließen sich nieder. Sie waren wie die beiden Seiten einer Münze, die in die Luft geworfen wurde und auf einer Seite landen würde. Entgegengesetzt, aber untrennbar verbunden. Barnstaple schien Bisby die Kraft auszusaugen, saß stolz und aufrecht da, während Bisby immer mehr in sich zusammensank. Ich hätte nur zu gerne die Geschworenen angeschrien und verlangt, dass sie die Wahrheit über diese beiden Männer erkennen sollten. Doch ich konnte nur stumm dasitzen, geknebelt von einer schwerfälligen Justiz, der ich zusehends misstraute.

Barnstaple schien es kaum erwarten zu können, wieder auszusagen. Er wirkte so zappelig wie ein Kind, das bei Tisch stillsitzen muss, während die üblichen Vorbereitungen getroffen wurden und der Richter seinen Platz einnahm. Als Barnstaple schließlich das Wort ergriff, schien er seinen Auftritt regelrecht zu genießen.

»Sie kamen von überall, aus dem gesamten Viertel«, berichtete er. »Weber, die ich noch nie zuvor gesehen hatte, standen vor unserer Tür, bewaffnet mit Säbeln, und Lambert bat sie herein. Dann holte er eine Pistole hervor – weiß Gott, woher er die hatte – und legte sie auf den Tisch. Das machte mir Sorgen, und ich sagte, das würde zu nichts Gutem führen, er solle sie verschwinden lassen. Aber er drängte mich beiseite und lud die Pistole. Da kam dieses Hausmädchen herein, das in anderen Umständen war, auf der Suche nach Lambert. Das arme Ding wusste nicht wohin, nachdem man es vor die Tür gesetzt hatte.« Barnstaple schüttelte betroffen den Kopf. »Aber Lambert wollte nichts von dem Mädchen wissen. Ihm war wichtiger, sich an Mr Thorel zu rächen, als seinen Pflichten nachzukommen, und er schickte die Kleine zu Mrs Thorel zurück. Als sie gegangen war, marschierte er mit den Aufständischen zum Spital Square. Die Männer waren bereitwillig dabei. Mr Thorel hatte sich keinen Gefallen getan, indem er die Zahlung verweigerte. Aber Lambert hatte seinen eigenen Rachefeldzug. Er wollte es Mr Thorel heimzahlen, weil es nun nichts wurde mit dem Meistertitel. Und zwischen einem Seidenwebermeister und seinem Gesellen gibt es nichts Wichtigeres als die Seide.«

»Ihr meint, meine Seide?«

Barnstaples Rede war so überwältigend, dass ich Elias' Anwesenheit beinahe vergessen hatte.

»Ja, Sir, Eure Seide. Ich habe *gesehen*, wie er es getan hat. Während die anderen Gesellen im Salon mit Plünderungen beschäftigt waren, ging Lambert die Treppe hinauf. Ich folgte ihm, weil ich ahnte, was er vorhatte. Doch ich kam zu spät. Als ich die Mansarde betrat, lag die Seide schon zerschlitzt am Boden, und Lambert grinste mich höhnisch an, die Hand am Säbel.«

Jemand auf der Galerie buhte, und etwas flog von oben herab – ein Stück Brot, glaube ich – und landete neben dem Tisch der Geschworenen. Einer von ihnen, der hochmütig auf seinem Stuhl thronte, wandte sich um und starrte empört nach oben.

Der Richter beugte sich vor. »Ihr habt also nicht mit eigenen Augen gesehen, wie Mr Lambert die Seide zerschnitt, Mr Barnstaple?«

Barnstaple blickte entrüstet. »Doch, gewiss, Euer Ehren, mit meinen eigenen Augen.«

»Ihr sagtet aber soeben, dass die Seide bereits zerschlitzt zu Mr Lamberts Füßen lag, als Ihr die Mansarde betratet. Ihr konntet den Vorgang demnach nicht beobachtet haben. Was genau entspricht nun der Wahrheit, Mr Barnstaple? Beides zugleich kann es nicht sein.«

Hätte Barnstaple hellere Haut gehabt, wäre er jetzt womöglich errötet. Doch er räusperte sich lediglich und nickte dem Richter zu. »Ich bitte um Verzeihung, Euer Ehren. Ich meinte damit, wenn Lambert die Seide nicht zerschnitten hat, wüsste ich nicht, wer es getan haben sollte, denn es war ja dort niemand außer uns beiden.«

»Doch, Ives, Mr Lamberts Neffe«, erwiderte der Richter stirnrunzelnd. »Es sei denn, Ihr sagt aus, er sei nicht in der Mansarde gewesen.«

Barnstaple wurde unruhig. »Er war dort, Euer Ehren, aber er folgte mir. Er war also dort, aber auch nicht, wenn Ihr versteht, was ich meine.«

Der Richter zog die Augenbrauen hoch. »Danke, Mr Barnstaple. Wenn Mr Thorel keine weiteren Fragen hat, ist Eure Aussage somit beendet.« Er sah Elias an, der leicht den Kopf schüttelte.

»Möchte die Anklage morgen weitere Zeugen in den Zeugenstand rufen?«, fragte der Richter.

»Nur einen«, sagte Elias. »Das Kammermädchen, Miss Sara Kemp.«

NEUNUNDDREISSIG

SARA

Ich drehte die Guinee in Händen. Was konnte ich mir davon leisten, von dieser Viertelunze Gold? Ein vornehmes Kleid? Ein Jahr lang Hammeleintopf aus dem Gasthaus? Eine eigene Unterkunft für mich und mein Kind? Aber meine Tochter würde ich nicht behalten dürfen, und was nützte mir, einer Hure und Dienstbotin, ein vornehmes Kleid? Ich öffnete die Tür zum Kontor.

»Verzeihung, Sir«, sagte ich, trat zu Thorels Schreibtisch und knickste. »Ihr habt in meiner Kammer etwas vergessen.«

Ich ließ die Guinee auf den Tisch fallen. Sie landete auf seinen Büchern.

Thorel blickte verwirrt auf. »Was soll das heißen?«

»Das hier gehört Euch, Sir.«

Er sah mich aufgebracht an. »Das ist ein Fehler, Kemp.« Seine Stimme klang scharf.

»Tut mir leid, Sir, aber es ist kein Fehler.« Ich ging zur Tür.

»Und wenn ich dafür sorge, dass du dein Kind behalten kannst?«

Ich blieb wie angewurzelt stehen, starrte auf die Tür.

»Du kannst in der Buttermilk Alley unterkommen«, sagte Thorel. »Mit Barnstaple, wenn du diesen Taugenichts wirklich haben willst. Falls nicht, werde ich ihn zwingen, den Unterhalt zu bezahlen, bevor man ihn freilässt. Das kann ich dir bieten, falls du tust, was ich verlange.«

Ich drehte mich nicht mehr um, sondern ging hinaus, nun mit schweren Schritten, als hätte ich eine gewaltige Last zu schleppen.

Namenlos.

Meine Tochter hatte noch nicht einmal einen Namen. Ich war bislang nicht dazu fähig gewesen, ihr einen zu geben, denn ich war nur Mittel zum Zweck. Amme, nicht Mutter. Doch Thorels Worte hatten das geändert. Es war, als hätte er die Fensterläden aufgestoßen, so dass ich hinausblicken konnte auf ein Leben, auf das ich nie zu hoffen gewagt hatte.

Anna.

Ich wagte es kaum, ihren Namen laut auszusprechen, hauchte ihn nur in ihr feines Haar. »So nenne ich dich, mein Liebling.«

Ich spürte, dass Madam mich nicht aus den Augen ließ. Wie jeden Abend strich ich ihre Kleider glatt und legte sie in die Holztruhe. Dann nahm ich einen frischen Unterrock aus dem Wäscheschrank und breitete ihn auf dem Stuhl aus. Als ich den Panier zusammenfalten wollte, sprang ein Fischbeinstab aus dem Stoff heraus und bohrte sich in meine Hand. Madams Blick machte mich ungeschickt.

»Kann ich Euch mit etwas behilflich sein, Madam?«, fragte ich und rieb mir die Hand.

»Du hast mir nichts davon gesagt, dass du vor Gericht aussagen wirst.« Ihr Blick war prüfend und entschlossen.

Ich holte tief Luft. »Ich habe es erst gestern erfahren.«

»Aber warum, Sara? Was kannst du dem Gericht schon erzählen? Du hast hier in den Wehen gelegen, während sich das alles ereignet hat.«

»Mr Thorel hat Fragen an mich. Mehr weiß ich auch nicht.«

»Nun, so wirst du wenigstens diesen Unsinn über den Vater deines Kindes aus der Welt schaffen können.« Sie schien keinerlei Zweifel daran zu haben. In ihrer Welt gab es seit jeher viel Gewissheit.

Ich versuchte, den Stab in den Panier zurückzuschieben. Aus dem Augenwinkel sah ich, wie Madam die Lippen schürzte. »Nicht wahr, Sara?« Ihre Stimme klang streng.

Was Thorel von mir hören wollte, konnte ich mir ungefähr vorstellen. Ich hatte immer wieder darüber nachgedacht, mir jede Frage zurechtgelegt und überlegt, wohin sie mich führen könnte. *Ins Verderben, wenn es nicht die Wahrheit ist*, hätte meine Mutter wohl gesagt. Aber um den Preis von Lamberts Seele würde ich meine Tochter behalten können. Welche Mutter würde so ein Angebot ausschlagen?

Doch würde meine bezaubernde Tochter irgendwann erfahren, dass ich einen Mann an den Galgen geliefert hatte, damit sie bei mir bleiben konnte? Würde sie in dem Wissen heranwachsen, dass Blut an ihren kleinen Händen haftete? Ich stellte den Panier aufs Bett.

»Madam?«

»Ja?«, fragte sie so drängend, als könne ich ihren Webergesellen befreien. Doch warum sollte seine Freiheit mehr wert sein als meine? Waren wir nicht beide Gefangene? Elias Thorel bot mir das Leben mit meiner Tochter an, wenn ich Bisby Lambert in den Tod schickte. Doch auch Mrs Thorel konnte mir ein solches Angebot machen. Mir mein Kind geben, wenn ich ihren Geliebten befreite.

»Mrs Arnaud …« Ich wusste eigentlich, was ich sagen wollte, aber allein ihr Name sorgte dafür, dass mein Hals wie zugeschnürt war.

Madams Gesicht verhärtete sich, und sie wandte sich wieder ihren Tiegeln zu. »Sie hat mit dem Findelhaus alles geregelt und wird nächste Woche zu uns kommen«, sagte sie und wischte sich Puder vom Gesicht. »Wenn Mrs Arnaud das Kind nicht bald hinbringt, wird sie den Platz verlieren.«

»Nächste Woche? Aber meine Kleine ist doch noch so winzig! Und sie trinkt alle paar Stunden. Sie muss noch mindestens einen Monat hierbleiben.«

»Sie kann jetzt entwöhnt werden, Sara.«

Mein Herz raste. Ich starrte die Wand an, als könnte sie mich beruhigen. Als ich wieder in der Lage war, Worte von mir zu geben, sagte ich: »Ich möchte Euch um etwas bitten, Madam.«

»Was denn, Sara?« Madam klang eher erschöpft als unfreundlich. Wo sie den Puder weggewischt hatte, kamen dunkle Augenschatten zum Vorschein.

»Ich möchte, dass Ihr mir dabei helft, mein Kind zu behalten.«

»Ach Sara.« Madam legte beide Hände auf die Frisierkommode und übersah dabei die Quaste, so dass Puder auf das polierte Holz stäubte. Madam schnalzte mit der Zunge und wischte mit dem Ärmel darüber. Doch ich wusste, dass sie sich nicht über den Puder ärgerte. Sie stand auf und säuberte sich mit übertriebener Geste die Hände. Es kam mir beinahe biblisch vor, wie Pilatus, der seine Hände in Unschuld wusch.

»Ich kann nichts mehr tun. Mrs Arnaud war schon überaus freundlich. Wir können ihr jetzt nicht sagen, dass das Kind hierbleibt!«

Mrs Arnaud konnte man sich also nicht entgegenstellen. Aber *meine* Gefühle, weil man mir mein Kind wegnahm, waren so entbehrlich wie das beschädigte Fischbein aus dem Reifrock. Ich griff erneut danach und versuchte, den dünnen Stab in den Stofftunnel zurückzuschieben. Madam trat zu mir und legte mir die Hand auf die Schulter. »Denk doch an das Kind«, sagte sie leise, nah an meinem Ohr.

Und da brach er entzwei, der zarte Stab. Weil er an einen Ort gezwungen wurde, wo er nicht hingehörte.

ESTHER

Der letzte Tag der Verhandlung. Wäre es nach Elias gegangen, hätte er sogar die Frau, die uns morgens die warmen Brötchen brachte, ins Gerichtsgebäude bestellt, damit sie seinen Triumph miterlebte. Finet saß mit Moll auf der Galerie, Sara in der Reihe vor dem Tisch der Geschworenen.

Ruhte Bisbys Schicksal nun in den Händen eines Dienstmädchens? Als ich Sara betrachtete, fiel mir auf, wie wenig ich eigentlich über sie wusste. Ist man einem Menschen nah, nur weil man sich vor ihm entblößt? Elias und mein Kammermädchen erlebten mich so wie niemand sonst, kannten meinen Körper und meinen Geist. Und doch hätten diese zwei Menschen im Gerichtssaal ebenso gut Fremde sein können. Zu beiden hätte ich eigentlich Vertrauen haben sollen, doch sie waren unberechenbar für mich.

Am Vorabend, in meinem Schlafzimmer, hatte ich mit Sara mein Entsetzen über Barnstaples Lügen teilen wollen. Ich hatte erwartet, dass sie mich beruhigen und mir versichern würde, sie würde Barnstaples Machenschaften einen Riegel vorschieben. Doch stattdessen hatte sie sich abgewandt und war mit den üblichen Handreichungen beschäftigt gewesen. Noch vor wenigen Monaten hatte diese junge Frau vollkommen anders auf mich gewirkt. Sie schien wie verwandelt, und ich wusste nicht mehr, wer sie war.

Während man aufs Eintreffen des Richters wartete, ließ ich den Blick durch den Saal schweifen. In den Tagen, die wir im Gerichtssaal zugebracht hatten, waren mir die Vorgänge hier seltsam vertraut geworden. Jeden Morgen schüttelte der Gerichtsdiener das Samtkissen des Richters aus, legte es wieder auf den Stuhl und strich es glatt. Ich wusste, dass der Geschworene links außen am Tisch keinen Wert auf Lavendel legte, sondern verlangte, dass Rosmarin vor ihm verstreut werden sollte. Und ich wusste, dass die Tür zum Kerkergang jeden Morgen pünktlich um neun Uhr aufging.

An diesem Tag fiel mir eine Frau im Publikum auf. Ich war mir sicher, dass ich sie schon einmal gesehen hatte, konnte sie jedoch nicht zuordnen. Sie war schon recht alt, und die anderen standen höflich auf, als sie sich zu einem freien Platz am Ende einer vollbesetzten Reihe drängte. Dann ließ sie sich nieder und nahm ihr Schultertuch ab. Da es ohnehin nichts von Interesse zu betrachten gab, blickte ich weiter zu der Frau hinüber. Sie hatte die Hände im Schoß gefaltet und beobachtete Sara, als sie vom Gerichtsdiener zum Zeugenstand geführt wurde. Und auch als alle Anwesenden sich beim Eintreten des Richters erhoben und wieder setzten, ließ diese Frau Sara nicht aus den Augen, ein kleines spöttisches Lächeln auf den Lippen.

VIERZIG

SARA

Alles wirkte viel größer als zuvor, wie durch eine Lupe. Ich sah die Furchen im Gesicht des Richters und die einzelnen Strähnen seiner Rosshaarperücke. Als der Gerichtsdiener zu mir trat, um den Spiegel einzustellen, bemerkte ich, dass der Mann pockennarbige Haut hatte. Von oben, von der Galerie aus, war mir alles, was unten passierte, wie ein Theaterstück auf einer Bühne erschienen. Doch nun war es Wirklichkeit.

Der Gerichtsdiener reichte mir eine Bibel. Es war das Alte Testament, in rissiges Leder gebunden, abgenutzt von den Händen zahlloser Zeugen. Ich nahm das Buch so vorsichtig entgegen wie damals meine neugeborene Tochter. Es fühlte sich schwer an.

»Habt Ihr lesen gelernt?«, fragte der Gerichtsdiener.

Ich nickte, und er reichte mir ein Stück Pergament, auf dem der Eid geschrieben stand. Ich konnte besser lesen als die meisten Leute im Gerichtssaal, stolperte aber dennoch über die Wörter. Was von oben mühelos gewirkt hatte, war hier unten so schwierig wie Astronomie. Ein Kind schrie, und ich hielt unwillkürlich danach Ausschau, aber es war nicht meine Tochter. Moll saß auf der Galerie ganz vorne, neben Monsieur Finet, und hielt meine Kleine auf dem Schoß. Je schneller ich das hier hinter mich brachte, desto schneller würde ich zu ihr zurückkehren können.

Thorel trat vor mich, ein Lächeln auf den Lippen, das er wohl für aufmunternd hielt. Doch so wurde man als Dienstmädchen niemals angelächelt. Sag einfach, was er hören will, hielt ich mich selbst an.

Die ersten Fragen waren einfach, und ich konnte sie vollkommen aufrichtig beantworten.

»Nun«, sagte Thorel und trat noch einen Schritt näher, »zur Nacht des Aufstands.«

Obwohl ich das nicht gewollt hatte, schaute ich in diesem Augenblick zu Bisby Lambert hinüber. Früher hatte ich ihn wegen seiner ruhigen und sanftmütigen Art als schmucken Mann empfunden. Doch jetzt wirkte er wie ausgehöhlt, als sei er nur noch angefüllt mit Stroh. Das erging allen so, die im Kerker von Newgate landeten.

Wie hoch war der Preis für mein kleines Mädchen?

»Nur ein paar Fragen, wenn Ihr gestattet.« Thorel klang jetzt wieder so kurz angebunden, als stünde ich bei ihm im Kontor. Bei Thorel wusste man nie, was man zu erwarten hatte.

»Seid Ihr am betreffenden Tag, dem einundzwanzigsten Februar, nachmittags in das Haus der beiden hier anwesenden Webergesellen in der Buttermilk Alley gegangen?«

»Ja, Sir.«

Bisby Lambert blickte auf und warf mir ein kleines Lächeln zu. Ich konnte die spröde, gesprungene Haut an seinen Lippen erkennen. Mir war jetzt schon übel vor Reue, und die Tat war noch nicht einmal begangen.

»Ihr wart von Eurer Herrin des Hauses verwiesen worden, weil sie herausgefunden hatte, dass Ihr in anderen Umständen wart, nicht wahr?«

»Es war etwas anders, Sir.«

Thorel starrte mich mit hartem Blick an. »Bitte nur einfache Antworten, Miss Kemp. Mehr ist nicht nötig«, sagte er langsam und betont.

»Ihr seid unverheiratet, nicht wahr?«, fuhr er dann fort.

Ich nickte. »Ja.«

»Und Ihr wart des Öfteren im Haus der beiden Webergesellen in der Buttermilk Alley, nicht wahr?«

»Ich erledigte gelegentlich Botengänge.«

Thorel lächelte. »Gewiss, aber das war nicht alles. Ihr verbrachtet dort mehr Zeit. In Gesellschaft der dort wohnenden Webergesellen.«

Einer der Geschworenen schüttelte den Kopf, griff nach seiner Feder und schrieb etwas auf das Blatt vor ihm. Von der Galerie war missbilligendes Raunen zu vernehmen.

»Manchmal wart Ihr auch dort, wenn sich die Angehörigen der aufständischen Webervereinigung dort versammelten, nicht wahr?«

»Ab und zu habe ich in dem Haus andere Webergesellen gesehen, aber ich wusste nicht, ob sie einer Vereinigung angehörten.«

»Mr Lambert war ihr Anführer, ist das so richtig?«

Lambert wollte sich räuspern, bekam jedoch einen quälenden Hustenanfall. Niemand konnte weitersprechen. Als ich sah, wie Lambert um Atem rang, fragte ich mich unwillkürlich, ob es wohl unrecht ist, das Leben eines Mannes zu beenden, der ohnehin bald sterben wird. Das ganze Leben meiner Tochter im Austausch gegen ein paar Wochen eines anderen.

»Ja, Sir«, sagte ich, und als ich diese Worte sprach, fühlte ich mich ebenso abscheulich wie berauscht. Es war, als beförderе ich mich selbst an einen Ort, an dem ich noch nie zuvor gewesen war. Wo ich endgültig ausgestoßen war und nicht mehr auf Gnade hoffen musste. Wo ich frei war.

Thorel lächelte und nickte, sichtlich beruhigt über meine Antwort.

»Und könnt Ihr John Barnstaples Aussage bestätigen, dass Lambert die Männer an jenem Abend zum Aufstand aufwiegelte?«

Ich bekam kein Wort heraus und blieb stumm.

»Bedeutet das ein Ja, Miss Kemp?«

Ich nickte und flüsterte: »Ja.« Es erschien mir, als laste sogar die Luft so schwer auf mir, dass ich mich kaum bewegen konnte. Und die ganze Zeit sah mich Lambert mit seinen gütigen, traurigen Augen an.

»Und ist der erste Angeklagte, Bisby Lambert, der Vater Eures Kindes?«

»Wieso wollt Ihr das wissen?«, fragte ich. »Ein Kind zu zeugen ist ja wohl etwas ganz anderes, als Seide zu zerstören.«

Einige der Gesellen glucksten belustigt. Thorel wurde ungeduldig. »Es sagt etwas über den sittlichen Charakter des Mannes aus.«

Der Richter mischte sich ein: »Miss Kemp, es ist gewiss schwierig für Euch, all das zu verstehen, weil Ihr eine Frau und ein Dienstmädchen seid. Ihr müsst jedoch Mr Thorels Fragen beantworten. Mr Barnstaple behauptet, Mr Thorel habe Mr Lambert des Hauses verwiesen, weil Letzterer der Vater Eures Kindes sei. Deshalb soll Mr Lambert sich gerächt haben, indem er Mr Thorels Seide zerschnitt. Es geht hier um Beweggründe, versteht Ihr das?« Der Richter beäugte mich über seine Brille hinweg, bis ich nickte, und lehnte sich dann wieder zurück.

»Wer ist also der Vater Eures Kindes?«

»Ich war in das Haus in der Buttermilk Alley gekommen, um ihn zu suchen – den Vater, meine ich. Ich habe ihn gebeten, mir zu helfen, aber er hat es abgelehnt, das ist wahr. Weil ich mich schwach fühlte, ging ich nach draußen, und als ich stürzte, hat er mich aufgefangen.«

»Mr Lambert?«

Wie sehr ich mir wünschte, er wäre es nicht gewesen. Ich erinnerte mich noch genau an den Schmerz und die Enttäuschung, die ich empfunden hatte, als ich zu mir kam und nicht Barnstaple, sondern Lambert neben mir sah.

»Ja«, antwortete ich.

»Und er ist Euch nach draußen gefolgt und hat Euch aufgefangen, als Ihr ohnmächtig wurdet, weil er der Vater Eures Kindes ist?«

Ich blieb stumm. Oben auf der Galerie hatte meine Kleine meine Stimme erkannt und streckte die Hand nach mir aus, als könne sie mich zu sich heraufziehen. »Wah«, schrie sie dabei und wedelte mit den Ärmchen. Wenn ich jetzt nicht sagte, was Thorel wollte, würde man mir dann meine Tochter gleich wegnehmen? Würde man Moll auftragen, sie vom Gericht aus ins Findelhaus zu bringen?

Madam starrte mich von ihrem Platz seitlich an. Ihr Gesicht war ausdruckslos, aber in ihren Augen lag eine unbeschreibliche Trauer. Dann fiel mir eine Frau auf, die nicht weit entfernt von Mrs Thorel saß. Die Frau beäugte mich mit Raubvogelblick. Für diesen Anlass trug sie eine aufwendige Perücke mit allerlei Bändern und Kämmen. Doch darunter war sie noch immer derselbe Mensch. Mir wich das Blut aus dem Gesicht, doch dann stieg es so schnell wieder auf, dass mir der Schweiß ausbrach. Sie schien das auszukosten und grinste breit. Seit damals hatte sie einen Zahn eingebüßt. Ihr Blick war wie ein Spiegel, den man mir vorhielt. War das aus mir geworden? Erst eine Hure, jetzt eine Lügnerin?

»Ihr müsst die Frage beantworten«, sagte Thorel aufgebracht.

Ich sah ihn unumwunden an. »Nein, das ist er nicht.« Diese Antwort war klar und einfach, wie verlangt. »John Barnstaple ist der Vater.«

Thorel sah aus, als würde er aus der Haut fahren. Er marschierte zu seinem Platz zurück, griff nach einigen Papieren und starrte darauf, als stünde dort geschrieben, was er nun mit mir machen sollte. Dann blickte er zum Richter. »Ich habe keine weiteren Fragen an die Zeugin.«

»Und das ist noch nicht alles.« Ich erkannte meine eigene Stimme kaum wieder, so kraftvoll schallte sie durch den Gerichtssaal. »Ich nehme zurück, was ich zuvor ausgesagt habe. Nicht Bisby Lambert führte die Webergesellen an, sondern John Barnstaple.«

»Ich sagte, ich habe keine weiteren Fragen«, fauchte Thorel.

»Und es war auch nicht Lambert, der die Gesellen zum Aufruhr anstiftete, sondern ebenfalls Barnstaple. Sofern sie nicht längst durch ihren Hass auf Mr Thorel zur Gewalt bereit waren.«

Zum ersten Mal seit drei Tagen herrschte vollkommene

Stille im Gerichtssaal. Sogar meine Tochter sah stumm und aufmerksam zu mir herunter. Bald würde sie von mir getrennt sein und ihre eigene Mutter nicht mehr erkennen. Doch zumindest in diesem Augenblick hatte sie eine ehrliche Frau vor Augen.

Thorel trat vor den Richter. »Euer Ehren, unter diesen Umständen bitte ich um die Erlaubnis, eine weitere Zeugin in den Zeugenstand zu rufen.«

»Wen möchtet Ihr aufrufen?«

Thorel straffte sich und blickte in den Saal. »Ich rufe Mrs Elizabeth Swann auf.«

ESTHER

Nun wusste ich, wer diese Frau war.

Wegen der lächerlichen Perücke hatte ich Mrs Swann nicht gleich erkannt. Damals, im strömenden Regen, hatten dünne, graue Haare an ihrem Kopf gehaftet. Aber das grausame, schiefe Lächeln war unverändert.

Sara stand auf und verließ den Zeugenstand, damit Mrs Swann eintreten konnte. Als sich die beiden Frauen begegneten, musste Sara beiseitetreten, damit Mrs Swann mit ihren breiten Röcken an ihr vorbeikam. Dabei sah ich Saras Miene ganz deutlich. Das Mädchen wirkte wie ein Kaninchen vor der Schlange. Mrs Swann dagegen nickte nur beiläufig, als begegne sie einer alten Bekannten auf der Straße.

Als Mrs Swann sich im Zeugenstand niedergelassen hatte, fächelte sie sich mit einem Fächer Luft zu. Dann klappte sie ihn zu und nahm vom Gerichtsdiener die Bibel in Empfang, die sie betrachtete wie etwas Unbekanntes. Ich konnte mir unschwer vorstellen, dass meine Bibel die einzige Heilige Schrift im Wig and Feathers war. Nachdem Mrs Swann den Eid gesprochen hatte, sah sie Elias freundlich an. Er dagegen wirkte jedoch argwöhnisch, als sei die Frau eine Katze, die ihm um die Beine strich, aber im Nu die Krallen ausfahren konnte.

»Ich habe nur wenige Fragen an Euch, Mrs Swann.«

Sie neigte den Kopf, erhaben wie eine Königin.

»Euch gehört die Schenke Wig and Feathers, ist das richtig?«

»Jawohl, Sir«, antwortete Mrs Swann mit breitem Lächeln. Aufgeregtes Raunen breitete sich im Saal aus. Mrs Swann blieb so ungerührt, als hätte sie sich gerade als Besitzerin der Bäckerei in der Quaker Street zu erkennen gegeben.

Elias räusperte sich. »Und ist Euch diese Frau hier bekannt?« Er drehte sich um und wies auf Sara.

Mrs Swann und Sara starrten sich einen Augenblick lang an. Dann nickte Mrs Swann bedächtig und sagte: »Ja, Sir, ich kenne sie.«

»Unter welchem Namen ist diese Frau Euch bekannt?«

»Als Miss Sara Kemp, Sir. So wie sie eben heißt.«

»Woher kennt Ihr Sara Kemp, Mrs Swann?«

»Nun, sie war eines meiner besten Mädchen, Sir. Wenn sie sich gut benahm, was aber nicht oft vorkam, das kann ich Euch sagen.«

Pfiffe und laute Buhrufe waren zu hören. Sara saß kerzengerade da.

Der Richter runzelte die Stirn und wandte sich zu Mrs Swann. »Ich fürchte, Ihr müsst erklären, was mit *eines meiner Mädchen* gemeint ist.«

»Sie war 'ne Hure!«, schrie jemand von der Galerie.

Mrs Swann warf dem Richter ein betrübtes Lächeln zu. »Das ist leider wahr, Euer Ehren. Miss Kemp ist eine Dirne.«

Hinter uns zischte jemand und warf etwas auf Sara, das sie an der Wange traf. Sie zuckte zusammen, drehte sich aber nicht um. Dann hob sie langsam die Hand und wischte den Fleck ab.

Elias trat näher zu Mrs Swann, was den Eindruck einer gewissen Vertrautheit vermittelte. »Würdet Ihr wohl behaupten, dass es Miss Kemp an Anstand mangelt? Und an sittlichem Ehrgefühl?«

»Nun, ich weiß nicht, Sir.« Mrs Swann zögerte. »Anständig sind meine Mädchen alle. Einige hatten eben ein schweres Leben, aber daran sind sie schließlich nicht schuld.«

Elias schüttelte den Kopf. »Es geht mir nicht um Schuld, Mrs Swann. Die beiden Webergesellen stehen unter Anklage, nicht Miss Kemp. Meine Frage lautet lediglich: Denkt Ihr, dass Miss Kemp lügen würde?«

»Oh, lügen würde die so ungeniert wie mit einem Seemann ins Bett gehen!«

Die Gesellen lachten und johlten. Bei Mrs Swanns Enthüllung war Barnstaple erbleicht, aber jetzt lief er rot an, vor Wut vielleicht oder vor Aufregung. Männer pflegen die Demütigung von Frauen gerne auszukosten. Nur Bisby betrachtete Sara mitfühlend. Sie hatte versucht, ihn zu retten, hatte ihre eigene Zukunft für die seine aufs Spiel gesetzt, und nun hatten sie beide verloren. Was würde aus ihnen werden? Vor einem Jahr hatte es diese beiden Menschen in meinem Leben nicht gegeben, doch nun fand ich die Vorstellung schrecklich, sie zu verlieren, vor allem Bisby. Saras Vergangenheit war ihre eigene Geschichte, aber für Bisbys Schicksal war ich verantwortlich. Wie konnte ich ihn in diesem riesigen Gerichtssaal wortlos um Verzeihung bitten? Wie sollte ich Gefühle für einen Mann ertragen, den man womöglich zum Tode verurteilen würde? Unwillkürlich sah er nun mich an, als spüre er meine Verzweiflung. Ich suchte nach Verständnis in seiner Miene, konnte sie jedoch nicht deuten.

»Sprecht weiter«, sagte Elias, nachdem der Aufruhr sich gelegt hatte.

»Eines Abends suchte ein Herr das Wig and Feathers auf, der einen guten Ruf genießt, seht es mir also nach, wenn ich seinen Namen nicht nenne. Nachdem er mit diesem Mädchen hier zu tun gehabt hatte, kam er zu mir und sagte, er vermisse seine Taschenuhr. Und siehe da, kurz darauf hatte Miss Kemp drei Pfund, acht Shilling und einen Sixpence in der Tasche.«

»Könnte es dafür nicht eine vollkommen harmlose Erklärung geben, Mrs Swann?«

»Mag wohl sein, aber bevor ich fragen konnte, suchte das Mädchen das Weite und ließ sich nie wieder bei mir blicken.«

»Demnach ist Miss Kemp nicht nur eine Dirne, sondern wohl auch noch eine Diebin?« Zu den Geschworenen gewandt sagte Elias: »Diese Frau lebte in meinem Haus und hielt all das vor mir verborgen. Sie saß an meinem Tisch, aß meine Speisen und erhielt Lohn für eine Stellung, die ihr nicht im Mindesten zustand.« Elias' Stimme wurde von Satz zu Satz lauter, und am Ende schrie er beinahe.

Als er sich wohl bereits als Sieger wähnte, beugte sich der Richter zu ihm und fragte ruhig, aber bestimmt: »Warum habt Ihr Mrs Swann in meinen Gerichtssaal gebeten?«

»Weil ich verdeutlichen möchte, Euer Ehren, dass man den Äußerungen der vorherigen Zeugin keinen Glauben schenken kann.«

»Ihr selbst hattet diese Zeugin aufgerufen, Mr Thorel.«

Elias wirkte etwas unbehaglich. »In der Tat, Euer Ehren, doch als ihre Aussage nicht der Wahrheit entsprach, fühlte ich mich verpflichtet, dem Gericht ihre Herkunft zu verdeutlichen. Den Worten einer Frau mit solch schlechtem Leumund darf das Gericht keinen Glauben schenken.«

»Aber es soll den Worten ihrer einstigen Herrin Glauben schenken? Der Betreiberin dieses unsittlichen Hauses?«

Elias schien angestrengt nach einer Begründung zu suchen, weshalb man einer Gestalt wie Mrs Swann mehr vertrauen sollte als einem ihrer Mädchen. Doch der Richter war nicht mehr bereit zu warten. Ich empfand zusehends Hochachtung für diesen besonnenen und entschiedenen Mann, der sich von dem Theater, das man ihm hier bot, nicht beeindrucken ließ.

»Mr Thorel, ich gewähre Euch noch eine letzte Gelegenheit, Beweise vorzubringen, die dem Gericht dienlich sein könnten. Andernfalls betrachte ich Euren Fall als abgeschlossen.« Der Richter nickte dem Gerichtsdiener zu, der aufsprang und Mrs Swann hastig hinausgeleitete.

Elias' Anklage lag in Trümmern. Alle Zeugen hatten unterschiedliche Geschichten erzählt. Die Geschworenen konnten lediglich Halbwahrheiten anhäufen und danach urteilen, welcher Stapel am höchsten war. Zum ersten Mal in all den Tagen in diesem Saal hegte ich wieder Hoffnung, dass man Bisby als ehrenwerten Handwerksgesellen ansehen würde, der durch bösartige Rachegelüste seines Meisters in diese Lage geraten war. Und ich bemerkte auch, dass Bisby jetzt weniger fahl aussah, als wirke die Aussicht auf Freiheit belebend auf ihn.

EINUNDVIERZIG

SARA

Ich wusste, dass Mrs Swann auf mich warten würde. Sie lungerte vor der Tür des Gerichtssaals herum und wedelte mit ihrem Fächer. Als ich herauskam, klappte sie ihn zu.

»Einmal Hure, immer Hure, wie?«, sagte sie und trat zu mir.

Ich schaute zu Boden und versuchte, mich an ihr vorbeizudrängen, um die schmale Treppe zur Galerie hinaufzusteigen. Aber Mrs Swann umklammerte meinen Arm. Ihre Finger fühlten sich genauso schmerzhaft und krallenartig an wie an jenem Tag damals auf dem Marktplatz.

»Ich will zu meinem Kind zurück«, sagte ich, ohne aufzuschauen.

»Diesem kreischenden Bankert da oben?« Mrs Swann packte mit der anderen Hand mein Kinn und drehte mich zu sich. Der Fächer bohrte sich in meine Wange. Er verströmte den typischen Geruch des Wig and Feathers, eine Mischung aus Moschus und Lauge.

»Ich hab dir ja gesagt, du würdest nie von mir wegkommen. Und wie du siehst, hatte ich recht.« Ich betrachtete eingehend ihre mit Puder bestäubte Perücke, an der etwas Schminke haftete. Mrs Swann schüttelte aufgebracht mein Gesicht hin und her. »Schau mich an!«

Ich zwang mich, sie anzusehen. Ihre Augen wirkten wie

kohlschwarze Onyxperlen in ihrem weiß gepuderten Gesicht, ihr Mund glich einem karmesinroten Schlitz. Sie sah regelrecht gespenstisch aus. »Woher wusstet Ihr, wo ich bin?«, fragte ich.

»Vielleicht hast du in deinem neuen Haus nicht so viele Freunde, wie du glauben magst.« Mrs Swann lächelte, wobei die Zahnlücke wieder zum Vorschein kam. »Jetzt wissen alle, was du in Wahrheit bist. Du kannst dich nicht mehr als Kammermädchen ausgeben – oder wofür du dich nun gern hältst.« Sie ließ mich los und strich mir plötzlich mit zittriger Hand über die Wange. Ihr Gesicht wurde weicher, und die runzlige überschminkte Haut wirkte noch schlaffer. »Komm zu uns zurück, Sara. Wir nehmen auch dein Kind auf.«

Ich zog ihre Hand von mir weg. »Lasst mich in Ruhe.«

»So etwas sagt man nicht, wenn man sonst keinerlei Freunde hat! Ich würde an deiner Stelle eher dafür sorgen, dass ich dir gewogen bleibe. Nur ich kann dir den Konstabler vom Hals halten. Man könnte doch wohl meinen, du hättest genug von Gerichtssälen!«

Als ich endlich zur Galerie hinaufgehen wollte, sah ich auf der Treppe zierliche Schuhe, über denen sich Spitzenröcke bauschten. Moll in ihrem besten Kleid, das sie sonst nur in der Kirche trug, wenn sie neben Thorel saß und zweifellos davon träumte, seine Gattin zu sein.

»Wo ist mein Kind?«, fragte ich, bemüht, nicht angstvoll zu klingen.

Moll verdrehte ihre aquamarinblauen Augen. »Bei Monsieur Finet«, antwortete sie gereizt.

Ich fragte sie nicht, wo sie hinwolle, sondern wartete, bis die Treppe frei war, und eilte dann hinauf.

»Wünsche dir einen guten Tag, schönes Mädchen«, hörte ich Mrs Swann sagen, als Moll an ihr vorüberging.

Meine Tochter fand Monsieur Finet weitaus interessanter als er sie. Als ich mich zu ihr durchdrängte, war sie damit beschäftigt, sein Doppelkinn mit ihren kleinen Händchen zu kneten. Ich nahm sie hoch und wäre auf der Stelle hinausgegangen, hätte ich nicht etwas Verblüffendes gesehen. Moll saß im Zeugenstand, strich sich die Locken aus dem Gesicht und lächelte zuckersüß die Geschworenen an. Und all diese Männer setzten sich aufrecht hin und ließen Moll nicht aus den Augen. Sie schien es gar nicht zu bemerken; daran war sie gewöhnt.

Dann sprach sie mit ihrer zarten Elfenstimme ernsthaft den Eid. Das Rascheln und Rumoren auf der Galerie verstummte, und sogar die Frauen beugten sich schweigend vor, um zu hören, was das Püppchen dort unten zu erzählen hatte. Ich setzte mich wieder.

»Ich kann Euch genau schildern, was sich in jener Nacht in der Mansarde zugetragen hat, Euer Ehren. Während draußen der Tumult tobte, ging ich die ganze Zeit meiner Herrin, Mrs Thorel, mit dem Kammermädchen zur Hand. Brachte ein Kind zur Welt, aber es steckte fest wie ein Korken in der Flasche, da half kein Ziehen und Zerren. Das kleine Ding wurde schon grau – zumindest der Fuß, mehr sahen wir ja nicht davon. Madam wusste nicht, was wir tun sollten, also hab ich angeboten, Hilfe zu holen. War gefährlich draußen wegen der Meute und so, aber ich hab nicht an mich gedacht, nur an das Kind, das kleine unschuldige Wesen.«

Einige Geschworene nickten ihr zu und lächelten. Obwohl ich in dieser Nacht nicht oft bei mir gewesen war, hatte ich die Ereignisse anders in Erinnerung.

»Wir hatten uns alle schon gedacht, dass einer der Webergesellen der Vater des Kindes ist. Ich hatte schließlich mit eigenen Augen gesehen, wie Miss Kemp zur Buttermilk Alley ging, und das nicht nur einmal. Also lief ich aus Madams Zimmer, um Hilfe zu holen. Draußen auf dem Gang war es ruhig. Vom Platz hörte man Lärm, aber im Haus schien es ruhig zu sein. Ich wollte gerade nach unten gehen, als ich aus der Mansarde die Stimmen zweier Männer hörte, die ich als Mr Lambert und Mr Barnstaple erkannte. Weil die beiden Streit hatten, war ich mir unsicher, ob ich dort hinaufgehen sollte, hab es dann aber doch getan, wegen des Kindes.«

Moll hielt inne und spielte mit ihrem Taschentuch, als wisse sie nicht recht weiter.

»Und was habt Ihr gesehen, als Ihr die Mansarde betratet?«, fragte der Richter in freundlicherem Tonfall als zuvor.

»Ich habe gesehen, wie er die Seide zerschnitt, Euer Ehren.«

»Er?«, fragte Thorel.

»Mr Lambert, Sir.« Moll sah Thorel mit ihren Mandelaugen etwas länger an als nötig. Dann wandte sie den Blick wieder dem Richter und den Geschworenen zu. »Als ich die Klapptür öffnete, schrie Mr Barnstaple gerade ›Rühr sie nicht an‹ oder so etwas. Sie rangelten, und Mr Barnstaple versuchte, Mr Lambert den Säbel zu entreißen, wurde aber beiseitegestoßen. Dann schnitt Mr Lambert mit dem Säbel die Seide vom Webstuhl.«

Der Richter wirkte ernst. »Gibt es noch etwas, das Ihr dem Gericht mitteilen könnt?«

Moll schüttelte den Kopf. »In diesem Augenblick kamen die Soldaten des Königs. Von da an können die besser über die weiteren Geschehnisse berichten als ich.«

Der Richter nickte und beugte sich zum Gerichtsdiener. Während die beiden sich im Flüsterton unterhielten, betrachtete Moll sittsam ihre Hände im Schoß, und die Geschworenen warfen Blicke auf sie und gaben vor, etwas aufzuschreiben. Gewiss fanden diese Männer Moll engelsgleich.

Und Engel lügen nicht.

ESTHER

Trotz aller Erinnerungen war die Mansarde noch immer einer meiner Lieblingsorte im Haus. Nachdem wir vom Gericht zurückkamen, wartete ich bis fünf, bevor ich hinaufging. Es war indessen April, und die Tage wurden länger. Zu lang. Die Helligkeit, beim Weben so kostbar, war nun eine Qual, die ich ertragen musste, bis wieder ein Tag ohne ihn zu Ende ging.

Mein zerschnittener Unterrock lag noch zerknüllt auf der Seide, auf die Elias ihn geworfen hatte. Sie musste nun nicht mehr verdeckt werden. Ich zog den Unterrock beiseite und ließ ihn zu Boden fallen. Dann betrachtete ich die Seide, bezaubert von ihrem Glanz, und strich mit den Fingerspitzen über die Blumen, die sich über den Warenbaum rankten. Wildrose und Brombeere.

Bisby hatte recht behalten. Das sahneweiße Garn hellte den Stoff auf und unterstrich das zarte Muster der Pflanzen. Ohne Bisby hätte ich vermutet, das helle Gelb würde auf weißem Grund verblassen. Doch es wirkte kräftig und leuchtend.

Ich trat zum anderen Ende des Webstuhls. Bislang hatte ich lediglich die Latzen gezogen, während Bisby das Gerät zum Leben erweckt hatte. Jetzt setzte ich mich wie damals ganz zu Anfang selbst auf die Webbank. Bisby war im Gefängnis, und Elias' Leben war nur noch bestimmt von seinem Vorhaben, ihn hängen zu sehen. Seit dem Aufstand hatten die Webstühle geschwiegen; eine seltsame Stille war im Haus eingekehrt. Allein meine Seide war geblieben. Ich betrachtete die Litzen und sah, dass Bisby das Ende säuberlich abgeschlossen hatte. Das musste er mit Ives getan haben, nachdem ich gesagt hatte, ich könne nicht mehr in die Mansarde kommen. Bisby hatte Wort gehalten: *Ich habe versprochen, diese Seide für Euch zu weben, und ich werde es auch tun.* Er hatte all seine Versprechen gehalten, und was hatte ich im Gegenzug für ihn getan? Ihn davon abgehalten, sein Meisterstück zu vollenden, und den Zorn seines Meisters über ihn gebracht. Daran konnte ich nicht einmal denken: dass ich vermutlich Schuld an seinem Tod tragen würde. Und wofür das alles? Für meine Liebe zu Seide? Meine Liebe zu diesem Mann?

Ich griff nach dem Schiffchen und öffnete das Webfach, indem ich einen Tritt betätigte. Bislang war mir das Weben nie gelungen, weil Bisby immer hinter mir gestanden hatte, was mich einerseits beruhigt, andererseits aber ungeheuer abgelenkt hatte. Ich musste einige Versuche unternehmen, um mit den Tritten und dem Schiffchen den richtigen Rhythmus zu finden, doch nach einer Weile gelang es mir mühelos, und die Mansarde war wieder vom vertrauten Klappern erfüllt. Ich benötigte nur noch einen Zoll nicht gemusterten Stoffs, dann war die Seide vollendet. Einen Ziehjungen brauchte ich dafür nicht, weil keine rankenden Pflanzen mehr entstehen sollten, Kette und Schuss wurden nur noch im Grundmuster verwoben.

Als die Dämmerung einsetzte, war ich fertig. Mir blieb

gerade noch genug Licht, um die Kettfäden zu durchtrennen und zu verknoten. Als ich die Seide vom Webstuhl löste, kam es mir vor, als durchschneide ich eine Nabelschnur. Es war Ende und Anfang zugleich. Bisby und mich würde nichts mehr verknüpfen, aber was ich nun in Händen hielt, war etwas ganz Neues und Kostbares.

ZWEIUNDVIERZIG

SARA

Moll hörte nicht einmal, wie ich hereinkam, weil sie munter ein Liedchen trällerte, während sie auf dem Küchentisch das Geldstück kreiseln ließ. Wenn es klackernd auf das Holz fiel, nahm sie es in die Hand und beobachtete, wie sich das Kerzenlicht im Gold spiegelte.

»Wenn man einen Penny hoch genug wirft, landet er immer bei jemandem in der Tasche.«

Moll blickte auf, legte rasch die Hand auf die Guinee.

»Woher hast du die?«, fragte ich.

Moll wischte mit der Hand über den Tisch, bis die Münze in ihren Schoß fiel. »Was denn?«

Ich lachte. »Du denkst wohl, ich sei strohdumm.«

Moll legte den Kopf schräg. »Ich denk allerhand über dich, aber strohdumm bist du nicht.«

»Wundert mich, dass er dich für deine Lügen bezahlen musste. Hätte gedacht, du machst das umsonst, wenn man bedenkt, was du sonst noch alles für ihn tust.«

Moll warf mir ein überlegenes Lächeln zu. »Ich hab nicht die geringste Ahnung, was du meinst. An deinem Leben solltest du mich aber nicht messen.«

Ihre Worte ließen mich kalt. Dieses Mädchen konnte nichts mehr preisgeben, was nicht seit heute Nachmittag das gesamte Viertel wusste.

»Und wer sagt, dass ich lüge?«, fuhr Moll fort. Sie versteckte die Guinee nicht mehr, sondern hielt sie in der Hand. »Woher willst du denn wissen, was ich da oben in der Mansarde gesehen hab? Du hast doch flachgelegen und gegrunzt wie eine Sau im Schlamm, soweit ich mich erinnern kann.«

Ich setzte mich an den Tisch. Moll funkelte mich böse an, aber ich scherte mich nicht darum. »Für das, was du getan hast, wirst du in die Hölle kommen«, sagte ich.

»Lieber mit 'nem schönen Kleid und einer neuen Haube in die Hölle, als im Zuchthaus Asche zu sieben, was du bald tun wirst.«

»Glaubst du im Ernst, er wird dich ihr vorziehen, wenn du ein vornehmes Kleid trägst?«

Moll blickte von der Münze auf und sah mich an. »Was meinst du damit?«

»Du bist ein Dienstmädchen, sie ist eine edle Dame. Daran ändern auch hundert Guineen nichts.«

»Wenn du wüsstest, was ich gerade gemacht habe, würdest du sie nicht mehr so loben.« Moll stand auf und schob die Münze in ihre Schürzentasche. Dann ging sie zum Wäscheschrank und nahm ein Stück Stoff heraus.

»Entzückend, nicht?«, sagte sie, als sie den Stoff auf dem Tisch ausbreitete. »Madam sagt, sie und ihre Schwester seien damit getauft worden. Daran soll man dein Kind erkennen.«

»Erkennen?«

»Ja. Das wird sie mitbekommen, ins Findelhaus, damit man sie wiedererkennt, wenn jemand sie mitnehmen will.« Moll warf mir einen hämischen Blick zu. »Falls überhaupt jemand ein Kind aus so üblen Verhältnissen haben will.«

Auf dem Tisch lag ein weißer Taufschal aus Seide mit zartem Spitzenrand und Blumenstickereien. Es war so ein wunderschönes Stück, dass ich es berühren wollte, doch Moll riss es an sich, als ich die Hand ausstreckte.

»Besser, jemand wie du fasst es nicht an. Hab mir solche Mühe gegeben, damit es wieder schön ist. Bin froh, dass das arme Ding endlich getauft wird, muss ich sagen. Ist schon viel zu lang ein namenloser Bankert.«

Wäre der Tisch nicht zwischen uns gewesen, hätte ich ihr mit dem zarten Taufschal den Hals zugeschnürt, und das wusste sie auch. Monsieur Finet kam herein, und sie hastete zu ihm wie ein Hund, der gerufen wird. Dann hüllte sie den Schal in Seidenpapier. Finet ließ sich schwerfällig auf seinem Stuhl nieder und begann seine Schuhe auszuziehen. »Bin ich erschöpft«, sagte er und hielt Moll die Schuhe hin, damit sie an den Herd gestellt wurden. »Hoffentlich ist dieses ganze Theater bald vorbei, und wir können wieder ein ruhiges Leben führen.« Ich beobachtete ihn, als er sich zurücklehnte und an der Schulter kratzte. Der Kater sprang auf seinen Schoß, drehte sich ein paarmal und rollte sich schließlich ein.

»Schwerer Tag für dich heute vor Gericht, Kemp«, sagte Finet und streichelte das kupferrote Fell des Katers. »So ist es eben, wenn man eine derartige Vergangenheit hat. Der entkommt man nicht. Ist wie Pocken. Man bleibt immer davon gezeichnet.« Moll kicherte in sich hinein, als sie ein Stück Schnur abschnitt.

Ich hatte bereits die ganze Zeit darüber nachgedacht, woher Thorel von Mrs Swann wusste und wie er sie gefunden hatte. Finets Bemerkung fand ich nun so eigenartig, dass ich an Mrs Swanns Bemerkung vor dem Gerichtssaal denken musste. In dieser Hinsicht hatte sie wirklich recht: Ich hatte in diesem Haus keine Freunde gefunden. Ich stand auf und ging Richtung Herd, als wolle ich Wasser aufsetzen, blieb jedoch vor Finet stehen. Seine Hand verharrte in der Bewegung, und der Kater schlug ein Auge auf.

»Was ist, Weib?« Seine Stimme klang unterschwellig drohend, doch das war mir einerlei. Ich hatte nichts zu verlieren.

»Woher wusstet Ihr von meiner Vergangenheit?«

Finet dachte einen Augenblick nach, dann schaute er zu mir auf. »Hat dir nicht viel Gutes gebracht, wie?«

»Was?«

»Die Bibel, die Mrs Thorel dir hat schicken lassen. Hättest du mehr darin gelesen und weniger Zeit in der Buttermilk Alley verbracht, wärst du jetzt nicht in dieser miesen Lage.«

Moll blickte auf und beobachtete uns. Ihre Augen sahen so rund und glänzend aus wie die Guinee in ihrer Schürzentasche.

»Woher wusstet Ihr von der Bibel?«, fragte ich.

Finet gluckste. »Mrs Thorel hatte mir aufgetragen, sie ins Wig and Feathers zu bringen. Dennoch wusste ich nicht, wer du warst, als du später hier ins Haus kamst. Aber die kleine Moll hat das Buch gefunden und gleich zu mir gebracht.«

»Meine Bibel?«, sagte ich zähneknirschend und starrte Moll an. »Du hast meine Sachen durchwühlt?«

Moll antwortete nicht, sondern band weiter mit geschickten Fingern das Päckchen zu. Der Kater stand auf und streckte sich auf Finets Schoß, sprang dann hinunter. Finet erhob sich, holte ein Stück Hammelfleisch aus der Kammer und zerhackte es. Die bernsteingelben Augen des Katers schienen zu leuchten, während er ihm zusah.

ESTHER

Man sollte meinen, dass man länger für die Entscheidung über Leben und Tod eines Menschen braucht, als ein Glas Süßwein zu trinken. Doch es dauerte tatsächlich nicht länger. Nach Molls Aussage zogen sich die Geschworenen zurück, genehmigten sich ein Glas und waren binnen Kurzem bereit, am nächsten Morgen das Urteil zu verkünden. Schließlich musste man Ländereien verwalten, mit Tee und Zucker handeln, Silber zu Schmuckstücken für die Häuser und Gattinnen jener feinen Herren verarbeiten. Da blieb keine Zeit, um ewig im Gericht zu sitzen und über das Schicksal einfacher Handwerksleute zu entscheiden.

Die Angeklagten wurden nacheinander dem Richter vorgeführt. Barnstaple kam als Erster herein und wurde so heftig gezogen, dass er ins Stolpern geriet. Aber er musste die schweren Ketten nicht weiter tragen. Der Gerichtsdiener schloss sie auf, bevor der Sprecher der Geschworenen das Urteil vollständig verkündet hatte. Barnstaple hob seine Hände vors Gesicht und betrachtete sie wie etwas völlig Fremdes. Auf der Galerie jubelten die Gesellen und schrien seinen Namen, als sei er ein Boxer im Ring. Barnstaple legte den Kopf in den Nacken und strich durch sein lockiges schwarzes Haar. Dann stieß er so laut Luft aus, dass es klang wie das Schnauben eines Pferdes.

Bisby ließ Barnstaple nicht aus den Augen. Als er selbst schließlich nach vorne geführt wurde, musste er sich am Arm des Gerichtsdieners festhalten.

Kopf gewinnt, Zahl verliert. Doch warum ließ man nicht beide frei? Wenn die Geschworenen nicht entscheiden konnten, wer die Seide zerschlitzt hatte, durften sie doch auch niemanden verurteilen. Gewiss war Barnstaples Befreiung nur der Vorbote, Bisby würde ihm folgen. Das musste so sein, denn es gab ebenso wenig Beweise für Bisbys Schuld wie für die von Barnstaple.

Abgesehen von der Aussage dieses jungen Mädchens, dem die vernichtenden Worte von den üppigen Lippen geperlt waren.

Der Sprecher der Geschworenen hüstelte leicht und richtete sich kerzengerade auf. Allein diese kleine Geste ließ mir das Blut in den Adern gefrieren. Tat man das, wenn man einen Mann freilassen wollte? Elias neben mir schien die Luft anzuhalten, und die Zuversicht, die ich kurz zuvor noch empfunden hatte, war im Nu verflogen.

Der Richter fragte nach dem Urteil der Geschworenen in allen drei Anklagepunkten.

Der Sprecher verlas klar und deutlich: »Anklagepunkt eins: schuldig. Anklagepunkt zwei: schuldig. Anklagepunkt drei: schuldig.«

Die Worte wie Hammerschläge, bis auch die allerletzte Hoffnung zerstört war.

Der Richter fragte Bisby, ob er einen Grund vorbringen könne, warum das Todesurteil nicht vollstreckt werden solle. Bisby schüttelte den Kopf, stumm und verzweifelt. Weder war er ein Geistlicher noch eine Frau, er konnte dem Strang nicht entkommen. Der Richter setzte sich die schwarze Seidenkappe auf, aber sie rutschte zu weit nach vorne, so dass eine Ecke fast seine Nase bedeckte. Als er die Kappe zurechtrückte, verschob er dabei seine Perücke, und man sah an einer Stelle seine echten Haare, braun und grau. Ein Stück des wahren Menschen hinter der ganzen Maskerade.

Der Richter verkündete, Bisby werde zunächst zurück in den Kerker geführt und dann, am siebzehnten April 1769, zu einem eigens in Bethnal Green errichteten Galgen, damit die Hinrichtung allen dort Lebenden eine Lehre sein werde. Man werde ihn hängen und nach seinem Tod auf dem Gelände von Newgate begraben. Es war so still im Gerichtssaal, dass die letzten Worte des Richters überlaut zu hören waren.

»Möge der Herr Eurer Seele gnädig sein.«

Elias lehnte sich in seinem Sessel zurück, nahm das Glas Süßwein entgegen, ohne mich eines Blickes zu würdigen, und starrte in den leeren Kamin, als würde dort ein Schauspiel geboten. Ich eilte zur Tür.

»Und wisst Ihr, was mir an alldem am besten gefällt?«, sagte er, als ich schon den Türknauf berührt hatte. Ich blieb stehen, schwieg; er wollte keine Antwort hören. »Dass er vor der Schenke Salmon and Ball gehängt wird. Nicht in Tyburn, sondern hier in Bethnal Green, wo alle, die wir kennen, zusehen werden.« Elias drehte sich zu mir um, ein merkwürdiges Leuchten in den Augen. »Und auch *Ihr*.«

Er trank einen Schluck, es war sein viertes Glas Wein an diesem Abend. »Warum habt Ihr eine Hure in mein Haus gebracht?« Meine Hand umklammerte fest den Türknauf. »Haltet Ihr mich für dumm, Mrs Thorel? Glaubtet Ihr wahrhaftig, ich würde nicht dahinterkommen, dass eine weitere Hure unter meinem Dach lebt?«

»Ich bin keine Hure.«

»Hure oder Tochter einer Hure – das macht keinen Unterschied. *Wenn die Grundpfeiler umgerissen werden, was richtet da der Gerechte aus?*«

»Ich wollte ihr ein besseres Leben ermöglichen«, sagte ich.

»Dann seid Ihr töricht.« Elias ließ den Wein im Glas kreisen. »Huren ändern sich nie. *Ihr aber, tretet herzu, ihr Kinder des Ehebrechers und der Hure! Über wen wollt ihr das Maul aufsperren und die Zunge herausstrecken? Seid ihr nicht abtrünnige Kinder, ein verkehrtes Geschlecht?*«

»Ihr mögt die Bibel zitieren, doch weder Ihr selbst noch Euer Handeln ist christlich. Ihr selbst habt gesündigt und erlangt nicht die Herrlichkeit Gottes.«

»Ich?« Elias drehte sich noch weiter zu mir und sah mich an. »Was habe ich getan, außer dafür zu sorgen, dass Gerechtigkeit geschieht? Ihr nennt mich einen Sünder, die anderen Webermeister jedoch nennen mich einen Helden. Sie sagen, ich habe Spitalfields gerettet. Denkt doch an all die Aufstände, die ich durch mein Handeln verhindert habe. Besitz wird nicht zerstört, Seide nicht mehr zerschnitten werden. Ich habe sogar gewiss Menschen das Leben gerettet, indem ich diese Webergesellen zur Rechenschaft zog und an Bisby Lambert ein Exempel statuierte.«

»Seid Ihr fertig, Gemahl?« Sein Gesicht verfinsterte sich. Ich ging zurück und beugte mich über ihn. »Mit dem

Wein? Soll ich ihn wegbringen?« Ich nahm die halb leere Flasche neben dem Sessel hoch und hielt sie ihm hin.

Er lachte und riss sie mir aus der Hand. »Nein, Mrs Thorel. Ich habe etwas zu feiern, und Ihr werdet Euch zu mir setzen und mir Gesellschaft leisten.«

»Nein, das werde ich nicht tun. Ich habe nichts mit Euch zu feiern.« Ich blieb stehen.

Elias nahm ein zweites Glas vom Tisch, füllte es und hielt es mir hin. Als ich es nicht nahm, stellte er es zurück. »Wie Ihr wollt. Wisst Ihr, Menschen wie Ihr und Lambert mögt glauben, Ihr tut Gutes, doch das solltet Ihr lieber bleiben lassen. Lambert wird nun wohl kaum erfreut sein, dass er Euch geholfen hat, nicht wahr? Und in Bälde werdet Ihr das auch von dieser Kemp denken.«

»Was soll das heißen?«

Gemächlich trank Elias einen Schluck Wein. »Sie wird es ebenso bitter wie Lambert bereuen, dass sie mich gedemütigt hat. Ich habe sie und ihren Bankert unter meinem Dach geduldet, und sie hat es mir vergolten, indem sie mich zum Narren gemacht hat. Worauf ich natürlich vorbereitet war. Deshalb habe ich dafür gesorgt, dass ich über ihre Vorgeschichte Bescheid wusste. Jetzt wird sie für ihre Taten büßen.«

Hieß das, er wollte Sara wieder Mrs Swann ausliefern?

»Sie wird schon genug leiden, wenn das Kind ins Findelhaus gegeben wird.«

»Nein.« Elias schüttelte den Kopf. »Die Bankerte von liederlichen Frauen gehören nicht ins Findelhaus. Da jetzt jeder weiß, was Kemp früher getan hat, ist ihr dieser Weg versperrt.«

»Das kann ich nicht glauben! Weshalb tut Ihr einem Kind so etwas an?«

»Das ist Kemps eigene Schuld. Das Zuchthaus wird ihr gut bekommen. Wenn sie ein Jahr lang Hanf gebrochen und die Peitsche gespürt hat, wird sie ein neuer Mensch sein.«

Ich empfand heftigen Abscheu gegenüber meinem Ehemann. Als er mich abwartend ansah, wusste ich nur eines zu erwidern: »Bedenkt eines, Gemahl: Die Huren werden eher ins Reich Gottes kommen als Ihr.«

DREIUNDVIERZIG

SARA

»Was tust du?«

Er zuckte lässig die Achseln und warf Hemden und Hosen in eine Tasche aus Tuch. Unten an der Straßenecke trällerten die Milchmädchen und schepperten mit den Blecheimern, damit die Leute frische Buttermilch kauften. Ich nahm die Laute kaum noch wahr. Sie gehörten für mich ebenso der Vergangenheit an wie das Klappern von Bisbys Webstuhl am Spital Square zehn. Barnstaple richtete sich auf. »Hier ist für mich nichts mehr zu holen. Ist besser, ich geh nach Bermondsey zurück.«

»Ich wusste nicht, dass du aus Bermondsey kommst.«

»Und ich wusste nicht, dass du eine Hure bist.« Barnstaple seufzte und legte eine Weste zusammen. »Aber ich komme auch nicht aus Bermondsey. Sondern meine Frau.«

»Deine Frau?« Er hätte mir geradeso gut erzählen können, dass er zur See fahren wolle. »Du bist verheiratet?«

Barnstaple grinste grimmig. »Ich fürchte, ja. Wir scheinen vieles nicht voneinander gewusst zu haben.«

Er sah mich abwartend an, aber seine vielen Lügen hatten meine Gefühle für ihn restlos zerstört. Unsere kleine Tochter, die auf der Strohmatte lag, zerrte ein Hemd aus der Tasche und kaute am Ärmel.

»Du verschwindest, weil du Angst hast vor den anderen

Webergesellen«, sagte ich. In diesem ganzen Gespinst aus Täuschungen sollte es wenigstens einen einzigen Augenblick der Wahrheit geben. Barnstaple sollte nicht glauben, dass ich ihn nicht durchschaute. »Du bist ein elender Lügner und ein Feigling. Und die Gesellen kennen deine falschen Reden und wissen, dass du Lambert zu deinem Prügelknaben gemacht hast.«

Barnstaple blickte finster und wandte sich ab, um die Weste in die Tasche zu legen. Dann zog er der Kleinen das Hemd weg. Sie erschrak und ruderte wild mit den Ärmchen.

»Die werden zuschauen, wie man Lambert aufknüpft, und danach werden sie es dir heimzahlen«, fuhr ich unbarmherzig fort. »In Tyburn zu baumeln wäre da bestimmt noch eine Gnade. Und ich werde ihnen zusehen, wenn sie dich holen.«

»Ach ja?« Er trat einen Schritt auf mich zu. So nah war ich ihm seit Monaten nicht mehr gewesen. Ich konnte jede Bartstoppel erkennen. »Was machst du dann hier? Wenn du mich so abscheulich findest, weshalb drückst du dich dann wieder hier herum?« Er sah mich mit diesem dunklen, brennenden Blick an, und einen Augenblick war ich nicht sicher, ob er mich schlagen oder küssen würde. Dann beugte er sich vor. »Du willst mich immer noch, nicht wahr?«

»Nein«, flüsterte ich. »Ich will den Unterhalt für das Kind.«

Er fuhr zurück und verzog verächtlich den Mund. »Ah, gewiss. Ich hatte meinen Spaß, und nun muss dafür berappt werden!« Er schwang seine Tasche über die Schulter. »Mich wird keiner zwingen, Unterhalt zu zahlen, weil du bei fast jedem Mann aus dem Viertel gelegen hast. Nur den üblichen Betrag.« Er warf einen halben Penny auf die Matte.

Ich nahm meine Tochter hoch; sie sollte nichts mehr mit diesem Mann zu tun haben. Dann verließ ich die Mansarde, während Barnstaple auf den Webstuhl blickte, der stumm und reglos am Fenster stand.

Als ich mit unserem Kind in den Armen die Treppe hinunterging, hörte ich Barnstaple noch rufen: »Würdest du die Kleine wirklich lieben, dann würdest du sie weggeben!«

Als ich ins Haus am Spital Square zurückkam, lag das Päckchen auf Madams Frisierkommode. Hätte ich Moll nicht beim Verschnüren zugesehen, hätte ich vermutet, es handle sich um neue Spitzenvolants für ein Kleid. Aber ich wusste, was das zu bedeuten hatte. Heute würde man meine Tochter holen. Ich hastete die Treppe hinauf, fast fürchtend, sie sei schon verschwunden, obwohl ich sie gerade erst ins Bett gelegt hatte. Als ich sie ruhig schlummernd vorfand, fiel ich auf die Knie und bedeckte ihr seidiges Haar mit Tränen. So sehr hatte ich mich bemüht, sie bei mir zu behalten, und nun würde man sie mir wegnehmen. Ich wusste nicht, was für ein Leben ich ihr bieten konnte. Aber ich wusste, dass ich lieber sterben würde, als von ihr getrennt zu sein.

Von draußen hörte ich das Rumpeln einer Kutsche auf den Pflastersteinen. Ich trat an das kleine Fenster und sah, dass die Kutsche der Arnauds vor dem Haus hielt.

ESTHER

Elias hatte sich in seinem Zimmer hingelegt. Ihm war nicht wohl, weil er am Vorabend eine ganze Flasche Süßwein getrunken hatte. Ich hatte auf die Kutsche der Arnauds gewartet, und als Mr Arnaud die Werkstatt betrat, fand er mich an der Theke vor.

»Mrs Thorel«, sagte er überrascht.

»Mr Thorel ist leider unpässlich.«

»Ah. Nun, ich habe noch andere Dinge zu erledigen.« Er wandte sich zum Gehen.

»Ob ich Euch etwas fragen könnte, Mr Arnaud? Was haltet Ihr hiervon?«

Ich legte den Stoffballen auf den Tresen. Mr Arnaud hatte sich umgedreht und sah zu, wie ich »Wildrose und Brombeere« auf dem gesamten Tresen ausbreitete.

Mr Arnaud betrachtete die Seide eine Weile, dann nickte er. »Sehr schön. Ein außergewöhnliches Muster jedoch. Solche naturnahen Blumen habe ich noch nie zuvor gesehen. Wer ist der Dessinateur?«

»Es ist eine Dessinatrice, Mr Arnaud. Ich habe das Muster für diese Seide entworfen.«

Mr Arnaud lächelte höflich. »Ihr beliebt zu scherzen, Mrs Thorel.«

»Nein, Sir, das tue ich nicht. Diese Seide ist mein Werk,

und ich biete sie Euch zum Kauf an. Falls Ihr aber keinen Gefallen an ihr findet …«

Ich begann, die Seide wieder aufzurollen, aber Mr Arnaud legte mir eine Hand auf den Arm. »Nein, bitte. Sie ist sehr schön und exquisit gewoben. Ich biete Euch achtzehn Shilling pro Yard, meinen besten Preis.«

»Sie ist aber mehr wert.«

Er zuckte die Achseln.

»Ich werde Euren Preis annehmen, Mr Arnaud, aber nur unter einer Bedingung.«

»Und die wäre?«

»Ich möchte, dass Ihr diese Seide zur Weberzunft bringt und erklärt, dass sie vom besten Weber von Spitalfields angefertigt wurde. Ferner möchte ich, dass Ihr die Gebühr bezahlt, mit der Bisby Lambert seinen Meistertitel erwirbt.«

Mr Arnaud gab ein Seufzen von sich, das beinahe wie ein Lachen klang.

»Nun, ich fürchte, das kann ich nicht tun.«

Ich nickte, dann begann ich die Seide aufzurollen. »Ihr habt sicher von meinem unglückseligen Kammermädchen gehört, Sara Kemp.«

»Jeder in Spitalfields hat von ihr gehört, Mrs Thorel«, sagte er grimmig.

»Ein ungeheuerlicher Skandal! Das Wig and Feathers!«

Mr Arnaud zog seine Taschenuhr hervor und blickte darauf. »Ich bitte um Verzeihung, Madam, aber meine anderen Vorhaben …«

»Ihr werdet nicht glauben, was für Geschichten das Mädchen mir erzählt hat. Man mag es ja kaum wiederholen, aber da gab es doch wahrhaftig diesen einen Mann, der – wie sagen diese Mädchen gleich wieder dazu? – *sein Brot gern in einem kalten Ofen buk.*«

Mr Arnaud stand reglos da, die goldene Taschenuhr in der Hand. »Ich habe keinerlei Kenntnisse über die Vorgänge an solchen Orten«, sagte er.

»Gewisslich nicht, Sir! Dennoch wünsche ich, dass Ihr Euch bei der Weberzunft für Bisby Lamberts Ernennung zum Meister einsetzt. Ich könnte auch sagen: Ich *bestehe* darauf.«

Mr Arnaud biss die Zähne zusammen und ließ die Uhr in die Tasche zurückgleiten. Dann nickte er knapp. »Ich schicke einen Boten für die Seide.«

VIERUNDVIERZIG

SARA

Ich hörte leichte Schritte auf der Treppe. Kam Mrs Arnaud selbst herauf, oder hatte sie Moll geschickt, um mir mein Kind zu entreißen? Ich nahm meine schlafende Tochter in die Arme und drückte sie so fest an mich, dass sie seufzte und hickste. Dann trat ich wieder ans Fenster und blickte hinunter. Die Kutsche der Arnauds mit dem Maulbeerbaum wartete noch immer vor dem Haus. Die plötzliche Stille ließ mich herumfahren. Jemand war vor der Tür stehen geblieben. »*Auf dem Baum, mein Kindlein, hoch oben …*«, sang ich leise.

Langsam wurde die Tür geöffnet, und ich war erleichtert, als ich Mrs Thorel sah. Moll musste sich nicht noch an meiner Trauer weiden. Ich wandte mich dem Fenster zu, summte weiter. Madam zögerte einen Augenblick, dann trat sie zu mir. Ich drängte mich so dicht ans Fenster, dass das Köpfchen meiner Tochter fast ans Glas stieß. Die Scheibe beschlug von meinem Atem, als ich die letzte Zeile sang.

»Sara?« Madam legte mir behutsam die Hand auf die Schulter, doch ich zuckte zusammen, als sei es glühende Kohle. Die Kleine schlug die Augen auf und blinzelte verwundert ins Licht.

»Sara«, wiederholte Madam, jetzt drängender.

Ich schüttelte den Kopf. »Nein, nein, nein«, sagte ich, wieder und wieder.

Madam stieß ihr übliches Seufzen aus, das ich auch zu hören bekam, wenn ich einen Tiegel umgestoßen hatte oder das Badewasser nicht heiß genug war. Schließlich drehte sie mich zu sich herum und sagte mit ruhiger Stimme: »Ich will dir helfen.«

Sie sah mich forschend an. Unten hörte ich, wie die Haustür zufiel und der Kutscher die Pferde antrieb. Dann war Hufschlag auf den Pflastersteinen zu hören.

»Es war nur Mr Arnaud«, sagte Madam. Im hellen Licht leuchteten ihre Augen grünblau, und ich konnte ihre feinen rotblonden Wimpern erkennen.

»Ich dachte, es sei Mrs Arnaud, um mein Kind ins Findelhaus zu bringen.«

»Sie wird nicht kommen.«

»Ich verstehe nicht. Es gab doch dort einen Platz für meine Kleine?«

Madam sah sehr ernst aus. »Nicht mehr. Dafür hat Mr Thorel gesorgt. Sara, er will euch beide ins Zuchthaus schicken. Du musst fort von hier.«

»Fort?« Ich hätte beinahe aufgelacht. »Wo soll ich denn hin? Ins Armenhaus, wo als Nächstes Mrs Swann mit dem Konstabler erscheinen wird? Da wäre es ja im Zuchthaus noch besser! Glaubt Ihr vielleicht, ich wäre nicht längst verschwunden, wenn ich wüsste, wohin? Wer wird mich denn mit einem Kind aufnehmen? Wie soll ich für Essen und Kleidung sorgen?«

Madam streckte die Hand aus und legte mir die Fingerspitzen auf die Lippen. Das war eine so vertrauliche Geste, dass ich vor Erstaunen verstummte. »Das hier ist für dich.« Sie hielt mir zwei Goldmünzen hin.

»Zwei Guineen! Das kann ich nicht annehmen, Madam.«

»Doch, kannst du«, erwiderte sie gelassen. »Betrachte es als … Gabe von Mr Arnaud.«

»Warum hat er Euch Geld gegeben?«

»Ich habe ihm meine Seide verkauft.«

»Aber meine Schulden bei Euch?«

Madam drückte mir die beiden Münzen in die Hand. »Die sind schon längst beglichen.«

»Ihr seid zu gütig, Madam.« Sie war immer freundlicher zu mir gewesen, als ich es verdient hatte. Doch sie lächelte nur und drückte leicht meine Hand, bevor sie losließ. Ich muss gestehen, dass es sich gut anfühlte, Geld von Mr Arnaud in Händen zu halten.

Dann verdüsterte sich Madams Miene so plötzlich, dass ich dachte, sie hätte es sich anders überlegt. »Nächste Woche werden sie ihn hängen«, sagte sie und sah dabei vollkommen verzweifelt aus.

Ich nickte vorsichtig. Als man das Urteil verkündet hatte, war ich nicht dabei gewesen. Doch ich hatte gehört, wie Moll und Monsieur Finet darüber tratschten.

Madam sah mich eindringlich an. »Und in dieser Zeit musst du verschwinden«, sagte sie. »Weil Elias dich zwingen will, bei der Vollstreckung dabei zu sein, wird der Friedensrichter dich erst danach abholen lassen. An diesem Tag wird sich ganz Spitalfields vor dem Salmon and Ball versammeln. Wir werden sagen, dass du erkrankt bist. Und du musst verschwunden sein, bevor wir zurückkehren.«

Wieder nickte ich, wusste aber kaum, was ich gerade bejahte. Das Einzige, was ich ganz deutlich spürte, war meine Tochter, die lebhaft in meinen Armen strampelte.

ESTHER

Das Ende eines Tages. Vertraut man darauf, dass die Sonne am nächsten Morgen wieder scheinen wird, empfindet man gewiss keine Trauer, wenn sie abends untergeht. Doch wenn das schwindende Licht das Ende deines letzten Tages ankündigt? Wenn die Morgendämmerung den Tod bringt? An diesem Abend hätte ich nur zu gern jeden einzelnen Stern vom Himmel gepflückt und die Rückkehr der Sonne verlangt.

Man ließ mich zu Bisby vor. Sogar der geldgierige und höhnische Wärter nickte nur kurz und geleitete mich durch die große Tür, als wollte er meine Trauer nicht sehen. Diesmal gab es keine schrecklichen Menschenmassen. Bisby hatte einen Raum für sich alleine und anständiges Essen. Eine dürftige Entschädigung für den Tod.

Bisby saß mir gegenüber vor einem schlichten Kamin mit einem Sims aus Holz. Ich hatte meinen Stuhl so dicht herangerückt, dass unsere Knie sich beinahe berührten. Durch ein kleines rundes Fenster hoch oben schien die Abendsonne herein und beleuchtete einen abgewetzten Teppich. Bisbys rötliches Haar wirkte golden in den Sonnenstrahlen, sein Gesicht lag im Dunkeln. Ein Segen, denn so sah ich nicht, wie bleich er war, und konnte mir einbilden, die Schatten auf seinen Wangen seien nur eine

Laune des Lichts. Doch das blutbefleckte Taschentuch, das er umklammerte, war nicht zu verleugnen.

Es gibt keine Worte für einen Mann, den man hängen wird. Obwohl ich das wusste, begann ich Sätze, die ich nicht zu Ende führen konnte. Schließlich hielt Bisby bittend die Hand hoch, um mich zum Schweigen zu bringen. Eine Weile blieben wir stumm. Bisby blickte zu Boden, ich betrachtete die Stäubchen, die in den Sonnenstrahlen umhertrieben. Die Fleischpastete, die ich mitgebracht hatte, roch köstlich, nach Behaglichkeit, Geborgenheit, Trost. Ich wünschte inständig, sie nicht mitgenommen zu haben. An diesem Ort schien es, als würde sie uns beide verhöhnen.

Ich brauchte Bisby nicht zu fragen, was er an diesem Tag getan hatte. Er war, wie alle zum Tode Verurteilten, in der Gefängniskapelle gewesen. Dort hatte er neben einem schwarzen Sarg gesessen und die Predigt des Pfarrers angehört. Danach hatte der Pfarrer die Geschichte von Bisbys Leben und seinen Abstieg ins Verbrechen aufgezeichnet. Später würde er in diesen Bericht die eigene Predigt und die Schilderung von Bisbys Benehmen vor dem Galgen und die letzten Worte einfügen. Diese Flugschrift, die man nach Bisbys Hinrichtung für Sixpence erwerben konnte, war alles, was von ihm bleiben würde. Die Vorstellung war so schmerzhaft, dass ich fest die Zähne zusammenbeißen musste, um mich zu beherrschen.

»Finde deinen Frieden, Esther«, sagte Bisby. »Ich habe es getan.«

Beinahe glaubte ich ihm. In seiner Stimme waren weder Zorn noch Bitterkeit zu hören.

»Wie kannst du so etwas sagen? Du bist unschuldig.«

»Das ist jetzt nicht mehr wichtig.« Er blickte auf das blutige Tuch und verbarg es in seiner Hand, als schäme er sich.

»Doch, es ist wichtig«, beharrte ich. »Warum hast du ihnen nicht gesagt, wer die Seide zerschnitten hat?«

Bisby seufzte und schüttelte den Kopf. »Du weißt, dass ich schwer krank bin?«

»Du hast Kerkerfieber. Du könntest wieder gesund werden, wenn du hier herauskämst. Müsstest dich einfach nur erholen und gutes Essen zu dir nehmen.«

»Nein, Esther. Ich werde sterben. Und da ich ohnehin sterbe, welchen Sinn hätte es dann, wenn ein anderer statt meiner am Galgen endet?«

»Wenn er schuldig ist, soll er hängen«, sagte ich, erstaunt über meine eigene Heftigkeit.

»Und wenn er noch ein Kind ist?«

Ich starrte ihn an, verstand nicht. Bisby hustete erneut und wischte sich den Mund mit dem Tuch. Ich wandte den Blick ab. Das runde Fenster glühte rot im Abendlicht, als sei es selbst eine Sonne. Diese Zeit des Tages hatten Bisby und ich so oft gemeinsam verbracht, kostbare Augenblicke, bevor das Licht schwand.

»Ich stelle mir die Frage«, sagte Bisby, als der Husten nachließ, »was meine Schwester gewollt hätte. Gewiss nicht, dass ihr Sohn stirbt, damit ich ein paar Wochen länger lebe und in ein Taschentuch huste.« Er knüllte das Tuch zusammen und warf es in den Kamin, wo es auf dem leeren Rost liegen blieb.

»Sie hätte gewollt, dass ihr beide lebt«, sagte ich. »Du hättest dem Gericht schildern sollen, was wirklich geschehen ist. Ein Kind hätte man nicht gehängt.« Noch als ich die Worte aussprach, wusste ich, dass sie nicht der Wahrheit entsprachen. Bisby blickte mich unsagbar traurig an. »Du musst mir erzählen, was sich in jener Nacht wirklich ereignet hat.«

»Ich konnte ihn nicht im Stich lassen«, sagte er hilflos, »ebenso wenig wie dich. Ives und Barnstaple gingen die Treppe zur Mansarde hinauf, und ich folgte ihnen. Ich wollte verhindern, dass mein Neffe sich ins Unglück stürzt, ich schwöre es dir. Als ich die Mansarde betrat, standen die beiden neben dem Webstuhl, Ives hatte den Säbel in der Hand. Ich ging rasch zu Ives und wollte ihm die Waffe abnehmen, aber Barnstaple stellte sich in den Weg. Wir rangen eine Weile, aber er hielt mich fest. Dann sagte er: ›Heute Nacht machen wir dich zum Mann, nicht wahr, Ives?‹ Und das gab den Ausschlag. Ives schnitt mit dem Säbel die Seidenfäden vom Kettbaum und zerschlitzte die fertige Seide auf dem Warenbaum. Und zwar mit solcher Wucht, als würde ich versuchen wollen, die Fäden wieder zusammenzubinden.«

Er gab ein bitteres Lachen von sich, was einen erneuten Hustenanfall auslöste. Bisby tastete seine Weste nach einem Taschentuch ab, und ich reichte ihm meines. Er nahm es entgegen und betrachtete lächelnd die zarte Spitze, als sei ein solcher Gegenstand hier ein Wunder.

»Aber wieso hat Ives das getan? Er hat doch selbst an dieser Seide mitgearbeitet. Es sollte dein Meisterstück werden.«

»Weil er ein Junge war, der zum Mann werden wollte. Er glaubte, die anderen Gesellen würden diese Tat von ihm erwarten. Wahrscheinlich hielt er sich für besonders mutig, weil er seine Arbeit für eine Sache opferte, die Barnstaple ihm als ehrenhaft und wichtig dargestellt hatte.«

»Wir hätten dafür sorgen müssen, dass Ives aussagt. Er hätte doch erklären können, dass Barnstaple ihn gezwungen hat.«

»Dann hätte man uns alle drei gehängt. Bitte, Esther, das ist sinnlos.«

Er hatte recht. Wir konnten nichts mehr ändern, nur noch Abschied nehmen.

»Du wirst sterben, weil ich mich in dich verliebt habe.« Das war die große Freude wie auch die Tragödie meines Lebens, unser beider Schicksal. »Ich wollte, dass du den Webstuhl einrichtest, habe dich mit meinen selbstsüchtigen Launen und Forderungen dazu gebracht, die Seide zu weben. Hätte ich dich in Frieden gelassen, hättest du deine eigene Seide gewoben und wärst Meister geworden. Aber ich konnte nicht von dir lassen. Ich habe dich in diese Lage gebracht.« Jetzt brach meine Stimme, und ich schluchzte auf, als ich vom Stuhl glitt und vor Bisbys Füße sank.

»Nein!« Die Kraft in seiner Stimme überraschte mich. »Das darfst du nicht sagen!« Er beugte sich vor, ergriff meine Hand und zwang mich, zu ihm aufzublicken. »Dich zu kennen war das Glück meines Lebens. Ich habe dir geholfen, weil ich es wollte. Weil jeder Augenblick mit dir in der Mansarde mir so viel wert war wie ein ganzes Leben anderswo. Ich habe dir geholfen, weil du die mutigste, begabteste und bezauberndste Frau bist, die ich jemals kennengelernt habe.«

Hätte ich versucht zu sprechen, hätte ich mich in Tränen der Liebe und Trauer aufgelöst. Deshalb ergriff ich nur

Bisbys Hände und führte sie zu meinen Lippen, küsste die rissige Haut.

»Ich möchte nichts bereuen müssen«, sagte er und ließ seine Stirn auf meinem Haar ruhen. »Wenn ich sterbe, möchte ich mich an das erinnern, was ich haben durfte, nicht an das, was mir genommen wird.«

Ich hob das Gesicht. Einen Augenblick lang waren wir uns so nah wie an jenem Abend in der Mansarde. »Du wirst Webermeister sein, Bisby.«

»Ach, Esther, wie soll das möglich sein?«

»Die Weberzunft hat ›Wildrose und Brombeere‹ begutachtet. Mr Arnaud hat die Seide dorthin gebracht. Die Männer sagten, eine Seide von solcher Meisterschaft und Kunstfertigkeit hätten sie kaum je gesehen. Sie haben dir den Meistertitel zuerkannt.«

Beinahe lächelte Bisby, doch dann verzerrte heftige Trauer sein Gesicht. Er drückte meine Hände ein letztes Mal, dann ließ er sie los.

Die Tür ging auf, und der schwarz gekleidete Geistliche kam herein. Ich wollte mich hastig erheben, doch er lächelte und schüttelte den Kopf, als bräuchte ich mich meines Kummers nicht zu schämen.

Der Pfarrer trat zu uns und kniete sich neben Bisby. »Wir müssen uns dem Gebet widmen.«

Ich richtete mich auf, aber Bisbys Hand streifte meine Röcke. »Mein Neffe«, sagte er drängend. »Ich weiß, dass er falsch gehandelt hat. Aber es gibt jetzt niemanden mehr, der sich seiner annimmt.«

»Ich verstehe«, antwortete ich. »Ich werde tun, was ich kann, um ihm zu helfen. Um deinetwillen.«

Bisby nickte. »Lebe wohl, liebste Esther«, sagte er und sah zu mir auf. Das Blau seiner Augen war erloschen, verschlungen von endloser Dunkelheit.

Der Pfarrer schlug den Psalter auf und sprach:

Tod, wo ist dein Sieg?
Tod, wo ist dein Stachel?

FÜNFUNDVIERZIG

SARA

Ich stand vor dem Bett, auf dem ich meine Tochter zur Welt gebracht hatte, und glättete ein letztes Mal die Laken. Danach legte ich Madams Lieblingskissen darauf, in zahllosen Stunden von uns bestickt, Stunden, in denen wir mit kleinen Stichen unser Leben verbunden hatten. Nun würden sich unsere Wege trennen.

Madam saß am Frisiertisch und summte leise, als wolle sie diesem Tag die Stirn bieten. Die kleine Melodie klang heiter in diesen traurigen Augenblicken. Dann schlug die Tischuhr, und jeder Ton brachte den Zeitpunkt von Bisby Lamberts Tod näher. Als die Uhr verstummte, tat Madam es ihr gleich.

»Es ist beinahe so weit«, sagte sie, und ihre Stimme klang brüchig und unstet. Als Madam nach ihrer Bürste griff, fiel sie zu Boden.

Ich bückte mich und hob sie auf. »Lasst mich das machen.«

Dann löste ich ihr Haar, wie ich es so oft getan hatte, und bürstete es behutsam. Jede Strähne schimmerte in einem anderen Farbton, von Flachsgelb zu Kupferrot. Die Farben des Herbstes.

Als ich nach dem Glastiegel mit der Lavendelpomade griff, sah ich, dass er fast leer war. »Wir müssen neue besorgen«, sagte ich leichthin, obwohl ich wusste, dass ich bald nicht mehr zu Madams Leben gehören würde.

Sie nickte mir im Spiegel zu und lächelte. Behutsam verteilte ich die Pomade in ihrem Haar. Madam hatte die Augen geschlossen, und zuerst dachte ich, sie fände die Berührung angenehm. Doch dann sah ich, wie eine Träne über ihre Wange rollte und eine glänzende Spur auf der gepuderten Wange hinterließ.

»Nicht weinen, Madam«, sagte ich, und meine Stimme klang unwillkürlich schrill. Ich kannte die Launenhaftigkeit und Eitelkeit meiner Herrin, ihren Eigensinn und ihren Ärger. Die pure Schönheit ihres nackten Körpers, die schnöde Wirklichkeit ihrer Ausscheidungen. So lange hatte ich mit Madam gerungen, dass ich jetzt vor allem eines nicht ertragen konnte: sie schwach zu erleben. »Seit ich Euch kenne, habt Ihr niemals geweint, Madam.«

Sie öffnete die Augen und lächelte. »Du irrst dich. Ich habe geweint, als deine Tochter zur Welt kam.« Und da sah ich das Bild vor mir: Madams Arme blutig bis zu den hochgeschobenen Spitzenärmeln, das Haar klebte ihr an der schweißglänzenden Stirn, und sie wischte sich Tränen aus dem Gesicht.

Ich puderte ihre feuchten Wangen erneut und steckte ihr Haar so auf, wie es am schönsten aussah. Dann ging ich zu der Holztruhe, in der ihre Sommerkleider aufbewahrt wurden, bestreut mit Lavendelzweigen. Ich sah die Schichten aus Damast und Leinen durch, bis ich das Kleid entdeckte, nach dem ich Ausschau gehalten hatte. Als ich das schlichte geblümte Kleid aus sahneweißem Seidentaft hochhielt, lächelte Madam und nickte.

Der Duft von Lavendel. Noch heute versetzt er mich zurück zu meiner einstigen Herrin. Ihr schweres Haar, seidig in meinen Händen, ihre marmorweiße Haut, wenn ich sie wusch. Der Duft verweilte im Zimmer, auch wenn sie selbst schon lange hinausgegangen war.

ESTHER

»Für dich nur Threepence, Liebchen.«

Die runzlige alte Frau grinste Moll an und hielt ihr eine Flugschrift hin. Das Mädchen ließ die Münzen in die Hand der Alten fallen und nahm das Papier in Empfang.

Seine letzten Worte. Dabei war er noch nicht einmal tot.

»Wie kannst du nur diesen Unsinn kaufen?«, fauchte ich. »Hast du Geld im Überfluss?«

Unter ihren dichten Wimpern warf Moll mir einen halb beschämten, halb trotzigen Blick zu, wie ich ihn zur Genüge von ihr kannte.

Um das behelfsmäßige Holzgerüst drängten sich bereits Menschenmassen. Ächzend und schwitzend in der Frühlingssonne, schlug ein Helfer Nägel in Holzstreben. Der Sheriff stand daneben und gab Anweisungen. Zwischen den Schaulustigen schlenderte eine Frau umher, die ein Servierbrett umgehängt hatte und frisch gebackene Wecken anpries. Der heitere Singsang ihrer Stimme stand in seltsamem Widerspruch zum düsteren Dröhnen der Hammerschläge.

Als der Galgen errichtet war, erinnerte mich etwas an dem hölzernen Gerüst an einen Webstuhl. Der Sheriff bedeckte den Boden mit einem schwarzen Tuch, zog dann seine Taschenuhr hervor und verglich sie mit der Uhr am Salmon and Ball. Viertel vor elf.

Nur noch fünfzehn Minuten bis zur Hinrichtung. Immer mehr Menschen strömten herbei, um Bisby Lambert hängen zu sehen, und wir wurden nach und nach näher an den Galgen geschoben. Vordere Plätze für ein Schauspiel, das ich nicht ertragen konnte. Das Stück hätte anders enden sollen. Auf Hogarths Kupferstich wurde der faule Lehrbub hingerichtet, nicht der fleißige Geselle.

»Hier seid Ihr«, sagte Elias, als er sich zu uns durchgedrängt hatte, gefolgt von Finet, der bei der Händlerin Wecken gekauft hatte und sie uns anbot, als sei man beim Hahnenkampf. Ich lehnte ab. Wie hätte ich bei diesem grauenhaften Spektakel essen können? Finet bot meinen Wecken Moll an, die ihn begierig entgegennahm und sagte: »Was für ein Jammer, dass Miss Kemp zu krank ist, um das zu erleben.«

Tatsächlich schien ganz Spitalfields in übermütiger Festtagsstimmung zu sein. Ebenso wie Moll und Finet hatten alle Dienstboten und Gesellen aus diesem und angrenzenden Vierteln für das Ereignis freibekommen. Dann und wann traten angesehene Herren zu meinem Gatten, schüttelten ihm lächelnd die Hand und gratulierten ihm so anerkennend, als habe er die Leibeigenschaft abgeschafft, anstatt einen Unschuldigen niederträchtig in den Tod zu schicken. Ich stand neben ihm, willenlos nickend wie eine Marionette.

Das Rumpeln von Rädern war zu hören, und kurz darauf kam ein Karren in Sicht. Der Geistliche von Newgate saß beim Kutscher wie eine riesige schwarze Krähe, und die Leute drängelten und reckten den Hals, um Bisby zu sehen. Neben dem Karren ritt der Konstabler mit einem langen Speer in der Hand. Dann hielt der Pferdekarren am Galgen, aber zu weit vorne, so dass der Kutscher auf Anweisung des Sheriffs zurücksetzen musste.

Viele Webergesellen waren dem Karren gefolgt, drängten sich nun um ihn und boten Bisby einen Krug Bier oder einen Apfel an. Dieselben Männer hatten sich womöglich in jener Nacht mit Pistolen und Säbeln auf dem Spital Square versammelt, gewalttätig und raublustig. Und jetzt waren sie hier, um Bisbys Ende beizuwohnen, reichten ihm Gin und kauften sich unbekümmert kandierte Nüsse.

Der Geistliche erhob sich auf dem Karren und begann einen Psalm zu singen. Seine getragene Stimme brachte die Menge zum Verstummen. Bisby, der hinter dem Geistlichen saß, ein weißes Leinenhemd über der Kleidung, hielt den Kopf gesenkt und tupfte sich mit einem weißen Spitzentaschentuch die Lippen. Trotz der grauenhaft fröhlichen Schaulustigen und des entsetzlichen Gedränges fühlte ich mich mit Bisby verbunden, empfand mich als ein Teil von ihm.

Ein letztes Gebet wurde gesprochen, während der Geistliche Bisby beim Aufstehen behilflich war und man ihm die Schlinge umlegte. Er sagte noch etwas, doch ich hörte seine letzten Worte nicht, sie verflogen im Wind wie dürre Blätter. Moll begann geräuschvoll zu weinen und zu schluchzen, und der Sheriff warf ihr einen mitfühlenden Blick zu. Ich hatte nicht erwartet, dass dieses Mädchen mich noch durch irgendetwas erschüttern könne, aber angesichts dieser ungeheuerlichen Heuchelei stockte mir der Atem. Elias stand neben mir, starr und mit vollkommen ausdrucksloser Miene.

Bisby wirkte aufrecht, sogar trotzig, als man ihm die Haube übers Gesicht zog. Es war, als lösche man eine Kerze, ersticke die Flamme. Ich kniff fest die Augen zu; wenn ich sein Gesicht nicht sehen konnte, wollte ich überhaupt nichts mehr von der Welt sehen. Elias presste mir die Finger in den Arm, damit ich zuschaute, wie ein Leben durch meine törichten Gefühle zerstört wurde. Doch ich hielt die Augen fest geschlossen und betete leise.

Der Knall der Peitsche. Die Pferde rannten erschrocken los, rissen den Karren mit sich. Dann war nichts mehr zu hören außer dem Knarren des Seils auf dem Holz und den dumpfen Schlägen der Uhr an der Schenke. Mein Herzschlag schien sich zu verlangsamen. Trauer verschlingt Zeit; ich vermochte nicht zu sagen, wie viele Minuten inzwischen vergangen waren, wann ich die Augen wieder öffnen sollte. Als die Menge unruhig wurde, nahm ich an, dass es vorüber war. Doch ich hatte nicht gewusst, dass auch Sterben sich lange hinziehen kann, dass der Körper endlos kämpft, sich windet, um sich tritt, versucht, in der Luft Halt zu finden.

Als ich es nicht mehr ertragen konnte und zu ihm laufen wollte, löste sich ein Junge aus der Menge, riss sich los vom Konstabler, der ihn aufhalten wollte. Ein etwa zwölfjähriger Junge mit sandfarbenem Haarschopf. Das Kind sprang hoch und umklammerte Bisby, als könne nur er ihn vorm Ertrinken bewahren. Der Galgen bog sich unter dem Gewicht der beiden, und einen Augenblick lang hingen Bisby und Ives gemeinsam daran.

»Ein Segen«, sagte jemand hinter mir. »War schneller so.«

Obwohl es schien, als sei meine Welt zum Stillstand gekommen, verstrich die Zeit gnadenlos weiter. Elias begab sich mit anderen Webermeistern in ein Kaffeehaus, Moll und Finet gingen zurück zum Spital Square, doch ich blieb. Die Menschenmenge zerstreute sich, die Händler packten ihre Waren ein, und die gewöhnlichen Geräusche der Straße kehrten zurück. Die Anatomen kamen, um die Leiche abzuholen, und die letzten Schaulustigen zankten sich um den Inhalt der Taschen. Nach einer Weile waren alle verschwunden, bis auf einen Jungen mit sandbraunem Haar, der mutterseelenallein auf einem mit schwarzem Tuch verhüllten Holzsockel saß.

SECHSUNDVIERZIG

SARA

Es kam mir vor wie eine Zeitreise. Ich befand mich auf Wegen meiner Vergangenheit, als ich auf dem Karren saß, der die Old London Road entlangzockelte, kehrte zurück zu meinen Anfängen. Meine Tochter saß auf meinem Schoß und starrte auf Häuser, Hügel, Straßen, die sie noch nie gesehen hatte, die mir aber so vertraut waren wie die Löckchen an ihrem Hinterkopf.

Ich verharrte zwischen Welten, zwischen Aufbruch und Ankunft, fast wie meine Tochter bei ihrer Geburt. Madams Heim war mein Zufluchtsort gewesen, aber die Geborgenheit eines Mutterschoßes muss irgendwann aufgegeben werden. Es war mir nicht leichtgefallen wegzugehen. Nachdem alle das Haus verlassen hatten, saß ich lange in Madams Zimmer. Niemals zuvor war ich ganz alleine im Haus gewesen, und die Stille war ein ungewohnter Gefährte hier, wo sonst das Klappern des Webstuhls aus der Mansarde und der Lärm von Töpfen und Pfannen aus der Küche zu hören waren. Beinahe erwartete ich, dass Madam von unten mit schriller Stimme nach einem gekochten Ei oder einem Holzscheit fürs Feuer verlangte. Ich saß in dem Zimmer, bis die Standuhr elf schlug und mich daran erinnerte, dass für uns alle die Zeit verrinnt.

Nun hob ich die Hand und rief dem Kutscher zu, er

solle anhalten. Das Pferd ging langsamer und blieb schließlich am Pfad zu dem Anwesen auf dem Hügel stehen. Der Mann, der mir gegenübersaß, blickte zwischen dem Haus und mir hin und her, als frage er sich, was ich wohl an einem so vornehmen Ort zu suchen hatte. Vorsichtig stieg ich von dem Karren, meine Tochter fest umschlungen, in der anderen Hand meine Tasche. Einen Augenblick lang blieb ich an der Straße stehen und sah dem Wagen nach, bis er hinter den Feldern im Wald verschwand. Dann machte ich mich auf den Weg zum Haus.

Als ich näher kam, kehrten mehr und mehr Erinnerungen zurück, aus denen ein Bild meiner Kindheit entstand. Ich ging zur Rückseite des Anwesens, blieb einige Schritte entfernt in der Sonne stehen und schaute auf die Tür zur Küche. Meine Kleine verlor die Geduld nach der langen Reise, zerrte an meiner Kleidung und nörgelte an meiner Brust vor sich hin.

Es war nicht mehr weit, nur noch ein paar Schritte, aber es kam mir vor, als stünde ich am Rand einer Klippe. Während ich darüber nachsann, ob ich springen sollte, ging die Tür auf und eine Frau trat in den kleinen Bauerngarten hinaus, einen Korb am Arm. Leise singend spazierte sie zwischen den Beeten entlang, betrachtete Lavendel und Kräuter. Der Klang der Stimme war mir so vertraut wie ein geliebter alter Umhang. Die Frau bückte sich, um Rosmarin und Salbei abzuschneiden, und legte die Kräuter in den Korb. Nach der ersten Strophe des Lieds summte sie nur noch vor sich hin.

Dann legt sie ab ihr seiden' Kleid
und schlüpft in Hosen aus Leder, oh!

Erschrocken blickte die Frau auf und blinzelte geblendet im hellen Sonnenlicht. Ich trat näher. »Und dann brennt sie mit den Zigeunern durch, nicht wahr, Mutter?«

Meine Mutter konnte gar nicht von meiner Tochter lassen, trug sie auf dem Arm herum, murmelte beruhigend und sang ihr Lieder vor, die mich zurückversetzten in meine eigene Kindheit. Unterdessen saß ich am Küchentisch und erzählte von den vergangenen Jahren, wenn auch nicht in allen Einzelheiten.

»Es tut gut, dich zu sehen, Mutter«, sagte ich.

Sie blickte mich über die Schulter der Kleinen an. »Ach Sara, ich kann dir gar nicht sagen, wie sehr du mir gefehlt hast. Wie sehr ich an dich gedacht habe, jeden Tag, seit du weggegangen bist.«

Ein Teil von mir konnte es kaum ertragen, das zu hören. Jener Teil, den ich vor vielen Jahren zurückgelassen hatte, als der Karren loszockelte und mich von meiner Mutter trennte. Jener Teil, der sich ganz zu Anfang bei Mrs Swann in einer Schüssel voll blutigem Wasser aufgelöst hatte. Jener Teil, den Mr Arnaud an jenem kalten Märztag beinahe erstickt hatte.

»Du hast mich damals weggeschickt.«

Meine Mutter wandte sich ab und trat zum Fenster, das Kind im Arm wiegend. Dann sah sie lange hinaus auf die Felder, die Ländereien, die jemandem gehörten, der um ein Vielfaches reicher war, als wir beide es jemals sein würden.

»Warum hast du das getan?«

Als meine Mutter sich wieder umdrehte, war ihr Gesicht tränenüberströmt. Die Traurigkeit machte sie alt, und ich blickte zu Boden, weil ich nicht an all die verflossenen Jahre denken wollte.

»Es gibt Dinge, die du nicht weißt«, sagte sie. »Dinge, die ein Kind nicht verstanden hätte.«

»Vielleicht verstehe ich sie jetzt.«

Meine Mutter seufzte, den Mund am flaumigen Haar meiner Tochter. »Steht man als Frau alleine da, nutzen manche Männer das aus. Der Herr dieses Hauses war ein solcher Mann. Er fing an, dich zu beäugen. Ich wollte dich beschützen. Und ich wusste mir nicht anders zu helfen, als dich wegzuschicken.«

Ich nickte langsam, war mir aber nicht sicher, ob ich das wirklich begreifen konnte. Weil ich mich schrecklich nach meiner Tochter sehnte, ging ich zum Fenster und nahm sie meiner Mutter aus dem Arm.

»Sara«, sagte sie drängend, »ich hätte ihm nicht Einhalt gebieten können. Was hätte ich tun können, außer dich wegzuschicken?«

Im Geiste hörte ich Sätze, die ich niemals zu meiner Tochter sagen würde: *Ich musste dich weggeben. Was hätte ich sonst tun können?*

»Wo ist er jetzt?«, fragte ich.

»Vor einem Jahr gestorben. Nach einem Sturz vom Pferd, bei der Jagd.« Meine Mutter rieb meinen Arm, als wolle sie prüfen, ob ich tatsächlich da war. »Schau dich nur an, mein Liebling, wie gut du dich gemacht hast. Kammermädchen und auch noch Köchin, wie ich höre. Dein alter Vater wäre stolz auf dich. In London hast du ein Leben geführt, das hier niemals möglich gewesen wäre.«

»Ja«, sagte ich. »Das ist wahr.«

Die Kleine fing an zu weinen, und ich war froh darüber, denn das Gespräch bewegte sich in eine Richtung, von der ich ablenken wollte. »Sie hat Hunger.«

»Sie? Hat das Kind denn keinen Namen?«

»Ach, Mutter, ich habe es kaum gewagt, ihr einen zu geben.«

»Dann lass uns das nachholen. Wie wäre es mit Esther? Deine Herrin war ja gut zu dir, wie es scheint.«

Ich rümpfte die Nase, und die Kleine brüllte lauter.

Meine Mutter lachte. »Gut, dann nicht Esther. Welcher Name gefällt dir denn?«

»Madams Schwester hieß Anne. Sie ist bei der Geburt ihres Kindes gestorben, wie auch ich beinahe. Vielleicht Anne. Oder Anna? So wollte ich sie eigentlich immer nennen.«

»Anna.« Meine Mutter ließ sich den Namen auf der Zunge zergehen wie Marzipan. »Ja, Anna.«

Damit begann ein neues Leben für meine Tochter. Und ich fand einen Teil meines alten Lebens wieder, in der vertrauten Landschaft meiner Kindheit, während meine Mutter am Herd stand und für meine kleine Tochter Apfelmus mit Zimt kochte.

ESTHER

Monsieur Finet saß am Küchentisch, Moll stand hinter ihm, eine Hand auf seiner Schulter, die andere auf den Tisch gestützt. Finet las mit theatralischem Tonfall etwas vor, was Moll zum Kichern veranlasste. Oh, dieses helle, perlende Lachen. Sie machte eine Geste, als würde sie einer Gans den Hals umdrehen, und nun schüttete sich Finet förmlich vor Lachen aus, hielt sich den Wanst, von dem fast die Knöpfe abzuplatzen drohten.

»Was ist das?«

Die beiden blickten ruckartig auf und starrten mich an. »Nichts, Madam«, antwortete Finet verdrossen.

»Ich möchte es sehen. Bringt es mir.«

Trotz seines fetten Halses sah ich, dass Finet schluckte. Er faltete das Blatt zusammen, als könne er so verhindern, dass ich es lesen würde. Moll wollte sich in die Spülküche verdrücken, aber ich blickte das Mädchen so wütend an, dass es an Ort und Stelle blieb.

Ich entfaltete die Flugschrift behutsam, als sei sie das Letzte, was mich mit ihm verband. Eigentlich wollte ich das alles gar nicht lesen, konnte mich jedoch nicht davon abhalten.

Vollständiger und wahrheitsgetreuer Bericht des Geistlichen von Newgate über die Hinrichtung von Bisby Lambert in Bethnal Green, London.

Mitsamt letzten Worten, Ermahnungen und Handlungen am Ort der Hinrichtung.

Morgen der Hinrichtung, 17. April 1769

Am Montag, den Siebzehnten dieses Monats, erlebte diese Gemeinde ein ebenso betrübliches wie außergewöhnliches Ereignis: die öffentliche Hinrichtung des Verbrechers Bisby Lambert. Vor der Schenke Salmon and Ball in Bethnal Green wurde ein Galgen errichtet, der Sockel mit schwarzem Tuch bedeckt. Kurz vor zehn Uhr an diesem Morgen führte man Lambert von der Gefängniskapelle in Newgate zu dem Trakt, in dem die Eisenketten entfernt wurden. Lamberts Verhalten entsprach in jeder Weise seiner unglückseligen Lage. Als die Uhr zehn schlug, hob er die Hände und sagte: »Nun habe ich nur noch eine Stunde zu leben.« Danach wurde er auf einem Pferdekarren zum Ort der Hinrichtung verbracht.

Dort traf Lambert kurz vor elf Uhr ein und begann umgehend inbrünstig und vernehmbar zu beten, was er auch fortsetzte, während der Henker ihn fesselte. Unterdessen trat ein Bekannter hinzu und sprach: »Das hättet Ihr Euch wohl nie ersonnen, Lambert«, worauf Letzterer erwiderte: »Nein, und ich werde Sorge tragen, dass mir dergleichen nicht noch einmal widerfährt.« Worauf man ihn scharf zurechtwies und verlangte, dass er das ihm Bevorstehende mit gebührender Haltung zu erwarten habe.

Hernach richtete er an die Zuschauer folgende kraftvoll vor-

getragenen Worte: »Ich werde nun einen schmachvollen Tod erleiden, und Ihr alle habt Euch hier versammelt, um meinem vorzeitigen Ende beizuwohnen. Es würde keinem Zwecke mehr dienen, nun zu lügen, weshalb ich kundtue, dass ich diese Verbrechen nicht begangen habe, sondern vielmehr so unschuldig bin wie ein ungeboren' Kind. Mein Tod wurde schmählich von einem frevelhaften Mann mit Gold erkauft, damit ein elendig' Wesen die Unwahrheit schwor.«

Dann blickte er auf eine weinende Frau in der Menge vor ihm und sagte: »Wäre ich hier nicht gebunden, so würde ich deine Tränen prüfen, denn ich glaube, sie sind mit Spucke vorgetäuscht.«

Darauf blickte Lambert so kühn über die versammelte Menschenmenge, als fürchte er den grimmen Schnitter nicht, und dankte Gott für seine Barmherzigkeit, ihn zu sich zu rufen, bevor die Kerkerkrankheit ihm noch mehr zusetze. Hernach wünschte er, seine Freunde sollten unbesorgt sein, denn er sei mehr als froh, diese sündige, nichtige Welt verlassen zu dürfen.

Nach einer kurzen Zeit der Andacht erbat Lambert vom Allmächtigen den Schutz seiner Seele, richtete sich auf und sagte nur: »Schlimmer kann es nicht mehr kommen.«

Dann zog man den Karren weg, und es war aus und vorbei mit Bisby Lambert.

»So verbringt Ihr also Eure Zeit, Monsieur Finet? Habt Ihr nichts Besseres zu tun, nun, da Sara Kemp nicht mehr da ist?«

Der Koch erhob sich und wandte sich zum Küchenschrank, als suche er dort etwas. Ich trat neben Finet. »Ich bin hier, um Euch mitzuteilen, dass Miss Kemp ihr Buch für Euch hiergelassen hat.« Wir blickten beide auf *Die Kunst des Kochens* oben auf dem Wandbrett. »Sie fand, Euch könnte es eher von Nutzen sein als ihr.«

Finet brachte ein dünnes Lächeln zustande.

»Und nun wünsche ich Austern zu essen, bevor die Saison vorüber ist. Macht Euch auf und besorgt welche.«

Finet starrte mich an. »Kann sie das nicht machen?«, fragte er und wies mit dem Kopf auf Moll.

»Nein«, antwortete ich knapp.

Der Koch nahm seine Jacke und verließ das Haus. Moll nahm Zuflucht zum Herd, wo sie aus unerfindlichen Gründen Wasser aufsetzte.

Ich betrachtete sie. Sie hielt den Kopf gesenkt, die Zöpfe fielen nach vorn, die Wärme des Herds brachte ihre Wangen zum Erröten. Oder war es Scham? Ich wusste noch immer nicht, ob dieses Mädchen überhaupt zu einem solchen Gefühl fähig war.

»Eine Freundin von Mrs Arnaud«, begann ich, »benötigt Hilfe im Haus. Diese Stellung wäre besser für dich geeignet als hier.«

Moll fuhr herum. »Was meint Ihr damit?«

»Ich meine damit, dass du künftig dort tätig sein wirst. Der Gatte der Frau ist vor Kurzem verschieden, es sollte demnach nicht zu *Verwicklungen* kommen.«

Molls volle Lippen bildeten ein erstauntes O, und Falten erschienen auf ihrer glatten Stirn. »Aber Mr Thorel«, sagte sie nach kurzem Schweigen, »wird das doch gewiss nicht gestatten?«

»Du verstehst gar nichts, wie? Du bildest dir wahrhaftig ein, Mr Thorel sei darum bekümmert, was aus dir wird. Aber dem ist nicht so. Er findet derlei … lästig. Davon abgesehen obliegt die Einstellung und Entlassung der Dienstboten mir, nicht meinem Gatten.«

Sie blieb stumm und wandte sich wieder dem Herd zu, dieser leeren Höhle, schwarz bis ins tiefste Innere.

»Ich habe sie entlassen.«

Elias stand in der Ladenwerkstatt an der Theke, mehrere Seidenmuster vor sich.

»Wie Ihr wünscht«, sagte er.

Falls ich gehofft hatte, er ließe sich etwas anmerken, wurde ich enttäuscht. Ungerührt fuhr er fort, die Zeichnungen zu betrachten, ohne die geringste Spur von Schmerz oder Bedauern in seinen Zügen. Vielleicht war er Meister darin, seine Gefühle zu verbergen, doch vielleicht hatte er auch einfach keine. Was ihn jedoch an gewissen Handlungen nicht gehindert hatte.

»›Pfingstrose und Lorbeer‹«, sagte er.

Ich blickte ihn verständnislos an.

»Das sollten wir als Nächstes weben.« Erst jetzt fiel mir auf, dass es meine eigenen Zeichnungen waren, die da auf der Theke lagen. Jene Zeichnungen, die Elias damals wutentbrannt aus meiner Geheimschublade gezerrt hatte. »Wenn wir einen geeigneten Farbton für die Blütenblätter finden, könnte die Wirkung äußerst eindrucksvoll sein. Den Grund vielleicht mit Ripsbindung. Was meint Ihr?«

Von einem Mann wie Elias Thorel war keine Entschuldigung zu erwarten, nicht einmal ein Eingeständnis, bestenfalls kleine Zugeständnisse.

»Ich habe mit Arnaud gesprochen«, fuhr er fort. »Er

war voll des Lobes für Eure Seide und sagte, er würde die nächste dieser Art erwerben wollen. Offenbar glaubt er, dass es einen guten Markt gibt für die, wie er sagte, ›*erlesen schönen naturnahen Dessins Eurer Gattin*‹.«

Ich stand in der Mansarde und sah zu, wie mein neuer Lehrling blassgrünes und rosafarbenes Seidengarn aufzog. Der Schussfaden war silbern. Wenn das Muster Gestalt annahm, würde die Seide mit Blüten in einem zarten Perlmuttrosé bedeckt sein, in vollkommen harmonischer Symmetrie.

In den vergangenen Monaten war das Haus so gespenstisch still gewesen, als habe man ihm mit dem Zerschneiden der Seide die Seele geraubt. Ein Webstuhl ist das Herz eines Weberhaushalts, ist das, was ihn zusammenhält.

Unser neuer Lehrling blickte abwartend zu mir auf. Ich legte die Hände auf das Garn, prüfte die Spannung der Kettfäden, wie er es mir beigebracht hatte. Dann nickte ich ihm zu. Er grinste schüchtern und strich sich durch das sandfarbene Haar, machte sich bereit. Als er die Tritte zu bewegen begann, mit bedächtiger und sorgsamer Miene, glich er seinem Onkel so sehr, dass mir das Herz schmerzte.

Die Patrone für »Pfingstrose und Lorbeer« war an den Webstuhl gehängt. Während die Seide entsteht, wird die Patrone abgewebt; ihr Ende ist zugleich Neubeginn. Ives erweckte den Webstuhl zum Leben, und das Herzblut des Hauses begann wieder zu fließen.

ANMERKUNG

Die Figur der Esther ist angelehnt an Anna Maria Garthwaite, die führende Seidendessinateurin von Spitalfields im achtzehnten Jahrhundert. Ihr gebührt es, durch ihre Zeichnungen der Seidenweberei einen kunstvolleren Charakter als zuvor verliehen zu haben. Garthwaites Erfolg fand einige Jahre vor dem Umbruch des Seidengewerbes in Spitalfields statt. Viele ihrer Dessins und Seidenstoffe können heute noch im Victoria and Albert Museum besichtigt werden.

Die Weber von Spitalfields im achtzehnten Jahrhundert waren kämpferisch und bildeten eine Vorform der Gewerkschaften, sogenannte Combinations oder Vereinigungen. Der Widerstand der Webergesellen ist historisch überliefert und kulminierte in spontanen Aufständen, bei denen die Seide der Meister zerstört wurde, wenn diese nicht auf die Forderungen der Vereinigungen eingingen. Nach einem solchen Aufstand wurden John Doyle und John Valline in Bethnal Green vor dem Pub Salmon and Ball gehängt. Vor seinem Tod schwor John Doyle, jemand habe ihn »baumeln lassen«, und ein Teil seiner letzten Worte lieferte die Grundlage für die Flugschrift mit Bisbys letzten Worten.

Auf John Rocques Karte von Spitalfields und Umgebung aus dem Jahr 1746 ist die Buttermilk Alley als schmale Gasse zwischen Phoenix Street und Quaker Street eingezeichnet, sie existiert jedoch heute nicht mehr.

DANK

Meinen herzlichen Dank für die große Chance und die Stärkung meines Selbstvertrauens – als ich das am dringendsten brauchte – an das Lucy Cavendish College und seine Literaturpreis-Jury.

An Emily Midorikawa, die einer Wildfremden mit Rat und Tat zur Seite stand.

An meine legendäre Agentin, Juliet Mushens, weil sie dieses Buch aus ihrem Haufen unverlangt eingesandter Manuskripte klaubte und abstaubte. Und weil sie sein Potenzial erkannte und mir zeigte, wie man es zur Geltung bringen konnte.

Großen Dank an mein Team bei Quercus für seine mitreißende Begeisterung. Mein ganz besonderer Dank gilt meiner Lektorin Jane Wood, die dafür sorgte, dass das veröffentlichte Buch besser ist als die Urfassung, und die mich während des gesamten Entstehungsprozesses einfühlsam begleitete und unterstützte. Therese Keating hat viele wertvolle Hinweise für diverse Fassungen gegeben, und meine fantastische Korrektorin Hazel Orme hat allerlei entdeckt, was ich übersehen habe.

Zuletzt danke ich jenem faszinierenden Viertel von London, das die »nützlichen Fremden« – wie man sie damals nannte und von denen dieses Buch handelt – willkommen hieß und aufnahm. Und den Seidenwebern des achtzehnten Jahrhunderts in Spitalfields, die mich vor fünfzehn Jahren in Bann gezogen und seither nicht mehr losgelassen haben.